국제탐정 K

달의 두 얼굴

국제탐정

K

달의 두 얼굴

최범석 장편소설

지도없는
여행

차 례

★ 에필로그

사 건   1

핀란드 헬싱키

북유럽의 사랑과 살인

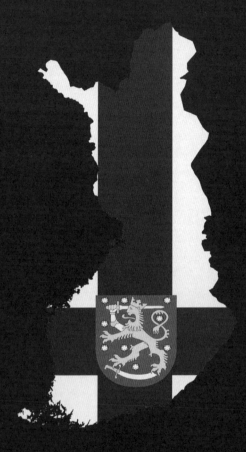

1.　　　핀란드 헬싱키 – 북유럽의 사랑과 살인

　헬싱키의 겨울은 추웠다. 지구 기후 위기의 영향으로 북유럽
은 연일 기록적 강추위가 몰아쳤다. 북유럽에서도 가장 북쪽에
위치한 핀란드는, 그 피해가 가장 컸다. 최저 기온 영하 32도,
적설량 3.2미터, 초속 50미터의 강풍이 일주일째 이어지며, 수
도 헬싱키는 도시 전체가 북극의 거대한 빙산같이 느껴졌다.
학교에는 휴교령이 내려지고 몇 군데를 제외하곤 거의 모든 관
공서와 기업이 재택근무로 전환해, 길에 사람은 물론 자동차도
거의 볼 수 없었다. 나 또한 임대한 시내 원룸에 꼼짝없이 갇
혀, 날씨가 나아지기만을 고대하고 있었다. 헬싱키에 도착한

지도 벌써 2주가 넘어가고 있었지만, 내 프로젝트는 한 발짝도 앞으로 나아가지 못하고 난항에 빠져있었다. 무미건조하고 공허한 시간만 답답하게 흘러가고 있었다. 애초에 의뢰를 맡은 것 자체가 무리였다는 회의까지 느껴졌다. 날씨만의 문제가 아니었다. 이미 법정에서 살인혐의로 유죄 판결을 받은 한 젊은 남자의 무죄를 밝히는 일은, 그것도 낯선 나라에서, 3미터 이상 쌓인 눈 속에서 잃어버린 반지를 찾는 것만큼 어려운 과제였다. 어쩌면 그보다 훨씬 더 어려운 일일 수도 있었다. 눈은 언젠가는 녹지만, 무죄의 증거는 단순히 시간이 찾아주진 않기 때문이었다. 그런데 만약, 잃어버린 반지가 애초에 없었다면? 진실의 공이 어디로 튈지 전혀 예측할 수 없는 상황에서 나는, 헬싱키 시내 작은 실내 공간에 꼼짝없이 갇혀있었다.

B의 어머니는 외동아들이 일곱 살 때, 남편을 교통사고로 잃었다. 대학에서 성악을 공부하고 가정주부로 살던 그녀는, 남편의 물류 회사를 이어받아 10년 만에 직원이 50명에서 600명으로 늘어난 건실한 회사로 키웠다. 의지할 수 있는 남자와 재혼의 기회도 있었지만, 아들이 탐탁지 않게 여기는 것 같아 포기할 수밖에 없었다. 다행히 B는 모범생으로 성장해 과학고등학교를 졸업하고 서울에 있는 명문대학교 공과대에 입학했다. 대학을 마치고 다국적 게임 회사에 취직한 그는 언제나 그

랬듯, 어머니의 가장 큰 자랑이자 희망이었고 본인도 자기 삶에 만족하는 편이었다. 입사 5년 차가 됐을 때 유학을 계획하던 B는, 게임 회사의 본사가 핀란드에 있던 것이 계기가 되어 헬싱키 대학 경영 대학원 MBA 과정에 입학하게 되었다. 그의 어머니는 아들이 처음 유학을 떠날 때도, 헬싱키로 함께 날아가 현지 정착을 물심양면 도왔다. 자취할 아파트 임대부터 필요한 가구, 최신형 자동차 구입까지 아들이 유학 생활에 어려움이 없도록 최선을 다해 지원했다. 평생 처음 아들과 떨어져 지내야 했지만, 걱정이나 공허함에 앞서 인생의 새로운 경험에 도전하는 아들이 대견스러웠다. B의 유학 생활 첫해가 막 지났을 무렵, 그녀는 23년 전 남편의 갑작스러운 사망 비보를 접했을 때보다도 더 충격적인 소식을 전해 듣고 그 자리에서 실신하기에 이르렀다. 그녀의 아들이 살인범으로 헬싱키에서 구속됐다는 청천벽력과 같은 소식이 평온했던 그녀의 삶에 날아들었던 것이다. 의식을 되찾은 그녀는 꿈속에서 경험했던 보이스 피싱 사기극이었다고 믿고 싶었지만, 아들이 살인 용의자로 핀란드 경찰에 체포된 건 부인할 수 없는 사실이었다.

식탁에 놓인 두 개의 아이폰 중 하나가 진동했다. 현지 유심 칩이 꽂힌 폰이었다.

"한국에서 온 사설탐정 맞소?"

상대방 남자는 굵고 차분한 목소리로 영어를 정확히 발음했다.

"네, 그렇습니다만, 누구신지요?"

"2주 전 경찰서에서 만났던 퇴직 형사 에이노^{Eino}요. 흰 수염이 덥수룩한…… 기억하시겠소?"

나는 순간 기억을 2주 전으로 되돌려, 그날 경찰서에서 만났던 여러 경찰관 사이에서 특정인을 떠올렸다. 내게 먼저 다가와 악수를 청하며 자기소개를 하던 자상한 인상의 남자. 이름은 정확히 기억나지 않았지만, 그 사람인 게 분명했다.

"기억합니다."

"낯선 나라 와서 이 날씨에 혹시 눈사람이 돼 있지 않나 걱정돼서 전화해 봤소."

"거의 얼음 인간 수준이지만 다행히 아직 심장은 뜁니다."

"그거 다행이군. 상점들이 다 문을 닫았는데, 숙소에 먹을 건 남아있소?"

"한국에서 공수해 온 비상식량이 아직 있습니다만……"

나도 모르게 부엌 쪽으로 눈길이 돌아갔다. 사실 비상식량이라야 고작 몇 개의 컵라면과 김, 고추장이 전부였다. 그마저도 하루 이틀이면 바닥날 지경이었지만.

"컵라면 뭐 그런 거겠군. 지난번 내게 얘기해 준 주소에 아직 계신다면, 우리 집에서 그리 멀지 않으니 내가 데리러 가리다.

우리 집에 와서 따뜻한 저녁 식사 한 끼 합시다. 해드릴 얘기도 있고. 혹시 신발 크기가 어떻게 되오?"

"280입니다만, 그건 왜……"

"나중에 알게 될 거요. 약 30분 뒤에 도착할 테니, 옷을 최대한 따뜻하게 입고 준비하고 계시오."

약 30분 뒤 건물 밖에서 누군가가 큰 소리로 나를 불렀다. 창밖으로 내려다보니 에이노였다. 그는 크로스컨트리 스키를 타고 와서, 어깨에 메고 있던 한 쌍의 여분 스키와 부츠를 눈 위에 내려놓는 중이었다. 히터가 켜진 따뜻한 승용차 내부를 기대하고 있던 나는, 허겁지겁 여행 가방 속에 들어있는 옷을 모조리 꺼내 겹겹이 입고 서둘러 아래층으로 내려갔다.

"내 아들놈이 타던 스키인데, 상태가 아직 멀쩡하니 한번 타보시오. 크로스컨트리 스키가 처음이면, 뒤에서 내가 하는 동작만 그대로 따라 하면 문제없을 거요. 렛츠 고Let's go!"

내가 만약 군 복무를 스키부대에서 했다면 모르겠지만, 문제가 없지는 않았다. 눈 덮인 길 위를 노련하게 미끄러져 달리는 에이노에 비하면 나는, 이제 겨우 걸음마를 배우는 갓난아기처럼 한 발 한 발 불안하게 전진하다가 이내 앞으로 고꾸라져 반복적으로 얼굴을 눈에 처박았다. 수년 전 카자흐스탄 알마티에서 처음 스키를 배울 때 죽도록 고생한 기억이 떠오르면서, 긴장한 몸에서 열이 나는 통에 그나마 바깥 추위는 어느 정도 견딜 수 있었다.

　장작 난로의 열기가 유난히 따뜻하게 느껴지는 거실에서 에이노의 부인 미라^{Mira}가 환한 미소를 띠며 나를 반겼다. 백팩에서 색동무늬 종이에 포장된 공예품 놋수저 세트를 꺼내 그녀에게 선물로 건넸다. 이런 경우를 대비해 해외 나갈 때 항상 챙기는 한국 기념품이었다. 남편과 비슷한 연령대인 60대 중반 미라도 다행히 영어가 유창했다. 중학교 미술 교사였던 그녀는 남편보다 2년 더 일찍 정년퇴임 했다는 얘기를 들려주었다. 딸과 아들은 헬싱키를 떠나 각각 스웨덴 스톡홀름과 노르웨이 오슬로에서 직장 생활을 하고 있다면서, 이제는 좋으나 싫으나 의지할 사람이 남편밖에 없다고 말하며 호탕하게 웃었다. 미라가 준비한 저녁 식사는, 내가 진정 오랜만에 즐기는 진수성찬이었다. 따뜻한 연어 크림수프와 호밀빵을 시작으로 크랜베리 소스를 부은 순록 스테이크, 으깬 감자 그리고 후식으로 나온 커스터드 크림과 사과 케이크까지, 테이블 위에 올라온 핀란드 음식 하나하나가 예외 없이 맛있었다. 식사와 곁들인 프랑스 보르도 와인은 왜 또 그리 상큼하던지! 산타클로스의 나라 핀란드에서 전설 속 그 할아버지를 직접 만나 선물로 음식 대접을 받는 기분이 들었다.

　거실 장작 난로 앞으로 자리를 옮긴 우리 세 명은, 에이노가 딴 보드카 한 병을 나눠 마셨다. 에이노가 B에 대한 얘기를 먼저 꺼냈다.

"한국인 재소자는 면회했소?"

"헬싱키에 도착하고 바로 다음 날 교도소에서 만났습니다."

"뭐라고 하던가요? 본인의 무죄를 주장하지요?"

에이노는 이미 답을 알고 있는 듯한 여유로운 표정을 지었다.

"네, 그렇습니다. 자신은 단지 살해당한 그 여성과 차 뒷좌석에 앉아 있었고, 갑자기 복면을 쓴 사람이 나타나 옆에 있던 여성을 한마디 말도 없이 총으로 쐈다고 하더군요. 그 직후 자신을 차 밖으로 끌어낸 뒤, 점퍼 주머니에서 또 다른 권총을 꺼내더랍니다. 그 권총으로 머리를 겨냥하면서 여성을 쏠 때 사용했던 권총을 자기 손에 쥐어 주고 하늘을 향해 방아쇠를 당기라고 강요했다고 합니다. 물론 B는 그의 지시에 따랐고요. 그 괴한은 B가 손에 쥐고 있던 권총을 빼앗아 언덕 아래로 던졌다고 했습니다."

내 설명을 주의 깊게 듣고 있던 에이노가 시선을 장작 난로의 불꽃으로 옮기며 다음 말을 이어갔다.

"초기 진술과 일치하는 내용이오. 재판에서는 언급되지 않았지만, 그 두 번째 탄피를 경찰이 발견해 보관 중이지요. B의 손과 머리에서 채취된 총상 잔여물^{GSR}도 여자를 죽인 첫 번째가 아니라 두 번째 총알이 발사되면서 생긴 것으로 추정되오. 그렇다면 B의 진술이 거짓이 아니라는 말이 되지요."

"저도 그렇게 생각합니다. 의도적으로 B의 몸에 총상 잔여물을 남겨 그에게 살인자 누명을 덮어씌울 의도가 있었던 걸로 보입니다. 문제는 진범이 왜 굳이 그렇게까지 했는가 하는 점인데요. 여자를 죽이고 최대한 빨리 현장을 벗어나고 싶었을 텐데 말입니다."

"그거야 간단하게 설명이 되오. 경찰은 피해자 옆에 있던 B를 1차 용의자로 조사할 게 명백하고, 그의 몸에서 결정적 단서가 발견된다면 추가 용의자는 불필요하지 않겠소? 수사에 혼선을 주고 경찰의 수사망을 빠져나가기에 그보다 더 좋은 시나리오는 없지. 아마추어가 아닌 프로의 솜씨가 확실하오."

에이노는 자신이 제시한 가설을 강조하듯 고개를 끄덕였다.

"그로 인해 경찰이 성급하게 B를 살인범으로 단정 짓게 된 거군요. 진범이 의도한 대로."

"그렇다고 볼 수 있지요. 우리가 처음 인사를 나누었던 날, 나는 지나가는 길에 옛 동료들을 만날 겸 경찰서에 들렀던 참이었소. 그때 잠시 사건 자료들을 들여다보니 경찰 수사의 허점이 눈에 띄더군. 예를 들면 이런 거지요. 그날 밤 지나가던 차량 운전자의 신고로 경찰이 현장에 도착했을 때 B는, 경찰의 거듭된 질문에 답은 안 하고 계속 흐느껴 울기만 했다고 보고

돼 있었소. 당신이 죽였나? 범행도구는 어디 있나? 차 안의 여자와는 어떤 관계인가? 본인의 신분을 밝히시오! 출동했던 경찰관이 영어와 핀란드어로 반복해서 질문을 해도 그는 시종일관 침묵했다고 보고서에는 기록돼 있더군. 그런 그의 태도가 더 많은 의심을 사게 되고, 결과적으로 B에게 불리하게 작용한 거지요. 그 학생이 극도의 공포감을 느껴 정상적인 사고 능력이 마비되고 말문이 막힐 수도 있는데, 경찰은 그의 소극적인 의사 표현을 질문에 대한 긍정이라고 해석한 겁니다. 즉, 처음부터 그를 살인범으로 특정할 수밖에 없는 상황이 이어진 거요. 은퇴하기 2주 전에 일어난 사건이라 당시 내가 직접 수사에 개입하지는 않았지만 내 직감은, B가 범인이 아니라고 말하고 있었소. 재판에서 무죄가 나올 줄 알았는데, 의외로 21년 중형이 선고되면서 나도 많이 놀랐지. 젊은 한국인이 핀란드로 유학 와 졸지에 감옥에서 21년을 썩어야 한다고 생각할 때마다, 내 마음 한구석이 매우 불편했던 것도 사실이오. 혹시 괜찮다면 내가 탐정을 도와드리리다."

나를 바라보는 에이노의 눈빛은 진지함을 넘어 결의에 차 있었다.

"이렇게 도움을 주시겠다니, 진심으로 감사드립니다. 한자에 '천군만마千軍萬馬를 얻는다'는 표현이 있는데, 바로 그런 느낌입니다."

핀란드인 퇴직 형사는 살며시 미소를 지으며 겸손하게 한 손을 가로저었다.

"B의 어머니는 아직 헬싱키에 머물고 있소? 아들 옥바라지를 한다고 들었는데."

"비자 문제로 지금은 서울에 있습니다."

"우리도 자식이 둘이지만, 어머니 입장에선 억장이 무너져 내리겠지요. 그것도 아들이 무죄라면 더더욱이 말이오."

B의 어머니는 한여름의 뜨거운 뙤약볕 아래에서도, 장대비가 내리는 장마철에도 청와대와 광화문 외무부 청사 앞에서 1인 시위를 하며 정부의 도움을 호소했다. 비록 주핀란드 한국 대사관에서 현지 변호사 선임, 통역 서비스 등 여러 방면으로 지원을 아끼지 않았지만, 그녀는 한국 정부의 도움이 부족하다고 느꼈다. 대통령이나 외무부 장관이 직접 나서서 아들의 무죄를 밝혀주길 원했다. 그러나 살인사건은 외교 수단으로 해결할 수 있는 쟁점이 아니었다. 사건이 일어난 국가의 사법 체계가 적법한 절차에 의해 판결할 사안이었다. 그녀가 나를 찾아온 시점은, 내가 헬싱키로 떠나기 5일 전이었다.

"저는 우리 아들이 석방되기 전까지는 살아있는 사람이 아닙니다. 회사 일에서 손 놓은 지 이미 오래됐고, 하루하루가 초열지옥을 살아가는 심정입니다. 이 가슴이 얼마나 답답하면 전국에 용하다는 점쟁이들까지 다 찾아다녔겠어요. 무당이 시키는 대로 지리산에서 평생 처음 굿이라는 것도 해보고. 저를 비웃으시겠지만, 먼 나라 감옥에 갇혀있는 아들을 생각하면 그보다도 더한 미친 짓도 얼마든지 할 수 있지 왜 못하겠습니까."

아들 사건만 일어나지 않았다면, 매일 아침 화장하고 정장 차림으로 회사에 출근해 중견기업의 대표이사 역할을 당당히 수행하고 있어야 할 50대 후반의 여성이, 내 앞에서 창백한 얼굴로 하염없이 눈물을 흘리고 있었다. 젖은 얼굴을 손수건으로 닦으면서, 그녀가 말을 이었다.

"헬싱키에서 관광비자가 만료될 때까지 6개월을 아들 옥바라지하다 왔습니다. 제발 저의 아들을 살려주세요. 그 아이는 절대 살인범이 아닙니다. 누명을 쓴 거라고요. 저는 제 아들을 누구보다 잘 압니다. 마음이 여려 누구를 해칠 아이가 아닙니다. 제발 제 말을 믿고 도와주세요."

추위가 거짓말같이 풀렸다. 기온은 영상을 회복했고 그 많던 눈도 순식간에 녹아내리면서 헬싱키는 다시 활기를 되찾았다. 나 또한 본격적인 조사를 재개하면서, 제일 먼저 B 주변 사람들을 만나보았다. 그러나 그들 대부분은 이미 경찰과 만난 적이 있다는 이유로, 또는 낯선 한국인 탐정에 대한 거부감으로 인해 대화하기를 꺼렸다. 그나마 대학원에서 B와 가깝게 지냈던 것으로 보이는 핀란드인 남학생과 한국인 여자 유학생이 협조 요청에 응해줬다.

"B는 성격이 활달해서 동료 대학원생들과 두루두루 친하게 지냈던 걸로 기억해요. 공부하는데 언어가 딸려 힘들어하긴 했지만, 그것 때문에 크게 스트레스를 받거나 의기소침해 보이지는 않았어요. 가끔 저한테 서울이 그립다고 얘기하면서 약간 외로워 보였다고 할까? 그럴 때마다 제가 그랬죠. 너는 여자들한테 인기도 많고 데이트도 꾸준히 하는 것 같은데 뭐가 문제야! B가 한번은 그러더군요. 자기는 이상하게 연상의 여자에게 끌린다고. 그것도 나이 차이 크게 나는 여자에게. 너 혹시 오이디푸스 콤플렉스^{Oedipus Complex} 있는 거 아니야 했더니, 그냥 씩 웃더라고요…… 살해당한 여성이 우리 대학원 회계학 교수님의 부인인 건 알고 계시죠? 둘이 그런 관계일 줄은 상상도 못했어요. 그녀가 남편 제자들과 불륜을 저지른다는 풍문은 나돌았지만, 설마 B와 그렇게 긴밀하게 만날 줄은 몰랐죠. 물론 B도 제게 그런 말을 한 적은 없고요. 우리 대학원생들은 그녀의 남편이 살인범일 거로 추측했었는데, 경찰 조사 결과 엉뚱하게도 B가 살인범이 됐어요. 유죄판결까지 났으니, B가 죽인 거겠죠. 근데, 그가 왜 그녀를 죽였는지 저는 아직도 이해가 안 가요. 살인은 아무나 할 수 있는 게 아니잖아요. 평소에 정신질환을 앓았거나 분노조절 장애가 있었다거나 아니면 치명적인 원한 때문에 사람을 살해할 순 있다 치더라도, B는 제가 아는 한 그런 것들하고는 거리가 먼 친구였는데…… 차 뒷좌석에서 섹스하던 중에 권총으로 파트너를 쐈다? 말이 안 되잖아요! 그 사건으로 우리 교수님만 학교 웃음거리가 됐죠. 지금은 사직하고 모국인 에스토니아^{Estonia}로 가셨다고 들었어요."

"같은 유학생 신분이라 오빠하고는 평소에 친하게 지냈어요. 사실 저하고도 잠시 사귀었는데, 오빠가 여자를 좀 밝히는 편이어서 만나는 여자가 끊이질 않았지요. 최소한 제가 알기론 그래요. 약간은 마마보이 스타일이라고 할까? 여자의 모성애를 자극하는 그런 남자들 있잖아요. 나이에 비해 철이 없어 보이지만 잔정이 많고 성격이 온순한 남자? 거기다 오빠는 돈도 잘 쓰고 체격도 서양 남자 못지않고 해서 인기가 많았어요. 얼굴도 배우 송중기 닮아 곱상하게 생겼잖아요. 성적으로 개방적인 여기 여자들이 딱 좋아하는 동양 남자 스타일이죠. 결국 여자 때문에 오빠가 저렇게 된 거잖아요. 교수 부인과 그런 사이였다는 건 사건이 난 다음에 알게 됐지만, 제가 알기론 우리 대학 한국인 여자 교수와도 사귀었을걸요? 핀란드 남자와 결혼한 유부녀인데, 둘이 함께 시내 식당에서 저녁 먹는 걸 저도 여러 번 봤거든요. 둘이 대화하는 모습이 보통 사이가 아니라고

같이 있던 친구들끼리 속닥거렸어요. 그 여교수님 남편은 무슨 국방연구소 연구원이라던데. 아무튼, 오빠가 저렇게 돼서 정말 놀랐어요. 오빠의 어머니도 참 안됐고요. 아들 옥바라지하신다고 여기 계실 때, 저희 유학생들 저녁도 몇 번 사주셨거든요. 아들 얘기하실 때마다 어찌나 슬프게 우시던지 우리는 식사도 제대로 못 했지만요. 만약 오빠가 무죄라면, 꼭 진실을 밝혀주세요. 한국인 유학생이 살인범이란 뉴스가 보도되면서, 다른 한국인들도 이미지에 타격을 받았거든요."

에이노와 시내 아카데믹 서점^{Academic Bookstore} 2층, 카페 알토에서 만났다. 역사가 무려 120년이 넘는 헬싱키에서 제일 큰 서점인데, 핀란드 출신 건축가이자 가구 디자이너로 유명한 알바 알토^{Alvar Aalto}가 서점 내부를 직접 설계했다고 들었다. 숙소에서 걸어서 30분 정도 되는 거리에 있어, 내가 헬싱키에 체류하는 동안 머리를 식힐 겸 산책 겸, 자주 찾았던 서점과 카페이기도 했다. 카페 알토의 에스프레소는, 신맛보다 약간 텁텁한 쪽을 좋아하는 내 입맛에 딱 맞았다.

"프로젝트에 진척이 좀 있소?"

에이노가 자신의 덥수룩한 턱수염을 쓸어내리며 질문했다.

"그동안 B의 주변 인물들을 만나봤습니다. 그래 봐야 같은 대학원 학생들이 대부분이었지만요. 결정적인 제보는 없었고,

B의 여자관계에 대해서만 좀 더 알게 됐습니다."

"남자가 여자관계가 있었다는 건 그다지 이상한 일은 아니지 않소. 더군다나 젊고 미혼인데. 만나는 여자를 특별한 동기 없이 살인한다는 건 좀 이상한 경우지만. 그래서 다음 계획은 어떻게 되오?"

에이노가 여전히 B의 무죄 쪽에 무게를 두고 있다는 걸 느낄 수 있었다.

"살해당한 여성의 남편을 만나볼까 합니다. 경찰이 이미 혐의없음으로 결론지었지만, 혹시 수사에 도움 될만한 내용이 있을까 해서요. 부인 사건 직후, 20년 넘게 몸담았던 대학에 사직서를 내고 고국인 에스토니아로 돌아갔다고 합니다."

"경찰 매뉴얼에 따르면, 부부 중 한 사람이 살해되면 배우자가 1순위 용의자가 되지요. 물론 이번 경우는 처음부터 B가 결정적 용의자로 지목됐지만, 경찰은 피해자 남편도 따로 조사했소. 수사 파일을 내가 살짝 들춰봤는데, 사건 당일 그의 알리바이가 불투명하다. 본인 말로는 사건 발생 시각에 집 서재에서 책을 읽고 있었다는데, 이를 검증할 방법이 없다는 결론이오. 그의 직업이 대학교수이고 전과가 없다는 점을 들어 경찰이 조기에 그를 용의선상에서 배제한 것이지. 그가 급히 사직하고 출국했다는 점도 나는 조금 의심쩍고. 내 조카가 헬싱키 대학 행정실에 근무하는데, 그 교수의 현지 연락처와 주소를 알아봐 드리겠소. 혹시 탈린^{Tallinn}에 가시게 되면 나도 따라가도 되겠소?"

"저야 좋죠! 페리 요금은 제가 부담하겠습니다."

내가 반색하는 모습을 보며 에이노는 특유의 자상한 미소를 지었다. 산타클로스 할아버지의 미소라고 할까.

"별말씀을! 어차피 나와 미라는 탈린에 종종 갑니다. 쇼핑하러. 거기 물가가 핀란드보다 훨씬 싸서 식료품, 술 등을 사 오지요. 혹시 힘이 남으면 나중에 미라의 짐 일부만 들어주면 고맙겠소."

"물론입니다!"

헬싱키에서 여객선을 이용해 발트 3국 중 하나인 에스토니아 공화국의 수도 탈린까지는 약 두 시간이 걸렸다. 직선거리로는 발트해 건너 80킬로미터. 승객들은 대부분 당일치기로 탈린을 방문하는 핀란드인이었다. 물가가 상대적으로 저렴한 이웃 발트 3국을 핀란드인뿐만 아니라 스웨덴인, 덴마크인 들도 즐겨 찾는다고 부인 미라가 알려주었다. 탈린 페리 터미널에 도착한 배에서 하선한 우리 세 명은, 택시를 타고 곧장 구시가지 입구인 비루 게이트^{Viru Gate}로 갔다. 교수와 만나기로 한 장소가 그 근방이었기 때문이다. 약속 시각까지는 한 시간 정도 여유가 있던 나는, 에이노 부부의 안내로 탈린의 구시가지, 올드타운^{Old Town}을 둘러봤다. 유네스코^{UNESCO} 세계문화유산 보호 구역으로 지정될 정도로, 올드타운은 중세의 모습이 잘 보존돼 있었다. 비루 게이트부터도 14세기$^{1345\sim1355}$에 건설된 도시 성곽의 일부였고, 그 문을 통과하면 길 양옆으로 각양각색의 중세 건물들이 줄지어 서 있었다. 넓고 밝은 광장에 다다르자, 전통음악 라이브 연주가 울려 퍼지고 전통시장도 활기가 넘쳤다. 중세를 시대 배경으로 하는 영화 세트장에 와있는 느낌이 들 정도로, 700년 가까운 역사의 흔적이 사방에 고스란히 남아있었다.

우리가 약속 장소인 카페에 도착했을 때, 교수는 이미 자리를 잡고 앉아있었다. 동그란 무테안경을 착용한 50대 중반의 교수는, 학자 분위기의 진지하고 반듯한 표정이었다. 약간은 냉정하고 인간미가 없는 첫인상으로 비쳤다. 간단한 소개가 끝나고, 에이노가 먼저 영어로 대화를 시작했다. 서로에게 핀란드어가 더 편했겠지만, 나를 위한 배려였다.

"이렇게 나와주셔서 감사합니다. 교수님께는 불편한 주제겠지만, 한 젊은 한국인의 운명이 달린 일이라 염치 불고하고 만남을 요청했습니다."

"죽은 사람은 더 이상 존재하지 않지만, 남은 사람은 계속 살아가야겠지요. 내 제자이기도 했던 그 젊은이가, 만약 살인범이 아니라면 당연히 자유를 되찾아야겠지요. 그와 죽은 내 와이프가 어떤 관계였던가를 떠나서, 법은 만인에게 정의로워야 하니까요."

마치 남 얘기하듯 지나칠 정도로 냉정하게 들렸다.

"경찰 수사를 받으면서 마음이 매우 불편하셨겠지만, 몇 가지만 여쭙겠습니다."

나는 그의 반응을 살피면서 조심스럽게 질문을 이어갔다.

"혹시 부인이나 교수님께 원한을 가질만한 주변 사람이 있을까요?"

"없습니다. 그건 확실합니다."

교수는 조금의 망설임도 없이 답을 주었다. 하지만 그다음 말을 어떻게 이어갈지 신중히 고민하는 듯 얼마간 뜸을 들이며 안경을 손수건으로 닦았다.

"나는 아시다시피 평범한 교수였고, 와이프도 평범한 주부였습니다. 그녀가 40대 중반이 되면서 극심한 우울증을 앓았지만, 그로 인해 누구에게 피해를 주거나 원한 살 일은 없었다고 믿습니다. 나는 항상 그녀가 극단적 선택을 할까 두려웠지, 누군가에게 살해당할 거라고는 상상도 못 했으니까요. 어느 때부턴가 나 몰래 밖에서 다른 남자들을 만난다는 걸 알게 되었지요. 하지만 그녀를 추궁하거나 그로 인해 내가 화를 낸 적은 단 한 번도 없습니다. 나는 크게 개의치 않았으니까요."

"아무리 그래도 부인이신데?"

에이노가 눈을 살짝 치켜뜨며 쉽게 납득이 안 간다는 표정을 지었다. 테이블 위 커피잔에 두었던 시선을 에이노에게 옮기며 교수는 입술에 힘을 주었다. 뭔가 말로 표현하기가 불편하다는 의미로 나는 받아들였다.

"와이프의 우울증 원인에 일정 부분은 내가 기여한 것도 있으니까요."

교수는 허공을 바라보며 옅은 한숨을 쉬었다. 자신을 주시하는 우리 세 사람의 시선이 부담됐는지 그는, 침묵을 끊고 말을 이어갔다.

"우리 둘 사이에 아이도 없고, 그렇게라도 그녀가 우울증에서 벗어날 수만 있다면, 차라리 그녀의 선택이 나쁘지 않다고 판단했습니다. 조금 이상하게 들릴진 몰라도, 사실입니다."

교수는 자신의 진정성을 확인시켜 주려는 듯 내 눈을 똑바로 응시했다.

"부인 일로 상심이 크시겠지만, 그래도 왜 좋은 직장을 그만두고 탈린으로 오신 거예요? 정년퇴임까지는 아직 여러 해가 남아 있는 걸로 알고 있는데."

교수의 부담을 덜어주려는 의도인 듯 미라가 대화 주제를 바꿨다.

"여기가 나의 고향입니다. 고등학교 졸업 후 헬싱키로 유학을 떠난 이후로 줄곧 그곳에서 살았죠. 박사과정을 마치고 대학교수가 되고 핀란드 여성과 결혼해 큰 굴곡 없이 살다가 갑자기 그런 일을 당하고 나니, 모든 걸 내려놓고 어딘가로 도피하고 싶어지더라고요. 그런데 내가 아는 곳, 갈 수 있는 곳이 고향밖에 없더군요. 부모님은 이미 돌아가셨지만, 어릴 적 친구도 몇 있고 행복한 옛 추억들이 남아있는 곳이 탈린입니다. 모국어인 에스토니아어로 매일 대화도 할 수 있고요. 핀란드도 아름다운 나라이고 사람들도 친절하지만, 나는 이제 남은 인생을 여기서 보내려고 합니다."

나는 교수의 이야기를 진지하게 들으면서 잠시 시선을 아래도 떨궜는데, 테이블 밑 그의 신발이 눈에 들어왔다. 검은색 줄무늬의 흰색 아디다스 운동화. 순간 교도소에 있는 B를 면회하러 갔을 때 그가 들려준 대목이 뇌리를 스쳤다. "이게 수사에 도움이 될지는 모르겠지만, 제가 그날 밤 바닥에 납작 엎드려 있을 때 남자가 신고 있던 신발을 똑똑히 봤어요. 검은색 스트라이프의 흰색 아디다스 러닝화였습니다." 나는 흠칫 놀랐지만, 이내 우연의 일치일 수 있다는 생각이 들었다.

"입고 있으신 양복과 흰색 러닝화가 의외로 잘 어울리네요."

"아 이 신발이요? 벌써 5년째 신는데, 발이 편해 좋습니다. 나이가 들면서 구두보다는 운동화가 가볍고 편해지더군요."

교수 얼굴에 그날 처음으로 미소가 번졌다.

미라는 내게 탈린에 남아 하루나 이틀 더 묵으면서 관광을 즐기길 권했지만, 그럴 심적 여유는 없었다. 헬싱키로 돌아온 나는, 헬싱키 대학에서 동아시아 문화와 역사를 강의하는 한국인 여교수에게 전화를 걸었다. B 관련 나의 조사에 적극적으로 협조해 줄 것을 기대했는데, 그녀의 반응은 예상 밖이었다. 무슨 이유에서인지 나와의 만남을 거부했다. 대학 연구실을 찾아가도, 두세 차례 더 전화 연락을 해도 그녀는 그때마다 완강하게 면담을 거절하면서 납득할 만한 명분은 내게 말해주지 않았다. "죄송하지만 저는 특별히 할 말이 없습니다." "한국인 유학생이 살인범이 된 건 같은 한국인으로서 안타까운 일이지만, 저는 그 일과 아무런 관련이 없습니다." "B는 그냥 알고 지내던 사이였어요." "도와드리고 싶지만, 제가 요즘 많이 바빠서요." "앞으로 다시는 연락 안 하셨으면 좋겠습니다." 나는 어쩔 수 없이 그녀를 탐문조사 리스트에서 제외할 수밖에 없었다. 교도소를 방문해 B를 다시 면회했지만, 그는 진범으로 딱히 의심할 만한 사람은 없다는 말만 되풀이했다. 살해된 여성의 남편이 그나마 범행 동기가 있지 않았겠냐는 막연한 추측만할 뿐이었다. 자신의 무죄를 호소하면서도 자포자기한 듯 무기력한 모습만 보였다. 사건의 실마리를 풀기 위해서는 결정적돌파구가 절실했던 시점에, 전혀 예상치 못했던 장소에서 내게그 기회가 주어졌다.

헬싱키에 온 지 한 달이 다 돼 갔지만 별다른 소득 없이 시간만 흘러가고 있던 차에, 답답한 심정을 달래고 기분 전환을 위해 숙소 부근 술집에 들렀다. 월요일 밤이라 그런지 손님은 거의 없었다. 바 카운터에 앉아 주문한 스카치위스키를 한 모금 마시고 잔을 내려놓는데, 한 남자가 바에 들어와 카운터 내 옆자리에 앉았다. 앞머리가 벗어지고 두꺼운 검은색 뿔테안경을 쓴 그는, 나를 힐끗 쳐다보더니 먼저 말을 걸어왔다.

　"헬싱키에서 스카치위스키라니! 보드카를 마셔야죠."

　내 손에 쥐어진 잔을 넌지시 보면서 남자가 쾌활한 목소리로 말했다.

　"그런가요? 다음 잔은 그럼 보드카로 주문하겠습니다. 제가 러시아의 이웃 나라에 와있다는 사실을 잠시 잊고 있었네요."

　"우리 러시아 남자들은 보드카가 없이는 못 살지요. 자신의 와이프와 보드카 둘 중 하나를 선택하라고 하면, 아마도 대부분의 러시아 남자는 보드카를 선택할 겁니다."

　남자는 대뜸 자신이 러시아인, 그러니까 나와 같은 외국인이라는 점을 밝혔다. 아무리 이웃 나라지만, 러시아인도 핀란드에서는 엄연히 외국인일 것이다.

　"그러면 선생님도 보드카를 선택하시겠습니까?"

　"나는 선택할 것도 없어요. 이혼해서 마누라가 없으니까. 하하하."

남자는 보드카 잔을 단숨에 꿀꺽 비우고는 바텐더를 향해 집게손가락을 일자로 펴 보였다. 고개를 내 쪽으로 돌린 뒤 그는 말을 이어갔다.

　"물론 핀란드 남자들도 보드카를 좋아하죠. 재미있는 얘기 하나 해드려요?"

　"그보다 더 좋은 안주가 있나요?"

　"핀란드 남자들은 과묵하기로 유명한데, 이런 얘기가 있어요. 핀란드 남자 둘이 오랜만에 만났는데, 단 한마디 말도 없이 보드카 한 병을 비우고 두 번째 병을 따면서 한 남자가 말했지요. '친구, 그간 별일 없었나?' 그랬더니 다른 친구가 답하기를, '친구, 우리 술 마시려고 만난 거 아니었어?' 그 두 마디가 그들이 그날 밤 나눈 유일한 대화랍니다."

　"하하하, 재미있네요. 핀란드 남자들이 그렇게 과묵한 줄 몰랐습니다."

　"물론 다 그렇진 않지만, 일반적으로 그렇다는 얘기죠. 우리 연구소에 근무하는 대다수의 핀란드 남자가 과묵해요. 말도 거의 안 하고. 한마디로 재미가 없어요. 내 직장동료 중 코스키넨 박사Dr. Koskinen란 자가 있는데, 전형적인 핀란드 남자죠. 그러니 그 친구의 부인이 한국인인데, 러시아 사람인 나를 좋아하잖아! 웃기고 재미있으니까. 둘이 지금 이혼 중이에요. 이미 1년 전부터 별거 중이고. 내가 그녀를 종종 만나 즐겁게 해주고 외로움도 달래주죠."

그가 껄껄거리며 웃었다. 내 옆에 앉아 농담을 건네는 낯선 남자. 그의 연인으로 묘사되는 한국인 부인과 그녀 남편의 실명을 거론하는 게 문득 부자연스럽게 느껴졌다.

"동료분의 부인이 한국인이라고 하셨습니까?"

"그렇습니다. 헬싱키 대학교수예요. 혹시 아는 사람이요?"

"만나본 적은 없습니다."

"내가 신기가 좀 있는데, 선생이 왜 헬싱키에 왔는지 점쳐볼까요?"

나는 그의 입에서 또 다른 농담이 튀어나올 것으로 예상했다.

"한번 맞춰보시죠."

"어떤 사건을 조사하러 오셨네. 살인사건. 한국에서 오셨고."

농담이 아니었다. 나는 그의 말에 깜짝 놀랄 수밖에 없었다.

"그걸 어떻게?"

"한때 뉴스에 많이 보도됐으니까 알고 있는 거죠. 뭐 좀 건진 거라도 있어요?"

나는 그제야 남자가 우연히 내 옆자리에 앉게 된 한 명의 사교성 좋은 손님이 아니라는 사실을 깨달았다. 그는 나에 대한 사전 지식을 가지고 있었다. 그가 핀란드 사복경찰일지 모른다는 생각이 들었지만, 내색은 하지 않고 차분하게 대화를 이어 갔다.

"아니요, 아직은 이렇다 할 소득이 없습니다. 그 학생이 범인 이 아닌 건 확실한데……"

"나도 그렇게 생각해요."

그가 툭 내뱉은 말에 나는 움찔 놀랐다.

"네? 왜 그렇게 생각하시나요?"

갑자기 그가 내 쪽으로 몸을 기울이더니 목소리를 낮춰 속삭 였다.

"내가 의심하는 다른 사람이 있거든."

남자는 의미심장한 미소를 지었다.

"정말입니까? 그게 누군데요? 혹시 핀란드 형사인가요?"

"오해는 마시오. 나는 연구소에 근무하는 과학자요. 내 친구 한 명을 소개해 드릴 테니 한번 만나보시오. 나와는 어릴 적 불 알친구인데, 뭔가 당신에게 사건 관련 구체적인 얘기를 해줄 거요. 장담은 못 하겠지만."

얼굴에서 웃음과 미소가 사라지고 그가 처음으로 진지한 표 정을 지었다.

"만나보겠습니다. 여기 헬싱키에 있습니까?"

"아니요, 지금은 러시아 상트페테르부르크^{St. Petersburg}에 있지 요. 참고로 그 친구는 우리와 좀 많이 다릅니다."

"다르다는 건 어떤 의미인지?"

"원래는 정의롭고 꽤 온순한 인간이었는데, 아프가니스탄에 파병 갔다 오더니 인생이 좀 꼬였어요. 음지의 세계? 암흑세계라고 해야 하나? 러시아 마피아하고 연유돼서 폴란드 감옥에서도 몇 년 지냈고…… 아무튼 그런 과거가 있는 친구이니 알고만 계세요. 스미르노프 박사$^{Dr.\ Smirnov}$에게서 연락처를 받았다고 말하면 만나줄 거요."

다음날 나는, 에이노와 마리의 점심 식사 초대로 그들의 아늑한 집을 다시 방문했다. 식사가 끝나고 거실 장작 난로 앞에 앉아 에이노에게 전날 밤 바에서 만났던 스미르노프 박사 얘기를 들려줬다.

"내가 보기엔 우연한 만남은 아닌 것 같군. 필시 그가 당신에 대해 알고 접근한 거요. 형사였다면 그런 식으로 말을 걸진 않았을 테고. 가만있어 보자, 그의 연인으로 추정되는 한국인 여교수가 있고, 현재 별거 중이며 이혼 절차를 밟고 있는 그녀의 남편이 있다. 당신이 어젯밤 만났다는 그 스미르노프 박사라는 자와 그녀의 남편은 직장동료. 그런데 이 세 사람은, B와 살해당한 여성 그리고 우리가 탈린에서 만났던 피해자의 남편과는 아무런 연결고리가 없지 않소?"

한 손으로 턱수염을 만지작거리던 에이노의 눈동자는 호기심으로 빛났다.

"표면적으론 서로 무관하게 보입니다. 단지, 한국인 여교수와 B가 서로 아는 사이이고, 어쩌면 긴밀한 관계였을 수도 있습니다. B와 친하게 지냈던 한국인 학생이 귀띔해 준 얘기인데, 물론 어디까지나 그녀의 주관적 추측일 뿐이지만요."

"여교수가 B를 도와주기 위해 자신과 밀애를 즐기는 남자를 통해 어떤 비밀 정보를 당신에게 전달하려 한다?"

"정확히 말하면, 그 남자가 아니라 또 다른 제3의 인물이죠. 스미르노프 박사가 자신의 죽마고우라고 표현한 남자."

난로 안에서 톡톡 불규칙한 소리를 내며 활활 타오르는 장작을 바라보던 에이노는, 한동안 말없이 생각에 몰입하는 모습이었다.

"은밀하게 뭔가를 암시하려 했다…… 그가 아무 이유 없이 당신에게 의도적으로 접근해 자신의 죽마고우를 소개해 주진 않았을 테니, 일단 그 친구를 만나보는 게 좋겠소. 그의 이름이 드미트리Dmitri라고 했소?"

"네, 맞습니다. 이게 스미르노프 박사가 적어준 이름과 상트페테르부르크 연락처입니다."

나는 지갑에서 쪽지 한 장을 꺼내 에이노에게 내밀었다.

"헬싱키에서 상트페테르부르크까지 기차로 3시간 반이면 가니까 함께 가봅시다. 이제 은퇴해서 시간도 많고, 그 도시는 내가 수없이 가봐서 잘 알아요. 나는 러시아어를 아는데, 혹시 러시아어를 할 줄 아시나?"

내가 건네준 쪽지를 손에 들고 있던 에이노가 안경테 너머로 물었다.

"네, 할 줄 압니다."

오전 7시 20분에 출발한 국제 고속 열차 알레그로^{Allegro}는 헬싱키 중앙역을 빠져나와 동쪽으로 407킬로미터 떨어진 러시아 제2의 도시 상트페테르부르크를 향해 달렸다. 핀란드에 도착한 이후 처음으로 도시를 벗어나, 창밖으로나마 광활한 자연 풍경을 감상할 수 있었다. 생명과 죽음으로 충만한 스칸디나비아의 자연! 무려 18만 개의 호수가 있는 나라여서 그런지, 자작나무 숲 사이로 호수가 많이 보였다. 잎들을 흙으로 돌려보내고 헐벗은 모습의 자작나무들과 그 수피는, 아름다운 여성의 반듯하고 새하얀 치열을 연상시켰다. 때 묻지 않은 흰 눈 위로 펼쳐진 낯설지만 끊임없이 매력적인 풍경이, 핀란드 출신의 세계적 작곡가 시벨리우스^{Sibelius}의 교향시 〈핀란디아^{Finlandia}, op. 26〉의 음률과 조화를 이루며 다가왔다. 느리고 묵직한 서주를 시작으로, 장엄한 음향과 급박한 리듬, 잔잔한 분위기의 연주가 이어지다 강렬한 관현악으로 끝나는 교향시를 나는, 기억 속에서 다시 듣고 있었다. 좌석에 앉아 출입국 절차를 마치고 열차가 러시아 국경을 막 넘었을 때, 에이노와 나는 식당칸으로 자리를 옮겼다.

"러시아는 처음이오?"

나를 향해 맥주잔을 들어 올리며 에이노가 물었다.

"아닙니다. 20대에 시베리아 횡단 열차를 타고 모스크바에서 출발해 이르쿠츠크를 거쳐 블라디보스톡까지 배낭여행을 한 경험이 있습니다. 3년 전엔 극동 시베리아에 의뢰받은 사건이 하나 있어, 블라디보스톡으로 입국했었죠. 한국 방송국 소속 다큐 팀 스텝 세 명이 시베리아 호랑이를 촬영하러 갔다가 불행한 사고를 당한 일이 있었습니다."

"블라디보스톡은 안 가봤지만, 상트페테르부르크는 내가 아는 한 러시아에서 가장 아름다운 도시오. 러시아는 유럽의 일부가 되기를 거부하지만, 러시아에서 가장 유럽적인 도시이기도 하고. 이번엔 출장으로 가는 거라 많이 돌아볼 순 없겠지만, 나중에라도 한번 다시 와서 여유 있게 돌아보면 좋을 거요."

"그런 기회가 온다면 꼭 그렇게 하겠습니다. 선생님은 형사생활만 40년 가까이 하셨죠?"

"어쩌다 보니 그렇게 되었소."

"핀란드같이 평화롭고 복지가 잘돼있는 나라에서도 범죄가 자주 일어납니까?"

"사람 사는 곳에서는 어디나 사건사고가 끊이질 않지요. 그

나라 소득수준이 높든 낮든 상관없이. 인간의 욕망과 질투, 분노, 폭력성은 어쩔 수 없는 거예요. 본성이니까. 거기에 술이 들어가면 그런 본성이 더 쉽게 분출되는 거 아니겠소? 핀란드의 살인사건 중 약 70퍼센트가 음주 상태에서 일어나는 것만 봐도, 알코올이 큰 문제지요. 뭐 나도 술은 좋아하지만, 중독까지는 아니니까. 거기다 살인사건의 세 건 중 한 건은 가족 사이에서 일어납니다. 부부, 부모와 자식, 혹은 자식들 간에 살인이 발생한다는 말이지. 매년 어떤 국제기구 같은 곳에서 전 세계 국민들 대상으로 행복지순지 뭔지 조사하지 않소? 우리나라가 이웃 나라 스웨덴, 노르웨이 이런 나라들과 탑 순위에 오르는데, 핀란드 국민 다섯 명에 한 명꼴로 우울증이나 불안장애 같은 정신질환을 앓고 있다는 통계를 읽은 적이 있소. 사회복지, 공교육 제도, 삶의 만족도는 세계 최고 수준인데, 알고 보면 정신병자도 많다는 얘깁니다. 참 아이러니하지 않소?"

"놀랍네요. 그 원인이 어디 있다고 보십니까?"

"춥고 긴 겨울도 한몫하겠지만, 내가 보기엔 사람들이 사회로부터 너무 고립돼서 그래요. 극단적 개인주의가 낳은 비극이라고 해야 하나? 사람들이 타인들과 일정 거리 두기를 하면서 스스로를 고립시키는 거지. 한마디로 다들 너무 외롭게 사는 거요. 그리고 그 마음의 고독은 인간의 정신을 공격하는 거고."

상트페테르부르크에는 총 4개의 중앙역이 있는데, 우리는 그중 하나인 핀란드 역에 발을 내디뎠다. 핀란드에서 출발한 모든 열차가 그곳에 도착한다고 해서 붙여진 이름이라고 에이노가 설명해 주었다. 플랫폼 한편 유리관 안에는, 앞면에 '293'이란 커다란 숫자가 새겨진 증기기관차 한 대가 진열돼 있었다. 러시아 공산혁명의 아버지 레닌이 1917년 4월 밀입국할 때 이용한 바로 그 기관차였다. 밀봉된 열차 안에 숨어 그는 극적으로 귀국에 성공하게 되었다. 지나간 역사 속에서 가정은 무의미하지만, 만약 그때 레닌이 귀국에 실패했다면, 그 이후 러시아의 100년 역사는 어떻게 전개됐을까? 국가도 개인도 어떤 한 시점의 사건이, 그다음 이어지는 운명의 변곡점이 될 수 있다는 생각이 들었다. 우리는 역 건물을 빠져나와 곧바로 약속 장소인 시내 그리스도 부활 성당 근방의 카페로 갔다.

드미트리의 첫인상은 '거칠다'는 표현이 적절했다. 그는 우락부락한 이목구비, 얼굴을 덮은 마구 자란 수염과 검게 그은 피부, 짙은 눈썹과 매서운 눈빛을 가진 남자였다. 50대 중후반의 나이에 비해 얼굴의 깊게 팬 주름 때문인지 10년은 더 늙어 보였다. 항구 하역장 인부 옷차림과 낡은 군화를 신고 악수를 하는 그의 손은 억세고 투박했다.

"내 친구 스미르노프 박사에게서 연락받았소. 한국에서 온 사설탐정이라고…… 옆에 계신 분은 핀란드인 친구?"

"여기 에이노는 친한 지인입니다. 낯선 도시에 간다고 동행해 주셨습니다."

"한국인 학생이 연루된 살인사건에 대해 궁금하시다고? 이미 유죄판결이 나서 옥살이 중인 걸로 아는데, 뭐가 더 궁금하신가?"

"스미르노프 박사 말로는, 선생께서 그 사건과 관련해 뭔가 구체적인 사실을 알 거라고……"

"그 친구가 그런 말을 했소? 뭐 그럴 수도 그렇지 않을 수도 있지만, 아무튼 시간은 많으니까 천천히 얘기하지. 오늘 밤 여기 시내에서 묵을 거요? 내가 지금 급히 해결할 일이 있어서, 우리 이따 밤에 다시 만나는 게 좋겠소. 내 단골 술집인데, 주소를 알려드리지. 우리 러시아 남자들은 보드카 없인 대화가 힘드니까."

만난 지 5분도 채 안 돼 드미트리는 우리의 시야에서 사라졌다. 예기치 못한 그의 태도에 나도 에이노도 적지 않게 당황했다. 불쾌함마저 들었다. 하지만 그의 그런 당돌한 태도 이면에는 B 사건과 관련해 어떤 중요한 열쇠가 숨겨져 있을 거란 예감이 강하게 들었다. 우리는 일단은 인내를 가지고 밤에 다시 만나 그와 대화를 시도해 보기로 했다.

원래 계획은, 오후에 미팅을 끝내고 마지막 열차로 헬싱키로 돌아가는 것이었지만, 어쩔 수 없이 시내에 호텔 방을 잡았다. 그가 극구 사양했지만, 에이노의 숙박비도 내가 결제했다. 그의 친절과 도움에 대한 최소한의 감사 표시였다. 에이노는 차라리 잘됐다면서, 나를 위해 짧은 상트페테르부르크 시티투어를 해주었다. 네바강이 발트해와 만나는 이 항구도시는, 유럽의 여느 유명 도시와 비교해도 뒤지지 않을 만큼 풍부한 문화, 예술, 역사를 품고 있었다. 러시아 최대의 정교회 건물인 성 이사크 대성당, 예카테리나 공원과 궁정, 표트르 1세 청동 기마상, 세계 3대 박물관 중 하나인 겨울궁전 에르미타주 미술관, 도시의 최대 번화가인 넵스키 대로 중앙에 위치한 카잔 성당 등을 둘러봤다. 비록 시간이 부족해 주마간산이었지만, 내가 오래전 러시아어 공부에 매진할 당시 동경했던 도시를 직접 몸과 눈으로 만날 수 있어 반가웠다. 우리 두 사람이 마지막으로 들렀던 곳은 푸시킨 박물관이었다. 노란색의 작은 건물 안에는 〈삶이 그대를 속일지라도〉의 시인이 생전에 쓰던 가구와 친필 원고, 스케치 등이 전시돼 있었다. 허리가 구부정한 노파 관리원 외에는 아무도 없는 박물관을 돌아보면서, 에이노가 흥미로운 이야기를 들려주었다.

"그거 아시오? 러시아 사람들은 톨스토이를 존경하지만, 푸시킨은 사랑한다고 표현합디다. 톨스토이에게서는 아버지, 푸시킨에게서는 어머니 같은 느낌을 받는다는 얘기지. 열여섯 살이나 연하였던 자기 부인에게 프랑스 장교가 치근거리자, 이 국민 시인은 결투를 신청하기에 이르렀소. 결국 그 결투에서 상대의 총에 맞아 치명상을 입게 된 푸시킨은, 불과 37세 나이로 이 건물에서 생을 마감했다는군. 감동적이지 않소? 천재 시인이기 전에 멋진 남자였어!"

늦은 저녁 식사를 마치고 서둘러 드미트리가 적어준 주소를 찾아갔다. 도시 변두리에 위치한 허름한 술집이 주소지와 일치했다. 드미트리가 구석 테이블에서 우리를 향해 한 손을 쳐들었다.

"잘 찾아오셨군. 좀 허름해 보이긴 해도 술값도 싸고 밤새워 영업해서 내가 여기 단골이오."

"우리 같은 외국 관광객이 와볼 수 없는 곳이네요. 마음에 듭니다."

사실 실내는 비좁고 너저분했다.

"다행이오."

처음 보는 라벨의 보드카 한 병과 치즈 위에 얹은 살라미 한 접시를, 뚱뚱한 러시아 아주머니가 테이블 위에 놓고 갔다.

"멀리 한국에서 온 친구와 핀란드 친구를 위하여, 자 드로우즈브!"

"우정을 위하여, 자 드로우즈브!"

드미트리는 술잔을 단번에 비우고 살라미 한 조각을 입에 넣고는 우적우적 소리 내어 씹었다. 옷소매로 입을 한 번 쓱 닦은 뒤 의외의 차분한 목소리로 말을 하기 시작했다.

"스미르노프 박사는 나의 절친한 친구이자 내가 존경하는 친구요. 우린 고향인 시베리아 이르쿠츠크에서 학교도 함께 다니고, 심지어 군 생활도 함께했소. 그는 장교였고 나는 사병이었지. 나는 그를 위해 뭐든 할 수 있소. 왜? 내가 사랑하고 존경하는 친구니까. 한 달 전 상트페테르부르크에 온 그를 오랜만에 만났는데, 자신의 고민을 하소연하듯 털어놓더군. 몸담은 연구소의 소장 자리가 비었는데, 능력으로 보나 경력으로 보나 본인이 승진하는 게 당연하지만, 러시아인이라는 이유로 핀란드인 경쟁자에게 밀리고 있다고 하더군. 그 얘기를 들으니, 화가 나더라고. 뛰어난 러시아 과학자 스미르노프 박사가 외국에서 차별받는다니! 그 경쟁자가 누구냐고 물었더니, 코스키넨 박사라는 거야. 내가 너무나도 잘 아는 사람이지."

코스키넨. 한국인 여교수의 남편 이름이었다. 그 이름이 드미트리의 입에서 튀어나올 줄은 전혀 예상하지 못했었다. 떠벌여 대는 것 같지는 않았다. 트미트리와 코스키넨 박사, 두 남자가 언뜻 매칭이 안 됐다.

"코스키넨 박사를 어떻게 아시죠?"

"2년 전이었던가, 스미르노프 박사와 코스키넨 박사가 국제 학술회의 참석차 상트페테르부르크에 왔을 때, 우리 셋이 만났었지. 친구의 친구니까 내 친구가 된 거지."

"그때 처음 만나고 그 이후에 또 만나신 적이 있나요?"

'너무나도 잘 아는 사람'이란 표현의 근거를 검증하고 싶었다.

"만났지. 1년 전 이맘때. 코스키넨 박사가 뜬금없이 나를 찾아왔더군. 부탁이 있다고. 바로 이 테이블에 마주 앉아 보드카를 마시면서 나를 찾아온 이유를 설명하더군."

"코스키넨 박사가 헬싱키에서 여기 상트페테르부르크까지 선생을 만나러 왔었다고요?"

내가 질문을 마치자마자 나와 에이노는 동시에 서로의 눈을 마주쳤다.

"그렇다니까. 코스키넨 박사가 나에게 먼저 자기 부인과 자식 얘기를 하더군. 이혼 과정 중인데, 일이 복잡하게 꼬인다고. 한국인 부인이 다른 남자와 놀아나고 있다고도 하더군. 한마디로 나보고 문제를 해결해달라는, 부인을 제거해달라는 그런 요청이었지. 부인이 죽으면, 아이들 양육권 문제도 재산분할 문제도 모두 깔끔하게 해결된다고 하더군. 과거 떳떳하지 못한 세계에 몸담았던 때도 있었고, 아프가니스탄에서 수십, 수백 명의 군인, 민간인을 사살한 경험이 있는 나한테는, 여자 하나 쥐도 새도 모르게 없애는 것쯤은 보드카 병마개 따는 것만큼 쉬운 일이지. 그가 그날 구체적인 사례비 액수까지 제시하는 걸 보고, 이 친구가 마음의 준비를 단단히 하고 왔군, 생각했지. 착수금 20퍼센트, 작업이 끝나면 나머지 80퍼센트를 주겠다고 하더군. 요구 조건은 세 가지. 하나는 부인을 확실하게 죽일 것, 둘은 그녀의 외도 상대 남자를 살인자로 둔갑시킬 것, 셋은 친구 스미르노프 박사에게는 비밀로 할 것."

"하지만 그 한국인 여교수는 아직 살아있지 않습니까? 어쩌다 다른 여성이 살해된 거죠?"

나는 잠시 드미트리 이야기에 모순이 있는 건 아닌지 의심했다.

"그건 나도 모르지. 어떤 멍청한 새끼가 실수한 거겠지. "

"네? 모르다니요? 본인이 직접……"

"진짜 모르겠다니까! 난 아니야! 어떤 딴 놈이 내 뒤통수를 치고 그 짓을 저지른 거라고!"

드미트리는 말이 끝나기가 무섭게 갑자기 자리에서 벌떡 일어나더니 오른손 주먹으로 테이블을 강하게 내리쳤다. 테이블 위에 놓인 보드카 병과 술잔 그리고 안주 접시가 잠시 흔들거렸다. 쾅 하는 소리에 대여섯 명 남짓한 술집 손님의 시선이 일제히 우리를 향했지만 이내 원위치로 돌아갔다. 한순간에 싸늘해진 분위기. 나는 애써 태연한 척했다. 에이노는 의외로 초연한 표정이었다. 의자에 무너질 듯 다시 앉은 드미트리는, 그걸로도 성이 차지 않았는지 어금니를 꽉 물고 갖은 인상을 다 썼다. 잠시 후 그는 거친 호흡을 가다듬더니 말을 이어갔다.

"나는 헬싱키로 넘어가 한국인 학생을 2주간 미행하면서, 그와 여교수가 밀애를 즐기는 패턴을 파악했었지. 매주 월요일과 목요일 밤에 만나, 학생의 차로 헬싱키 외곽 바닷가 주차장으로 가서 그 짓을 하고 시내로 돌아가더군. 나는 목요일 밤을 디데이$^{D-Day}$로 잡았는데, 그전 월요일에 사건이 일어난 거야."

그는 미간을 찡그리며 분노와 고통이 뒤섞인 표정을 지었다.

"그럼, 당신 드미트리가 아니라 그날 밤 다른 사람이 살인을 저질렀단 말이오?"

놀란 표정으로 에이노가 물었다.

"그렇다니까."

드미트리는 그날 밤, 이 대답을 끝으로 B 관련 사건에 대해 입을 다물었다. 대신 소련이 아프가니스탄을 침공해 치렀던 전쟁에 관한 얘기를 우리에게 장황하게 늘어놓았다. 7년간 아프가니스탄에 파병되어 무자히딘^{mujahideen}과 시골 마을 민간인들을 무차별 '사냥'한 대가로 국가로부터 훈장을 받았다며 자랑스러움보다 씁쓸함을 내비쳤다. '그 빌어먹을 전쟁'의 여파로 소련이 붕괴하고, 러시아 국민은 극심한 가난의 고통을 견디어야 했다는 주장도 펼쳤다. 새벽 3시가 조금 넘어, 에이노와 나는 그와 작별 악수를 하고 술집을 나왔다. 호텔로 돌아오는 택시 안에서 에이노는, 드미트리가 살인범일 거로 추정하면서 그의 주장을 곧이곧대로 받아들이는 건 위험하다는 충고를 덧붙였다. "그의 범행 동기와 과거 행적을 봤을 때, 그가 충분히 살인을 저질렀을 것으로 보이는군. 본인은 물론 부인하지만, 그건 범인들이 자백 과정에서 흔히 보이는 자기부정 반응이오."

하지만 나는 에이노와 의견이 달랐다. 살인은 자신의 짓이 아니었다고 토로하던 드미트리의 얼굴에서는 배신감이 묻어났고, 그의 목소리에는 격렬한 분노가 서려 있었다. 본인이 저지른 범죄에 대해 거짓 증언을 하는 사람의 모습이 아니었다.

호텔 방으로 돌아온 후 뜨거운 물로 샤워하고 침대에 누웠지만, 신경이 곤두서서 잠이 들기는커녕 머리가 점점 더 맑아졌다. 코스키넨 박사가 드미트리에게 부인의 살인을 교사한 사실만으로도 B의 무죄가 더 명백해진 상황. 그러나 실제 살인범이 누구인지를 밝히기 전에는, 그런 정황증거가 B에게 실질적으로 도움이 될 수 있을지는 장담하기 어려웠다. 특히 드미트리가 자백한 살인 교사 사실을 뒷받침할 구체적 물증이 없는 상황에서는 더더욱 그랬다. 설령 핀란드 경찰이 드미트리의 진술 내용을 나를 통해 전달받는다고 해도(드미트리가 직접 경찰을 찾아갈 일은 없을 테니까), 코스키넨 박사의 혐의를 찾는 건 쉽지 않아 보였다. 또한 그가 순순히 자백할 가능성은 없다고 보는 게 현실적이었다. 오전 7시경, 여전히 잠을 이루지 못하고 침대에서 뒤척거리고 있는데 호텔 방 전화가 울렸다. 드미트리였다. 그는 우리가 처음 만났던 시내 카페에서 오후 2시에 만나기를 제안했다.

"이거 받으시오."

악수하던 손을 놓자마자 드미트리가 USB 하나를 건넸다.

"이게 뭔가요?"

나는 손에 받다 쥔 USB와 드미트리의 얼굴을 번갈아 가며 보았다.

"혹시 몰라 코스키넨 박사와 내가 만났던 그날 밤, 술집 벽에 걸린 사슴 머리 박제에 소형 카메라를 숨겨두었지. 무선 미니 마이크는 테이블 밑에 설치해 두었고. 공부 많이 한 인간들의 단점이, 잔머리를 많이 굴리거든. 달면 삼키고 쓰면 뱉는 간사한 놈들이 종종 있지. 나중에 어떤 거창한 자기변명을 하게 될지 몰라 안전장치로 신경을 좀 썼어."

"그럼, 그날의 대화 장면과 음성이 파일로 남아있단 말인가요?"

드미트리의 거친 모습 뒤에 그런 치밀함이 있었다는 사실에 놀랐다. 동시에 그가 한때는 러시아 마피아하고 연유돼서 폴란드 감옥신세를 졌다는 스미르노프 박사의 말이 기억났다.

"내가 준 USB에 담겨있지."

"그런데 왜 이걸 우리에게 주는 거요?"

에이노가 안경 너머로 드미트리를 힐끔 쳐다보며 질문했다.

"코스키넨 박사가 나를 배신했기 때문이지. 그놈이 내 뒤통수를 친 거야. 나를 못 믿었거나 약속한 잔금을 주기 싫어서 다른 더 싼 놈을 구해 살인을 저지른 게 분명해. 아니면 자기가 직접 했을 수도 있고. 내가 미리 말해준 치밀한 계획을 훔쳐 그대로 따라 했더군. 소음기 달린 권총을 손에 쥐어 주고 방아쇠를 당기게 해 한국인 학생 손과 머리에 총상 잔여물을 남기는 것도 내 아이디어였거든. 멍청하게 엉뚱한 여자를 죽이게 됐지만. 그날 차에 있던 여자는, 여교수가 아니라 한국인 학생이 만나던 또 다른 여성이었던 거지. 아마도 차 안이 컴컴해서 얼굴을 식별할 수 없었겠지. 그 여자는 매주 수요일에 만나는 걸 나도 직접 확인했었는데, 그날은 무슨 이유인지 약속이 뒤바뀐 거야. 운명의 장난이라고 해야 하나? 사건 직후 코스키넨 박사에게 여러 차례 항의했지만, 그는 나를 완전히 무시했지. 나쁜 개자식."

드미트리가 분을 삭이는 동안 침묵이 흘렀다. 골똘히 생각에 잠겼던 에이노가 말문을 열었다.

"당신이 1년 전 벌어졌던 상황에 대해 배신감을 느꼈다면, 왜 이제 와서 우리에게 그 사실을 털어놓는 거요? 나는 솔직히 그게 이해가 가지 않소."

에이노를 힐끗 쳐다보며 드미트리가 말을 받았다.

"내가 말했지 않소. 내 죽마고우 스미르노프 박사를 한 달 전에 만났는데, 그가 억울하게 차별당해 코스키넨 박사에게 경쟁에서 밀렸다고. 나는 그때 배신감에 대한 기억이 되살아나, 친구에게 처음으로 사실을 다 털어놓았지. 스미르노프 박사가 헬싱키로 돌아가고 얼마 뒤, 한국인 여교수에게서 전화가 걸려왔소. 나에게 거래를 하나 제안하더군."

"어떤 내용의 거래였나요?"

"그건 당신들 상상에 맡기지. 어차피 살인사건과는 직접적으로 연관된 내용은 아니니까. 나는 법을 잘 모르지만, 내 고백이 억울하게 누명을 쓴 한국인 학생 그리고 그의 어머니에게 도움이 되기를 바랄 뿐이오."

드미트리가 한쪽 눈을 찡긋하며 씩 웃었다. 어설픈 미소를 지으며 그의 얼굴을 바라보는 동안 나는, 한 가지 생각이 뇌리를 스쳤다. '한국인 여교수는 자신을 향해 있던 총구를 남편에게 돌려놓았군.'

헬싱키로 돌아오는 기차 안에서 에이노는, 드미트리의 영상과 녹취록을 근거로 핀란드 경찰이 재수사에 착수하게 될 거라고 예상했다. 재판에서는 누락됐지만, 경찰이 발견해 보관 중인 두 번째 탄피는 B의 진술을 뒷받침해 줄 중요한 증거가 될 거라고도 했다. 코스키넨 박사가 과연 어디까지 자백할지는 예측할 수 없지만, 살인 교사 혐의는 부인하기 힘들 거라는 전망을 내놓았다. 다음날 나는 에이노의 제안으로 직접 경찰서를 찾아가 영상과 음성 파일이 담긴 USB를 제출하기 전, 살인 교사범 코스키넨 박사를 만나기 위해 그의 연구소를 찾았다. 점심 식사를 마치고 주변 공원을 산책하던 그를 따라가 면담 요청을 했지만 거절당했다. 그는 불쾌하다는 표정을 지으며, 당장 그의 곁을 떠나지 않으면 경찰을 부르겠다고 으름장을 놓았다. 나로부터 멀어져 가는 그의 뒷모습을 바라보고 있을 때 문득, 그의 신발이 눈에 들어왔다. 검은색 스트라이프의 흰색 아디다스 러닝화였다. 나는 경찰서에 USB를 넘기고 내 임무를 마무리했다. 진범 찾는 일은 다시 핀란드 경찰의 몫으로 돌아갔다.

2주 뒤, 코스키넨 박사는 살인 교사 혐의로 체포됐고, B는 다시 자유의 몸이 되어 어머니 곁으로 떠났다. 스미르노프 박사의 연구소 소장 승진 소식도 들려왔다.

1년이 지난 어느 화창한 봄날 나는, 서울의 한 호텔에서 열린 B의 결혼식에 참석하고 있었다. 그의 어머니는 내 손을 잡고 눈물을 보였다. 그녀를 처음 만났을 때 봤던 절망의 눈물방울이, 행복의 눈물방울로 바뀌어 있었다. 내 옆에 서 있던 에이노와 미라가 신랑과 신랑 어머니에게 축하 인사를 건넸다. 두 핀란드인은 B 어머니의 초청으로 당시 한국 여행 중이었는데, 그들의 모든 여행경비는 초청자가 부담했다. 2주 일정으로 헬싱키에서 날아온 부부는, 서울에서 9박을 한 뒤 한국에서의 마지막 3일은 나와 함께 제주도에서 보냈다.

사 건 2

일본 홋카이도

라일락 꽃향기

2.　　일본 홋카이도 – 라일락 꽃향기

백제의 고도 공주는, 비단같이 아름답다고 하여 이름 지어진
금강이 도시를 가로지르고 곳곳에 문화유적이 많이 남아있다.
도심을 벗어나면 태화산 자락의 천년 고찰 마곡사가, 계룡산에
는 갑사와 동학사가 있다. '춘 마곡 추 갑사'란 말이 탄생하게
된 배경도, 계절에 따라 산사 주변의 자연경관이 뛰어나기 때
문이다. 주말여행으로 다녀온 적은 여러 번 있었지만, 사건을
의뢰받아 충청남도 공주에 간 건 그때가 처음이었다. 임시 베
이스캠프로 공산성 근방에 있는 한옥 호텔에 짐을 풀었다. 금
강 변을 한 시간가량 산책한 후, 약속 시간에 맞춰 시내에 있는

한 은행 지점으로 들어갔다. 지점장실에는 공주와 부여, 논산에서 모인 지점장 아홉 명이 이미 자리하고 있었다. 시간을 낼수 없어 미팅에 참석하지 못한 지점장도 여럿 있는 것 같았다. 마치 약속이나 한 듯 일관되게 검은색 톤의 정장 차림을 한 지점장들은 4대 시중은행에 소속된 임원들이었다. 간단한 인사를 마치고, 모임 장소를 제공한 지점장이 사건의 자초지종을 요약해 설명하기 시작했다.

"지난 3개월 동안 공주, 부여, 논산에 위치한 총 다섯 군데 은행 점포에서 강도 피해를 봤습니다. 범행 패턴이 비슷한 걸로 보아, 동일범으로 추정됩니다. 지금까지 피해액은 총 4억 9천5백만 원입니다. 이미 경찰에서 수사를 진행하고 있지만, 용의자의 윤곽조차 잡지 못하고 있습니다. 사건의 심각성과 시급성을 감안해 경찰 수사와는 별개로 사설탐정에게 도움을 요청하기로 지점장들 간에 합의를 봤습니다. 그래서 오늘 서울에서 내려오신 탐정님이 이 자리에 앉아 계시게 된 거고요. 불행 중 다행인 것은 이번 연쇄 강도 사건이 아직은 언론에 노출되지않아 은행 고객들이 모르고 있다는 점입니다. 단지, 이 지역에서 근무하는 은행원들이 공포에 떨고 있다는 사실이 현재로서는 가장 우려되는 부분입니다. 직원들 사기 저하는 물론이고, 장기 무급휴가를 내거나 아예 퇴직하는 경우도 생기고 있습니다. 저를 포함해 여기 계신 지점장님들이 그래서 은행 업무에 많은 고초를 겪고 계십니다."

근심에 찬 표정을 지으며 하늘색 넥타이를 맨 지점장이 끼어들었다.

"맞습니다. 우리 지점만 해도, 평상시 직원이 여덟 명이었는데 지금은 다섯 명이 근무하고 있습니다. 통상적인 은행 업무가 불가능할 정도입니다. 출근하는 다섯 명마저 매일 공포에 떨며 근무 중이고요."

여러 참가자가 시선을 교환하며 고개를 끄덕였다. 브리핑이 이어졌다.

"제가 지금부터 탐정님이 제일 궁금해하실 피해 유형에 관해 설명드리겠습니다. 먼저 우리 지점 케이스를 말씀드리죠. 두 달 전 우리 은행에 고객을 가장한 범인이 들어와 창구 은행원을 협박해 현금 9,900만 원을 갈취해 갔습니다. 이게 그 당시 감시 카메라^{CCTV}에 찍혔던 범인의 모습입니다."

브리핑하던 지점장이 A4 용지 다섯 장에 인쇄된 각기 다른 사진을 내게 건넸다.

"백발의 70대 노인으로 보이지만, 경찰에 의하면 위장술이라 하더군요. 다른 은행에서 찍힌 다음 사진에는, 보시다시피 50대 평범한 주부의 모습입니다. 동일범이 매번 감쪽같이 위장했던 거죠. 다른 세 건도 각각 정장 차림의 60대 신사, 인근 아파트 경비원 복장, 휠체어를 탄 장애 노인으로 변신하고 카운터에 나타났습니다. 거기다 매번 방역 마스크를 쓰고 있었고요. 어설픈 아마추어가 아닌 거죠."

"그런데 어떻게 카운터 직원이 아무 저항 없이 현금을 내준 겁니까? 강도 피해를 대비해 은행 내부에 긴급 신고 시스템이 갖춰져 있지 않나요?"

얼굴에 복면을 쓰고 손에는 총기를 든 채 은행직원들과 고객들을 협박하는 모습의 강도를 떠올리던 내가 의문을 제기했다.

"아, 물론 있지요. 그런데 이 범인 앞에서는 그런 시스템이 무용지물이 됐습니다. 구체적으로 왜 그렇게 된 건지 들어보시지요. 고객으로 위장한 강도는, 대기 번호를 뽑고 기다리다가 차례가 되면 카운터에 와서 종이쪽지를 내밀었습니다. 그 쪽지에는 마주 보는 은행원의 가족, 그러니까 아이들과 남편의 정확한 이름, 아이들 학교와 몇 학년 몇 반, 남편 직장과 직함, 집주소 등이 적혀있었습니다. 그리고 허튼수작하면 현장에서 대기 중인 다른 일당들이 아이들과 남편을 동시에 해치겠다는 협박 문구도 있었고요. 상상도 못 했던 이런 쪽지 내용을 읽고 패닉 하지 않을 직원이 과연 있을까요?"

나의 반응을 살피려는 듯 지점장의 시선이 나에게 고정됐다.

"생각했던 것보다는 적은 금액이네요."

혼잣말처럼 던진 내 말을 몇몇 지점장은 예민하게 받아들였다. 그들은 지금 탈취당한 돈의 액수가 중요한 게 아니라는 듯 어이없어하는 표정을 지으며 나를 쳐다봤다.

"이유가 있습니다. 지점장 승인 없이 은행원이 고객에게 지급할 수 있는 현금 한도가 1억 미만인 걸 범인이 알고 있었던 거죠. 그래서 매번 5만 원권으로 9,900만 원을 요구했습니다. 담당 직원은 어쩔 수 없이 현금을 챙겨줬고요."

"피해 직원은 당연히 겁을 먹고 곧바로 신고는 못 했을 테고 그럼, 언제 피해 사실을 다른 은행원이나 경찰에 알린 건가요?"

"대부분 은행 마감 시간까지 몇 시간이 지나도록 신고 조치를 안 했습니다. 아이들, 남편과 전화 통화가 됐어도, 불안해서 이러지도 저러지도 못했던 거죠. 그건 저부터도 그랬을 테니까 피해 은행원을 탓할 순 없습니다."

꼿꼿한 자세로 앉아있던 지점장들이 일제히 고개를 끄덕였다.

"혹시 피해 직원들의 유형이 있습니까? 특정 연령층이나 여성 직원, 혹은……"

"역시 전문가라 다르시네요. 맞습니다. 강도를 상대했던 직원 다섯 명 모두 30대 여직원이었습니다. 유치원생이나 초등학교 저학년 자녀를 둔 것도 공통점이었고요. 이건 우연의 일치일 수도 있지만, 지점장들 말을 취합해 보면 해당 여직원들 성격이 모두 얌전하고 내성적이라고 합니다. 그밖에 특별한 패턴은 없습니다. 매번 다른 요일과 시간대를 골랐고요."

범행 전에 충분한 시간을 두고 치밀한 사전 준비를 할 정도로 범인은 고도의 지능범이라는 건 명백해 보였다.

"감시 카메라 영상과 정리해 놓으신 사건 관련 자료들을 저한테 넘겨주시면, 이른 시일 내에 분석해 보겠습니다. 그 후에 액션플랜Action Plan을 짜게 될 겁니다. 마음이 조급하시겠지만, 조금만 더 인내해 주시면 고맙겠습니다."

지점장들과의 미팅이 끝난 후, 한 시간가량 공산성을 산책하면서 머릿속으로 사건의 진상을 스케치해 보았다. 일단 상대는 만만치 않은 지능범이 분명했다. 섣불리 조사를 진행했다가는 시간만 허비할 공산이 컸다. 위험 부담이 큰 홈런 한 방을 날리고 빠지기보다는, 상대적으로 안전한 안타를 여러 개 치는 전략을 선택한 것만 보더라도 범인이 매우 약삭빠르고 영리하다는 걸 알 수 있었다. 안타는 얼마든지 칠 수 있다는 자신감도 엿보였다. 거기다가 뛰어난 변장 기술을 지니고 창의력까지 겸비한 인물. 그가 언제 또다시 어떤 변장을 하고 은행 지점에 나타날지 예측할 순 없었지만, 범행을 반복할 가능성은 장마철에 비가 내릴 확률만큼 높았다. 관건은, 다음 범행을 준비하는 단계에서 과연 그의 신원을 확보할 수 있는지였다. 은행원에게 협박 쪽지를 건네는 순간을 포착해 그를 검거하는 시나리오는 위험부담이 너무 컸다. 직원 가족이 실질적인 위험에 빠질 수 있기 때문이었다. 특정 창구 직원을 골라 그의 가족 신상을 파악하려면, 장시간을 미행하는 데 투자했을 것이다. 직원의 퇴근 시간에 맞춰 집까지 몰래 따라가 주소를 알아낸 뒤, 매일 집 근처를 배회하고 미행하며 가족 신상을 파악. 사전 준비가 끝나면, 은행 직원에게 건넬 내용을 프린트하고 변장을 한 다음, 은행을 방문해 현금을 들고 유유히 사라지는 게 범인의 범행 패턴이었다. 자신이 창구 넘어로 건넨 쪽지를 읽은 뒤, 순순히 현금을 챙겨주는 행동 대신 어린 자식을 담보로 다른 액션을 취할 수 있는 비이성적인 직원은 없다는 걸 그는 익히 알고 있었다. 그의 공범 또는 공범들이 실제로 가족을 해칠 수 있고, 경찰이 신고받고 아무리 신속하게 출동한다고 해도 비극을 막기에는 이미 때가 늦었을 공산이 컸다. 그렇다고 경찰이 잠재적 타깃이 될 만한 은행 직원의 가족 모두를 항시 보호 관찰해 주기도 현실적으로 어려웠다. 범인은 이런 공포심리와 제도적 한계를 이용해 범행도구 하나 없이 종이쪽지 한 장만으로 손쉽게 은행을 털었다. 잡히지 않는 한 그는 이 같은 범행을 계속 이어갈 게 불 보듯 뻔했다. 한편, 그의 목소리를 들은 직원이 단 한 명도 없었다. 그렇다면 음성 구분으로 범인을 식별하는 방법은 배제할 수밖에 없었고, 변장술로도 숨길 수 없는 얼굴이나 신체의 특성을 파악하는 데 주력해야 할 것 같았다.

나는 공산성 금서루가 올려다보이는 카페에 앉아 노트북으로 감시 카메라 녹화화면에 대한 면밀한 검토에 들어갔다. 제일 먼저 초점을 맞춘 건 '법 보행 분석'^{Forensic Gait Analysis}. 범인의 걸음걸이 특징을 파악하는 수사 기법이었다. 하지만 분석을 시작한 지 얼마 안 돼, 영상 자료만으로는 이 카멜레온 같은 자의 평상시 걸음걸이를 특정하는 게 불가능하다는 결론을 내렸다. 마치 누군가 이런 시도를 하게 될 것을 예측이나 한 듯 영상에 포착된 강도는, 걷는 모습을 의도적으로 매번 다르게 연출했다. 하루는 왼쪽 다리를 저는가 하면, 다른 날은 보폭을 최대한 좁혀 다리가 불편한 노인이 느리게 걷는 모습을 흉내 냈다. 또 다른 날은 발끝이 안쪽으로 향하며 걷는 형태의 내족지 보행자 걸음걸이였다. 심지어는 휠체어를 타고 나타나는 대담성도 보였다. 항상 모자를 착용하고 흰색 방역 마스크로 가린 얼굴은, 각각 다른 범행 현장에서 찍힌 5장의 확대사진을 나열해 봐도 각기 다른 인물로 보였다. 그만큼 범인의 변장 기술은 뛰어났다. 원래 변장술 전문가이거나 범행을 위해 전문적으로 배운 게 틀림없었다. 물론 다섯 차례나 은행에서 강도행각을 벌인 인물이 한 명이 아닐 수도 있었다. 즉, 여러 명의 공모자가 번갈아 가며 은행에 들어왔을 가능성도 완전히 배제할 수는 없었다. 그러나 그 가설이 성립되려면 구성원들이 하나같이 연기력이 뛰어나야 할 뿐만 아니라, 은행 창구 앞에 차분하게 앉아

직원에게 쪽지를 건네고 돈을 챙긴 뒤 은행을 빠져나오는 모든 과정을 용의주도하게 실행할 수 있는 대담성을 가진 자들이어야 한다. 내 견해로는 오로지 한 사람, 아마도 리더격인 단 한 명이 은행 카운터로 접근하는 역할을 맡았을 것으로 점쳐졌다.

나는 전문가용 사진 편집 프로그램을 이용해 사진 속 눈매, 특히 홍채의 밀도와 동공 면적 비율에 중점을 두고 양 눈 부위를 편집해 봤다. 사진의 해상도가 낮아 홍채의 고유 패턴까지는 분석할 수 없었지만, 범인의 눈 모양 특징은 충분히 입체적으로 살릴 수 있었다. 화질을 개선하기 위해 먼저 확대한 영상의 픽셀 사이에 새로운 픽셀을 채워 넣었다. 이렇게 화질이 개선되면서, 다음으로는 눈매가 더 또렷하게 보이도록 '엣지 검출Edge Detection'을 실행했다. 즉, 눈가의 선을 증폭시켜 눈매의 형태를 더욱 사실적으로 나타나게 하는 작업을 시도했던 것이다. 각각 다른 은행에서 찍힌 범인의 얼굴 사진을 이런 과정을 마치고 분석해 보니, 역시나 동일인이 맞았다. 얼굴에서 유일하게 노출된 눈과 눈썹, 특히 눈매가 같은 사람임을 말해줬다. 나는 편집한 사진 파일을 공주, 부여, 논산 지역 지점장들과 공유하면서, 모든 직원이 범인의 눈 모양을 머릿속으로 생생하게 기억할 때까지 교육해달라고 당부해 두었다. 범인이 다음 범행을 위해 특정 은행원의 뒤를 밟게 될 경우, 은행원이 의식적으로 주위 사람들을 면밀히 관찰한다면 어딘가에서 그 두 눈과 마주칠 것이다. 만약 그런 행운이 따라준다면, 그리고 재치 있는 은행원의 연락을 받고 내가 제때 그 장소로 이동해 범인을 포착하게 된다면, 술래잡기 게임은 새로운 국면을 맞게 될 것이다. 결과는 장담할 수 없었지만, 충분히 가치 있는 시도로 여겨졌다.

범인의 치밀한 계획성, 완벽에 가까운 준비성, 범행 주기를 불규칙적으로 정하는 자제력 외 그에 대한 세부적인 프로파일링 분석Profiling Analysis은 쉽지 않았다. 특히나 국내는 물론 해외에서도 유사한 수법의 은행강도 사례를 찾아볼 수가 없어 더욱 그랬다. 범인의 유형에 따라 사건을 보는 관점과 해결 방식이 달라질 수 있었지만, 벤치마킹할 자료가 절대적으로 부족한 상황이었다. 결국은 발로 직접 뛰는 것밖에는 달리 방법이 없다는 결론이 나왔다. 2주간 나는 매일 은행 영업시간 동안 공주, 부여, 논산 지역의 지점들을 교대로 돌아가며 잠복에 들어갔다. 길게는 다섯 시간 이상 한곳의 은행에 머물면서 출입하는 고객 한 명 한 명을 유심히 지켜봤다. 그런 과정에서 한 번은 나를 범인으로 의심한 은행원이, 비상 연락처로 배포한 내 휴대전화로 전화를 거는 웃지 못할 일도 벌어졌다. 주말이 찾아오면 은행 직원들과 마찬가지로 나도 휴식 시간을 보냈다. 공주와 부여에는 공산성, 마곡사, 부소산성같이 유네스코UNESCO

세계문화유산으로 지정된 국보급 문화재 외에도 국립공주박물관, 백제문화단지 등 볼거리가 많았다. 이웃 도시 논산의 강경마을에서 유명한 젓갈 정식도 먹어보고, 옥녀봉에 올라 주변 금강 일대 풍경도 감상하는 여유도 누렸다. 물론 은행강도에 대한 생각이 머릿속을 떠나지 않았지만, 범인이 인내하는 만큼 나 또한 기다릴 수 있는 참을성이 요구됐다. 내가 공주에 도착한 이후로 추가 범행은 발생하지는 않았지만, 언제라도 그 작자가 쪽지를 들고 은행에 다시 나타날 것은 확실해 보였다. 다음 범행 준비가 완벽하게 끝나면 말이다.

월요일 저녁 6시 20분경 한 은행원이 보낸 문자메시지가 아이폰 화면에 떴다.

'어느 남자가 저를 미행하는 것 같아요. 사진에서 봤던 그 눈매에요. 어떻게 해야 하나요? 도와주세요.'

이미 네 명의 다른 은행원으로부터 유사한 연락을 받고 출동했다가 엉뚱한 사람으로 확인돼 허탕을 친 경험이 있었지만, 매번 그랬듯이, 범인이 드디어 모습을 드러낸 것으로 가정하고 나는 긴장감을 늦추지 않았다.

'더 이상 뒤를 돌아보지 마시고 최대한 자연스럽게 행동하세요. 제일 먼저 눈에 들어오는 카페 안으로 들어가 창가에서 멀리 떨어져 앉으세요. 네이버 지도에서 현재 위치를 캡처해서

공유해 주세요.'

5분이 채 안 돼 그녀에게서 문자메시지가 왔다. 카페 위치는 다행히 내가 있던 장소에서 차로 10분 거리였다. 서둘러 지나가는 택시를 잡아타고 그녀가 알려준 카페에서 약 50미터 떨어진 곳에서 내렸다. 맞은편 인도를 걸으면서 카페 출입구 주변에 있는 사람들을 주의 깊게 관찰하고 있을 때 드디어 한 남자가 내 시야에 들어왔다. 검은색 야구모자를 눌러쓰고 가죽잠바와 청바지 차림의 그는, 카페 출입구에서 20미터가량 떨어진 버스정류장에 서 있었다. 대여섯 명의 다른 사람들과 마찬가지로 버스를 기다리는 것처럼 보였지만, 어딘가 모르게 동작이 부자연스러웠다. 그는 손에 든 스마트폰을 들여다보는 듯했지만, 곁눈질로 카페 출입구를 주시하는 모습을 보였다. 다른 사람들은 버스가 다가오는 방향으로 몸을 돌려서 있는 반면, 그의 몸은 반대 방향 즉, 카페 출입구를 향했다. 나는 카페 도로 건너편 상가건물로 들어가 2층의 계단 창문을 통해 그를 계속 지켜봤다. 은행 여직원에게는 문자메시지를 보내 다른 연락이 있을 때까지 카페 안에 머물러달라는 요청을 남겼다. 20분여 동안 여러 대의 버스가 정류장을 거쳐 갔지만, 남자는 역시나 버스에 승차하지 않고 같은 자리에 서서 동일한 행동을 반복하고 있었다. 깊숙이 눌러쓴 야구모자챙에 가려 얼굴은 식별이 불가능했지만, 어쨌든 그의 행동은 아주 의심스러웠다.

'지금 카페에서 자연스럽게 걸어 나와 도로변에 주차된 빈 택시를 타세요. 택시가 출발하더라도 절대 뒤를 돌아보지 마세요. 행선지는 일단 집 방향으로.'

내가 문자메시지를 전송한 지 얼마 안 돼 그녀가 카페 밖으로 나와 택시에 올랐다. 여전히 버스정류장에 서 있던 수상한 남자는, 갑자기 나타나 택시를 타고 떠나는 은행원의 행동에 당황하는 모습을 보였다. 순간적으로 그녀를 따라가려는 듯 택시가 출발하는 방향으로 한걸음 옮겼다가, 이미 너무 늦었다고 판단됐는지 발걸음을 멈추었다. 멍하니 멀어지는 택시를 바라보던 남자는 같은 자리에 서서 한동안 꿈적도 하지 않았다. 드디어 그가 길을 걷기 시작했을 때, 나는 재빨리 상가건물을 빠져나와 뒤를 쫓았다. 그는 누가 자신을 미행할 거라는 생각은 안 들었는지, 30분가량 일정한 속도로 걷는 동안 단 한 번도 뒤를 돌아보지 않았다. 나는 긴장의 끈을 놓지 않고 그와 일정 거리를 유지하면서 택시 안에 있을 은행원에게 전화를 걸었다.

"많이 놀라셨죠?"

"범인은 잡으셨어요?"

"지금 미행 중입니다. 그대로 귀가하셔도 됩니다. 무슨 일이 생기면 저한테 연락주세요."

"저와 우리 가족은 괜찮을까요?"

그녀의 목소리가 두려움에 힘을 잃어갔다.

"별일 없을 겁니다. 오늘 큰일 하셨습니다. 마음 편히 쉬세요."

남자가 어느 오피스텔 건물 앞에서 멈춰 섰다. 그가 주변을 돌아보려는 순간 나는 재빨리 몸을 돌려 스마트폰을 들여다보는 척하면서 그가 오피스텔 건물 안으로 사라지는 모습을 지켜봤다. 잠시 후 도로 건너편 편의점 안으로 들어가 오피스텔 건물 입구가 잘 내다보이는 창가에 자리를 잡았다. 다행히 건물을 출입하는 사람은 많지 않았다. 그가 다시 모습을 보인다면 쉽게 눈에 띌 수밖에 없었다. 하지만 그가 언제 건물 밖으로 나오게 될지는 미지수였다. 만약 그곳이 그의 주거지라면 다음날에나 나타날지도 모를 상황. 마음은 초조했지만, 드디어 확실한 용의자를 포착한 이상 어떠한 실수나 방심도 용납되지 않았다. 한 시간가량 지났을 무렵, 머리에 중절모를 쓰고 양복을 입은 남자 한 명이 건물을 나왔다. 내가 기다리고 있던 야구모자와 가죽 잠바를 착용한 남자가 아니라는 판단이 드는 순간, 뭔가 이상한 느낌이 들었다. 건물에서 멀어져 가는 양복 차림 남자의 신체와 걸음걸이가 친숙해 보였기 때문이다. 내가 30분간 미행하던 바로 그 남자라는 사실을 알아차리기까지는 긴 시간이 걸리지 않았다. 그는 근방에 있는 신축 아파트 단지 102동 건물 안으로 또다시 사라졌다. 그곳이 남자가 거주하는 집이라는 짐작이 들었다.

다음 날 새벽 5시, 102동 건물 주변. 본격적으로 그를 미행하는 작업이 시작됐다. 주중에 그는 매일 아침 8시에 집을 나와 근방 오피스텔로 들어갔다. 양복을 입고 손에 서류 가방을 든 그는, 일반 회사원의 모습과 크게 다르지 않았다. 금테 안경을 걸친 50대 초반의 평범한 직장인. 그가 출근하는 1305호실은 혼자 사용하는 개인 사무실로 추정됐다. 그의 일상은 매우 규칙적이었는데, 오전 내내 오피스텔에 머물다가 12시 30분경 첫 외출을 나갔다. 놀라운 사실은, 그가 이때 보이는 모습이 아침에 출근할 때의 모습과 전혀 달랐다는 점이다. 가발, 모자, 안경, 위아래 복장, 신발, 심지어 마스크 종류와 색상까지 매일 바뀌었다. 놀라운 변신이라고밖에는 달리 표현할 수 없었다. 그는 건물 지하 식당에서 점심을 먹은 뒤, 오후에는 어김없이 공주, 부여, 논산 지역의 은행 점포 두세 군데를 방문했다. 여느 고객들과 마찬가지로 은행 안으로 들어가 번호표를 뽑고 의자에 앉아 차례를 기다렸다. 그러다 본인 번호가 불리면 창구로 가 현금을 입출금하거나 직원과 상담하는 듯 보였다. 이틀에 한 번꼴로, 은행 업무 시간이 끝나고 퇴근하는 여직원을 집까지 뒤따라가는 모습도 포착됐다. 직장 회식이 끝날 때까지 기다렸다가 여직원을 미행하는 경우도 있었다. 일단 특정 여직원의 집 주소를 파악하면, 주변을 맴돌면서 그녀의 가족에 대한 조사를 벌였다. 직원이 퇴근 후 자녀를 데리러 가는 장소,

아이의 이름과 다니는 유치원 또는 초등학교, 심지어 아이의 선생 이름까지 은밀하게 알아내 자신의 스마트폰에 수시로 메모하는 모습도 포착됐다. 미행하던 열흘 동안 나는 내심, 그가 은행에 들어가 강도질을 벌이기를 바랐다. 그보다 더 확실한 직접증거는 없었기 때문이다. 그러나 그는 나의 바람과는 달리 다음 범행을 실행에 옮기지 않고 계속 미루고 있었다. 아직은 완벽한 준비가 끝나지 않았다는 의미로 풀이됐다.

나는 미행하는 시간을 쪼개 이 용의자에 대해 뒷조사를 해보기로 계획을 수정했다. 며칠 만에 알아낸 그의 신상은 무척이나 놀라웠다. 이 남자(편의상 G라고 부르겠다)의 나이는 48세, 대학에서 일본어 전공, 졸업 후 대형 증권사에 입사, 2년 전 명예퇴직하기 전까지 21년 근무. 부인은 평범한 가정주부였고, 고등학교 2학년과 중학교 3학년에 재학 중인 아들이 둘. G의 부인은 남편이 퇴직한 사실을 모르는 듯 보였다. 그도 그럴 것이, 그는 늘 하던 것처럼 매일 아침 양복 차림으로 집을 나섰고, 그의 가족과 주변 사람들은 그가 변함없이 같은 직장으로 출근한다고 믿었다. 물론 그는 옛 직장 대신 자신이 임대한 오피스텔로 출근했지만. 멀쩡한 중산층 가장이 은행강도 짓이라니! 너무나 뜻밖의 배경을 가진 용의자에 대해 더 많은 정보를 캐고 싶은 충동을 느꼈지만, 혹시라도 그가 눈치챌 빌미를 제공할 것 같아 더 이상의 뒷조사는 접었다.

그가 오전에 개인 사무실에서 무엇을 하며 시간을 보내는지는 알 길이 없었지만, 오후가 되면 완전 딴사람이 되어 다음 범행을 준비하러 돌아다니는 것만은 눈으로 직접 확인할 수 있었기 때문에 의심의 여지가 없었다. G의 반복되는 일상을 관찰하면서 제기된 한 가지 의문점은, 그의 조력자 존재 여부였다. 나는 그의 은신처를 출입하는 사람을 본인 외에 단 한 명도 목격하지 못했다. 또한 그가 외부에서 누굴 만나는 걸 본 적도 없었다. 물론 공모자들끼리 전화나 문자메시지로 연락을 주고받을 가능성을 완전히 배제할 순 없었다. 그럼에도 불구하고, 그를 매일 지근거리에서 지켜보고 그에 대해 더 많은 것을 알게 될수록 그가 모든 범행을 혼자 계획하고 준비하고 실행한다는데 무게를 두게 되었다. 그렇다면 그의 조력자들이 은행원 가족들을 헤치겠다는 협박은 단순 공갈에 불과한 것일까? 만약 그가 단독범이라면, 그를 범행 현장에서 체포해도 은행원 가족은 안전할 수 있다는 뜻이었다. 가장 이상적인 시나리오였지만, 공모자 여부가 100퍼센트 확실해질 때까지 선부른 판단은 너무 위험했다.

G를 미행한 지 3주째 접어들던 어느 날, 누군가가 나를 미행

한다는 느낌이 들었다. 뜻밖이었다. 위협적으로 느껴지진 않았지만, 약간의 혼란을 겪었던 건 사실이었다. G가 낌새를 채고 공모자들을 시켜 내 뒤를 쫓는다? 나는 그를, 그는 나를 미행한다고? G가 나의 존재를 진작에 알고 있었다면, 그리고 그가 내게 보여주고 싶은 것만 의도적으로 보여줬다면, 그간 범인 조사는 모두 헛수고였다는 걸 의미했다. 나는 멍청하게 그의 함정에 빠져있었던 꼴인가? 삼일 연속, 아침에 내가 한옥 호텔을 나올 때부터 밤에 건물로 들어갈 때까지 내 뒤를 밟는 남자는 두 명이었다. 나의 선택은 정공법이었다. 아침에 의도적으로 공산성을 목적지로 삼았다. 인적이 드문 공산성 안 성곽을 걷는데, 역시나 남자 둘이 먼발치서 나를 따라왔다. 갑자기 뒤로 돌아서 빠른 걸음으로 자신들에게 다가오는 나를 발견한 그들은, 어정쩡하게 몸을 돌려 금강 쪽을 바라봤다.

"길게 얘기하지 않겠습니다. 일을 더 크게 벌이기 전에 왜 나를 미행하고 있는지 말씀해 주시지요."

감정을 숨기고 최대한 냉정한 목소리로 내가 말을 걸자, 남자 둘은 서로를 어색한 표정으로 힐끗 쳐다만 볼 뿐 누구도 입을 열지 않았다.

"어차피 우린 지금 성안에 있으니, 밖으로 빠져나가기도 힘들 텐데, 순수하게 내 질문에 답해주시지요. 바쁜 경찰까지 동원할 필요는 없지 않을까요?"

둘 중 나이가 더 들어 보이는 남자가, 겸연쩍은 미소를 지으며 입을 열었다.

"사실 우리는 형사입니다."

내 귀를 의심할 정도로 뜻밖의 답이 돌아왔다.

"네? 형사요? 아니 경찰이 왜 내 뒤를 쫓는 겁니까?"

두 남자가 G와는 무관하다는 사실에 일단 안심은 됐지만, 그래도 사복 경찰이라니! 어떤 오해나 착각에서 비롯된 해프닝으로 해석하고 싶었다.

"그게…… 탐정께서 용의자를 특정해 추적 중이라는 얘기를 듣고, 공조 차원에서……"

한 손으로 머리를 긁적이며 잠시 뜸을 들이던 남자가 말을 더듬었다.

"공조요? 직접 요청하실 것이지, 이렇게 몰래 나를 미행하면 그게 공조입니까? 용의자를 수사해야지, 왜 나를?"

"사실 어제부터 네 명의 수사관이 탐정께서 특정하신 용의자를 미행하고 있습니다. 어차피 은행강도를 검거하는 게 우리 모두의 공통된 목적 아니겠습니까? 그렇게 이해해 주시기를 바랍니다."

참으로 어처구니없는 변명이었다. 언짢은 기분을 애써 누그러뜨리면서 최대한 차분한 목소리로 대화를 끝맺었다.

"목적이 동일한 건 맞죠. 하지만 내가 유력한 용의자에 대한 명확한 증거를 확보하는 동안 경찰은, 나와 한마디 상의도 없이 병행 수사를 시작한 겁니다. 병행 수사를 진행해 상리공생의 결과를 얻게 되면 금상첨화인데, 서로 엇박자가 나서 혹시라도 차질이 빚어지면 최악의 시나리오를 감수해야겠지요."

내가 우려했던 일이 결국은 벌어지고 말았다. 고도의 지능범 G는, 자신의 뒤를 쫓는 형사들을 눈치채고 감쪽같이 사라졌다. 나와 경찰의 수사망을 완벽하게 빠져나간 것이다. 담당 수사관들도 그들의 실수를 인정하지 않을 수 없었다. 나는 경찰의 안일함에 화가 났지만, 그보다도 G를 코앞에서 놓쳤다는 사실에 더 분통이 터졌다. 경찰이 조금만 인내를 갖고 조심성을 발휘했다면 우리측 승리로 끝날 수 있었을 텐데, 결국은 그를 상대로 패배하는 결과를 낳고 말았다. G의 오피스텔에는 새로운 입주자가 들어왔고, 그의 가족은 같은 아파트에 계속 살았지만, 그의 모습은 더 이상 볼 수 없었다. 다른 도시에 거처를 마련한 게 분명했다. 또한 그의 뒷정리는 철두철미했다. G보다 한발 늦은 경찰은, 그의 오피스텔에서 어떠한 물증도 확보하지 못한 채 그의 아파트에 대한 압수수색영장도 법원에서 범죄 혐의 사실 소명이 부족하다는 이유로 기각됐다. 한 가지만 빼고는 모든 상황이 원점으로 되돌아갔다. G는 공주, 부여, 논산 지역을 떠났고, 자신이 노출된 이상 최소 수년 동안은 동일 지역에서 범행을 반복하지 않을 거라는 예감이 들었다. 내가 파악했던 G는 그런 인내심과 치밀함의 소유자였기 때문이다. 내가 공주에 와서 맡았던 역할은 거기까지였다. 나는 지점장들과 다시 만난 자리에서 조사 과정과 내용을 상세히 브리핑했다. 사건을 끝까지 마무리 짓지 못한 개인적 아쉬움도 숨기지 않았다. 그리고 해당 지역에서 유사한 은행강도 사건은 최소 몇 년간은 일어나지 않을 것이라고 조심스럽게 예견하면서 미팅을 마쳤다. 경찰이 최종적으로 범인 검거에 실패한 것에 대해 불만을 품고 있던 지점장들은, 그나마 나의 합리적 예측에 위안을 얻는 듯 보였다.

공주를 떠난 지 약 7개월쯤 지났을 때, 나는 우연히 일본인이 진행하는 범죄 관련 유튜브^{YouTube} 방송을 보다가 깜짝 놀랐다. 최근 두 달 사이에 일본 홋카이도에서 일어난 두 건의 은행강도 사건을 다루었는데, 그 범행 방식이 G의 것과 유사했기 때문이다. 즉시 유튜브 운영자에게 이메일을 보냈다. 내 소개와 함께 영상에 포함되지 않았던 범인 관련 세부 내용에 관해 몇 가지 질문을 던졌다.

- 일본 경찰이 특정한 용의자는 있는지?
- 범인의 일본어 억양을 들은 은행원은 있는지?
- 추가 감시 카메라 영상/화면 자료가 있는지?

• 범인이 카운터에서 담당 은행원에게 건넨 쪽지의 정확한
내용을 알고 있는지?

운영자 하루코 존더만Haruko Sondermann은 답장에서, 자신은 일
본 언론에 보도된 제한적 정보만 갖고 있을 뿐이며 이미 영상
에서 모든 정보를 공개했다고 적었다. 일본 경찰은 수사 중인
내용을 공식적으로 발표하지 않고 있다는 말도 덧붙였다. 단,
그녀가 영상 제작 후 추가로 알게 된 사실 하나는, 범인이 작성
한 쪽지에 담당 은행원 자녀들의 정확한 이름과 학교, 경찰에
신고할 경우 공모자들이 현장에서 아이들을 즉시 해치겠다는
협박 문구가 적혀있었다는 것이다. G가 홋카이도에 있다! 그
가 한국을 떠나 일본으로 건너간 상황이 처음에는 믿기지 않았
다. 그러나 곧 그의 대학 전공이 일본어였다는 사실, 그리고 경
찰에 체포되기 전까지 그의 범행이 반복될 거라는 예측이 겹치
면서 그의 일본행에 대한 확신이 굳어졌다. 추가 범행을 위해
치밀한 사전 단계를 준비 중인 G의 모습이 상상 속에서 떠나
질 않았다. 한동안 잊고 있었던 G에 대한 씁쓸한 기억이 스멀
스멀 되살아나면서, 그에 대한 개인적 호기심 또한 나를 끈질
기게 자극하고 있었다. 이틀간의 고민 끝에 삿포로Sapporo 행 항
공권을 예매하는 것으로 새로운 여정이 시작됐다.

5월 말의 삿포로는 눈과 얼음의 도시가 아니었다. 불과 2시

간 40분 전에 떠나온 서울과 인천의 때 이른 무더위와 비교하면, 홋카이도의 최대 도시는 기분 좋은 봄 날씨를 만끽하고 있었다. 나는 호텔을 나와 바로 앞에 있는 오도리 공원Odori Park에서 산책을 즐겼다. 양쪽의 특색 없는 빌딩들과는 대조적으로 공원은 잔디밭과 튤립 등이 식재된 화단, 다양한 종류의 나무, 분수, 조각 작품, 벤치 들이 어우러져 형형색색의 공간을 연출했다. 때마침 그곳에서는 삿포로의 대표적 꽃나무인 라일락 축제가 한창이었다. '라일락'이란 이름도 예쁘지만, 한국말 이름인 '수수꽃다리'도 잘 어울리는 연보라색과 흰색 꽃송이들이 만개해 방문객을 맞았다. 일본인들이 5월의 변덕스러운 날씨를 표현할 때 흔히 쓰는 '리라 추위'의 '리라'는 라일락을 뜻한다는 것을 일본어 배울 때 책에서 읽었던 기억이 났다. 군데군데 오래된 왕벚나무도 눈에 띄었다. 일본인의 상징적 국화인 사쿠라는 이미 지고 어린잎들이 이른 봄 수많은 꽃으로 장식됐던 공간을 메우고 있었다. 1945년 해방 후 한반도의 왕벚나무들이 반일 감정으로 인해 곳곳에서 잔인하게 베어졌는데, 나중에 알고 보니 이 나무의 자생지, 원래 고향은 제주도였다.

손에 옥수수를 들고 공원을 걸어 다니는 사람들을 보고, 나도 노점에 가서 구운 옥수수 하나를 사서 출출한 배를 채웠다. 공원 한편에서 홋카이도산 와인과 지역 특산물로 만든 음식을 판매하는 모습도 보였다. 공원 끝자락에 우뚝 솟은 삿포로 TV

타워를 마지막으로 돌아보고 오후 산책을 마친 나는, 근처 식당에 들어가 지역 별미라는 삿포로 라면 한 그릇을 깨끗이 비우고 호텔로 돌아왔다.

다음 날 아침 호텔에서 체크아웃한 뒤, 기차를 타고 1시간 거리의 오타루^{Otaru} 시에 도착했다. 한국을 떠나기 전부터 나의 1차 목적지는 삿포로가 아니라 오타루였다. 만약에 G가 여전히 홋카이도에 머물고 있다면, 그리고 그가 다음 범행 장소를 물색하고 있다면, 그곳은 오타루가 될 확률이 가장 높다는 게 나의 추론이었다. 이유는 이랬다. 홋카이도에서 G가 선택한 첫 강탈 대상 은행은 에베쓰^{Ebetsu} 시에 있었고, 다음 범행은 도마코마이^{Tomakomai} 시에서 저질렀다. 홋카이도에서 인구 10만이 넘는 도시는 모두 9개. 그중 대도시인 삿포로에 가장 가까운 소도시가 에베쓰, 도마코마이 그리고 오타루였다. 하코다테^{Hikodate}와 아사히카와^{Asahikawa}도 고려해 봤지만, 앞의 두 범행 도시를 두고 볼 때 거리도 상대적으로 멀고 내가 예측하는 동선 범위에서 크게 벗어나 있었다. 즉, 범인의 심리적 안전지역^{Comfort Zone} 밖에 있는 것으로 분석됐다. 한국에서도 소도시를 선호했던 G는, 대전과 세종시 대신 인근의 공주, 부여, 논산을 범행 지역으로 골랐었다. 그는 또한 절대 같은 도시에서 다음 은행을 고르지 않았다. 공주, 논산, 부여, 논산, 공주는 그가 실제로 범행을 저질렀던 장소의 순서였다. 공교롭게도 지도에서 한국의 세 개 도시를 선으로 연결하면 삼각형을 이루는데, 에베쓰, 도마코마이, 오타루도 엇비슷한 모양으로 자리 잡고 있었다. 냉정하고 합리적인 추론이 항상 우선시 돼야 하지만, 최종 결정을 내릴 때는 직감도 무시할 수 없는 법. 당시 나의 촉은, 오타루에서 다음 타깃 은행을 찾고 있을 G를 가리켰다.

오타루에는 식물들의 끝 무렵 겨울잠을 깨우는 단비가 내리고 있었다. 인구 200만의 대도시 삿포로에 비하면 12만인 오타루는 소도시였지만, 나름의 운치는 빼어났다. 시가지를 가로지르는 운하를 따라 식당, 카페, 상점 들이 즐비했고, 옛날 스타일의 가스등이 설치된 산책로가 특히 마음에 들었다. 나는 운하에서 멀지 않은 가정집 2층 전체를 에어비앤비^{AirBnB}를 통해 얻었다. 한눈에 봐도 100년은 넘어 보이는 목조건물의 1층에는 70대의 주인 노파가 거주하고, 임대 공간인 2층은 일본식 다다미 침실과 현대식 화장실이 있는 구조였다. 삽상한 실내 공기와 더불어 침실 한편에 놓인 예쁜 도자기 꽃병과 보라색 라일락꽃이 분위기를 화사하게 장식했다. 나는 불행하게도 첫날 저녁 식사 후, 운하를 따라 산책하러 나갔다가 그만 심한 감기에 걸려 앓아눕게 되었다. 홋카이도 5월의 '리라 추위'를 간과한 탓이었다. 졸지에 감기 환자 된 나를 주인 노파는 지극

정성으로 간병해 주었다. 식사는 물론, 레몬즙과 꿀을 탄 따듯한 차를 수시로 2층까지 가져다주는 수고를 마다하지 않았다.

"내가 40년 전 유럽 여행을 갔을 때 독일에서 하필 심한 감기를 앓게 됐지요. 독일인 노부부의 집에서 민박하고 있었는데, 나한테 이 레몬 꿀차를 주더군요. 감기 회복에 좋은 독일의 전통 민간요법이라면서. 그 차를 계속 마셨더니 정말 이틀 만에 감기 기운이 싹 사라지더라고요. 그러니까 손님도 부담 갖지 말고 부지런히 마시세요."

주인 노파의 표정, 손짓, 목소리에는 진심 어린 온정이 배어 있었다.

"이렇게 안 해주셔도 되는데, 정말 감사합니다. 본의 아니게 민폐를 끼치게 됐습니다. 콜록콜록."

"민폐라고 생각하지 마세요. 다 내가 좋아서 하는 일이니까. 혼자 외국 나와서 이렇게 앓아눕게 되면 외롭지요. 내가 다 겪어봐서 잘 압니다. 홋카이도의 5월 날씨는 유난히 변덕스럽고 일교차가 커서 여기 사는 사람들도 감기에 많이 걸려요. '리라 추위'라고도 하지요. 그나저나 손님이 일본어를 잘해서 대화를 나눌 수 있으니 참 좋네요. 내가 영어가 서툴러서 외국인 투숙객들과 대화를 나누고 싶어도 너무 어렵거든요. 아플 땐 혼자 외롭게 있는 것보다 누군가 옆에서 말동무해 주면 힘이 나고 면역도 강해지죠. 안 그래요? 호호호."

"저야 물론 고맙죠. 오타루가 원래 어르신의 고향인가요?"

노파는 질문이 반가운지 약간은 들뜬 목소리로 자기 고향 얘기를 들려주었다.

"아닙니다. 홋카이도 동부지역에 있는 아바시리[Abashiri]가 고향입니다. 오호츠크해 연안이지요. 멀지 않은 곳에 시레토코 국립공원[Shiretoko National Park]도 있답니다. 유네스코 세계유산인데, 일본에서도 꽤 유명합니다. 아직 못 가보셨다면 꼭 한번 방문해 보세요. 곰, 여우 등 야생동물도 많고, 자연이 정말 잘 보존돼 있지요."

"꼭 한번 여행하고 싶습니다. 고향이 아바시리인데, 어쩌다가 오타루에 오시게 된 건가요?"

"그 질문에 답하려면 내 인생 스토리를 다 들려드려야 하는데, 괜찮으시겠어요? 호호호."

"어차피 이렇게 누워있는 신세인데, 들려주신다면야 저야 좋죠! 콜록콜록."

먼 과거의 기억을 회상하며 내 얼굴을 향했던 그녀의 시선이 허공으로 옮겨갔다.

"고향에서 중학교 다닐 때 내 꿈이 게이샤[Geisha]가 되는 거였어요. TV와 사진에서 보던 게이샤가 너무 멋진 거 있죠? 그래서 졸업 후 무작정 교토[Kyoto]로 갔지요. 물론 부모님의 동의를 얻은 뒤예요. 거기서 게이샤 준비생인 마이코[Maiko] 생활을 2년

하면서 일본 전통 악기인 샤미센과 무용을 배웠고요. 혹시 샤미센을 아시나요?"

"그럼요. 일본의 대표적인 현악기잖아요. 3현 발현악기. 서울에서 '요시다 브라더스Yoshida Brothers' 공연도 보러 간 적이 있습니다. 유명한 형제 샤미센 연주자."

"호호, 그러시구나. 나도 한때는 샤미센 연주를 꽤 했는데, 악기를 손에서 놓은 지가 오래됐네요."

"그래서 마이코 생활 이후에 결국 게이샤가 되신 건가요?"

"아니요. 어느 순간부터 그곳 생활이 답답해지더군요. 교토 사람들이 곁으로 보기엔 친절해도 보수적이고 배타적인 면이 있어요. 그래서 게이샤 꿈을 포기하고 홋카이도로 돌아왔지요. 고향으로 안 돌아가고 처음엔 삿포로에서 살다가, 우연한 기회에 여기 오타루에 와서 사케 양조장에 취직하게 됐어요. 거기서 남편도 만났고. 나는 결혼 직후 직장을 관두면서 가정주부가 됐지만, 남편은 65세에 은퇴할 때까지 거기서 일했죠. 지금은 남편을 이어 우리 아들이 같은 양조장에서 근무해요. 애아버지는 4년 전에 폐암으로 세상을 떠났지요. 시어머니도 폐암이었는데, 유전인가 봐요."

그녀는 남편에 대한 기억이 떠올랐는지 처음으로 고개를 떨구고 쓸쓸한 표정을 지었다.

"감기가 다 나으면 오타루 사케를 맛보고 싶네요."

"오타루 사케는 드라이하고 톡 쏘는 맛이 일품이지요. 손님은 홋카이도에 관광 오신 거죠?"

"아닙니다. 일이 있어 왔습니다. 꼭 만나보고 싶은 사람이 여기 있을 것 같아서요."

"누군지는 모르겠지만, 꼭 만나시길 바랍니다. 그러려면 일단 건강을 회복하셔야 하니까, 식사 잘하시고 레몬 꿀차는 꼭 챙겨 드세요."

주인 노파 덕분에 이틀도 안 걸려 몸컨디션이 정상으로 돌아왔다. 내가 본격적으로 G의 행방을 찾아 나서려고 할 시점에 마침, 일본 유튜브 운영자 하루코로부터 이메일을 한 통 받았다. 그녀는 나를 만나기 위해 오사카에서 항공편으로 그날 오전 삿포로에 도착했으며 오후 늦은 시각에 오타루에 도착할 예정이라고 적었다. 내가 일본에 도착한 뒤에도 몇 차례 이메일을 교환했지만, 그녀가 정작 오타루까지 온다는 건 상상도 못했던 일이었다. 자신의 유튜브 채널 영상에는 직접 출연하지 않았기에 그녀의 모습을 우리가 만나기로 약속한 카페에서 처음 보게 되었다.

"곤니치와! 제가 하루코 존더만입니다."

어머니가 일본인이고 아버지는 독일인이라고 밝힌 30대 초반의 그녀는, 1미터 75센티미터 정도의 키에 얼굴은 갸름한

계란형이었다. 얼핏 보기에도 동양인보다는 서양인을 더 닮아 있었다. 오사카에서 태어나 자란 이유로, 일본어가 그녀에게는 모국어라고 밝혔다. 독일어는 가볍게 대화할 수준은 된다고 말하면서 약간 쑥스러워하는 표정을 지었다.

"하루코 상 채널을 즐겨 보는 팬인데, 이렇게 운영자를 직접 만나게 되어 영광입니다."

"호호호, 감사해요. 채널 구독자와 오프라인에서 만나는 일은 극히 드문데, 탐정님 이메일을 읽고 참을 수 없는 호기심이 생겨서 이렇게 급히 날아왔습니다. 혹시 제가 방해되는 건 아니죠?"

그녀의 반짝이는 눈빛은 사건에 대한 진심 어린 흥미를 대변하고 있었다.

"그렇진 않습니다만, 너무 기대하고 오신 건 아닌지 왠지 부담되네요. 저 또한 한국에서 그를 경찰에 넘기지 못한 개인적 아쉬움과 그에 대한 호기심만으로 홋카이도에 오게 된 거지만…… 제 직감으로는 한국인 G가 홋카이도에 머물면서 강도 행위를 이어갈 걸로 보이는데, 단언할 순 없습니다. 그와 실제로 마주칠 가능성도 현재로서는 불투명하고요. 다만, 여러 정황을 분석해 봤을 때, G가 오타루에 나타날 확률이 가장 높습니다. 제 가설을 뒷받침할 만한 구체적 근거는 부족하지만, 나머지는 운에 맡겨야죠."

"경험 많은 형사나 탐정의 직감은 무시 못 하죠. 합리적인 추리력보다 가끔은 그 촉이 범죄 수사의 해답을 찾는 데 도움을 주는 것 같더라고요. 물론 저는 아쉽게도 그런 촉이 없지만요."

"저의 선입견일 수도 있지만, 젊은 여성분이 어떻게 범죄 사건 전문 유튜브 채널을 운영하시게 됐나요?"

"적절치 않은 선입견입니다! 호호호. 사실 저희 아빠가 법의학자이고, 제가 어릴 적부터 탐정, 추리 소설을 엄청나게 좋아했거든요. 비록 대학에서는 일본 문학을 전공했지만, 한때는 경찰이 될까도 진지하게 고민했었죠. 근데 보시다시피 제 외모가 너무 눈에 띄어 일본에서 경찰 되는 건 포기했죠. 그렇다고 아버지의 모국에 가서 독일 경찰 폴리짜이^{Polizei}가 되는 건 더더욱 꿈같은 얘기고. 그래서 어쩌다 보니 전업 유튜버가 된 거예요."

"구성, 제작, 편집 등 필요한 영상작업은 혼자 다 하시나요?"

"네, 그렇죠. 아직은 구독자 수가 많지 않아 직원을 고용할 형편이 못 됩니다. 혹시 알아요, 이번에 은행강도 특종을 하면 대박이 날지도. 호호호."

짧은 첫 대면에서 나는, 둘 사이의 공통된 관심사로 인해 자연스럽게 하루코와 연대감을 느낄 수 있었다. 내 마음의 긴장을 풀어주던 그녀의 생기발랄한 성격도 한몫했다고 할 수 있다.

하루코는 조사 과정에 동참하길 원했고, 나는 물론 두 손 들어 반겼다. 낯선 나라, 낯선 도시에서 그녀와 같은 열정적인 파트너를 만나게 된 것 자체가 큰 행운이 아닐 수 없었다. 나는 하루코와 함께 은행 영업시간 동안 점포 하나하나를 돌며 내부와 주변에 있는 사람들을 면밀히 관찰하는 것으로 하루 대부분의 시간을 보냈다. 오타루에는 총 6개의 은행 점포가 있었다. 대부분이 직원 서넛밖에 안 되는 소규모 영업점. 만약 G가 다음 범행 대상을 모색 중이라면, 그중 한 곳 주변을 배회할 확률이 높았다. 꼬박 일주일간 수상한 용의자를 찾아 돌아다녔지만, 소득은 없었다. 시간은 답답하게 흘러갔고, 나의 인내심은 조금씩 바닥을 드러냈다. 하루코도 실망감을 애써 숨기는 듯 보였다. 그나마 유일한 위안은 일본 사복경찰들의 움직임이 전혀 감지되지 않았다는 점이다. 만약 조짐이 보였다면, 극도로 예민한 G가 이미 눈치를 채고 오타루를 떠났을 것이기 때문이다. 참고 버티는 수밖에 없었다.

이 주째 접어들던 어느 오후, 운하 건너편 산책로에서 휠체어를 탄 노인이 나의 시선을 끌었다. 필시 어디서 본 듯한 모습이었다. 유레카! G가 부여에 있는 은행에서 범행을 저질렀을 때의 겉모습 그대로였다. 동일한 등산 모자, 가발 모양, 잠바 색상, 검은 뿔테안경까지. 머릿속을 떠나지 않고 있던 감시 카

메라 속 이미지가 내 눈앞에 다시 나타나다니! 우물쭈물할 여
유가 없었다. 운하를 사이에 두고 빠른 걸음으로 그를 뒤쫓았
다. 예고에 없던 나의 돌발 행동에 놀란 하루코가 뒤를 바짝 따
라왔다. G로 추정되는 남자가 천천히 움직이던 휠체어를 갑자
기 멈춰 세웠다. 호쿠리쿠은행Hokuriku Bank 간판이 붙은 건물 앞
이었다. 잠시 주위를 두리번거리던 그는, 잠바 안주머니에서
뭔가를 꺼내는 동작을 취했다. 그가 손에 쥔 것은 흰색 종이쪽
지. 나는 지체 없이 다리를 건너 그의 앞을 가로막았다. 놀란
남자는 나를 한번 힐끗 올려다보더니 휠체어를 뒤로 돌리려고
한쪽 바퀴에 손을 갖다 댔다. 나는 그의 양어깨를 붙잡고 마스
크 위로 노출된 두 눈을 뚫어지게 응시했다. 나에게는 너무나
친숙했던 G의 눈동자!

 "잠시만요. G 맞죠?"

 한국어로 질문을 던지는 나를 외면하려고 그는 고개를 옆으
로 돌렸다. 옆얼굴에 드러난 눈 부위는 딱딱하게 굳어 있었다.
태연한 척 애를 쓰는 듯했지만, 빠르게 뛰고 있는 그의 심장이
느껴졌다.

 "왜 이러시는지는 모르겠지만, 내 이름은 나카무라 미치야끼
요."

 그의 입에서 미세하게 떨리는 목소리와 함께 일본어가 튀어
나왔다.

"이제 그만 실토하시죠. 게임은 다 끝났습니다."

아무 반응 없이 그대로 앉아 있던 G가, 갑자기 휠체어에서 벌떡 일어나 나를 강하게 밀쳤다. 내가 뒤로 넘어지지 않으려고 몸의 균형을 잡는 사이, 그는 반대 방향으로 뛰기 시작했다. 나는 온 힘을 다해 그의 뒤를 쫓았고, 1, 2분간의 추적 끝에 그의 상체를 덮쳐 바닥에 눕혔다. 조용한 도로변에서 순식간에 일어난 몸싸움에 길을 가다 놀란 행인들이 우리 쪽을 바라보며 웅성거렸다. 영화 찍고 있나 봐, 어느 여성의 목소리도 들렸다. 내가 올라타 있는 G의 왜소한 몸에서 점차 힘이 빠져나갔다. 그는 콘크리트 바닥에 엎드려 아무 말도 하지 않고 거친 숨만 몰아쉬었다. 그도 격렬한 몸싸움은 원치 않는 듯 보였다. 저항해 봤자 소용이 없다는 걸 이미 깨달았을 것이다. 잠시 후 멀리서 경찰차 사이렌 소리가 들려왔다.

"모든 걸 포기하고 귀국해 한국 경찰에 자수하겠다고 약속해라. 그렇지 않으면 지금 당장 일본 경찰에 넘기겠다. 당신은 똑똑하니까 현명하게 판단하겠지."

나는 낮은 목소리로 완강히 다그쳤다.

"약속하겠습니다. 제발 저를 믿어주세요. 한국에 가서 자수하겠습니다. 진심입니다."

다행히 그는 자제력을 잃지 않았다. 고개를 돌려 간절한 눈빛으로 나를 바라봤다. 제발 관용을 베풀어 달라는 듯 애원하는 그의 얼굴색은 창백해져 있었다.

옆에서 눈이 휘둥그레진 채 모든 장면을 카메라에 담고 있던 하루코에게 나는, 경찰에게는 아무 말도 하지 말아 달라고 속삭였다. 잠시 후 제복을 입은 경찰관 두 명이 차에서 내려 우리 두 사람 옆에 섰다. 그중 한 명이 내 얼굴을 쳐다보며 물었다.

"무슨 일입니까?"

"아, 별일 아닙니다. 우린 일본에 관광 온 한국 사람인데, 치매를 앓고 있는 아버지가 가끔 이렇게 도망을 칩니다. 흥분이 좀 가라앉기를 기다리는 중이죠. 주변 사람들이 오해해 신고한 모양입니다. 걱정 안 하셔도 됩니다."

"그렇군요. 저희가 도와드릴 일이 혹시 있나요?"

경찰관은 동정 어린 눈빛으로 내 얼굴과 희끗희끗한 가발을 쓴 G의 뒤통수를 번갈아 가며 쳐다보았다.

"없습니다. 아버지가 안정되면 호텔로 돌아갈 겁니다. 감사합니다."

저녁 8시가 조금 안 돼 G가 약속 장소인 시내 선술집에 나타났다. 숙소에 남기로 한 하루코는 그의 말을 어떻게 곧이곧대로 믿을 수 있냐면서 의구심을 품었지만, 나는 그가 도주하지 않을 것이라 믿었다. 자신을 일본 경찰에 넘기지 않아 고맙다고 말하던 그의 두 눈동자는, 패배감이나 분노 대신 체념과 안

도감으로 차 있었다. 또한 나의 신의를 배신할 경우 그의 모든 신상을 일본과 한국 인터넷에 공개하겠다는 경고를 그는 진지하게 받아들이는 듯 보였다. 테이블에 앉아있는 나를 발견하고 다가오던 G는, 몸에 기운이 없어 보이고 어깨는 축 처져있었지만, 얼굴은 평온해 보였다.

"일본에 와서 처음으로 술집에 들어와 보는데, 분위기가 아늑하고 좋네요."

"은행 분위기와는 아주 다르죠?"

내 농담이 조금 어색하게 들렸는지 G는 어정쩡한 표정을 지었다.

"내가 여기 오타루에 있다는 건 도대체 어떻게 알고 오신 겁니까?"

"촉, 촉이라는 게 있죠. 우리 직업 세계에서는 '감으로 답을 찾는 건 오답으로 가는 지름길이다'라는 말이 있지만, 가끔은 이성적이고 논리적인 추리보다 단순한 감이 문제 해결에 도움을 주기도 하지요."

"그렇군요. 그럼, 그 촉으로 내가 어쩌다가 증권회사 간부에서 은행강도로 돌변했는지도 알아맞힐 수 있습니까?"

그가 씁쓸한 미소를 지으며 물었다.

"그건 좀 무리겠죠. 직접 말씀해 주세요. 사실 그 점이 개인적으로 가장 궁금했습니다. 일단 사케 한잔하시고!"

술잔을 비우고 시선을 아래로 떨군 채 잠시 망설이던 G는, 마음을 굳힌 듯 이야기의 물꼬를 텄다.

"어디서부터 시작해야 할지…… 회사에서 갑자기 명퇴를 하고 나니까 세상이 완전히 달라 보이더군요. 막연한 두려움, 불안감, 뭐 이런 감정들이 매일 아침 눈뜨면 밀려오는데 미칠 것 같았습니다. 거친 생각들을 머릿속에서 몰아내려고 아무리 애를 써도 쉽지 않더군요. 아이들은 아직 어리고, 집사람은 평생 가정주부로 살아와서 세상 물정 모르는 순둥이고, 나는 앞으로 어떻게 살아가야 할지 막막했습니다. 그 중압감이라는 게…… 집에는 내가 퇴직했다는 말도 못 꺼내고, 일단 오피스텔을 하나 얻어 매일 아침 그리로 출근했지요. 평생, 직장에서 배운 게 주식이라 퇴직금을 쏟아부어 데이트레이딩Day Trading에 손대었다가 결국 그 돈을 몽땅 다 날리고 말았습니다. 그땐 진짜 앞이 캄캄하더군요. 하루에도 몇 번씩 자살을 생각했습니다. 오피스텔에서 하루 종일 혼자 시간을 보내다 보니, 별의별 생각이 다 떠오르더군요. 그러다 어느 날 은행을 털어야겠다는 생각까지 하게 된 거고요. 머리가 살짝 돌아버린 거죠. 내 손으로 죽느니 차라리 감옥에 가더라도 마지막으로 크게 한번 베팅해 보자, 뭐 그런 미친 생각이 든 거예요. 그 후에 어떤 일이 벌어졌는지는 잘 아시죠?"

그는 땅이 꺼질 듯 한숨을 크게 내쉬더니 단번에 잔을 비웠다. 스미마셍, 그가 종업원을 불러 사케 한 병을 더 주문했다.

"제가 오늘 술값은 물론이고, 그간 고생하신 수고비를 좀 드릴게요. 방에 엔화 현금이 많이 있습니다."

"그러실 필요는 없습니다. 그렇게 되면 저도 공모자가 되는 셈이죠."

"그런가요?"

그가 허탈하게 웃었다. 나는 그가 계속 이야기하도록 내버려 두었다.

"그거 아세요? 제가 공주에서 첫 은행강도 짓에 성공한 뒤 관두려고 했어요. 다시 하면 잡힐 것 같았죠. 그러다가 일 년 치 연봉은 되니까 1년에 한 번만 하자, 그런 생각이 들더라고요. 그런데 시간이 갈수록 못 참겠는 거예요. 물론 돈이 목적이었지만, 은행에서 돈다발을 들고나올 때의 그 짜릿함이 계속 생각났어요. 백수 생활이 무료하고 무기력했는데, 내 아이디어가 실현되면서 느끼는 스릴이랄까, 희열? 자아실현? 나를 냉대하는 사회에 대한 통쾌한 복수? 뭐 그런 충동에 사로잡혀 그짓을 계속하게 됐죠. 하지만 제 삶은 생지옥이었습니다. 괴물이 되어가는 나를 붙잡아줄 친구 한 명 주변에 없더라고요. 세상에 혼자 남은 느낌이었습니다. 결국 이렇게 일본까지 오게됐고…… 탐정께서 저를 그 늪에서 구해준 거나 다름없습니다. 이제 정신이 좀 드는 것 같아요. 아무튼 고맙습니다. 우리 삿포로 맥주와 사케를 섞어 폭탄주 한잔할까요?"

직전까지 남 얘기하듯 무표정하게 냉정함을 유지하던 G가, 양손으로 머리를 감싸 쥐더니 와락 울음을 터트렸다. 후회와 반성의 눈물인지, 안도와 해방감의 눈물인지 나는 알 수 없었다. 그 모든 감정이 한꺼번에 그의 가슴을 파고들었을지도 모른다. 바 안에는 이츠와 마유미의 노래 〈코이비토요〉가 흐르고 있었다. G가 일본어를 전공하던 80년대 대학 시절 유행했던 곡이었다.

'낙엽이 흩날리는 해 질 녘은, 다가올 날의 추위를 이야기하고…… 얼어붙은 나의 곁에 있어 줘요, 그리고 한마디 이 이별 이야기가, 농담이라고 웃어주길 바라요…… 마치 망각을 바라보듯 멈춰 선 나를 재촉하네…… 계절은 돌고 돌아 오지만…… 반짝 빛나고 꺼지는 무정한 꿈이여…… 그리고 한마디 이 이별 이야기가, 농담이라고 웃어주길 바라요.'

나는 그가 울음을 멈출 때까지 오른손을 그의 어깨에 올려놓았다.

"가슴에 맺혀있던 응어리가 빠져나간 느낌이네요."

술잔을 다시 들고 건배를 제안하는 G의 얼굴에는, 닦다 남은 눈물이 남아 있었다.

인터넷상에 자신의 신분이 노출되고 자기 모습이 찍힌 감시 카메라 영상이 돌아다니는 걸 보느니, 조용히 자수해 감옥에서 몇 년을 보내는 것이 가족을 위해서라도 더 나은 선택이라는 나의 설득에 G는 이견이 없었다. 그는 일주일 안에 귀국해 경찰에 자수하겠다고 내게 재차 약속했다. 방에서 여행 가방을 꾸리고 있는데, 주인 노파가 2층으로 올라왔다.

"만나야 한다는 사람을 결국 만나셨나 보네. 이제 한국으로 돌아가시나요?"

"운 좋게 그 사람을 만났습니다. 그리고 귀국하기 전에 어르신 고향에 한번 가보려고 합니다."

"아바시리요? 좋은 생각입니다! 호호. 오호츠크해 바닷바람이 차니까 따뜻하게 입으시고요. 시레토코 국립공원도 꼭 들르세요. 아, 혹시 그 미모의 서양인 아가씨와 함께 가시나요?"

"네, 함께 가게 됐습니다. 그간 저에게 잘해주셔서 정말 감사합니다."

"두 분이 잘 어울리던데, 즐거운 시간 보내세요!"

언제나 마찬가지로 유카타를 입은 노파는, 내가 선물한 한국 전통 놋수저와 젓가락에 대한 답례로 예쁘게 포장된 미니어처 피아노 모양의 도시 특산품 오르골을 주었다.

나는 하루코와 함께 오타루를 떠나 홋카이도 동부지역을 일주일간 여행했다. 그녀도 오래전부터 가보고 싶었던 곳이라고 들떠있었다. 우린 서로 만난 지는 얼마 안 됐지만, 오랜 연인같이 느껴졌다. 공통된 관심사도 많았고, 서로에게 들려주고 싶고 또 듣고 싶은 이야기 주제가 끊이질 않았다. 우리는 일본 고유의 료칸에 묵으면서 아침저녁으로 온천을 즐겼고, 매일 유카타를 입고 지역의 전통 가이세키^{kaiseki} 요리를 먹었다. 료칸을 벗어나면 오래전 본래의 땅 주인 아이누족^{Ainu} 사람들이 남겨준 자연을 온몸으로 체험할 수 있었다.

"자기는 왜 사설탐정이 된 거야?"

오호츠크해가 훤하게 바라다보이는 벤치에 앉아있을 때, 옅은 미소를 띠며 하루코가 물었다.

"글쎄⋯⋯ 내 어릴 적 꿈은 탐험가였는데, 어쩌다 보니 탐정이 되어있더군."

"탐정이나 탐험가나 크게 다르지 않은 것 같은데! 둘 다 가보지 않은 길을 가고, 경험해 보지 못한 새로운 모험에 도전하는 거잖아."

자신의 표현이 그럴싸한 듯 그녀가 씩 웃었다.

"커서 탐험가가 되려면 외국어를 잘해야겠다는 생각이 막연하게 들더라고. 그래서 초등학교 때부터 수학이나 국어 이런 과목에는 흥미가 없었는데, 영어부터 시작해 독일어, 일본어 등 다양한 외국어만 죽어라 공부했지. 누가 시켜서 하는 게 아니라 내게 꼭 필요하다고 판단이 서니까 외국어 공부가 재미있더라고. 나중에 탐정이 되고 나서 그때 익힌 외국어 실력이 뜻밖에 많은 도움이 되었지. 비록 미지의 세계에 사는 원주민들은 아직 만나보지 못했지만, 다양한 국적의 사람들과 소통할 수 있게 되어 다행이라 생각해. 굳이 직업적인 관계가 아니더라도, 나와 다른 문화권 사람들과 만나 대화를 나누는 건 언제나 즐거운 일이지."

"지금 나와 일본어로 대화하는 것처럼? 여러 나라 여자 만날 때도 유용하겠지, 물론."

장난스러운 말투와 동시에 그녀의 팔꿈치가 내 옆구리를 쿡 찔렀다. 나도 모르게 함박웃음이 터져 나왔다. 그러자 그녀가 이번에는 내 뺨을 살짝 꼬집었다.

"하루코는 어릴 적 꿈이 뭐였어?"

"나는 꿈이 수시로 바뀌어서, 호호호. 아빠같이 의사가 되고 싶었다가, 엄마같이 피아니스트가 되는 상상도 했다가, 발레리나가 되고 싶을 때도 있었고, 심지어는 여자 셜록 홈스를 꿈꾼 적도 있었어. 그땐 나름 진지했는데, 지나고 보니 우습네."

나는 잠시 탐정 하루코 존더만을 상상해 봤다.

"하로코는 행복해?"

"부모님 모두 건강하시고, 내가 하고 싶은 일 하면서 사니까 나쁘진 않은 것 같아. 지금은 멋진 탐정과 아름다운 곳을 함께 여행하고 있으니 특별히 행복하고."

그녀가 머리를 내 어깨에 기대면서 팔짱 끼고 있던 팔에 힘을 주었다.

"하루코는 자신이 일본 사람이라고 생각해 아니면 독일 사람에 더 가깝다고 느껴?"

그녀는 잠시 고민하는 듯 대답을 늦췄다.

"글쎄, 그런 질문을 수도 없이 받았는데, 잘 모르겠어. 반반이란 표현도 좀 우습고. 일본에 사니까 평상시에는 당연히 일본 사람이란 생각이 들다가도, 어쩔 땐 내가 독일인인가 하는 생각이 들 때도 있고. 내 외모가 아빠를 많이 닮아 사람들이 나를 서양인 취급할 때는 더더욱. 일본 사람들이 서양인에게 유독 친절하거든."

"일본 남자들이 그렇다는 말이지?"

"물론 남자들 포함이지! 그런데 자기 그거 알아? 일본 사람들과 독일 사람들이 비슷한 점도 많아."

"전쟁 좋아하는 거?"

"물론 과거에 전쟁도 많이 일으켜 역사적인 유대감도 존재할 수 있겠지만, 내가 얘기하는 건 문화적, 정서적으로 유사점이 많다는 거지."

"예를 들면?"

"내가 매년 친할머니 만나러 독일에 가는데, 갈 때마다 느끼는 게 있어. 독일 사람들의 기본 가치관. 하나는 질서, 둘은 정직, 셋은 청결. 일본인들도 그렇거든. 조직, 더 나아가서는 사회 질서를 중요시하고, 정직은 곧 신뢰라는 믿음이 강하고, 지저분하고 더러운 거 못 참고. 한국인들도 그래?"

"글쎄? 우리 한국 사람들은 자유와 융통성을 중요시하는 것 같은데? 일종의 무질서 속의 질서라고 할까? 하하하."

"인생을 살면서 진정으로 행복한 순간이 찾아왔을 때, 그걸 어떻게 실감할 수 있는지 알아?"

한동안의 침묵이 흐른 뒤, 하루코가 나를 향해 돌아앉으며 사뭇 진지한 표정으로 물었다.

"글쎄?"

"그 순간이 영원히 멈추기를 마음속으로 갈망하고 있다면, 자신이 진정한 행복 속에 있다는 걸 알 수 있지."

"그럼, 가장 슬픈 순간은?"

"행복이 다가오는 순간, 그 행복을 함께 나누고 싶은 사람이 곁에 없을 때. '우리 옆에 우리의 감정을 함께 나눌 누군가가 있을 때야 우주는 비로소 의미를 가진다.' 소설가 파울로 코엘료[Paulo Coelho]가 같은 말을 더 아름답게 표현했지."

그날 우리 두 사람은, 오호츠크해의 거친 바람을 버티며 시간이 정지했다고 스스로 최면을 걸었다. 갈망하며, 곁에 서로가 있음을 우주에 감사하며.

너무나 짧게 느껴졌던 홋카이도 동부지역 여행을 뒤로하고 우리는 삿포로 공항에서 헤어졌다. 하루코는 오사카로, 나는 서울로. 눈물은 보이지 않았지만, 각자의 탑승 게이트로 떠나면서 주고받은 눈빛은 천 마디의 고통과 슬픔을 말하고 있었다. 2년 후 좋은 관계로 헤어질 때까지 우리의 서울-오사카 장거리 연애는 그렇게 시작되었다.

　인천공항에 도착해 공항리무진 버스를 타고 집으로 가는데, 버스 TV 모니터에서 공주경찰청장 기자회견 장면이 중계됐다. 공주, 부여, 논산 지역에서 다섯 개의 은행 지점을 털었던 범인이 자수했다는 내용이었다. 뉴스가 끝난 직후 공주에서 전화가 한 통 걸려 왔다. 10개월 전 사건을 나에게 의뢰했던 은행 지점장이었다. "탐정님이 일주일 전에 알려주신 대로 범인이 실제로 자수를 했네요! 사건이 이렇게 일단락된 것 같으니, 성공 보수를 입금해 드리겠습니다. 그간 수고 많으셨습니다." 3개월 뒤 열린 재판 과정에서 법정은 G의 상습강도죄는 인정했으나, 그가 자수를 했고 형사처분 전력이 없으며 진지하게 반성하고 있다는 점, 피해 회복을 위해 은행들에 피해액의 80퍼센트를 변제한 점 등을 정상 참작해 5년을 구형했다.

　그로부터 6년이 지난 어느 날, 하루코로부터 이메일이 도착했다. 4년 전 이별 후 첫 연락이었다. 그녀는 그사이 결혼해 남편과 함께 동경에 살고 있으며, 유튜버 생활을 정리하고 독일계 다국적기업에서 근무한다는 소식을 전했다. 그녀는 내게 잘 지내기를 바란다는 덕담과 함께 이메일 끝에 유튜브 영상 링크 하나를 붙여놓았다. 방송영상은 3개월 전 미국 캘리포니아주 댄빌^{Danville} 시에서 일어난 아메리카 은행^{Bank of America} 강도 사건을 다뤘다. 당시 출동했던 경찰 카메라에 잡힌 영상은, 범행 당일 은행 앞에서 벌어진 장면을 생생하게 담고 있었다. 휠체어를 탄 한 노인이 은행 밖으로 나온다, 대기 중이던 수십 명의 경찰이 그를 향해 총을 겨누고 있다, 노인이 갑자기 휠체어에서 일어나 뛰기 시작한다, 그의 등산 모자와 가발이 벗겨진다, 여러 발의 총알이 몸을 관통하면서 도주하던 남자가 바닥에 쓰러진다. 그날 그 자리에서 사망한 남자가 G라는 걸 나는 직감할 수 있었다. 유튜브 진행자가 언급한 범인의 국적과 이름은 그 사실을 재확인해 줄 뿐이었다.

사 건 3

아르헨티나 파타고니아

유튜브 마지막 동영상

FreeSVG.org

3.   아르헨티나 파타고니아 – 유튜브 마지막 동영상

나는 그를 경상북도 안동 시내 한 카페에서 처음 만났다. 그가 아르헨티나 부에노스아이레스에서 귀국한 지 4개월이 막 지난 시점이었다. 마른 체형의 남자는 시종일관 침울한 표정을 지었고, 나의 질문에는 단답형으로 대답하기 일쑤였다. 나와의 만남이 탐탁지 않은 것만은 분명해 보였다. 결혼 삼 년 차 스물아홉 살의 남자는, 부인의 이름이 언급될 때마다 이맛살을 찌푸리거나 불쾌한 듯한 감정을 드러냈다. 간혹 의미 모를 긴 한숨을 내쉬기도 했다. 내가 3일 뒤 부에노스아이레스로 떠난다는 얘기를 꺼내자, 그는 부인이 언젠가 자기 발로 다시 나타날

텐데 왜 헛수고를 자처하냐며 어처구니없어하는 표정을 지었다. "그 여자는 나와 헤어질 결심을 하고 자기 발로 떠나서 안 돌아왔어요. 그런데 나보고 어쩌라고요? 분명 현지 남자 한 명 꼬셔서 함께 어딘가에서 잘살고 있을 거예요." 부산에 있던 살림집을 정리하고 안동으로 이사 온 경위를 묻자, 삶에 새로운 출발이 필요해서라고 간략하게 답했다. 그와 그의 부인이 여행했던 파타고니아[Patagonia] 세부 이동 경로를 확인할 때는, 잊고 싶은 기억을 강요받는 듯 불편한 심기를 드러냈다. 악수하고 카페를 나올 당시에는, 그것이 그와의 마지막 만남이 되리라고 나는 예상하지 못했다.

남미 출장을 앞두고 해야 할 일들이 산적해 있었다. 집과 사무실을 비우고 장기간 한국을 떠날 때마다 매번 거치는 과정이었지만, 당시는 유달리 몸과 마음이 바빴다. 일단 마무리 지어야 할 국내 의뢰 케이스가 한 건 남아있었고, 새로 이사한 집 정리를 시작도 못 한 상황이었다. 출장 건과 직접적으로 관련된 사전 조사 리스트도 길었다. 부음 소식과 결혼 청첩장 들은 왜 한꺼번에 날아드는지, 또 법원의 증인 출석 요구는 왜 하필 출국 직전 몰리는지 이해할 수 없었다. 그저 가능한 범위 내에서, 최대한 빨리 처리하고 연기하고 마무리하는 수밖에! 신랑 신부가 누구였는지 기억조차 나지 않는 어느 결혼식장에 앉아 있을 때, 한 통의 전화가 걸려 왔다.

"저는 S 보험회사 보험조사관 Y라고 합니다. 잠시 통화 가능하신지요?"

"무슨 일인가요?"

"B의 오빠한테 전화번호를 받아 연락드립니다. 모레 부에노스아이레스로 출국하신다고요? 혹시 항공사와 출발 시간을 알 수 있을까요?"

앞뒤 상황설명도 생략하고 다짜고짜 남의 출장 일정을 알고 싶다는 상대방의 무뢰한 요청에, 나도 모르게 짜증이 나는 걸 겨우 참았다.

"그건 왜 물으시죠?"

"B 관련 조사 건으로 저도 아르헨티나 현지로 떠날 준비 중이었는데, 괜찮으시다면 같이 가는 걸로 출장 일정을 맞출까 해서요. 물론 저는 제 일만 할 거니까 방해는 안 될 겁니다."

인천국제공항 터미널 체크인 카운터 J 앞. 약속 시간이 지나도록 나타나지 않는 보험조사관이란 사람에게 전화를 걸었다. 몇 발짝 옆에 서 있던 30대 중반의 여성이 내 전화를 받는 게 아닌가! 20분 전 약속 장소에 도착했을 때 그 여성은 이미 그 자리에 서 있었다. 나는 그녀가 만나기로 약속한 Y는 절대 아닐 거라고 짐작했다. 남미로 출장 가는 사람이라고는 상상이 잘 안되는 복장을 하고 있었기 때문이다. 그녀는 지리산 종주를 막 떠나려는 등산객 차림으로 챙이 넓은 모자까지 푹 눌러쓰고, 공항 나오기 직전에 처음 신은 듯한 등산 부츠와 상품 태그가 아직 어딘가 붙어있을 것 같은 등산배낭에, 얼굴의 짙은 화장은 장기 출장과는 왠지 어울리지 않았다. 물론 나의 그릇된 선입견일 수도 있었다.

"옆에 계셨네요. 긴가민가했는데. Y라고 합니다."

그녀의 목소리는 이제 갓 대학에 입학한 신입생의 수줍고 얌전한 톤이었다.

"여권은 잘 챙겨오셨죠? 유효기간도 물론 확인하셨고?"

"여권은 며칠 전에 새로 발급받은 거라 유효기간은 문제가 없을 거예요. 환전도 이미 했죠. 비행기 티켓은 스마트폰에 저장해서 왔습니다."

모범생 같은 똑 부러지는 말투였다.

"체크인할 가방이…… 이민 가방을 가져오셨네! 웬 짐이 이렇게 많으세요?"

"이것저것 챙기다 보니 짐이 좀 많아졌어요. 너무 무거워서 체크인할 때 문제가 될까요?"

"여기서는 문제가 안 되겠지만, 현지 도착해서 돌아다닐 땐 좀 버거울 것 같은데요. 아무튼 출발시간이 얼마 안 남았으니 어서 체크인하러 가시죠."

"시내 면세점에서 산 물건들이 있는데, 탑승 전에 픽업할 시간은 있겠죠?"

처음 보는 초대형 캐리어로도 모자라 추가 짐이 더 있다니! 그녀의 동행을 허락한 게 실수가 아니었는지 벌써 근심이 밀려왔다.

5개월 전, 한국인 여성 B가 아르헨티나 여행 중에 사라졌다. 나이 36세인 그녀는 당시, 남편과 함께 남미를 여행하며 유튜브 여행 채널을 운영 중이었다. 그녀 실종과 관련해 작은 실마리라도 찾을 수 있을까 해서 나는 출국 전, 그 채널에 올라와 있는 최신 영상을 한 편도 빠짐없이 시청했다. 연예인급 미모와 풍만한 가슴이 강조된 섹시한 옷차림, 거기에 애교 넘치는 부산 사투리까지, 그녀의 존재감은 영상에 나오는 여행지의 풍경을 압도하고도 남았다. 주객이 전도되었다고나 할까, 카메라에 담은 여행 관련 영상(주)이 그녀(객) 출연 모습의 백그라운드 이미지로 전락한 듯한 느낌마저 들었다. 나만의 주관적 평가가 아니라는 걸 뒷받침해 주는 많은 댓글이 눈에 띄었다. 매회 영상 밑에 달린 글들은, 여행지에 대한 멘트나 질문보다는 그녀의 외모에 집중돼 있었다. 여러 외국어로 남겨진 내용도, 한글로 된 글과 별반 다르지 않았다. 섹시하다, 만나고 싶다, 결혼했냐, 어디 어디 도착하면 연락 달라, 가슴은 진짜냐, 아름답다 등등. 그녀의 여행 동반자였던 남편은 주로 영상 촬영 역할을 맡았던 것으로 추정되었다. 그러던 어느 날 그는, 부인이 일주일 전에 집을 나가 행방불명됐다고 현지 경찰에 실종 신고를 하는 일이 벌어졌다. 자신이 부인과 다퉜는데, 화가 난 부인이 밤에 숙소를 뛰쳐나가 일주일째 돌아오지 않고 있다고 그가 경찰에 진술한 걸로 파악됐다. 현지 경찰이 곧바로 실종된 한국인 여성을 찾아 나섰지만 이렇다 할 성과는 없었고, 사건은 그렇게 방치되기에 이르렀다.

"사건을 맡아 해외로 자주 나가시나요?"

첫 기내식사를 시작하면서 Y가 물었다.

"일 년에 서너 차례 정도 됩니다. 그 이상일 때도 물론 있지만요. 그쪽은 어떠세요?"

"저는 물론 이번이 처음이죠! 사건 때문에 나가는 건요. 해외여행은 몇 번 해봤죠. 휴가 때 패키지여행으로 일본, 동남아, 작년엔 유럽 5개국. 보험조사관은 해외 나갈 일이 없어요. 대부분 국내 케이스들이고 저같이 해외여행자 보험 담당하는 사람도, 외국 현지 경찰이나 병원하고 이메일이나 우편으로 연락해서 해결해요."

"보험조사관이면 혹시 전직 경찰이신가요?"

그녀가 음식을 입에 넣기 직전 웃음을 터뜨렸다.

"호호호, 제가 전직 경찰관으로 보이나요? 저는 대학 때 수학을 전공했고, 졸업 후 입시학원에서 아이들 가르치다가 보험사에 입사하게 됐죠. 아빠가 작년에 퇴직하셨지만, 우리 보험회사 임직원이셨거든요."

"아빠 찬스?"

"아빠 찬스라니요! 저 이화여대 나왔어요."

그녀가 정색하며 나를 잠시 째려봤다. 나는 허탈하게 웃었다.

"저도 대학 전공이 수학인데, 지방에서 다녔습니다. 아마 대학 이름을 대도 잘 모르실 거예요."

"뭐, 꼭, 출신 대학이 중요한 건 아니죠. 그나저나, 혹시 아르헨티나에는 가보신 적 있으세요?"

"아니요, 처음입니다."

"아 그러시구나. 제가 출장 마치고 일주일 휴가를 냈거든요. 여행하려고요. 부에노스아이레스에 머물면서 관광도 하고 맛집도 찾아다닐 계획이에요. 탱고의 나라잖아요! 제가 20대 때 라틴댄스를 배운 적이 있거든요."

Y는 마치 이미 출장 일을 마치고 휴가를 시작하는 사람처럼 목소리가 들떠있었다.

"거기서 그 이민 가방 끌면서 탱고 추시려고요?"

"호호호, 그런 건 아니고…… 모르죠, 알 파치노 같은 멋진 남자가 한번 추자고 할지. 근데 왜 자꾸 이민 가방이라고 하세요? 외국 여행 갈 때 항상 가지고 다니는 캐리어인데. 좀 크긴 하지만……"

그녀는 입을 삐죽거리며 눈으로 다시 한번 나를 째려봤지만, 얼굴은 옅은 미소를 띠고 있었다. 나의 농담이 싫지는 않은 모양이었다.

내게 사건을 의뢰한 사람은 B의 오빠였다. 변호사였던 그는, 여동생이 먼 타국에서 행방불명됐다는 소식을 접하고 초기 충격을 넘어 실의에 빠져있었다. 혈육 간의 정이 깊다는 건 그의 표정이 말해주었다. 자신이 알고 있던 사실들, 추측하는 시나리오, 고안해 낸 가설들을 일목요연하게 설명하는 동안에도, 여동생이 떠오르는지 눈빛이 촉촉했다. 여동생에 대한 오빠의 애정이 얼마나 각별한지 한눈에 감지할 수 있는 장면이었다. 그들의 부모가 넉 달째 두문불출하고 있다는 말을 전하면서, 있을 수 없는 일이 일어났다며 흥분하는 모습도 보였다. 사건 내막을 상세히 설명한 뒤 긴 한숨을 내쉰 그는, 그 어떤 수단과 방법을 동원해서라도 여동생을 찾아야 한다고 목소리를 높였다. 흥분을 잠시 식히려는 듯 테이블에 놓인 주스 잔을 집어 들고 한 모금 들이켠 뒤 자신의 유력한 가설을 내놓았다.

"매제 그러니까 내 여동생의 남편 그놈이 동생한테 해코지

한 게 분명합니다. 동생이 실종되고 그 녀석이 보인 태도가 확실한 증거라니까요. 자기 부인이 사라졌는데 무덤덤한 거 보세요. 그게 정상입니까?"

동의를 기대하는 그의 시선이 나를 바라봤다.

"심증과 물증은 엄연히 다르다는 건 변호사이시니 누구보다 더 잘 아실 텐데요."

어떻게든 내가 그 결혼을 막았어야 했는데 하며 그는 양손에 머리를 파묻었다. 잠시 후 냉정을 되찾은 듯 자세를 고쳐 앉고 나서 그가 말을 이었다.

"제가 아르헨티나까지 직접 갔었습니다. 거기서 2주간 있으면서 동생의 행방을 찾아봤지만 결국 허사였지요. 현지 경찰에게 이건 살인사건이니 그 방향으로 수사해달라고 사정했는데, 돌아온 반응은 미온적이더군요. 지금도 제가 아는 바로는 수사에 아무 진척이 없습니다. 동생은 절대 자발적으로 잠적했거나, 길을 잃었거나, 자살했을 리는 없습니다. 그것만은 확실합니다."

"아직 어떤 단서도 나오지 않은 상황에서 한 가지 시나리오만 고집하는 건 비이성적인 판단입니다. 여동생분은 충분히 살아있을 수 있습니다. 가능성의 범위를 넓혀 사건을 바라보고 접근하는 게 바람직하다고 저는 봅니다."

단지 오빠를 위로하기 위해 꺼낸 말이 아니었다. 섣부른 가정과 추측은 실제로 사건을 추적하는 데 방해 요인이 될 수 있었다.

"제가 보기엔 탐정님이 적임자이십니다. 현지로 날아가 동생의 시신이라도 찾아봐 주실 수 있을지요? 간곡히 부탁드리겠습니다. 나머지는 제가 알아서 처리하겠습니다."

10월의 부에노스아이레스는 봄을 맞고 있었다. 한반도의 산천이 한창 단풍의 화려한 색으로 물들어 가고 있을 때, 지구 남반구의 도시에는 소박한 봄꽃이 계절을 알렸다. 인천을 떠나 미국 뉴욕에서의 경유 시간 3시간 30분을 포함해 부에노스아이레스에 발을 내딛기까지 꼬박 하루하고도 6시간이 더 걸렸다. 공항에서 택시를 타고 시내 호텔에 도착한 뒤 객실 안으로 들어설 때 비로소 이 도시가 서울의 대척점, 지구의 정반대 편에 자리 잡고 있다는 사실이 실감 났다. 서울 집에서 출발한 시점을 기준으로 친다면, 자그마치 35시간을 길에서, 하늘에서 보낸 셈이었다. 객실 안 시계는 오전 10시 40분을 가리켰지만, 오늘이 오늘인지 내일인지 머리가 멍해 날짜 계산이 잘 안되었다. 한국과의 시차로 인해 몸의 바이오리듬은 또 얼마나 엉망이었는지! 막 샤워를 하고 욕실에서 나오는데, 누군가 방문을 노크하는 소리가 들렸다. Y였다. 저 여잔 피곤하지도 않나? 옷 입기가 귀찮았던 나는, 방문을 사이에 두고 그녀에게 용건을 물었다.

 "저 그게, 제가 한국에서 여행사를 통해 통역을 고용했는데요, 그 사람이 호텔 로비에 와있다네요. 괜찮으시면 함께 만나주시겠어요?"

 '제가 지금 무지 피곤해서 한숨 자야겠어요. 그냥 혼자 만나세요'라고 말하고 싶었지만, 결국 전혀 다른 두 문장이 입에서 튀어나왔다. '잠시만 기다리세요. 옷 입고 나갈게요.'

 로비에서 만난 20대 초반의 한국인 남성은 아르헨티나 교포 2세였다. 깔끔한 외모와 예의도 발라 보였지만, 한국어가 아주 서툴렀다. '환전하고 싶다'는 말을 '화장하고 싶다'는 뜻으로 이해하고, 여자가 실종됐다고 말했더니 '실종'과 '실신'을 헷갈렸는지, "여자가 왜 기절했어요?" 하는 것이었다. 나는 Y를 잠시 밖으로 불러냈다.

 "보다시피 저 친구의 한국어 실력이 부족한 것 같으니, 오늘 하루 일당을 챙겨주고 보내세요. 필요하실 때 제가 통역해 드리겠습니다."

 "스페인어를 할 줄 아세요?"

 "저 친구의 한국어 수준 이상은 됩니다."

 "알았어요, 그렇게 할게요. 아 그리고, 오늘 저녁 제가 연주회 입장권 두 장을 예매해 놓았는데, 함께 가요. 어차피 내일 오후, 이름이 뭐였더라…… 그 지방 도시로 가는 비행기 타기 전까지는 일정이 없잖아요."

    호텔 식당에서 저녁 식사를 마친 뒤, 택시를 타고 콜론 극장 ^{Teatro Colón} 앞에서 내렸다. 전 세계 5대 오페라하우스 중 하나로 꼽히고, 아르헨티나가 자랑하는 명소라고 Y가 자신 있게 설명했다. 조명에 비친 건물의 외관이 100년의 역사를 자랑하듯 고전적이고 웅장하다면, 극장의 실내는 화려함의 극치였다. 대리석 계단과 돔 형태의 천장, 그리고 그 천장에 매달린 반구형 샹들리에의 지름은 7미터는 족히 넘어 보였다. 객석은 6층까지 있었는데, 우리는 3층 발코니 좌석에 앉았다. 그날은 유럽 팝 오케스트라의 특별 연주회가 열렸는데, 프로그램의 하이라이트는 네덜란드 출신의 오페라 가수가 부른 곡 〈아르헨티나여, 나를 위해 울지 말아요^{Don't Cry for Me, Argentina}〉. 옛 아르헨티나 대통령 후안 도밍고 페론의 부인 에바 페론의 드라마틱한 삶을 담은 뮤지컬 〈에비타^{Evita}〉 그리고 이 뮤지컬을 원작으로 한 마돈나 주연의 동명 영화에도 나왔던 곡이었다. 워낙 유명한 노래지만, 아르헨티나에서 그것도 콜론 극장에서 듣게 되니 색다른 감동이었다. Y는 옆에서 눈을 질끈 감고 손을 가슴에 얹은 채 흥분을 가라앉히지 못하고 있었지만, 나는 그 정도는 아니었다.

다음 날 오후 1시 50분 항공편으로, '남반구의 파리' 부에노스아이레스에서 출발해 지구의 최남단 도시로 알려진 우수아이아Ushuaia로 향했다. 거리 2,400킬로미터, 항공 시간만 3시간 반의 또 다른 긴 여정이 이어졌다. 아르헨티나 인구는 한국과 비슷한 4,500만이지만, 국토는 한국의 약 30배인 국가라는 사실이 다시금 실감 났다. 우수아이아는 남편이 현지 경찰에 부인 B의 실종을 신고한 도시였다. 나의 목적은 그곳에서 그녀의 행방을 찾는 것이었고, 동행하는 Y의 경우는 어떤 경위로 남편이 부인의 실종 선고 판결문을 발급받아 보험사에 제출하게 됐는지 조사하는 게 방문 목적이었다. 그녀는 한국에서 여러 차례 법원 측에 연락을 취했지만, 4개월이 지나도록 아무 답변을 받지 못했다. 나는 부부가 이 도시에서 묵었던 숙소 이름과 주소를, Y는 실종 선고 판결문에 찍힌 시법원의 주소를 가지고 있었다. 낯선 도시에서 찾아갈 수 있는 확실한 주소가 하나씩 있다는 게 그나마 위안이 되었다.

공항에서 우리 두 사람을 태운 친절한 택시 기사는 30분 뒤, 쪽지에 적어준 주소에 우리를 내려주었다. 에어비앤비AirBnB 앱App으로 예약했던 독채 집인데, 사진에서 보던 것보다 더 아늑하고 넓었다. 침실 두 개는 깔끔하게 청소가 돼 있었고, 넓은 거실에 있는 장작 난로가 특히 마음에 들었다. 대형 유리로 된 거실 창 너머로, 만년설의 산봉우리들이 보였다.

"와, 멋진 집이네요! 냉장고도 크고. 부엌에 냄비, 주전자, 접시, 머그잔, 뭐든 다 있네요!"

"이 이민 가방은 어디다 갖다 놓을까요? 방을 선택하세요."

Y는 양쪽 방을 둘러보더니, 둘 중 작은 방을 집게손가락으로 가리켰다.

"제 여행 가방 때문에 고생하시는 것 같아 양보했어요."

염치가 없는 여자는 아니라는 생각이 들었다.

우리는 저녁 식사를 하기 위해 숙소에서 가까운 작은 식당에 들어갔다.

"제가 오기 전에 네이버에서 검색해 봤는데, 이 지역이 해산물이 풍부하데요. 특히 킹크랩$^{King Crab}$이 유명하다니까, 우리 그걸로 주문해요."

그녀는 물 만난 고기처럼 신이 나는 모양이었다.

"와인도 한잔하시겠어요?"

"물론이죠! 그거 아세요, 아르헨티나가 세계 5위의 와인 생산국이라는 사실?"

이 여자가 출장 오기 전 예습은 좀 한 것 같군.

식사를 마치고 숙소로 돌아오는 길에 작은 마트에 들러, 다음날 아침거리로 빵과 우유, 계란, 치즈, 작은 병에 담긴 자두

잼, 그리고 자기 전에 마실까 해서 와인 두 병을 샀다. 일교차가 큰 봄날이라 해가 진 뒤에는 실내가 쌀쌀하게 느껴졌다. 거실 장작 난로에 불을 지피고, 아르헨티나산 레드 와인 한 병을 열었다. Y가 샤워를 마치고 거실로 나와 옆 의자에 앉았다.

"고민이 많으신가 봐요? 이번 케이스가 어려울 것 같아 그러세요?"

장작 타는 모습을 골똘히 바라보고 있던 내게 Y가 물었다.

"쉽지는 않겠죠. 이 광활한 땅에서 여자 한 명을 찾아야 하니."

"남편이 죽인 것 같지 않아요? 그렇지 않고서는 어떻게 한국에 귀국하자마자 부인 사망보험금 2억 원을 신청할 수 있겠어요. 실종자는 사망자가 아니잖아요. 한국의 경우, 아무 이유 없이 사람이 사라졌다면 최소한 5년은 기다려야 실종선고가 나오거든요. 민법 제27조에 나오는 내용이에요. 예외적으로 특별실종이란 게 있는데, 그건 지진, 화산 폭발, 화재, 홍수, 선박 침몰, 비행기 추락 같은 사망의 원인이 될 수 있는 위난을 당한 사람에게만 해당하고요. 심지어, 잠수장비를 착용한 채 바다에 들어갔다가 행방불명된 사람도 '사망의 원인이 될 위난이라고 할 수 없다'라는 대법원판결도 있었어요."

Y는 자신의 전문 분야 지식을 바탕으로 남편의 범죄 가설을 제시했다. 남편이 부인의 사망을 전제로 보험금을 타내려 했다

는 얘기를 처음 접했을 때, 그의 행동이 의심스러웠던 건 사실이었다. 그런 행동 하나만으로도 의심을 사기에는 충분했고, 심증은 더 확고해졌다. 하지만 어디까지나 심증만 있는 상황이었다.

"그렇군요. 찾아보진 않았지만, 아르헨티나도 실종선고가 나오려면 최소 2, 3년은 기다려야 할 텐데, 어떻게 남편이 한 달 만에 부인 실종 선고 판결문을 받아냈는지 미스터리네요. 내일 발급한 법원에 가보면 뭔가 밝혀지겠죠."

"제 일은 그렇다 치고, 탐정님은 어떤 식으로 조사를 진행할 계획이세요? 남편이 부인을 살해했다 치면, 시신을 어딘가에 유기했을 텐데 이 넓은 땅에서 어떻게 찾으시려고요? 여기 경찰도 못 찾았다고 하던데. 건초 더미에서 바늘 찾기 아닌가요?"

"그럴지도 모르죠. 남편이 부인을 죽였다는 어떠한 단서나 물증도 없는 상황에서, 시신부터 찾아 나설 수도 없고. 특별한 살인 동기도 추측하기 힘들고요. B의 오빠 입장에서는, 여동생 남편이 살인범이라는 의심은 충분히 할 수 있겠지만, 심증과 물증은 엄연히 다릅니다."

다음 날 아침, Y와 함께 실종 선고 판결문에 나와 있는 주소를 찾아갔다. 실제로 시법원의 주소지가 맞았다. 서류에 사인

한 판사 이름을 확인하고 2층 그의 사무실로 올라갔더니, 빨간색 뿔테안경을 걸친 뚱뚱한 체형의 50대 여성이 책상 뒤에 앉아있었다. 판사의 비서로 보였다. 내가 서류를 그녀에게 내밀며, 그 실종 선고 판결문이 어떤 경위로 발급됐는지 알아보기위해 한국에서 왔다고 방문 목적을 밝혔다. 그 말을 들은 그녀는 갑자기 얼굴이 붉어지며 당황하는 기색을 감추지 못했다. 그녀는 다급히 자리에서 일어나, 우리 두 사람을 건물 밖으로데리고 나갔다. 건물 뒤편 정원 구석에 서서 담배에 불을 붙인뒤에야 그녀는 입을 열었다.

"일단, 먼저, 이 서류가 누군가에게 피해를 줬다면 사과드릴게요. 아 그게, 사실 이 서류에 사인한 사람은 판사님이 아닙니다. 한국 젊은이가 하도 사정하길래 제가 가짜로 꾸며 만들어 준 겁니다. 한국으로 돌아가야 하는데, 이게 꼭 필요하다고 해서요. 물론 제가 돈은 조금 받았습니다. 고마움의 표시로받은 거죠. 부인이 행방불명된 건 딱한 사정이니까, 그래서 제가……"

떨고 있는 입술 사이로 연신 담배 연기를 내뿜던 그녀의 궁색한 변명이 끝임없이 계속될 것 같아, 내가 한 손을 들어 올려말을 막았다.

"알겠습니다. 더 이상 우리가 추궁은 하지 않겠습니다. 신고도 하지 않을 테니 진정하세요. 다만, 한 가지만 협조해 주세요. 지금부터 동영상을 찍을 텐데, 부인 얼굴은 나오지 않을 거니까 걱정하지 마시고, 방금 우리에게 들려주신 얘기를 반복해 주세요. 돈 받은 얘기는 빼고. 그런 다음, 이 사진 속 남자가 위조 서류를 부탁한 그 한국인인지 본인 육성으로 확인만 해주면 됩니다. 자, 여기 서류는 이쪽 손에, 남자 사진은 이쪽 손에 들고 지금부터 말씀하시면 됩니다."

Y가 갤럭시폰으로 동영상 촬영을 시작하자, 여비서는 여전히 떨리는 목소리로 조금 전 그녀가 들려준 같은 내용을 반복하고 우리 요구사항을 성실히 따랐다. Y는 그 정도면 흡족한 듯 나를 향해 고개를 끄덕였다. 나는 비서의 어깨를 토닥이면서 협조해 줘서 고맙다는 말을 건넸다. 작별 인사를 나누고 자리를 떠나려는 차에 그녀가 우리를 불러 세웠다. 손가락 사이에 끼고 있던 담배꽁초를 바닥에 버리고 발로 문지르더니, 멈춰 서 있는 우리에게 다가왔다.

"이 말이 도움이 될지는 모르겠지만, 사실 그 한국 남자가 우리 옆집을 임대해 지냈거든요. 그런 인연으로 부탁도 들어준 거고요. 부인이 실종됐다고 경찰이 드나들기 전까지 그 집에서 2주 넘게 살았고, 그 후로도 한국으로 떠날 때까지 4주 정도 더 있었어요. 그런데 이상한 점이, 아무도 그의 부인을 못 봤다는 거예요. 다른 이웃끼리도 사실 그런 얘기 했었거든요. 실종 신고 전에는 아무도 신경을 안 썼는데, 갑자기 부인이 사라졌다고 해서 다들 좀 이상하다고 생각했죠. 신고 전에도 그는 항상 혼자 다녔거든요."

뜻밖의 정보였다. 우수아이아 체류 내내 남편 혼자 지냈다고? 부인 실종 신고 전에도 혼자였다? 남편은 분명 우수아이아 도착 후 일주일이 지날 무렵 부인이 집을 뛰쳐나갔다고 경찰에 진술했었다. 이웃 사람들이 부인 B를 볼 기회가 단지 없었던 건 아닐까?

"경찰에 그 내용을 알렸나요?"

"아니요, 괜히 여자들이 간섭하는 것 같아, 저도 그렇고 이웃 아주머니들도 그냥 조용히 있었어요. 그가 살던 집 혹시 아세요? 아시면 그 근처에 레스토랑 치코Chiko라고 있는데, 거기 가서 남자 사진 한번 보여주세요. 다들 기억할 거예요. 식당에 항상 혼자 왔었는지 물어보면 확인해 줄 거예요."

법원 비서의 말이 맞았다. 식당 사장은 사진 속 한국인을 쉽게 알아봤다. 그리고 단골손님이었던 그가 식당에 올 때는 항상 혼자였다는 사실을 확인해 주었다. 여자든 남자든 그가 누군가와 함께 온 경우는 단 한 번도 없었다면서, 사장은 남자가 홀로 여행 온 사람이라고 믿었다는 것이다. 뭔가 석연치 않았다. 그렇다면 남편은 애초에 우수아이아에 혼자 왔다는 말인가? 함께 있지도 않았던 부인이 행방불명됐다고 경찰에 신고

했다? 경찰은 그의 말을 곧이곧대로 믿고 수색을 진행했지만, 당연히 헛수고였을 것이고. 4주간 이곳에 머물며 경찰의 동향을 살피다가, 보험금 청구를 목적으로 귀국 직전 법원 비서에게 뇌물을 주고 부인의 실종 선고 판결문을 발급받았다? 숙소로 돌아온 나는, 부부의 유튜브 채널에 접속해 들어갔다. 다행히 계정은 아직 살아있었다. 마지막 동영상은 신고 18일 전에 업로드된 것으로 날짜가 기록돼 있었다. 마지막 동영상을 촬영한 장소는 우수아이아가 아닌 엘 칼라파테^{El Calafate}. 그곳을 배경으로 B는, 시내 풍경과 주변 파타고니아의 자연을 소개하며 행복한 미소를 짓고 있었다.

"보험사 문제는 해결됐으니, 이제 부에노스아이레스로 돌아가시죠? 저는 엘 칼라파테로 가봐야 할 것 같습니다."

어려운 결정은 아니었다. 정황에 비춰봤을 때, 부인 B는 애초에 우수아이아에 남편과 함께 오지 않았을 확률이 높았다. 남편의 실종 신고 경위를 무시하고, 처음부터 시작하는 게 옳은 수사 방향이라는 판단이 섰다. B가 실제로 엘 칼라파테에서 실종됐다고 단정 지을 순 없었지만, 그 장소가 우수아이아가 아닌 것만은 확실해 보였다.

"이렇게 도움을 많이 주셨는데, 제가 어떻게 혼자 떠나요. 의리가 있지. 저도 따라갈래요. 도움은 별로 안 되겠지만. 그렇다고 제가 짐이 되는 건 아니잖아요."

"이민 가방이요."

"호호호, 아이 또 그 여행 가방 얘기! 어쨌든 오늘 우리 둘 다 한 건씩 한 거니까, 저녁에 와인 한잔해요. 제가 소고기 사 와서 안주 만들어 볼게요."

예상했던 것보다 쉽게 문제를 해결한 Y는, 숙제를 끝낸 학생처럼 싱글벙글 즐거워 보였다.

전날보다 기온이 더 떨어져 난로에 장작을 많이 넣었더니, 거실 공기가 금방 따뜻해졌다. Y가 요리하겠다던 안주는 결국, 프라이팬에 살짝 구워 소금과 후추를 뿌린 소고기가 다였다. 모든 요리 맛의 기본은 재료라는 말이 맞았다. 방목해서 키우는 소의 숫자가 전체 인구의 두 배라는 아르헨티나의 소고기는 도드라지게 연한 육질과 깊고 진한 맛이 일품이었다.

"제가 술을 잘 못하는데, 여기 와인은 맛있어서 자꾸 마시게 되네요. 이러다 취하면 안 되는데."

"술은 원래 취하려고 마시는 거예요. 그렇지 않으면 맹물을 마시는 게 낫죠."

Y가 재미있다는 듯이 생긋 웃었다.

"그런가요? 그래도 취하면 실수하게 돼서…… 혹시 그 유튜브 부부도 술 마시다 실수로 살인이 일어난 건 아닐까요? 남편이 술에 취해서 욱하는 순간에……"

"탐정 소설 한번 써보시죠."

"호호, 그런 재주는 없어요. 근데, 부인이 남편보다 일곱 살 연상인 건 아시죠? 동영상 보면 여자가 서른여섯으로 안 보이던데. 되게 미인이고 섹시하던데 왜 죽였을까요? 질투? 자격지심? 사디스트? 사이코패스? 남편 만나보셨죠? 무뚝뚝한 경상도 남자. 한국에서 저희 보험사가 남자 뒷조사를 좀 해봤거든요. 멀쩡히 부산에서 중견기업 다니다가 갑자기 관두고, 해외여행 다니면서 부인과 유튜브를 하는 거예요. 보셔서 아시겠지만, 그들 채널 구독자 수나 조회 수가 바닥이잖아요. 경제적 압박이 있었겠죠. 여자는 평생 무직으로 살았는데, 전에도 다른 유튜브 채널을 운영했었어요. 무슨 에어로빅 강의 비슷한 내용으로. 그것도 완전 꽝이었죠. 댓글이 죄다 남자들이 쓴, 얼굴이 어떻다 다리가 어떻다 가슴이 어떻다, 뭐 그런 내용들이더라고요. 여자가 약간 그런 걸 즐기는 건지. 관종인가? 둘이 어떻게 만나 결혼까지 했는지는 모르겠지만, 제가 보기엔 서로 정말 안 어울려요. 혹시 결혼하셨어요?"

부부에 대해 부정적인 얘기를 늘어놓던 Y가 갑자기 대화 주제를 내게 돌렸다.

"아니요, 아직 싱글입니다."

"나이가 40대 중 후반으로 보이시는데, 아직 싱글이시구나.

저도 싱글이에요!"

그녀가 반가운 동지를 만난 듯 방긋 웃었다.

"그렇게 보여요. 저는 올해 마흔여덟입니다."

"저는 서른넷이요. 근데 왜 결혼은 아직 안 하신 거예요? 실례가 되지 않는다면."

진부한 질문이었지만, 바꿀만한 새로운 주제가 딱히 떠오르지 않았다.

"글쎄요, 그런 질문을 수도 없이 들었는데, 진지하게 이유를 고민해 본 적이 없어서…… 이유는 복합적이겠죠. 여자들이 저 같은 사람을 남편감으로는 싫어하더라고요. 하하하. 저는 더도 말고 덜도 말고 딱 중간만 하고 싶은데, 제가 만났던 여자들은 그런 남편이 싫었나 봅니다. 뭐든 죽으라 열심히 하고, 최고가 되기 위해 최선을 다하는 그런 남편을 원하나 봐요."

"난 아닌데! 호호호. 사놓은 와인 더 있죠?"

남극에 가장 가까운 도시, '불의 땅' 티에라 델 푸에고^{Tierra del Fuego}에 자리 잡고 있는 우수아이아를 떠나, 863킬로미터, 1시간 50분 비행 끝에 엘 칼라파테에 발을 디뎠다. 비행기가 활주로에 착륙하기 직전 창밖으로, 도시를 감싸고 있는 에메랄드 빛 아르헨티노 호수^{Lago Argentino}와 주변 만년설이 조화롭게 펼쳐졌다. 인구 2만이 채 안 되는 이 새로운 도시에서, 먼저 부부가 묵었던 거처를 찾는 게 관건이었다. 관광업이 발달한 지역이라 숙박시설이 예상보다 많았다. 꼬박 이틀 동안 예약사이트와 앱에 나오는 호스텔, 호텔, 민박집을 차례로 방문하면서, 유튜브 영상에서 캡처한 B의 얼굴 사진과 인쇄해 온 남편의 얼굴 사진을 주인과 직원 들에게 보여줬다. 긍정적인 반응은 한 건도 없었다. 3일째 되던 날 드디어, 도시 외곽의 한 양떼목장 주인이 두 사람을 알아봤다. 목장 한편에 지어진 작은 별채를 한국인 부부에게 열흘간 임대했었다는 그는, 두 사람이 함께 도착했고 떠날 때도 함께였던 걸로 기억했다. 주인에게 양해를 구하고 별채 안을 돌아봤다. 다섯 평 남짓한 실내 공간에는 오래된 침대 하나, 식탁 하나, 의자 둘과 작은 부엌, 그리고 좁은 화장실이 있었다. 천장 곳곳에 매달려 있는 거미줄. 두꺼운 나무 널빤지로 덮여있는 내벽과, 원목 단판이 촘촘히 깔린 바닥을 유심히 훑어봤다. 6배율 엘이디^{LED} 돋보기 확대경으로 벽과 바닥을 조사하고 있을 때, 화장실 입구 주변 벽과 바닥에서 색이 바랜 일정한 패턴의 자국이 발견됐다. 입으로 후 불어 쌓인 먼지를 날린 뒤, 혈흔 감식을 위해 준비해 온 루미놀 용액 스프레이를 벽면과 바닥 면에 골고루 뿌렸다. 창가에 있던 Y가 커튼을 치자 실내가 순식간에 깜깜해졌고, 푸른빛의 화학발광이 곳곳에서 일어났다. 광범위한 혈흔 반응이었다.

"와 신기해요! 야광 빛이 나다니! 완전 CSI, 과학수사 드라마에서 보던 거하고 똑같네요!"

등 뒤에서 Y가 감탄사를 연발했다. 의외의 장소에서 발견한 혈흔 반응에 나 또한 심장이 뛰고 정신이 얼떨떨해졌다. 드디어 안개가 걷히는 느낌이랄까.

"루미놀이 헤모글로빈에 함유된 철과 반응해 나타나는 겁니다. 락스로 닦아도 완벽하게 제거될 수 없죠."

나는 우선 백팩에서 풀 프레임 소니 카메라를 꺼내 삼각대에 고정한 후 사진을 수십 장 찍었다. 그런 다음 몸을 쭈그리고 앉아, LED 돋보기 확대경으로 바닥을 면밀히 살피며 혈흔의 형태를 분석할 수 있을지 시도해 봤다. 벽과 바닥에 남겨진 비산흔은 필시, 외부의 격렬한 충격에 의해 피해자의 몸에 상처가 생기면서 피가 사방으로 흩뿌려진 형태였다. 칼에 의해 상처가 났다면 혈관이 찢어지면서 원심력에 의해 휘두름 이탈 혈흔의 패턴이 나타난다. 만약 망치 같은 둔기로 상처가 났다면 일반적으로 부채꼴 패턴을 보인다. 그러나 내 눈앞에 펼쳐진 비산흔 모양은 전혀 다른 범행도구를 가리키고 있었다. 바로 총기였다. 총알이 피해자 몸을 관통하면 총알이 날아갔던 방향과 그 반대 방향으로 모두 피가 튀면서 원뿔 형태의 혈흔 패턴을 보이는데, 바로 그 패턴이 현장에 남아있었다!

"총상인데요. 총에 맞아 흘린 피예요."

"네? B가 그럼 총에 맞아 죽었다고요? 세상에……"

"개연성만 있지 아직 피해자가 B였는지는 알 수 없고, 피해자가 사망했는지도 확신할 수 없습니다. 이 장소에서 누군가 총에 맞아 피를 많이 흘렸다는 사실 밖에는 확실한 게 아직 없다고 봐야죠."

섣부른 결론은 경계 대상이었다.

"근데 총에 맞았다는 건 어떻게 아세요?"

"총알이 사람 몸을 관통하면서 총알이 날아온 방향으로 먼저 피가 튀고, 몸을 빠져나갈 때 총알이 날아가는 방향으로 한 번 더 피가 튀지요. 전자를 후방 비산 혈흔$^{\text{back spatter}}$이라고 하고 후자를 전방 비산 혈흔$^{\text{forward spatter}}$이라고 하는데, 여기 보시다시피 양쪽으로 혈흔 자국이 많이 남아있잖아요. 내부 공간이 좁으니까 아마도 근거리에서 총을 쐈을 것이고, 그렇다면 가해자의 얼굴, 손, 옷에도 꽤 많은 피가 묻었을 겁니다."

나는 비산흔을 근거로 총 맞을 당시 피해자의 위치와 총알의 궤적을 계산해 봤다. 가해자는 방아쇠를 두 번 당겼고, 총알은 두 번 다 피해자의 몸을 관통했을 것으로 추정됐다. 그렇다면, 벽과 바닥에 각각 한 군데씩 자국이 남아있어야 했다. LED 돋보기 확대경으로 유심히 훑어보던 중 드디어 그 위치를 찾아냈다. 그런데 누군가 벽과 바닥에 난 총알 자국을 시멘트로 덧씌워 놓은 게 아닌가! 주변 혈흔 일부가 시멘트 밑에 가려진 것으로 보아, 사건 후에 작업한 흔적이라고 밖에는 볼 수 없었다.

나는 현장을 떠나기 전, 날카로운 칼을 이용해 혈흔이 남아있는 벽의 널빤지 일부를 도려내 비닐봉지에 담았다.

70대의 목장 주인은 전형적인 아르헨티나 카우보이, 가우초Gaucho의 모습을 한 남자였다. 카우보이모자와 울 판초poncho, 풍성한 바지, 여러 개의 고리로 연결된 벨트, 가죽 부츠, 그리고 목에 두른 스카프까지, 누가 봐도 그가 가우초라는 걸 알 수 있었다. 한때 천 마리가 넘는 소를 키웠다고 그가 자랑하듯 말했다. 그러나 5년 전 부인이 죽고 몸도 예전 같지 않아, 소를 다 처분하고 혼자서 양 이백이십 마리와 말 열여덟 마리만 관리한다는 얘기를 들려줄 땐 왠지 우울해 보였다.

"혹시 그 한국인 커플이 떠난 이후로 다른 손님이 별채에 묵은 적이 있나요?"

별채 안에서 발견된 혈흔 얘기는 숨긴 채 내가 질문했다.

"없소."

"그럼, 그전에는 여러 사람이 이용했나요?"

"아니오. 내가 민박을 한 지가 1년이 채 안 돼서, 홍보가 부족해서인지 프랑스인 남자가 혼자 두 달 거기 살았고, 그다음이 그 한국인 커플이었소. 그 둘에게 무슨 일이 있소?"

가우초는 그때 처음 우리의 방문 목적에 관심을 보이며 무미건조한 목소리로 물었다.

"부인이 실종됐습니다."

"만약 살인이라면 유쾌한 일은 아니지만, 우리 목장 주변에서는 발견된 게 없소."

그는 대수롭지 않다는 듯한 표정을 지으면서도 단호하게 말했다.

"혹시 삽은 어디 보관하십니까?"

"삽과 손수레는 곳곳에 있소. 수시로 써야 하니까."

"혹시 집에 총기를 보관하십니까?"

"엽총은 우리 가우초의 필수품이니까, 물론 있소."

"혹시 한국인 남성에게 엽총을 빌려주신 적은 없으시죠?"

"당신 같으면 그런 걸 함부로 외부인에게 빌려주겠소?"

의외로 노인은 신경질적인 반응을 보이며 얼굴을 잔뜩 찡그렸다. 나는 그에게 협조에 대한 감사의 표시로 한국에서 가져온 공예품 놋수저 세트를 선물로 건넸다.

Y와 함께 시내 중심가에 있는 경찰서에 들렀다. 두리번거리고 있는 우리에게 한 경찰관이 다가왔다. 나는 그에게 한국인 여성이 이 도시에서 실종됐으며, 그녀가 남편과 묵고 있던 목장 별채에서 혈흔이 발견됐다는 얘기를 들려주었다. 총기에 의한 비산흔으로 추정된다는 설명도 덧붙였다. 그러나 경찰관은 시종일관 무슨 말을 하는지 모르겠다는 표정을 지으며 내 말을

들으려고도 하지 않았다.

"그래서요? 남편이 아내를 살해했다는 말인가요? 내가 그 목장도 잘 알고 주인 가우초도 가까운 지인인데, 그 혈흔이 솔직히 사람 피인지 동물 피인지 맨눈으로 구분할 수 있어요? 댁이 무슨 코리안 CSI라도 되시오? 괜한 목장 주인 어르신 괴롭히지 마시고, 정 그렇게 정식 수사를 원하시면 일단 실종 신고라도 먼저 하시던가."

시답잖다는 말투, 나의 신고와 협조 요청을 그냥 묵인해 버리는 경찰관의 반응이 너무나 어처구니가 없었지만, 그와 언쟁을 벌이고 싶지는 않았다.

"실종 신고는 우수아이아에서 이미 했습니다."

"우수아이아요? 아니 조금 전에는 여기 엘 칼라파테에서 여자가 실종됐다고 하더니, 우수아이아에서 실종 신고를 했다는 건 또 무슨 말입니까?"

드디어 펀치를 제대로 한 방 날렸다는 듯 기고만장해진 그는 나를 몰아붙였다.

"그게……"

"그럼 그쪽 경찰에 신고하세요. 그들 소관이니까. 마누라가 집을 나가는 건 흔해빠진 일이니 잘 찾아줄 거요. 안 그런가 카를로스?"

그사이 옆에 다가와 우리 대화를 지켜보던 다른 경찰관을 향해 그가 크게 웃었다.

"그럼, 그럼. 내 마누라는 왜 안 도망가나 몰라. 실종될 때가 됐는데, 하하하."

늦은 점심을 먹으려고 경찰서 옆 그릴 식당에 들어갔다. 소 갈비뼈 부위를 숯불에 통째로 구워, 굵은소금으로 간을 맞춘 아르헨티나의 대표적인 요리 아사도^{asado}를 주문했다. 양이 많아서인지 입맛이 없어서인지 나는 접시에 고기를 많이 남겼지만, Y는 맛이 기가 막힌다며 음식을 한 조각도 남기지 않고 접시를 깨끗이 비웠다.

"앞으로 어쩔 작정이세요? 숙소에서 혈흔 반응이 나왔고, 피 묻은 샘플도 챙기셨잖아요. 보아하니 여기 경찰은 움직일 생각이 전혀 없던데, 인제 그만 저와 같이 한국으로 돌아가시죠?"

Y는 어떻게든 나를 설득해 보려는 눈치였다.

"시신을 찾아야죠. 비산흔은 간접 증거일 뿐이에요. 만약 남편이 가해자였다면, 총기는 어떻게 입수했을까요?"

"가짜 실종 선고 판결문도 뚝딱 얻어냈는데, 총도 어디서 돈 주고 구했겠죠! 시신을 이 광활한 대지에서 어떻게 찾아요? 그것도 혼자! 물론 제가 도와드릴 순 있지만……"

그녀의 설득이 계속됐다.

"적당히 마무리하고 저하고 부에노스아이레스에 가서 며칠 관광하다 한국 들어가요. 어차피 남편이 거짓말한 게 밝혀졌고, 부인 살해한 것도 뻔하잖아요. 그거 찾아낸 것만도 큰일 하신 거예요. 나머진 한국 경찰에 맡기세요. 알아서 자백을 받아내겠죠."

"적당히 하라니요! 저의 직업이고 일인데……"

"사람들 다 적당히 노력하고, 일하고 그러면서 살아요. 저 보세요, 잘살고 있잖아요. 출장 와서 단번에 서류가 가짜라는 거 밝혀내고. 물론 탐정님 도움이 아니, 탐정님이 혼자 다 하신 거지만……"

"그래도 며칠은 더 찾아봐야겠어요. 시신이 없으면 자백도 힘들 거예요."

나는 단호하게 말했다.

꼬박 일주일 동안 시신을 찾아다녔다. 도와주겠다는 Y를 설득해, 주변 관광투어를 예약해 줬다. 저녁때 숙소에서 만나면 그녀는, 아르헨티노 호수 주변 트레킹 경험담과 파란 비취색의 페리토 모레노 빙하$^{Perito Moreno}$에 대해 들뜬 목소리로 이야기꽃을 피웠다. 나는 대조적으로 할 말이 별로 없었다. 별채 주변에서 시작해 점차 조사 지역을 넓혀갔지만, 소득 없이 의기소침해지는 순간들이 점점 더 잦아졌다. 하루는 목장 가우초 노인이 내게, 당일 도축한 양고기라면서 큼직한 고깃덩어리를 비닐

봉지에 담아줬다. 내가 선물했던 놋수저와 젓가락이 마음에 든다는 말도 덧붙였다. 다른 날은 장거리 버스터미널에 가서 기사들을 상대로, 사진 속 B의 남편을 기억하는 사람을 수소문했다. 한 버스 기사가 나타났다. 엘 칼라파테에서 우수아이아까지 버스로 17시간 20분이 걸리기 때문에 승객들 얼굴을 잘 기억한다는 그는, 사진 속 남자가 분명 혼자 탑승했고 목적지에서 혼자 내렸다고 확신에 찬 목소리로 말했다. 농장 가우초 노인은 한국인 부부가 함께 숙소를 떠났다고 확인해 줬는데, 버스에 탑승한 건 남편 혼자였다고? 그렇다면 B는 숙소와 버스터미널 사이 어딘가에서 사라졌다는 건가? 별채 안에서 발견된 비산흔은?

"서울로 돌아가기로 마음먹었어요."

Y의 잔에 와인을 따르며 내가 말을 꺼냈다. 더 이상 버틸 수 없는 한계에 도달했다는 사실을 자인한 직후였다.

"잘하셨어요! 하실 만큼 최선을 다하셨잖아요! 여기서 시신 찾는다고 몇 달을 더 보낼 순 없지요. 저도 사실 회사에는 일이 아직 해결 안 됐다고 뻥치고 출장을 하루하루 연장해 왔는데 더는 힘들 것 같아 이삼일 안에 부에노스아이레스로 돌아갈 계획이었어요."

그녀의 얼굴에 웃음이 한가득했다.

"지금까지 나온 정황증거로 과연 남편이 자백할지 모르겠네요. 설령 자백한다고 해도, 재판 과정에서 피고인의 진술은 얼마든지 번복될 수가 있습니다. 그렇게 되면 증거능력도 소멸되지요. 대한민국 형사소송법 310조에는, 피고인의 자백이 그 피고인에게 불이익한 유일한 증거일 때는 이를 유죄의 증거로 사용될 수 없다고 명시돼 있어요. 즉, 남편의 자백만으로는 검찰이 유죄를 입증할 수 없다는 말입니다. 그가 자백하고, 그 자백을 공판정에서 번복하지 않아야만 정황증거가 보강증거로서의 능력을 유지할 수 있다는 뜻이지요. 그래야만 합리적 의심을 넘어 고도의 개연성이 성립된다는 거죠."

"그거야 경찰과 검찰이 할 일이죠. 저희도 보험조사팀에서 초기 조사를 해보고, 보험 사기가 의심되면 곧바로 경찰에 넘겨요. 그게 경찰이 하는 일 아닌가요? 사기꾼, 살인범 잡아넣는 일. 이제 드디어 우리 두 사람의 숙제가 끝났으니, 오늘은 자축하는 의미에서 술이나 실컷 마셔요. 공항 면세점에서 테킬라 한 병 사신 것 같던데, 그거 오늘 따면 안 돼요?"

그날 저녁 테킬라를 마신 건 치명적 실수였다. Y는 어느 순간부터 발음이 늘어지고 혀가 꼬이더니, 주정이 이어졌다.

"탐정 오빠, 내가 지금, 이 나이에도 남자들한테 인기 많아요. 인기가 너무 많아 결혼을 못 하는 거라고요. 아시겠어요? 어제도 투어 하는데 노르웨인가 스웨덴인가에서 온 젊은 남자가 나한테 작업 걸어오는데…… 어린놈이 누나한테…… 내가 키 165에 몸무게 52, 여기 와서 술 마시고 소고기 많이 먹어서 55쯤 됐겠네, 암튼 몸매도 이 정도면 나쁘지 않잖아요. 안 그래요? 그 유튜브녀에 비해 가슴은 좀 빈약하지만, 뭐 그거야 한국 가서 당장 C, D, F, 내가 원하는 대로 픽스^{fix} 할 수 있고…… 술 좀 더 따라봐요. 오빠, 나랑 자고 싶어요? 나 그런 여자 아니에요, 참 나. 하여튼 남자들은 다 똑같아. 에이 씨……"

서서히 술자리가 불편해진다 싶었는데 때마침, Y가 스스로 자신의 방 침대에 가 고꾸라졌다.

부에노스아이레스에서 하룻밤을 묵고, 체 게바라, 마라도나, 리오넬 메시의 모국 아르헨티나를 떠났다. 지구상의 때 묻지 않은 자연의 보고 파타고니아도 멀어져 갔다. 장작불 구이 아사도를 언제 또 맛볼 수 있을지. 돌아오는 30시간의 비행 동안, 많은 기억과 생각들이 머리를 스쳐 갔다. 창밖으로 깊어져 가는 밤하늘에 뜬 별들을 바라보며, 귀에 이어폰을 꽂고 노래를 들었다.

일생을 한곳에 정착해, 창밖을 바라보며, 음지에서만 살 순 없었어요. / 그래서 자유를 선택했죠. 여기저기 돌아다니며, 새로운 건 뭐든 해봤어요. / 하지만 나를 감동하게 한 건 아무것도 없었어요. 물론 기대도 안 했지만요. / 나를 위해 울지 말아요, 아르헨티나! / 나는 결코 그대를 떠나지 않았어요. 거친 나날을 보내고 제정신이 아닐 때도, / 약속을 지킨 나를, 멀리하지 마세요. / 나는 부나 명예를 원치 않았어요, 세상 사람들은 다들 내가 그랬다고 생각하지만. / 둘 다 환상일 뿐이에요.

　귀국 후 제일 먼저 B의 오빠를 만났다. 조사 내용을 차근차근 체계적으로 설명하고, 현장 감식 결과, 혈흔 형태 분석 및 사진들도 챙겨줬다. 혈흔 샘플의 유전자^{DNA} 결과가 나왔는데, 예상했던 대로 B의 혈액이었다. 그 소식을 전달받은 B의 오빠는, 두 손으로 얼굴을 감싼 채 이성을 잃은 사람처럼 슬프게 울부짖었다.

　사문서위조 및 보험 사기 혐의로 재판받던 B의 남편은 어느 날, 안동 호수에서 시신으로 발견됐다. 신문 기사에 의하면, 그의 시신에는 신체적 고문으로 보이는 체계적 구타 흔적이 남아 있었다. 시신의 치아는 대부분 빠져 없었고, 성기와 손가락 10개가 모두 잘려있었다. 부산 조직폭력배 연루설이 인터넷에 떠돌아다녔다.

　Y와는 귀국 후에도 종종 만나 함께 식사하는 사이로 지냈다.

가끔 밤에 전화를 걸어 술주정했지만, 결혼한 뒤로는 연락이 끊겼다.

5년 뒤, 아르헨티나 엘 칼라파테에서 신원 미상의 백골이 발견됐고, 유전자 분석 결과 동양인 여성으로 밝혀졌다. 우수아이아에서 접수된 B의 실종 신고를 전국 데이터베이스에서 확인한 아르헨티나 경찰은, 한국 경찰에 유전자 확인을 의뢰했고 유전자 대조 결과 B의 것으로 최종 판명 났다. 인터넷에 올라온 엘 칼라파테 지역신문 기사에 의하면, 검시 결과 두개골과 갈비뼈에서 총상 흔적이 발견됐다. 또한 백골 옆에 함께 묻혀있던 판초와 바지, 장갑 그리고 스카프에서 채취한 혈흔이 B의 것과 일치한다는 경찰의 발표가 있었다. 현지 경찰은 이 옷가지의 주인을 유력한 살해 용의자로 지목하고 수사를 재개하려 했지만, 그가 1년 전 심장마비로 사망한 인근 목장 주인으로 밝혀지면서 사건을 종결지었다.

당일 도축했다면서 따뜻한 피가 뚝뚝 떨어지는 양고기 덩어리를 내게 건네주던 목장 가우초 노인과 안동에서 만났던 B의 남편 모습이 순간, 내 머릿속에서 교차했다. 한 남자의 비밀과 다른 남자의 억울함이 그렇게 세상에서 증발하면서, 또 하나의 영구 미제 사건이 탄생하게 되었다.

사 건 4

카자흐스탄 알마티

사랑의 시작 그리고

4.   카자흐스탄 알마티 – 사랑의 시작 그리고

"사랑이 무엇인지, 정상적 사랑에 대한 우리의 신념은, 정상적이지 않다……

우리가 흔히 얘기하는 러브스토리는 사실상, 그 사랑의 시작 부분에 불과하다."

스위스 태생의 소설가 알랭 드 보통Alain de Botton이 최근 〈뉴욕타임스〉 기고문 '당신은 왜 엉뚱한 사람과 결혼하게 될까Why You Will Marry the Wrong Person'에 남긴 말이다. 한창 영어 공부에 매진할 시기, 정독하던 그의 책들이 기억난다. 알랭 드 보통도 20

대였고, 나도 20대였다. 사랑에 대한 20대 중반 청년의 통찰력이 독특하다고 느꼈고, 그의 모국어 격인 독어나 불어가 아닌 영어로 집필한 사실도 놀라웠다. 그의 부모가 억만장자라는 사실은 나중에 알게 됐는데, 그런 부유한 집안 외아들이 비교적 어린 나이에 철학과 문학에 심취한다는 건 결코 흔한 일은 아니다. 사랑과 결혼. 이 두 가지 모두 인간의 발명품이라는 공통점이 있다. '사랑'이란 단어로 표현되는 감정적 개념처럼 애매모호한 개념이 또 있을까? 우리 호모사피엔스 조상 중에 누가 제일 처음 '사랑'이란 새로운 단어를 인류의 단어집에 추가했을까? 결혼 또한 인간이 발명한 수많은 제도 중 하나에 불과하다. 일부일처제, 일부다처제, 일처다부제 등 결혼의 형태는 우주선이 화성에 착륙하는 오늘날까지도 다양하게 존재한다. 많은 학자들은 결혼이란 제도가, 신생아 양육을 위한 남자, 여자 모두의 필요에 의해 탄생했다고 믿는다.

사랑과 결혼 그리고 새 생명으로 인해 벌어진 한 사건이 있었다. 의뢰인은 30대 후반의 부부였는데, 내가 정식으로 의뢰를 맡기 이전까지 그들이 살아온 이야기를 먼저 해야겠다. 사실로 알려진 내용에 합리적 추측이 더해진 재구성이라, 어쩔 수 없이 일정 부분이 픽션이라는 점 미리 양해 바란다.

남편 D와 부인 Z는 같은 대학 스포츠댄스 동아리에서 처음 만났다. 둘은 첫눈에 남자와 여자로 반했다고는 할 수 없지만, 라틴 살사 음악에 맞춰 첫 스텝을 함께 밟는 순간 서로가 완벽한 댄스 파트너가 되리라는 믿음을 갖게 되었다. 결국 그 첫 댄스 스텝은 두 사람의 첫사랑과 첫 경험으로 이어졌다. 남은 2년의 대학 생활을 일거수일투족 함께 보낸 캠퍼스 커플. 경영학을 전공했던 D는 졸업 후 대기업에 취직하고, 영문학을 전공했던 Z는 대학원에 진학해 학업을 이어갔다. 회사의 지원을 받아 D가 2년간 미국에서 유학 생활을 하는 동안 헤어져 있기도 하고 결혼 준비 과정에서 고비도 있었지만, 동갑내기 두 사람은 10년간의 연애에 마침표를 찍고 서른한 살에 정식 부부의 연을 맺었다. 결혼 4년 차 되던 해에 〈제임스 조이스의 장편소설 『율리시스』를 구성하는 사랑과 섹스에 대한 재해석〉이란 제목의 논문으로 박사학위를 취득한 Z는, 오랜 시간강사 기간을 끝내고 한 지방대학교 부교수가 되었다. 그 시점부터 두 사람은 사실상 주말 부부생활을 시작했고, 아이를 갖자고 합의한 시기도 그때쯤이었다. 배란기에 맞춰 D가 주중에 휴가를 내고 부인이 거주하는 지방 도시로 내려가기도 Z가 서울로 올라오기도 했지만, 2년이 지나도록 임신 소식은 없었다. 인내심이 바닥난 부부는 유명 산부인과를 찾아 정밀검사를 받았는데 결과는, 여자 쪽의 문제였다. 정확히 말하면, 다낭성 난소 증후군으로 밝혀졌다.

청천벽력 같은 진단 결과에 두 사람 모두 충격과 실의에 빠졌다. 특히 부인 Z는 평생 자신의 아이를 가질 수 없다는 현실을 받아들이기가 뼛속 깊이 고통스러웠다. 반면 남편 D는, 부부 사이의 임신 문제에 더 이상 연연하지 않아도 된다는 일종의 해방감을 느꼈다. 의무감을 하나 덜고 직장생활에 더 매진할 수 있게 됐다며 자신을 위로했다. D는 그즈음 본사 해외영업부로 자리를 옮기면서 해외 출장이 잦아졌다. 그가 회사 출장으로 중앙아시아 카자흐스탄에 갔을 때였다. 저녁 술자리에서 합작회사 대표가 D 부부의 불임 얘기를 듣고 그 나라에서는 대리모가 합법이라는 말을 귀띔해 줬다. D가 관심만 있다면, 적합한 대리모를 찾아줄 수도 있다고 대표는 덧붙였다. 웃으면서 거절했지만 호텔 방으로 돌아온 D는, 생각지도 못한 새로운 가능성에 밤새 고민에 빠졌다. 그렇게라도 내 아이를 가질 수만 있다면…… 침대에서 몸을 뒤척이고 있을 때 문득 의사 가운을 입고 있는 아버지, 어머니 모습이 떠올랐다. 애를 갖고 안 갖고는 너희들 의지 대로 하거라. 우리는 손주가 있든 없든 상관없다. 역시 의사였던 친할아버지 얼굴도 뇌리를 스쳤다. 자신이 의사가 되기를 그토록 바랐던 부모. 가끔 자신의 전공과 진로 선택이 후회될 때면, 미래에 태어날 자식은 의사를 시키겠다고 다짐하며 위안을 얻곤 했던 그였다. 이어서 그는 부인의 얼굴을 떠올렸다. 절대 그녀 앞에서 대리모 주제를 꺼낼 수는 없었다. 그녀가 더 이상 불임 문제로 상처받는 걸 원치 않았기 때문이다.

그 후로 다시 약 1년의 세월이 흘렀다. Z의 거부로, 두 사람이 부부관계를 끊은 지도 그 기간만큼 됐다. 그렇다고 부부의 일상 관계가 크게 달라진 건 없었다. 주중에는 각자의 공간에서 생활하고, 주말에는 함께 시간을 보냈다. 어느 날 저녁 함께 외식을 마치고 귀가해 주방 테이블에 앉아 와인을 마시고 있을 때였다. D의 입에서 얼떨결에 대리모 얘기가 튀어나왔다. 카자흐스탄 합작회사 대표에게 들은 말을 지나가듯 흘렸는데, Z가 의외의 반응을 보였다. 당장 대리모를 섭외해 보라고 남편을 다그쳤다. 진심이었다. 자신은 그동안 입양을 혼자 진지하게 고민해 왔었고, 차라리 남편의 피가 반 섞인 아이를 가질 수만 있다면 기꺼이 키울 자신이 있다면서 적극적인 태도를 보였다. 한 달 뒤, D는 카자흐스탄 알마티로 다시 출장을 떠났다. 합작 사업이 드디어 성과를 거두면서 그의 출장도 두 달에 한 번꼴로 잦아졌다. 현지 직원들과의 저녁 회식이 끝나고 대표와 단둘이 호텔 바에서 술을 마시고 있을 때, 대리모 얘기를 다시 꺼낸 건 D였다. 1년 전 자신이 무심코 던진 말이었지만, D의 진지함에 대표는 약간 당황하는 기색이었다. 이미 부인의 동의를 얻었고, 더 늦기 전에 아이를 갖고 싶다고 말하는 D는 이미 결심이 선 듯 보였다. 최대한 이른 시일 내에 대리모 후보를 알아봐달라는 그의 부탁을 대표는 수용할 수밖에 없었다.

일주일간의 출장을 마치고 알마티를 떠나기 전날 저녁, 대표의 주선으로 D는 그녀를 처음 만났다. 그녀에 대한 첫인상을 그는 나에게 직접 이렇게 표현한 적이 있었다. "그녀가 얼굴에 환한 미소를 띠고 다가오는데 저는 생전 처음 사람에게서 아우라를 느꼈어요. 뭐라 그럴까, 후광 이런 게 아니라, 어떤 진동, 울림? 내 아이를 낳아줄 여자라는 기대가 잠재의식에 깔렸을 수도 있지만, 아무튼 제가 깜짝 놀랄 정도로 고혹적이었어요. 그녀에게서 눈을 떼기가 어려울 지경이었다니까요." 귀국 후 D는, 이메일과 전화로 대표를 통해 그녀(Q라 칭하겠다)의 큰오빠와 구체적인 협의를 이어갔다. 알려진 바로는, 어린 나이에 어머니를 여읜 Q는 아버지, 오빠 둘과 함께 알마티에서 가난하게 자랐다. 고등학교를 졸업하고 취업을 희망했지만, 국가의 경제난이 겹치면서 직장을 구하지 못해 자포자기하고 있었다. 그때 마침 먼 친척의 제안으로 생각지도 못했던 대리모 역할을 진지하게 고민하게 됐다. 친한 친구 둘이, 외국인이 찾는 고급 술집에서 일을 시작하는 걸 보고 잠시 유혹에 빠지기도 했지만, 결국 그녀는 대리모가 되기로 마음먹었다. 누군가를 위해 소중한 아이를 낳아주는 일은 도덕적으로 떳떳하고 한번에 거액을 벌 기회로 여겨졌다. 더군다나 합법적인 일이라 법적인 위험부담도 없었다. 비록 열여덟 살의 아직 어린 나이였지만, 또래에 비해 조숙하고 강한 의지의 소유자였던 측면도 그녀의 결정에 한몫했을 것이다.

D는 출국 전, 합작회사 대표의 도움으로 알마티에 있는 대학병원 산부인과에 인공수정 시술 날짜를 예약하기에 이르렀다. Q에게 줄 선물로 부인 Z가 직접 골라준 고급 은팔찌도 잊지 않고 챙겼다. 공식 출장 일정은 일주일이었지만, 덧붙여 열흘간 개인 휴가도 냈다. 알마티에 도착한 D는 먼저 출장 업무를 끝마치고, 미리 약속한 날짜와 시간에 맞춰 Q 그리고 그녀의 큰오빠를 현지 변호사 사무실에서 만났다. 미리 작성된 계약서에 Q와 D가 서명함과 동시에 법적인 절차가 최종 마무리됐다. 계약금은 즉시 한국에 있는 부인 Z가 Q의 현지 계좌로 송금했다. 문자메시지와 전화로 남편이 알려주는 모든 과정이 계획대로 순탄하게 흘러가는 걸 지켜보며 부인 Z도 만족스러웠다. 시술 날짜를 이틀 앞두고, D는 Q와 함께 저녁 식사를 하면 좋을 것 같다는 생각이 들었다. 처음으로 둘만이 갖는 식사자리였다. 비록 D는 러시아어를 전혀 못 하고 Q 또한 영어가

서툴렀지만, 둘은 대화보다는 웃는 데 시간을 더 많이 보냈다. D의 표현을 빌리자면, "전혀 어색하지 않았고, 식사 내내 친근하고 유쾌한 분위기였습니다." 저녁 식사를 마치고 두 사람은 호텔 바로 자리를 옮겨 와인을 마셨다. D가 웨이터에게 계산서와 함께 신용카드를 건넨 직후, Q가 서투른 영어로 무엇인가를 제안하려는 듯이 보였다고 그는 내게 말했다. "그녀가 종이에 숫자를 적어가며 진지하게 저한테 어떤 얘기를 전달하려고 애를 쓰더군요. 언어 장벽 때문에 처음엔 무슨 말인가 했죠. 그런데 알고 보니, 인공수정 시술비용이 비싸니까 차라리 그 돈을 자기에게 주고 동침하자는 뜻이었어요. 처음엔 제가 잘못 들은 줄 알았죠. 스마트폰 통역 앱을 돌려가며 질문을 계속하는데, 그녀가 섹스란 단어를 언급했어요. 그제야 이해하게 됐죠. 시술 대신 함께 자자는 얘기였던 거예요. 저는 물론 많이 당황했죠. 생각해 보세요, 대리모와 섹스를 하다니요! 상상도 못 했던 일이거든요." 사실 이 '제안'에 대한 D의 설명은, 후에 내가 확인한 Q의 주장과는 엇갈리는 대목이었다. 어느 쪽이 진실이었든 간에 두 사람이 그날 밤 동침한 것은 사실이었다.

다음날부터 두 사람이 함께 보낸 열흘에 대한 양쪽의 진술은 대부분 일치하는 내용이었다. D는 급히 시술 예약을 취소한 뒤, 가져갔던 현금과 대표에게 빌린 돈을 Q의 손에 쥐어 주었다. 그리고 두 사람은 여느 연인 사이같이 데이트를 즐겼다. 에메랄드 물색으로도 유명한 빅 알마티 호수를 찾아 함께 주변 산책을 했든가 하면, 어느 날은 온종일 카자흐스탄 국립 미술관, 대통령공원, 젠코브 성당, 중앙박물관, 중앙모스크 등을 돌아보며 알마티 시내 투어로 즐거운 시간을 보냈다. 주말엔 Q가 졸업한 고등학교를 함께 둘러보며 기념사진을 찍고, 식사 때가 되면 Q가 가고 싶다는 식당에서 먹고 싶다는 요리를 주문해 먹었다. 메가^{MEGA} 복합 쇼핑몰에서 서로에게 옷을 골라주는 다정한 모습은, 누가 보더라도 두 사람이 연인 관계임을 확인해 주었다. 휴가가 끝나고 D가 한국으로 돌아가는 날, 공항에 배웅 나왔던 Q는 그의 품에 안겨 처음으로 눈물을 보였다. 그로부터 약 2주 뒤, Q가 빨간색 선 두 줄이 선명한 임신 테스트기를 사진으로 찍어, 임신 소식을 알려왔다. 약속된 2차 지불금을 카자흐스탄으로 송금한 날 저녁, 부부는 오랜만에 고급 레스토랑에서 외식을 즐겼다. 일종의 자축 파티였다. 그 이후로 D는 두 차례 더 알마티로 출장을 다녀왔고, 임신 8개월이 되었을 땐 부부가 함께 알마티로 날아가 만삭의 Q를 데리고 귀국했다. 마침 대학이 겨울방학이라, Z는 서울 집에 머물며 물심양면으로 임산부를 돌봤다. 모든 일이 계획대로 순탄하게 진행되는 듯 보였다. 최소한 표면적으로는.

부부가 나를 찾아온 건, 매화가 지고 벚꽃이 피기 전이었으니까 아마도 3월 말쯤이었던 것 같다. 말쑥한 정장 차림으로 나란히 서 있는 D와 Z는, 전형적인 딩크족 커플 모습이었다. 방문 이유를 설명하기 시작한 쪽은 남편이었다.

"산모가 사라졌습니다. 신생아와 함께."

그 기상천외한 일이 벌어지기 전까지 일 년여간의 과정을, 남편이 주로 설명하고 부인은 중간중간 거들었다.

"벌써 한 달이 지났지만, 아직도 행방이 묘연합니다. 이해하시겠지만, 카자흐스탄 국적의 대리모라 경찰에 신고도 할 수 없고…… 병원 근처 모텔, 호텔을 샅샅이 뒤져봤지만 허탕이었습니다."

남편이 답답함과 허탈함이 뒤섞인 표정을 지었다.

"카자흐스탄에도 계속 연락을 취하고 있는데, 그곳에도 아직 나타나지 않았다고 합니다."

근심 어린 부인의 보충 설명이었다.

"서울 지리도 전혀 모르는데…… 아 그리고 이 쪽지를 병원 침대에 놓고 갔어요."

남편 D가 반으로 접힌 A4 용지를 내밀었다. 그 위에는 손으로 또박또박 쓴 영어가 두 문장 적혀있었다.

'나는 내 아이를 사랑합니다. 죄송합니다.^{I love my baby. I am Sorry}'

의뢰인의 배경 설명이 충분하다고 판단이 섰을 때 내가 입을 열었다.

"제가 지금까지 두 분 말씀을 들어보니 딱한 사정은 이해가 갑니다. 물론 많이 놀라시기도 하고 황당하시겠지요. 하지만 과연 제가 이 케이스를 맡아 도움을 드릴 수 있을지에 대해선 자신이 없습니다. 솔직히 말씀드리자면, 잠재적으로 윤리적 문제와 법적인 문제가 얽혀 있기도 하고요."

아이를 갖기 위해 거액의 돈과 정성을 투자했는데 하루아침에 산모와 신생아가 사라졌다. 이런 예기치 못한 상황에 맞닥뜨린 부부의 심정을 이해 못 하는 건 아니었다. 하지만 내 입장에서도 들어오는 모든 의뢰를 맡을 수는 없었다. 내 능력 범위 안에 들어야 하는 건 물론이고, 나름의 원칙과 기준에 부합하는 사건이어야 마음이 놓였다. 나의 부정적인 반응에 부부는 실망감을 감추지 않았다. 그렇다고 쉽게 포기할 것 같은 표정도 아니었다. 어색한 침묵을 깨고 남편인 D가 애원하는 듯한 표정으로 타협안을 내놓았다.

"제가 볼 땐 산모인 Q가 카자흐스탄으로 돌아갔을 확률이 높습니다. 그녀 가족이 그런 사실을 우리에게 비밀로 하는 것 같고요. 혹시 그곳에 가셔서 그녀를 찾아봐 주실 순 없을까요? 그녀가 거기 있다는 사실만 확인해서 알려주시면 됩니다. 나머지는 저희가 알아서 처리하겠습니다."

마음이 선뜻 내키지는 않았지만 나는 결국 부부의 의뢰를 접수하게 되었다.

　3월 말의 알마티는 아직 겨울이었다. 비행기가 하강하면
서 창 너머로 카자흐스탄의 최대 도시가 한눈에 들어왔다. 도
시 남쪽 병풍같이 솟아오른 톈산산맥의 4,000미터가 넘는 고
봉들은, 만년설 위에 새로 내린 눈을 잔뜩 뒤집어쓰고 있었
다. '작은 스위스'란 도시의 별명은 아쉽게도, 대기 중에 떠 있
는 짙은 스모그로 인해 나에게 부적합 판정을 받았다. 알마티
를 카자흐어로 직역하면 '사과로 가득한', 의역하면 '사과의 도
시'란 뜻이라는데, 실제로 사과나무의 기원지가 이 지역이라는
유력한 가설도 존재한다. 부모님의 사과 과수원에서 나고 자
란 내게 알마티는 그런 연유로, 땅을 밟기도 전에 이미 친밀한
도시가 돼 있었다. 입국 수속을 마치고 터미널 로비로 나오자
마자 내 이름이 적힌 피켓이 한눈에 보였다. 피켓을 들고 있던
60대 백발의 남자는, 자신을 향해 손을 흔들고 있는 나를 발견
하고는 자상한 미소를 지으며 다가왔다. 한국에서 에어비앤비
AirBnB를 통해 예약한 숙소의 집주인이었다. 예약 앱에 명시된
특별 조건에는, 일주일 이상 해당 숙소에 숙박하는 투숙객에게
무료 공항 픽업 서비스가 제공된다는 항목이 있었는데, 실제로
집주인이 내 입국 시각에 맞춰 공항에 마중을 나와준 것이었
다. 연식이 꽤 돼 보이는 도요타 지프의 뒷좌석에 짐을 싣고 공

항을 빠져나오기까지는 그리 긴 시간이 걸리지 않았다.

"공항까지 픽업 나와주셔서 감사합니다."

얼마 만에 발음하는 러시아어인지 기억도 나지 않을 정도였다. 10대 후반부터 러시아어를 독학해서 시작 3년 만에 최상위 레벨테스트를 통과할 정도로 유창할 때가 있었다. 하지만 그 이후로 러시아어를 쓸 일이 많지 않았다. 가끔 유튜브에서 시청하는 러시아어로 된 뉴스나 옛 영화가 도움이 됐는지, 막상 집주인과 대화를 시작하니 머릿속에서 필요한 문장들이 떠올랐다.

"러시아어를 잘하시네요? 예전에, 러시아어를 유창하게 하는 북한인은 만난 적이 있지만, 선생같이 잘하는 남한 사람은 처음 보네요. 혹시 러시아에서 유학하셨나요?"

"아닙니다. 과찬입니다. 그나저나 도시 상공에 왜 그렇게 많은 스모그가 정체돼 있나요?"

"그게 겨울이라 더 심한데, 사람들이 난방용으로 유연탄과 디젤을 많이 사용해서 그래요. 그리고 그 매연이 남쪽의 톈산산맥에 가로막혀 빠져나가질 못하지요."

"아쉽네요. 리틀 스위스가 될 뻔했는데……"

약 20분 뒤 도요타 지프가 멈춘 곳은, 시내 중심에 위치한 2층으로 된 단독주택 앞이었다. 1층에는 집 주인 남자와 그의

90세 노모 그리고 30대 아들이 생활하고, 2층 전체는 에어비앤비 게스트에게 임대하고 있었다. 기대했던 것보다 넓은 거실과 방 두 칸이 마음에 쏙 들었다. 와이파이^{WIFI}도 빠르고, 무엇보다 집안이 깨끗하고 조용해서 좋았다. 민박집의 러시아인 가족은 더없이 친절하고 예의 바른 사람들이었다. 아흔의 할머니는 매일 아침, 아들과 손자 그리고 투숙객인 나를 위해 맛있는 식사를 준비해 주었다. 직업이 엔지니어라는 노파의 손자는 공손했고, 이방인인 내가 조금이라도 어색하게 느낄까 봐 언제나 웃음 띤 얼굴로 나를 바라봤다. 그는 자신의 대학 동창 중에 고려인이 있는데, 원한다면 내게 소개해 주겠다는 말을 꺼낼 만큼 친절을 베풀려고 애를 썼다. 너그러운 마음씨의 집주인 아저씨 또한 도움이 필요하면 언제든지 자신의 스마트폰으로 전화하라는 당부를 빼놓지 않았다. 길고양이 한 마리 알지 못하는 낯선 나라, 낯선 도시에서 편안한 잠자리와 든든한 보호자를 얻는다는 건 언제나 그렇듯 큰 행운이었다.

구소련으로부터 독립한 나라들 대부분이 비슷한 상황이지만, 카자흐스탄에도 많은 러시아인이 자국으로 돌아가는 걸 포기하고 남아있다. 전체 인구의 약 17퍼센트를 차지한다면 결코 적은 숫자는 아니다. 잘 알려진 역사적 사실이지만, 연해주에 거주하던 조선인들을 스탈린이 중앙아시아로 강제 이주시키면서, 오늘날 고려인이라 불리는 그 후손들이 카자흐스탄에만 10만 명이 넘는다고 한다. 재미있는 또 하나의 사실은, 1940년대 스탈린이 동유럽 지역에 거주하던 독일인도 대거 카자흐스탄으로 강제 이주시켰는데, 그들의 후손이 현재 고려인보다도 더 많다. 대대수를 차지하는 카자흐인은 그러니까, 무려 수십의 다양한 소수민족과 어우러져 살아간다. 인종의 용광로melting pot로 불리는 미국만큼은 아니더라도, 이 중앙아시아 국가가 다문화사회인 것만은 틀림없다.

알마티에 도착한 다음 날 내가 제일 먼저 찾아간 사람은, D가 누차 언급했던 합작회사 대표였다. 그도 물론 D로부터 여러 차례 연락을 받아, Q와 신생아의 행방불명에 대해 잘 알고 있었다.

"어떻게 그런 일이 일어날 수 있는지…… 나는 D에게 선의의 도움을 주려고 했을 뿐인데, 어쩌다가 일이 이렇게 꼬였네요. 참 어이가 없어서."

러시아인 아버지와 고려인 어머니의 유전적 배경이 그의 이목구비에 잘 나타났다.

"혹시 Q 가족들과는 대화를 해보셨습니까?"

"물론이죠! D에게 연락받고, 제일 먼저 그녀 큰오빠에게 전화했죠. 저만큼 놀라더라고요. Q가 알마티로 돌아왔다면 자기가 제일 먼저 알았을 거라면서, 오히려 저에게 동생을 빨리 찾아달라고 애원하더군요. 자기가 직접 한국에 건너가 찾아보겠다고도 했어요. 물론 제가 말렸죠. 동서남북도 모르는 낯선 나라에 가서 어떻게 동생을 찾겠냐고 말이죠."

대표는 고개를 좌우로 크게 저으며, 일이 도대체 어떻게 된 건지 도통 모르겠다는 표정을 지었다.

"혹시 그녀의 아버지나 작은오빠하고는 얘기 나눠보셨습니까?"

"사실 그녀 아버지는 대리모 계약 건에 대해 전혀 모르세요. 딸이 배가 불러오고 나서야 뒤늦게 임신 사실을 눈치채고, 집안에 난리가 났다나 봐요. Q는 남자친구와 사고를 쳤다고 둘러댔고, 오빠들이 아버지를 뜯어말리고. 그녀가 어느 날 말없이 집을 나가 사라지자, 남자친구와 멀리 도망갔다고 생각했대요. 지금도 그 아버지는 그렇게 믿고 있겠죠. 사실을 알고 있는 두 오빠는, 지금까지도 비밀로 하고 있고."

합작회사 대표와 Q의 가족은 대리모 계약을 통해 알게 된 사이였기 때문에 그가 속 사정을 자세히 알기는 힘들었을 것이다. Q와 그녀의 가족 또한 그를 자기편 사람이라 여기지 않을 공산이 컸다. 만약 Q가 서울을 떠나 알마티로 돌아온 뒤 도시 어딘가에 은신해 있다면, 그녀의 가족과 친구 중심으로 탐문조사를 시도해 보는 방법밖에는 달리 뾰족한 수가 없었다. 낯선 도시 알마티에서 탐정으로서 나의 본격적인 여정이 시작되었다.

 아침 식사로 리코타치즈를 채워 넣은 러시아식 팬케이크 '시르니키^syrniki'를 든든히 먹고, 중앙아시아 최대 스키 리조트로 불리는 침블락^Chimbulak으로 향했다. 알마티 시내 중심에서 고작 25킬로미터, 택시로 약 30분 거리에 이런 대규모 스키장이 있다는 사실이 놀라웠다. 스키장의 최정상은 해발 3,200미터에 달하고(참고로 백두산 최고 높이가 2,750미터이다), 최장 슬로프 거리가 5,000미터, 곤돌라 직선 이동 거리가 무려 8킬로미터나 되었다. 스키를 탈 줄 모르는 내가 이곳 스키장을 찾은 이유는 단 하나, Q의 큰오빠를 만나기 위해서였다. 그가 침블락에서 스키강사로 일한다는 얘기를 들었기 때문이다. 스키 렌탈 카운터 직원에게 개인 스키 강습을 문의하면서 큰오빠의 이름을 언급했더니, 잠시 기다리라고 하고는 어딘가로 전화를 걸었다. 잠시 후, 건장한 체격의 20대 남자가 나타나 내게 손을 내밀며 자신의 이름을 밝혔다. Q의 큰오빠였다. 그는 내게 러시아어를 할 줄 아는지 물었고, 내가 그렇다고 하자 숙달된 자세로 강습과 관련해 여러 가지 설명을 이어갔다. 그의 안내를 받아 스키 부츠와 스키, 고글, 장갑 등을 고르고 대여비와 강습비를 지불했다. 스키장 하루 이용권을 목에 걸고 그를 따라 첫 곤돌라에 탑승하면서 나의 긴 하루가 시작되었다.

시즌 막바지고 주 중이라 그런지 스키장은 한산한 모습이었다. 곤돌라에서 내려다본 설산 풍경은, 스위스 알프스의 유명한 융프라우^{Jungfrau}와 비교해도 손색이 없을 정도로 몽환적이었다. 아무 말 없이 밖을 응시하는 Q의 큰오빠 얼굴이 사진에서 봤던 Q와 많이 닮았다는 생각이 들었다. 문득 오래전 내셔널지오그래픽^{National Geographic} 표지에 실렸던 '초록 눈 소녀'가 떠올랐다. Q의 눈망울도, 내 옆에 앉아있던 그녀 오빠의 눈망울도 신비로운 바다색이었다. 머리는 갈색, 피부색은 슬라브족에 가까웠지만, 이목구비는 동북아시아인의 특성을 띠었다. D가 Q를 처음 보고 '깜짝 놀랄 정도로 고혹적'이었다고 표현한 이유를 알 것 같았다. 약 1,500년 전 실크로드 전성기 때부터 현재까지 유럽인, 동북아시아인, 중앙아시아인, 슬라브족, 몽골인 등 얼마나 많은 인종이 이 지역에서 만나고 거래하고 사랑을 나눴을까. 그리고 21세기에 한국인 남성의 정자와 카자흐스탄 여성의 난자가 만나 아기가 태어났고, 나는 그 아기와 친모를 찾으러 '사과의 도시'까지 오게 된 것이었다.

"한국에서 여행 오신 건가요?"

"아닙니다. 출장 왔습니다."

"제 여동생도 한국…… 참, 한국은 요즘 날씨가 어떤가요?"

오빠가 여동생 얘기를 꺼내려다가 머뭇거렸다.

"사계절 중 제가 제일 좋아하는 봄이 한창이죠."

"그렇군요. 삼성, LG, 현대차, 기아차 말고는 한국에 대해 잘 몰라서요. 사람들은 친절한가요?"

한국에 대해서 알고 싶은 게 많은 것 같았지만, 어떤 구체적인 질문을 해야 할지 깊이 생각해 보지 못한 모양이었다.

"친절한 사람도 있고 그렇지 않은 사람도 있죠. 어느 나라나 다 비슷하지 않을까요? 좋은 사람도 있고, 나쁜 사람도 있고."

"사실 제가 가까운 미래에 한국을 가볼까 생각 중이라…… 개인 사정이 좀 있어서요."

나는 말을 아꼈다.

스키는 내가 상상했던 것보다 훨씬 어려웠다. 똑같은 경사라도, 산에서 걸어 내려올 때의 느낌과 미끄러져 내려올 때의 느낌은 차원이 달랐다.

"겁먹지 마시고, 스키 앞을 안쪽으로 모으시고, 스틱을 하나둘, 하나둘……"

미끄러져 뒤로 넘어지고, 고꾸라져 넘어지고, 얼굴을 눈에 처박고, 어쩌다 안 넘어지고 계속 내려가면 가속이 붙기 시작하고…… 아이고 하느님, 나 죽어요!

"잘하고 계십니다. 한 번 더, 한 번 더, 하하하."

나중엔 스키강사가 한국인에 대한 악한 감정을 갖고 의도적으로 나를 고생시키는 거라 믿을 지경에 이르렀다. 차라리 이 친구를 시내에서 만날걸, 괜히 친해지려고 이 고생을 자처하다니! 설마 톈산 침봉락에서 내 생을 마감하는 건 아니겠지?

"뭐 하세요? 속도를 좀 더 내세요! 보세요, 저기 저 꼬마도 저렇게 잘 내려가는데!"

30시간같이 느껴졌던 3시간의 강습이 드디어 끝나고 빌린 장비들을 반납할 즈음에, 나는 좀비가 돼 있었다. 만신창이가 된 몸으로 엉금엉금 걷는 모습이나 초점을 잃은 표정 모두가 좀비와 크게 다를 바 없었다. 그런 나를 바라보면서 강사는 처음 치고는 잘했다며 엄지손가락을 들어 올렸지만, 나는 그에게 가운뎃손가락을 보여주고 싶은 지경이었다. 스키 강습 시간이 떠오를 것 같아 그를 다시는 보고 싶지 않았지만, 일이 우선이라 어쩔 수 없이 그에게 저녁 식사에 초대하고 싶다는 말을 꺼냈다. 의외라는 표정을 지으면서도 그는 흔쾌히 초대를 받아들였다. 장소는 그가 잘 아는 시내 식당으로 정했다.

"여기가 러시아 전통 꼬치인 샤슬릭^{Shashlik}으로 유명한 곳인데, 외국인 관광객들보다 현지인들이 많이 찾는 식당이죠. 가격도 저렴하고 무엇보다 양이 많아요."

"뭐든 원하시는 요리 다 주문하세요. 제가 초대하는 거니까.

그리고 보드카도 한 병!"

"양고기, 오리고기, 돼지고기, 염소고기 꼬치, 이렇게 주문할까요?"

주문한 음식이 나오기 전, 웨이터가 차가운 보드카 한 병과 샷잔 두 개를 갖다줬다.

"즈다로비에!"

"건배!"

"알마티엔 무슨 용무로 오신 거예요? 출장 오셨다면서요?"

불필요하게 뜸 들일 필요가 없다고 판단한 나는 용건부터 꺼냈다.

"사실 당신 여동생 Q 일로 왔습니다."

여동생 이름을 언급하자 그는 직전 들이컨 보드카를 내뱉을 정도로 화들짝 놀랐다. 오후 내내 함께 있으면서도 내가 동생과 조금이라도 연관되어 있을 거란 생각은 전혀 하지 못했던 것으로 보였다.

"방금 Q라고 하셨어요?"

"서울에서 아기와 사라진 당신 여동생 Q 맞습니다. 저는 사설탐정입니다. Q가 알마티에 있을 거란 정보를 가지고 여기 오게 됐습니다."

그의 미간이 좁아지고 눈동자는 불안정하게 움직였다. 작지 않은 충격과 혼란에 빠진 기색이 역력했다. 나는 그의 표정을 면밀히 관찰하면서 진실을 캐내려고 안간힘을 썼다. 그는 여동생의 은신처를 알고 있거나 아니면 모르고 있거나 둘 중 하나였다. 흑 아니면 백, 홀 아니면 짝, 그 중간은 있을 수 없었다.

"그녀가 여기 있다뇨! 여기 있었다면 제가 이렇게 걱정하고 있겠어요! 동생은 틀림없이 아직 한국에 있어요. 근데 그 사람들, 그 한국인 부부가 동생이 사라졌다고 우기는데…… 산모가 혼자 어딜 가겠어요? 그것도 낯선 한국 땅에서."

그가 흥분하면서 언성도 덩달아 높아졌다. 발끈하는 모습에서 과장이나 연기하는 기색은 찾아볼 수 없었다.

"동생이 대리모를 한다기에 처음엔 저도 반대했어요. 하지만 그녀의 의지가 워낙 강해서 어쩔 수 없었죠. 그때부터 지금까지, 제가 말리지 못 한 걸 얼마나 후회하고 있는지 모르실 거예요. 동생은 우리 가족과 자신을 위해 그 힘든 일을 자처했지만, 이렇게 될 줄 누가 알았겠어요? 동생이 지금 어디 있는지 전혀 모르시나요? 한국에서 찾아보고는 있는 거예요?"

오빠는 여동생을 진심으로 걱정하고 있었다. 나만큼이나, 아니 그 이상으로 절실하게 그녀의 행방을 찾아 헤매고 있는 게 명백해 보였다. 젖은 목소리와 부들부들 떨고 있는 몸이 그의 말보다 더 많은 걸 표현하고 있었다.

"흥분하지 마시고, 우리 보드카나 한 잔씩 더 합시다. 즈다로비에!"

Q의 오빠가 뭔가를 조금이라도 숨기는 듯한 기색을 드러냈다면 일이 쉽게 풀릴 것 같았는데, 그는 절망에 빠져있었다. 그것으로 그를 설득해 보려던 계획은 물거품이 되고 말았다. 그가 모르면 그의 나머지 가족도 모른다는 뜻이었다. 스키 강습 때 무리한 온몸의 근육과 뼈가 욱신거렸다.

"당신도 나도 Q의 행방을 찾는 게 공통의 목표니까, 우리 한번 머리를 맞대고 전략을 짜봅시다. Q가 만약 알마티로 돌아왔다면, 그러니까 그런 가정을 한 번 해본다면, 가족 말고 함께 지낼만한 사람이 있습니까?"

"Q는 여기 없다니까요! 왔으면 나한테 당연히 연락했겠죠!"

그가 반항적인 눈빛으로 나를 쏘아보았다.

"자자, 그렇게 단정 짓지 마시고, Q가 사정이 있어 가족에게 연락을 안 했을 수도 있으니까, 가능 범위를 좀 더 넓혀서 고민해 봅시다. 혹시 남자친구는 없나요?"

"제가 아는 바로는 없어요."

"그럼 친한 친구는 있을 거 아닙니까. 학교 때 친구나 동네 친구라도."

"친한 친구는 몇 명 있는데 제가 물론, 이미 다 연락해 봤죠. Q가 한국으로 떠난 뒤로는 연락한 적 없다고 했어요."

난감해졌다. Q가 고향으로 돌아왔다면 필시 누군가와는 연락을 취하고 도움을 받았을 텐데…… 카자흐스탄이 아닌 제3

국으로 가기라도 한 걸까?

"탐정님, 잠시 제 의견을 얘기해도 될까요?"

이마에 손을 짚고 있던 오빠가 몸을 바로 세우고 내 눈을 응시했다.

"그럼요, 말씀하세요."

"제 생각엔 Q가 아직 한국에 있어요. 그리고 그녀에게 무슨 심각한 일이 벌어진 게 확실해요. 그렇지 않고서는 여동생이 우리 가족과 연락을 끊을 이유가 없거든요. 아이를 출산하기 직전까지 서울에서 종종 연락했었고, 가끔이지만 전화 통화도 할 정도였다니까요."

"그럼, 여동생한테 무슨 일이 벌어졌다고 생각해요?"

"그건…… 최악의 경우에 Q가 죽었을 수도 있어요."

"네? 아니 왜 그런 생각을? 누가 왜 Q를 죽이겠어요."

"그 부인이요! 대리모 계약한 그 여자 말이에요. Q는 그녀를 두려워했어요. 배 속에 아이는 갖기를 원하면서 산모인 자기는 혐오한다고. 여동생이 나한테 확실히 그렇게 말했어요. 몇 번씩이나. 남편은 자상하게 잘 대해주는데, 부인이 자기를 시기하고 무시한다고. 여자들이 원래 질투심이 강하잖아요. 자기가 아이를 가질 수 없어 대리모를 썼는데, 막상 남편의 애를 임신하고 곧 그 아이가 세상 밖으로 나오게 되니 미쳐버린 거 아닐까요? 죽이지 않았다면 어딘가에 감금시켜 놓고 아기는 몰래 숨겨서 키울 수 있잖아요."

오빠가 의심하는 시나리오를 잠시 머릿속으로 그려보았지만, 개연성은 낮아 보였다. 대학교수인 Z가 질투심에서 그런 끔찍한 범죄를 저지른다? 아이만 얻고 친모는 제거한다? 오빠의 불안심리에서 탄생한 억측 가설에 불과하다고 결론짓고, 초점을 다시 알마티로 옮겨왔다.

"혹시 Q와 가장 가까운 친구 한두 명의 연락처를 알 수 있을까요?"

"연락해도 아마 안 만나 줄 거예요. 나도 전화 통화만 간신히 했거든요. 정 만나보고 싶으시면 시내에 '두마 바$^{Duma\ Bar}$'라는 고급 술집이 하나 있는데, Q와 제일 친했던 친구 둘이 거기서 일한다고 들었어요. 나도 가보지는 못했지만."

집주인 아들이 소개해 준 고려인 4세 에브니카 박$^{Evnika\ Park}$을 시내 한 카페에서 만났다. 얼굴 생김새나 옷차림은 평범한 한국의 30대 직장여성의 모습과 다를 게 없었다. 그녀가 러시아 억양으로 영어를 구사한다는 점만 제외한다면.

"3년 전 엄마랑 한국에 여행 갔었어요. 2주간. 너무 좋았죠. 홍대 앞, 광장시장, 제주도, 다 좋았어요. 물가 비싼 것만 빼면. 저 같은 고려인은 처음 만나시나요?"

"네, 처음입니다."

"아쉽게도 제가 한국말을 못해요. 우리 엄마도 거의 못하고. 친구 얘기로는, 알마티에 무슨 특별한 프로젝트가 있어 출장 오셨다고요?"

그녀에게 나의 방문 목적을 대략 설명해 줬다. 전날 만났던 Q의 오빠 얘기도 꺼냈다. 에브니카는 흥미로운 표정으로 귀를 기울여 들었다.

"혹시 Q가 SNS 안 하나요?"

"그건 잘 모릅니다."

"제가 Q 이름으로 페이스북 검색 한번 해볼게요. 그 나이 또래 카자흐스탄 여자아이들은 페이스북 많이 하거든요."

빠른 손동작으로 갤럭시폰 화면을 터치하던 에브니카는 잠시 후 Q의 계정을 찾아냈다.

"일 년 넘게 활동한 흔적이 없네요. 그전 게시글들과 댓글들을 보면…… 친한 친구 두세 명이 눈에 띄네요. 이 친구들한테 제가 메시지 한번 보내볼까요? 친한 친구라면 여자들끼리 틀림없이 서로 연락할 것 같은데. 저같이 낯선 사람이 연락하면 거부감은 있겠죠."

"혹시 '두마 바'라고 들어보셨어요? 외국인들 많이 가는 고급 술집이라던데."

"처음 들어보는데, 제가 바로 검색해 볼게요. 잠시만요. 아, 시내 중심 아르바트 거리 인근에 있네요. 근데 갑자기 바는 왜요?"

"Q의 친한 친구 둘이 거기서 일한다는 얘기를 들어서요."

오후에 시내 중심 아르바트^Arbat 거리로 쇼핑 가는 에브니카를 따라나섰다. 알마티의 대표적 거리인 아르바트는, 주말이라 그런지 시민과 관광객들로 북적거렸다. 카페와 식당은 물론 기념품 가게, 초콜릿 전문점 등 도보길 양옆으로 다양한 상점들이 즐비해 있었다. 곳곳에 조각 작품들도 전시돼 있고, 거리공연 라이브 음악 소리도 거리의 분위기와 잘 어울렸다. 서울 인사동 거리를 연상시키는 공간이었다. 필요한 물건을 구입한 에브니카는, 우리가 거리 끝자락 분수대 광장에 도착했을 때 한쪽 구석에 서 있는 어떤 노인을 가리켰다.

"저분이 러시아인인데, 손금을 잘 본데요. 잠시만 기다려 주실래요?"

얼마 후, 광장 벤치에 앉아있는 나에게 돌아온 그녀는 한껏 들떠있었다.

"와 저 할아버지 대단해요! 제가 요즘 이직을 고민 중인데 대뜸 저한테, 요즘 고민이 많으시군, 직장 옮기기를 고려한다면 지금과는 다른 분야로 이직하는 게 좋다, 남자친구와의 결혼 문제로 갈등하고 있다면 곧 해결될 거다, 결국 결혼하게 되고 행복하게 살 거다, 이러시는 거예요! 나 참, 놀랍지 않아요? 제가 지금 은행에 근무하는데 다국적기업으로 옮기려고 고민 중이거든요! 거기다 제 남자친구가 타타르 사람인데 지금 무직이라 부모님 반대가 심해서요. 직장 얘기, 남자친구는 언급조차 안 했는데 신기해요, 신기해! 손금 한번 보실래요?"

에브니카가 흥분해서 들려주는 얘기를 나는 솔직히 반신반의했지만, 알마티에서 내 운명이 어떻게 점쳐질지 들어보는 것도 재미있을 것 같았다. 짧은 머리를 한 70대 노인은, 내가 내민 양 손바닥을 유심히 들여다보았다. 내가 러시아어를 모른다고 생각한 에브니카는, 노인이 하는 말을 또박또박 통역하기 시작했다.

"세상을 많이 돌아다닐 운명이래요. 머리는 매우 좋은데 외롭다네요. 성격은 용의주도하고, 불의를 참지 못하며, 나이가 들수록 심한 운동은 자제하라는데요?"

"어제 내가 스키 배우다 죽을 뻔한 걸 아시나? 하하. 근데, 너무 일반적인 설명 같은데요. 머리는 좋은데 공부를 안 한다, 뭐 그런 타입의 뻔한 얘기 같이 들리는데, 하하하."

"잠시만요, 이분 얘기가, 당신은 지금 뭔가를 찾고 있는데 여기 없다, 바다 건너 멀리 있다. 결과가 나쁘지만은 않다. 그러시는데요?"

내가 러시아어로 이해한 것과 동일한 내용이었다. 그럼, Q가 알마티에 없다는 말인가? 내가 명색이 탐정인데, 이 낯선 할아버지 말을 믿어야 하나?

"현업에서 은퇴하면, 잠시만요, 애플, 사과에 둘러싸여 사실 거라고 하시면서, 혹시 은퇴하고 알마티에 오실 계획이 있으신지 물으시는데요?"

"나중에 은퇴하고 알마티에요?"

"아, 농담이랍니다. 호호."

에브니카와 저녁 식사를 한 아르바트 거리의 식당에서 '두마바'는 그리 멀지 않았다. 출입구는 평범해 보였지만 안으로 들어가자, 내부 인테리어가 얼핏 보기에도 고급스러운 술집이었다. 손님 대부분은 중년 이상의 남자였고, 한국인인지 일본인인지 정장 차림의 한 무리 남자도 눈에 띄었다.

"와, 이런 술집은 처음 들어와 보네요. 여긴 상사 직원들이나 외교관들이 많이 오나 봐요."

나는 프랑스 보르도 와인을 한 병 주문하고, 주위를 둘러보았다. 미니스커트 차림의 웨이트리스 여러 명이, 술을 나르거나 손님들과 합석해 대화를 나누고 있었다. 에브니카는 그 사이, 자신의 갤럭시폰과 여직원들을 번갈아 보며 Q의 친구를 찾고 있는 듯 보였다.

"찾았어요! 저기 저 테이블에 앉아 있는 여자 보이시죠? 여기 보세요, 페이스북 사진과 동일 인물 같아 보이지 않나요?"

우리 테이블에서 와인병을 따고 있는 웨이트리스에게 에브니카가 지적한 여성을 불러 달라고 요청했다.

"러시아어를 할 줄 아세요? 근데 왜 지금까지 저와 영어를 하신 거예요?"

에브니카가 깜짝 놀라는 표정을 지었다.

"오해는 마세요. 에브니카가 먼저 영어로 말씀하시길래, 그냥 나도…… 러시아어를 오래전에 독학으로 배워서 잘은 못해요."

"발음이 정확하신데요!"

10분쯤 뒤, 우리가 만나고 싶었던 여성이 테이블로 다가와 앉았다.

"도브릐 비체르! 굿 이브닝! 혹시 러시아 말 할 줄 아세요?"

"네, 우리 둘 다 할 줄 압니다. 반갑습니다."

"저를 아시나요? 저를 찾으셨다고 해서."

"Q 아시죠? 친한 친구라고 들었는데."

Q의 이름을 언급하자, 그녀가 어찌할 바를 몰라 얼굴까지 달아올랐다.

"친구 맞습니다. 그런데 왜 갑자기 저한테 그 친구 얘기를 꺼내시는 거죠? 저는 잘 몰라요, Q가 어디 있는지."

그녀는 우리 두 사람과 눈을 마주치지 않으려고 고개를 살짝 옆으로 돌렸다.

"우리가 Q를 찾고 있다는 걸 어떻게 아셨어요?"

"아 그거야…… 일전에 Q의 오빠가 전화해서 친구가 행방불명됐다고 해서…… 실례하겠습니다, 다른 테이블에 가봐야 해서."

그녀가 다급히 떠난 뒤, 에브니카와 나는 아무 말 없이 서로 시선만 교환했지만, 우리 둘은 이미 눈치를 챈 뒤였다. 조금 전 우리 테이블에 앉았던 그 여성이 친구 Q의 행방을 알고 있다는 사실을.

에브니카를 집까지 바래다주기 위해 함께 택시를 탔는데, 그녀가 내리기 직전 희망적인 아이디어를 하나 냈다.

"아까 만났던 Q의 친구 연락처로 내일 전화해 볼게요. 아무래도 저 혼자 만나는 게 나을 것 같아요. 같은 카자흐스탄 여자끼리 얘기하면 통하는 것도 있고. 전화드릴게요! 오늘 식사, 와인 감사했습니다!"

다음날 늦은 오후, 에브니카로부터 문자메시지가 도착했다. '오늘 저녁 8시 우리가 처음 만났던 카페에서 만나요.'

희색이 만면한 에브니카는 카페 테이블에 앉자마자 흥분한 목소리로 이야기를 쏟아냈다.

"아라바트 거리에서 만났던, 손금 보는 러시아인 할아버지 말이 맞았어요! 당신이 지금 찾고 있는 뭔가는 여기 없고 바다 건너 멀리 있다.”

"뜬금없이 그게 무슨 말이에요?”

"아이참, Q가 지금 서울에 있대요!"

"그게 정말입니까? 확실한 정보예요?”

"정말 어렵게, 어렵게 알아낸 거예요. 뇌물까지 주면서. 호호호.”

그녀가 나를 향해 한쪽 눈을 찡긋하며 웃었다.

"뇌물이요?”

"Q의 친구 만날 때 한국 화장품을 선물로 줬거든요. 여기 젊은 여자들이 한국 화장품을 좋아해서. 아무튼, 처음엔 친구 사이의 비밀이라며 얘기를 안 하다가, 모든 게 Q를 위한 거라고 설득했더니 결국 저한테 다 털어놨어요. 지금 서울의 한 오피스텔에서 아기와 함께 생활하고 있다는군요.”

"아니 Q가 어떻게 서울에서 스스로 오피스텔을 임대해 그곳에서 생활하죠?”

"애 아빠죠!"

에브니카는, 뭘 그런 당연할 걸 묻냐는 식으로 나를 쳐다봤다.

"네? 애 아빠요? 그럼……”

"맞아요, 그 한국인 남편! 부인은 그 사실을 모르고 있고. 어제 '두마 바'에 갔을 때 Q의 친구는 우리가 부인이 보낸 사람인 줄 의심했대요. 그런 오해 때문에 덜컥 겁이 나서 급히 우리를 피한 거고요. 혹시라도 부인이 눈치챌까 봐 서울에 있는 Q는 매 순간 조마조마한가 봐요. 그래서 친구에게 본인 상황을, 가족을 포함해 누구에게도 절대 비밀로 해달라고 신신당부했던 거고."

"아니 이럴 수가! 부부가 함께 나를 찾아와 Q와 아기의 행방을 조사해달라고 했는데! 그 둘이 아마도 알마티에 있을 거라면서……"

인천으로 날아가는 비행기 안에서 나는 여전히 허탈감에 시달리고 있었다. 배신감을 넘어 허무맹랑한 상황에 허를 찔린 듯한 씁쓸함이 쉽게 가시지 않았다. 모든 것이 목석같아 보이던 남편 D의 계획이고 농간이었다니! 서울 도착 즉시 Q와 아기가 묵고 있는 오피스텔을 찾아 나섰다. 에브니카가 내게 전송해 준 사진 한 컷만으로도 은신처 파악이 충분히 가능할 것 같았다. "옛날 왕이 살던 궁궐이 창밖으로 내다보이는 오피스텔에 살고 있다고, Q가 친구한테 얘기했대요. Q가 직접 찍어 보내준 사진이라며 친구가 스마트폰으로 저한테 보여줄 때, 잽싸게 제 핸드폰으로 화면을 찍은 거예요." 사진 속 궁궐은 경복궁이었다. 그리고 사진의 각도를 감안했을 때, 건물의 위치는 경복궁 남서쪽, 10층에서 15층 사이로 추측됐다. 해당 건물을 찾는 데는 실제로 그리 긴 시간이 걸리지 않았다. 사진이 찍힌 방향을 역으로 계산해 살펴보니 고층 오피스텔 건물 한 동이 눈에 들어왔다. 엘리베이터를 타고 건물 15층으로 올라간 뒤 한 층씩 걸어 내려오면서, 복도 창밖으로 내려다보이는 경복궁을 사진과 비교해 봤다. 12층에서 바라본 시야의 높이와 각도가 사진 속 경복궁의 모습과 유사했다. Q와 아기가 12층 어딘가에 묵고 있을 것으로 판단하고 건물을 나와 건너편 카페에 들어갔다. 동태를 살피기에는 이상적인 장소였다. 에스프레소 도피오를 주문해 마시며 오피스텔 출입구에 눈길을 고정했다. 언제까지 잠복해야 할지 몰랐지만, 시간상으로 쫓기는 상황은 아니어서 여유를 갖고 지켜보기로 계획을 잡았다. 아이와 함께 Q가 나타나거나 아이의 아빠 D의 모습이 보이면 잠복이 끝날 테니까. 5시간 정도 흘렀을 즈음 D가 드디어 모습을 드러냈다. 나는 재빨리 백팩을 챙겨 D의 뒤를 따랐다. 다행히 길을 건너 건물 안으로 들어갔을 때 D는 아직 엘리베이터 앞에 서 있었다. 퇴근하고 저녁거리를 테이크아웃해 Q가 묵고 있는 오피스텔로 가는 중인 것 같았다. 얼굴에 마스크를 쓰고 야구모자를 눌러쓴 나를, D는 알아보지 못했다. 아마도 그는 내가 아직 알마티에 있을 거라 믿고 있었으리라. 그의 얼굴을 맞대고 진실을 털어놓으라고 다그치고 싶은 충동이 일었지만, 꾹 참았다. D는 예상대로 12층에서 내렸고, 따라 내린 나는 그가 도어록의 비밀번호를 누르고 안으로 들어가는 호수를 확인하는 데 성공했다. 잠시 후, 그가 열고 들어간 문에 귀대기를 해서 안에서 들려오는 소리를 은밀히 엿들었다. D의 말소리, 서툰 영어를 쓰는 여성의 목소리, 그리고 갓난아기의 울음소리가 내 귀에 또렷하게 들렸다. 더 이상의 조사는 불필요해 보였다.

오랜만에 광화문 거리를 걸었다. 월드컵 한국 축구대표팀을 응원하는 붉은 악마도, 불만을 분출하는 군중도 없는 광화문광장에는, 일상의 시민들만이 걸음을 재촉하고 있었다. 그 낯익은 공간을 걷고 있자니 '사과의 도시' 알마티에서 만났던 고마운 사람들이 차례로 떠올랐다. 운명이 허락하는 테두리 안에서, 모두가 각자의 주어진 삶을 이어가겠지. 한 번도 만난 적이 없는 19세의 Q와 새로 태어난 아기. 두 생명의 운명을 내가 점칠 수는 없지만, 아무쪼록 어딘가에서 순탄한 삶을 살게 되기를!

다음 날 아침 나는, 담담하게 부인 Z에게 전화를 걸어 Q의 은신처인 오피스텔 건물 이름과 호수를 알려주었다. 그리고 그것을 끝으로 굴욕감을 맛보게 했던 사건을 마무리 지었다.

한 달 뒤, 에브니카는 문자메시지로 내가 소개해 준 합작회사 대표와 최종 면접을 마치고 그 회사로 이직하게 됐다는 소식을 전해왔다. 그리고 약 일 년 뒤 그녀에게서 이메일이 한 통 도착했다.

'안녕하세요? 잘 지내시죠? 오늘 누굴 만났는지 맞혀보세요! 우리가 '두마 바'에서 만났던 Q의 친구 기억나세요? Q의 서울 생활을 제게 알려줬던 그 여자와 오늘 아르바트 거리에서 우연히 마주쳤어요. 그때 만났던 것도 인연이라고, 함께 커피를 마시며 즐겁게 수다를 떨었지요. 이미 알고 계시는지 모르겠지만, Q가 알마티로 돌아와 대학에 다니고 있다고 하네요. 어린 나이에 낯선 서울에서 갓난아기를 돌보며 홀로 생활하기가 아주 힘들었다고 친구가 그러더라고요. 결국은 외로움을 극복하지 못하고 가족과 친구들이 있는 알마티로 돌아와 대리모 계약으로 받은 돈으로 대학에 등록했답니다. 아기는 서울에 있는 생부에게 남겨두고요. Q는 처음엔 그 남자가 자신을 사랑한다고 믿었는데, 시간이 갈수록 그가 사랑하는 대상은 자신이 아니라 아기였다는 걸 깨달았대요. 그녀는 그냥 그의 여자친구였을 뿐 그 이상은 아니었다는 거죠. 그의 부인에게 죄책감도 느껴지고. 지금은 같은 대학 다니는 잘생긴 남자친구와 행복하게 살고 있다고 친구가 말하더군요. 아 그리고 Q의 대학 전공이 뭔지 아세요? 한국어. 인생 참 재미있어요, 그렇죠?"

얼마 후에 나는 경복궁을 산책하다 우연히, 부부 D와 Z가 유모차를 끌고 다정하게 걸어가는 모습을 목격했다. 이런 두 사람의 모습이 처음엔 낯설게 느껴졌지만, 곧 어떤 일이 벌어졌는지 상상이 됐다. 돌도 안 지난 아기를 품에 안고 집으로 돌아온 남편을, 부인은 용서하고 받아들였던 것이다.

언제였는지 정확히 기억나지 않지만, 자료를 찾으러 여의도에 있는 국회도서관을 찾았다가 느닷없이 Z의 논문 제목이 떠올라 대출받은 적이 있었다. 〈제임스 조이스의 장편소설 『율리시스』를 구성하는 사랑과 섹스에 대한 재해석〉. 가끔 신문 기사에서 접하는 '죽기 전에 읽어야 할 책 100권' 리스트에서 빠지지 않는 『율리시스』를 나는, 여러 차례 읽으려고 시도했지만 끝내 완독하지는 못했다. 책이 너무 난해하고 어려워서 중간에 항상 포기하고 말았는데, Z는 과연 어떤 틀과 시각으로 소설을 재해석했을까 하는 궁금증을 가지고 논문을 읽어보았다. 성적으로 방탕하고 음란한 이 소설의 중심에 서 있는 30대 후반의 주인공 블룸^{Leopold Bloom}과 그의 부인 마리언^{Marion}(애칭 몰리^{Molly})는 10년 넘게 부부관계를 갖지 않으면서 동시에 각자 여러 애인과 불륜 관계를 맺는다. 서로의 외도를 묵인해 주면서 표면적으로는 지극히 평범한 부부 역할과 결혼생활을 유지한다. 육체파 소프라노 가수인 몰리는 다양한 애인들과 정사를 즐기고,

블룸 또한 외도와 외설적 판타지로 자기 성적 욕구를 채운다. 논문의 저자는 흥미롭게도 이런 중심인물 블룸을 "자기파괴적 마조히스트[masochist]"로 분석했다. "주변 사람들을 무장해제 시키기 위해 보이지 않는 가면을 쓰는 마조히스트는, 주어진 상황을 자신에게 유리한 방향으로 끌고 가기 위해 끊임없이 연출을 지속하는 일종의 '계략가'라 할 수 있다. 금지된 쾌락을 추구하는 주인공 블룸은, 프로이트[Sigmund Freud]의 '파괴본능'에 근거한 마조히즘[masochism]을 상징한다." 그러나 "이러한 자기파괴적 무의식과 인간의 본능적 성적 욕망은 결국 '사랑'으로 귀결된다"는 것이 제임스 조이스 소설의 숨겨진 주제라고 Z는 해석했다. 그리고 그녀는 소설의 한 구절을 인용하면서 자신의 논문을 끝맺었다.

"사랑은 사랑을 사랑하기 위해 사랑한다.[Love loves to love love]"

제임스 조이스[James Joyce] 『율리시스[Ulysses]』, 1922

사 건 5

뉴질랜드 케이프 레잉가

비극과 희극

5.   뉴질랜드 케이프 레잉가 – 워홀 여대생 실종사건

〈한국인 여대생, 뉴질랜드에서 행방불명 – 현지 경찰 조사 착수〉

〈한반도 덮친 기록적인 폭우와 폭염〉

〈뉴질랜드 워홀 여대생 2주째 연락 끊겨, 자살 또는 납치 추정〉

〈서울 수도권 120년 만의 무더위, 13명 사망〉

〈실종된 워홀 여대생 생사 불투명 – 뉴질랜드 경찰 수사 난항〉

〈전국 최악의 전력난에 비상, 정부 초비상 체제〉

〈워홀 여대생 가족 뉴질랜드 현지 도착, 눈물로 호소〉

〈한반도에 '열돔' 착륙, 앞으로 일주일이 고비〉

〈한국인 여대생 실종 관련 현지 경찰 중간발표, 모든 가능성 열어놔〉

〈관측 사상 최악의 폭우, 지구 기후 변화의 저주인가〉

〈실종 여대생 관련 뉴질랜드 한인회, 인종차별 범죄 아니다〉

〈최악의 폭염 뚫고 북한, 준 중거리 탄도미사일 3발 동해상으로 발사〉

〈속보- 워홀 여대생 독일인 남자친구 유력한 용의자, 경찰 조사 중〉

정부의 전력 위기 경고가 이어졌다. 나는 나흘째 에어컨 대신 선풍기를 사무실 책상 옆에 켜두고 점심을 먹고 있었다. 건물 지하 제과점에서 사 온 냉장 샌드위치는 이미 냉기를 잃고 미지근했다. 속옷 차림으로 앉아있어도 온몸의 땀구멍에서 끊임없이 줄줄 흘러내리는 땀을 막기에는 역부족이었다. 오래전부터 우려했던 지구 기후 위기가 드디어 경고 수준을 넘어 인간의 생존을 위협하고 있군! 그때 누군가 사무실 초인종을 눌렀다. 출입문 앞 감시 카메라CCTV 모니터를 켜보니, 예상했던 택배기사가 아니었다. 두 번째 초인종 소리에 나는 벌떡 일어나, 서둘러 셔츠와 바지를 입고 출입문 쪽으로 향했다.

"다행히 사무실에 계시군요."

노타이 양복 차림의 50대 남성이 사무실로 들어와 내가 권한 의자에 앉았다. 그는 날씨 때문인지 몸에 기운이 없고 안색도 안 좋아 보였다.

"식사 중이신 것 같은데, 제가 이렇게 연락도 없이 불쑥 찾아와 죄송합니다. 미리 전화를 드릴까 하다가…… 솔직히 제가 사설탐정, 이 분야에 대해 잘 몰라서…… 궁금한 것도 많고, 직접 만나 상의드리는 게 편할 것 같아 이렇게 찾아왔습니다. 양해 부탁드립니다."

그가 내민 명함에는 반도체 관련 기업 대표이사^{CEO}라고 적혀 있었다.

"상관없습니다. 이런 폭염에 누가 사무실로 찾아올 거라고는 생각도 못 했습니다. 전화 걸기도 힘든 날씨잖습니까. 근데 무슨 일로 오셨는지요?"

그는 뉴질랜드에서 실종 상태로 연일 언론을 장식하고 있던 워홀^{워킹홀리데이} 여대생의 큰아버지였다. 나도 단순 호기심에 관련 기사들을 꼼꼼히 챙겨 읽었기 때문에, 사건 내막은 어느 정도 인지하고 있었다. 그는 동생 부부가 딸(이름은 이미 공개됐지만 편의상 A라고 칭하겠다)을 찾기 위해 현지로 건너간 지가 이미 2주가 넘었고, 충격과 피로감으로 두 사람 모두 거의 탈진 상태라는 말을 전하면서 사뭇 근심스러운 표정을 지었다.

"언어장벽은 둘째치고 현지 경찰, 한국대사관 모두 아이 실종에 대해 미온적이라 너무 힘들어합니다. 그나마 현지 한인 교민들이 통역이나 전단 배포를 도와주는데, 다들 현업에 종사하는 사람들이라 한계가 있지 않겠습니까? 혹시 직접 뉴질랜드로 날아가 제 조카를 찾아봐 주실 수 있을지요? 수임료 책정이 어떻게 되는지 모르겠지만, 서운하지 않게 드릴 테니 부탁 좀 드리겠습니다."

미스터리 한 실종 사건이 내 구미를 당겼던 건 사실이었지만, 한 번도 방문한 적이 없는 남반구 나라에서 과연 맡은 역할을 제대로 수행할 수 있을지 선뜻 확신이 서지 않았다. 현지 경찰이 수사에 소극적이라는 인상은 다분히 주관적이고 실종 당사자 부모 입장에서는 당연히 그렇게 비칠 수 있었다. 경험상 의뢰인의 개인적인 감정이나 판단은 상황을 객관적으로 파악하는데 오히려 방해될 수 있다. 내가 단순히 실종 여학생의 부모를 위로하기 위해 가는 것이 아니라면, 현지에서 실질적인 성과를 얻어내야 하고 그러려면 사전에 치밀한 계획과 준비가 필수라는 생각이 들었다.

"이틀만 생각할 시간을 주시지요. 결정이 내려지면 연락을 드리겠습니다."

A의 큰아버지가 사무실을 방문한 날로부터 이틀 뒤, 나는 아이폰 앱으로 다음 날 오전 오클랜드로 출발하는 항공편을 결제하고 탑승권을 저장했다. 사무실에서 미니 드론과 초소형 카메라 겸 녹음기를 챙기고, 혹시 몰라 망원렌즈 카메라도 들고나왔다. 국내에서 보도된 주요 기사 외에 뉴질랜드 현지 언론이

보도한 새로운 내용이 있는지 구글로 검색해 봤지만, 몇 가지 작은 디테일 외에는 특별한 차이는 없었다. 계절상 겨울인 오클랜드의 최저기온이 영하를 밑돈다는 기사를 읽고, 따뜻한 옷을 챙겨가야겠다고 생각하면서 찜통더위를 뚫고 집으로 발길을 재촉했다.

내게 오래전부터 뉴질랜드와 연관 지어 떠오르던 키워드는 마오리족, 과일 키위 그리고 쿡 선장이었다. 뉴질랜드에서 100퍼센트 촬영된 영화 〈반지의 제왕〉 속에 담긴 태곳적 자연 풍광 또한 이 먼 섬나라에 대한 나의 호기심을 북돋웠다. 반면, 몇 시간 뒤면 오클랜드 국제공항에 착륙하게 될 비행기 안에서, 낯선 땅에서 마주하게 될 새로운 모험과 책임감이 보이지 않게 나를 긴장시켰다. 과연 A를 찾아 그녀 부모 품에 다시 안겨줄 수 있을까? 모든 상황이 단순 해프닝으로 끝나고 아버지, 어머니 그리고 딸이 기쁨의 눈물을 흘리며 서로 얼싸안는 장면을 볼 수 있을까?

그나마 기내는 시원해서, 약 12시간의 항공 내내 일에 집중할 수 있었다. 그때까지 한국 그리고 뉴질랜드 언론에 보도된 내용을 종합해 보면 이랬다.

A의 행방이 묘연해진 시점은 30일 전. 그날 기준으로 A가

한국의 부모에게 보내던 안부 문자메시지가 끊기고, 친구들의 전화도 받지 않았다. 나이 21세, 영문학을 전공하는 그녀는, 9개월 전 한국에서 재학 중이던 대학교에 휴학계를 내고 워킹 홀리데이 비자를 발급받아 뉴질랜드에 입국했다. 그리고 도착 전 이미 협의가 이뤄진 로토루아^{Rotorua} 근교 키위 과일 농장에서 곧바로 일 시작. 11월부터 다음 해 5월까지 농장에서 11명의 다른 워홀 젊은이들과 6개월간의 공동생활을 마치고, 수확 시즌이 끝남과 동시에 농장에서 만난 독일인 남자친구와 오클랜드 시내 원룸에서 동거에 들어갔다. 오클랜드에서 지내는 동안, 영어학원 외에는 특별히 아르바이트나 다른 활동은 하지 않은 것으로 보였다. 동거하던 남자친구는, A의 행방이 묘연해진 시점에 친할아버지 장례식 참석을 이유로 독일로 출국했으나 2주 뒤 오클랜드로 돌아왔다. A와 계속 연락이 닿지 않는다며 그는 한국에 있는 그녀 부모에게 먼저 연락을 취했고, 한국에서 발만 동동 구르고 있던 부모를 대신해 실종 신고를 접수했다. 현지 경찰은 초기에 그를 유력한 용의자로 특정해 A의 실종과 관련이 있는지를 조사했지만, 특별한 단서를 찾지 못하면서 일단 그를 용의선상에서 배제했다. 그는 A 수색에 적극 동참하고 있는 것으로 보였다. A가 실종 3일 전, 농장에서 함께 일했던 친구 세 명과 함께 북섬 최북단 케이프 레잉가^{Cape} ^{Reinga}로 여행을 떠났던 사실이 밝혀졌다. 이 친구들의 증언에 따르면, A는 여행을 마치고 행방불명되기 전날 오클랜드 시내 중심가에서 홀로 차에서 내렸으며 나머지 일행은 곧바로 그들의 거처가 있는 로토루아로 돌아왔다.

"한국인이시죠?"

승무원이 저녁 식사를 서빙한 직후, 내 옆 좌석에 앉아있던 60세 전후의 백인 남자가 말을 걸어왔다.

"네, 그렇습니다. 뉴질랜드 사람이신가요?"

"맞습니다. 얘는 내 손녀고. 이 녀석이 케이팝$^{\text{K-Pop}}$ 인가 뭔가 때문에 한국 골수팬이 돼서, 고등학교 졸업선물로 함께 2주간 한국 여행을 마치고 오클랜드 집으로 돌아가는 길이지요. 한국의 자연은 뉴질랜드만큼 아름답더군요. 저는 사람들로 북적거리는 도시에는 흥미가 없어서, 손녀를 남겨두고 틈나는 대로 서울 주변 산을 찾아다녔는데, 너무 좋았습니다. 서울 북쪽에 Buk……"

"북한산."

"네 맞아요, 북한산 국립공원. 동계 올림픽이 개최됐던 평창도 손녀와 함께 가보고, 설악산도 너무 아름답더군요. 우리 뉴질랜드 사람들도 산을 좋아합니다. 혹시 에드먼드 힐러리 경$^{\text{Sir Edmund Hillary}}$을 아시나요?"

"물론 알죠. 에베레스트 정상을 세계 최초로 등정한 뉴질랜드 산악인. 1953년 5월 29일이었죠. 셰르파 텐징 노르가이 Tenzing Norgay와 함께."

"정확한 날짜는 나도 기억 못 하는데, 그걸 다 기억하시다니! 설마 쿡산Mount Cook 등반하러 뉴질랜드 가시는 건 아니죠?"

"일 때문에 출장 가는 길입니다."

"혹시 직업이?"

"사설탐정입니다. 한국인 여대생 실종 사건이 있어서……"

"알아요! 인터넷 기사를 읽었어요. 워홀로 뉴질랜드에 왔다가, 어떻게 그런 일이 일어났는지 참. 우리 손녀 또랜데, 설마 자살은 아니겠죠? 뉴질랜드는 아시다시피 범죄가 잦지 않은 나라예요. 꼭 그 한국인 여대생을 찾기 바랍니다. 그나저나, 뉴질랜드 영어를 잘 알아들으시네요. 우리 영어가 억양과 발음이 특이해서 어렵죠?"

자정이 넘은 시각, 오클랜드 시내 중심가에 위치한 호텔에 체크인했다. 공항버스 안에서 A 관련 최신 뉴스를 검색했는데, 직전에 올라온 〈오클랜드 타임스〉 기사가 눈에 띄었다. '실종된 한국인 여대생 A와 주변 남자들'. 제목에서는 타블로이드 냄새가 물씬 났지만, 내용은 그렇지 않았다. A와 함께 농장에서 일했던 사람들과의 인터뷰, 함께 케이프 레잉가로 여행을 갔던 친구 세 명의 증언, 익명의 수사관을 인용한 경찰의 수사

진행 방향 등 내용이 구체적이고 균형을 갖췄다. 기자의 이름은 엘리자베스 스미스^{Elizabeth Smith}. 이전에도 A 관련 기사를 여러 편 썼던 기자였다. 나는 곧바로 기사 밑에 적힌 주소로 그녀에게 짧은 이메일을 보냈다. 'A 실종사건을 조사하기 위해 오늘 오클랜드에 도착한 한국 사설탐정입니다. 최대한 이른 시일 내에 직접 만나 뵙고 싶습니다.'

 이른 아침 호텔에서 조식을 마치고 A의 부모를 만나러 갔다. 그들이 묵고 있던 숙소는 걸어서 10분 거리였지만, 훨씬 더 멀게 느껴질 만큼 발걸음이 무거웠다. 타국에서 어느 날 갑자기 멀쩡했던 딸이 사라진 부모의 비통함은 상상력 없이도 충분히 공감할 수 있었다. 미리 알고 온 방 번호를 찾아 노크하자 부인이 문을 열었다. 남편은 침대에 드러누워 있다가, 내 목소리를 듣고 느린 동작으로 일어났다.

 "형한테 얘기 들었습니다. 오시느라 수고가 많으셨습니다."
 한눈에 보기에도 초췌하고 얼굴에 생기가 사라진 아버지는, 건장한 체격과는 어울리지 않게 기운 없는 목소리를 냈다. 나를 똑바로 바라보는 것조차 힘이 드는지, 고개를 떨구고 시선은 바닥을 향해있었다.
 "힘드시겠지만, 희망의 끈을 놓으시면 안 됩니다. 아직 확실한 건 아무것도 없으니까요. 제가 이곳에 온 이상, 최선을 다해 보겠습니다."

나름대로 위로의 말을 건네려고 노력했지만, 쉽지 않았다.

"아주버님은 저희보고 당장 귀국하라고 하시는데, 어떻게 우리 딸을 여기 두고 갈 수 있겠어요. 살았던 죽었던 데리고 가야지요."

부인은 어깨를 축 늘어뜨린 채 긴 한숨을 내쉬었다.

"어허 또 쓸데없는 소리. A가 죽긴 왜 죽어!"

남편이 벌컥 화를 내며 부인을 원망하듯 노려봤다.

형이 대표로 있는 회사의 부사장인 A의 아버지, 공인회계사인 어머니. 두 사람 모두 행색이 말이 아니었다. 핼쑥하고 많이 지쳐 보였다. 딸에게 그런 일이 벌어지지 않았다면 같은 시각에 한국에서, 각자의 직장에 출근해 바쁜 일상을 보내고 있을 사람들이었다. 그들이 들려준 얘기는, 현지 경찰이 너무 소극적이라는 불평과 거의 무관심하다 싶은 한국 대사관에 대한 불만이 대부분이었다. 이런저런 도움을 주는 현지 한국 교민들과 유학생들이 정말 고맙다면서 부인은 눈물을 훔쳤다. 반면, 매일 그들을 찾아온다는 딸의 남자친구 한스^Hans에 대해서는 말을 아꼈다. 딸의 동거 사실을 사전에 몰랐던 부모는, 뉴질랜드 도착 즉시 한스의 안내를 받아 딸의 물건이 남아있는 원룸에도 가봤다고 했다. 주제의 갈피를 잡지 못하고 대화 반 침묵 반의 어색한 시간이 흘러가던 중, 20대 백인 남자가 노크하고 방 안으로 들어왔다. 키가 크고 마른 체형의 독일 청년 한스였다. A의 부모가 불편한지 어설프게 한국식으로 고개를 숙여 인사를 하고는 말없이 구석 의자에 앉았다. 간간이 우리 세 명이 한국말로 대화하는 모습을 그는 묵묵히 바라만 보았다. "저놈은 보기도 싫은데 왜 저렇게 매일 나타나는지 모르겠어." A의 아버지가 한스를 째려보며 내뱉은 말이었다.

A 부모의 숙소를 떠나던 나를 한스가 따라 나왔다. 우리는 인근 카페에 들어가 마주 앉았다.

"A의 부모님이 저를 싫어하시죠?"

한스가 무표정하게 물었다.

"싫어한다기보다는 몰랐던 딸의 남자친구가 불편한 거겠죠. 너무 신경 쓰지 말아요."

"탐정님도 제가 A의 실종과 어떤 관련이 있다고 생각하세요?"

그가 꼬고 있던 다리를 풀고 내 쪽으로 상체를 기울이며 다그치듯 물었다.

"누가 또 그런 의심을 하던가요?"

"A의 부모님 그리고 여기 경찰이요."

"본인은 A가 왜 그리고 어떻게 사라졌다고 생각해요?"

나는 그의 표정과 미세한 몸동작에 모든 신경을 집중했다.

"그건 저도 모르겠어요. 자살이 아닌 것만은 확실해요. 그녀가 스스로 목숨을 끊었을 리는 없어요."

"그럼, 타살을 의심하나요? 혹은 납치?"

한스는 불길한 상상이 고통스러운 듯 얼굴을 살짝 찡그렸다.

"두 상황 모두 가능하다고 봅니다."

"납치든 살인이든 범인이 있어야 하는데, 혹시 의심 가는 사람 있나요?"

잠시 골똘히 생각에 잠겼던 그가 마침내 작심한 듯 말을 꺼냈다.

"이런 얘기를 함부로 해도 되는지 모르겠지만…… 한 명 있습니다. 스티브 첸Steve Chen."

그때까지 한 번도 들어보지 못했던 이름이었다.

"A와 함께 영어학원에 다니는 대만 남자예요."

"왜 그를 의심하나요?"

"경찰이 나를 의심하는 것 같아 이 얘기는 일부러 안 했는데, 사실 제가 스티브 첸과 주먹 다툼을 한 적이 있어요. A 때문이었죠. 한 달 전쯤 그녀가 영어학원 학생들과 무슨 댄스파티에 간다고 하고는 새벽에 귀가한 적이 있거든요. 그녀가 전화도 받지 않고 집에 오지 않길래 집 앞에 나가봤는데, 스티브 첸이라는 녀석과 차에 앉아있더라고요. 제가 화가 나서 차에서 내린 A와 말다툼을 좀 했는데, 녀석이 그녀 편을 들면서 참견했어요."

당시의 기억 때문인지 한스가 어금니를 악물고 주먹을 불끈 쥐었다.

"그래서 둘이 한판 붙은 건가요?"

나는 그의 주먹과 얼굴을 번갈아 보면서 물었다.

"A가 말리는 바람에…… 녀석이 차에 타면서 자기가 무슨 중국 갱단 멤버라고, 나보고 조심하라더군요. 그때는 허풍이라고 생각했는데, 혹시 몰라서요."

'중국 갱단'이란 단어에 나는 귀가 솔깃해졌다. 전 세계 주요 도시에는 차이나타운^{China Town}이 있고, 그 지역을 중심으로 중국 갱단들이 온갖 범죄를 저지른다는 건 널리 알려진 사실이었다.

"그 일로 A와 많이 다퉜나요?"

"많이는 아니고…… 며칠 뒤에 부모님께 전화 연락받고 할아버지 장례식 때문에 저는 독일로 떠났어요. 서로 잠시 떨어져 있다가, 다시 만나면 화도 풀리고 관계가 회복될 거라 믿었죠. 그래서 독일에 있는 동안 그녀에게 연락도 안 한 거고요."

A가 실종될 당시 한스가 독일에 있었다면, 그의 설명은 모순되지 않았다. 연인 간에 말다툼은 흔히 있는 일이고, 감정이 상해 한동안 연락을 끊고 지내는 것도 특별히 의심을 살만한 것은 아니었다. 때마침 그의 할아버지가 사망하고 그가 독일로

급히 떠난 것도 충분히 우연의 일치일 수 있었다.

"혹시 A의 인스타그램이나 페이스북 계정이 있나요?"

"네, 알려드릴게요."

한스와 헤어진 후, 오클랜드 경찰청을 찾아갔다. A의 부모가 쪽지에 적어준 담당 수사관이 마침 자리에 있었다. 그는 나를 작은 회의실로 안내했다.

"반갑습니다, 형사 톰슨^{Thomson}입니다. 여학생 가족의 의뢰를 받고 뉴질랜드에 오셨다고요?"

"네, 그렇습니다. 지금 여기 경찰에서도 여학생의 행방을 찾기 위해 큰 노력을 기울이고 있는 건 잘 아는데, 혹시 제가 도움이 될 수 있을까 해서 왔습니다."

"좋습니다, 잘 오셨습니다. 저와 제 파트너가 지금 A 실종사건을 담당하고 있는데, 실종자가 외국인이고 저희 인적자원도 한정적이라 어려움이 많습니다. 그녀의 부모도 여기 여러 번 찾아왔는데, 그분들 심정은 잘 이해하지만, 뉴질랜드와 한국의 제도적, 문화적 차이가 크다 보니 서로 소통하는 것도 쉽지 않더군요."

형사가 고개를 가로저으며 동의를 구하듯 나를 바라봤다.

"아무래도 그렇겠죠. 이해합니다."

형사는, 우리도 할 만큼은 다 했다는 식으로 자신만만하게 브리핑을 이어갔다.

"언론 보도를 통해 진행 상황을 이미 파악하고 계시겠지만, 아쉽게도 그 이상의 진척 사항은 없습니다. 처음 실종 신고를 접수하고 최대한 서둘러 수사를 진행했지만, 이렇다 할 단서는 찾지 못했습니다. A의 동거남이 그녀가 행방불명되고 약 2주가 지나서야 실종 신고를 한 건 알고 계시죠? 그의 출입국 기록도 우리가 확인해 봤는데, 공교롭게도 그 2주간 독일에 갔었더군요. 저희가 세 차례나 경찰서로 불러 조사했고 그의 허락을 받아 둘이 동거하는 원룸도 가봤습니다만, 어떠한 혐의점도 찾지 못했습니다. 물론 자살 가능성에 대한 단서도 없었고요. 실종 직전 함께 여행 갔던 친구 세 명의 진술에 따라 A가 오클랜드 시내에서 하차했던 지점 부근 감시 카메라[CCTV]를 모두 들여다봤지만, A의 모습은 찾지 못했습니다. 그럼 둘 중 하나겠죠. 하나는, 그 지역이 워낙 사람들이 많이 다니는 번화가이고 감시 카메라 해상도도 썩 좋은 편이 아니라서 우리가 A를 알아보지 못하고 지나쳤을 수도 있고 다른 하나는, A가 오클랜드로 아예 돌아오지 않았다는 거죠. 만약 후자의 경우라면, 그녀의 친구 세 명 모두가 거짓말을 하고 있다는 얘긴데, 저도 그들을 직접 만나봤지만, 특별히 말을 꾸며낼 만한 동기가 없어 보였습니다."

"혹시 그들이 다녀왔던 여행지와 오클랜드로 돌아오는 도로

변 감시 카메라는 확인해 보셨나요?"

내 질문을 들은 형사는 어처구니없다는 듯 눈썹을 치켜뜨더니, 최대한 친절한 목소리로 답했다.

"뉴질랜드를 돌아다녀 보면 아시겠지만, 도시를 벗어나면 감시 카메라가 거의 전무합니다. 심지어 고속도로에 속도위반 단속 감시 카메라도 없습니다. 가끔 교통경찰이 스피드 건speed gun 으로 속도를 측정해 그 자리에서 과속딱지를 떼죠. 인구가 적은 이유도 있고 사람들이 프라이비시를 중요시해, 감시 카메라가 사생활 침해라고 설치를 반대하는 경우가 많습니다."

"한국에서는 골동품가게에서나 볼 수 있는 스피드 건으로 과속 단속을 아직도 하고 있다니, 조금 놀랍군요. 나라마다 상황이 다르니까, 이해합니다."

"학생들이 여행 갔던 케이프 레잉가도 직접 가서 조사를 해봤지만, A의 흔적이라고는 전혀 없었습니다. 잘 아시겠지만, 자살이든 타살이든 우선 시신을 찾아야 사건의 방향이 결정되지 않습니까? 그런데 뉴질랜드가 섬나라이다 보니 사방이 다 바다라, 시신을 바다에 유기하는 케이스가 흔합니다. 만약 그런 경우라면, 물 위에 떠다니는 사체를 누군가 발견하고 신고하지 않는 한 수습하기가 어렵습니다. 수색 범위를 특정 지울 수 있다면야 전문 인력과 장비를 동원하겠지만, 그렇지 않다면 운에 맡길 수밖에 없다는 말이죠. 그쪽 지역은 특히나 주민도 몇 안 되고, 지금이 겨울철이라 관광객도 거의 없습니다. 이런 얘기는 좀 그렇지만, 뉴질랜드 해안에 상어가 많습니다. 연안에서 가끔 낚시하다 보면 심지어, 낚인 물고기를 감아올리는 중에 상어가 그걸 덥석 삼켜 낚싯줄이 끊어지는 경우도 빈번히 발생합니다."

형사는, 내가 그의 설명을 잘 이해하고 있는지 확인하려는 듯 내 눈을 뚫어지게 쳐다보았다. 나는 긍정의 제스처로 고개를 끄덕였다.

"혹시 스티브 첸이란 이름 들어보셨나요?"

내가 자리에서 일어나 회의실을 나오기 직전 건넨 질문이었다.

"아니요, 처음 듣습니다."

형사와의 미팅 중에 〈오클랜드 타임스〉 기자에게서 이메일 답장이 왔다. 그날 오후 5시에 스카이타워 근처 카페에서 만나기로 약속을 잡았다.

"한국에서 오신 사설탐정 맞으시죠? 키아 오라Kia ora! 엘리자베스 스미스예요. 리즈라고 불러주세요."

한눈에 봐도 열정과 의욕이 넘치는 파란 눈의 20대 후반 여성이었다. 어깨 바로 위까지 내려온 금발 머리가 화장기 없는 얼굴과 잘 어울렸다.

"반갑습니다, 리즈."

"물론 저에게 물어보고 싶으신 질문이 많겠지만, 제가 먼저 할게요. 어떻게 사설탐정PI이 되신 거예요? 개인적으로 사설탐정은 처음 만나보거든요. 그것도 한국인 탐정은 아마 앞으로도 만나기 힘들 텐데. 총도 소지하고 다니시나요? 수갑? 도청 장치?"

나는 예기치 못한 질문 공세에 적지 않게 당황했다. 그녀 얼굴의 티 없는 미소는, 직전에 들은 말을 진담으로 받아들여야 할지 아니면 농담으로 넘겨야 할지 판단하는데 방해 요인이 되었다.

"제임스 본드 독침은 가지고 다닙니다."

리즈의 유머 감각을 실험해 보기 위해 최대한 진지한 표정을 지으며 말했다.

"정말요? 위험하지 않나요? 그거 합법이에요? 버터처럼 부드럽게, 비밀스러운 악당처럼Smooth like butter, like a criminal undercover ~~ 아시죠? BTS의 노래 〈버터Butter〉."

뜬금없이 노래 가사를 리듬에 맞춰 흥얼거리는 그녀의 모습에 나는, 다음 대화를 어떻게 이어가야 할지 난감해졌다.

"〈오클랜드 타임스〉 기자 맞습니까? 혹시 뉴질랜드 BTS 아미ARMY 대표로 여기 나오신 건 아니고요?"

"이제 질문하시죠."

리즈가 마지막으로 씩 한 번 웃더니 표정을 진지하게 가다듬었다. 이어졌던 두어 시간의 대화는, 대부분 내가 질문하고 그녀가 대답하는 식으로 진행됐다. 사실 그녀 입에서 나왔던 답변은 대부분 그녀가 쓴 기사의 내용들과 크게 다르지 않았다. 한 가지 주목할 만한 대목은, 한스가 그녀의 인터뷰를 한사코 거절했다는 점이었다. 그가 A의 행방을 찾는데 그렇게 열성적이면서 정작 도움이 될 만한 신문 기사를 써주겠다는 설득이 전혀 먹히지 않았다면서, 리즈는 그를 이해할 수 없다는 듯 어깨를 으쓱했다. 그녀가 A 사건과 관련해 내놓은 몇 가지 가설 중에는 자살도 포함돼 있었다.

"A가 자살했을 가능성도 여전히 남아있지 않나요? 지금은 어떤지 모르겠지만, 뉴질랜드 경찰은 실종 초기 자살에 무게를 두었어요. 한국이 OECD 국가 중 자살률이 1위, 특히 20대 여성의 자살률이 두드러지게 높다는 기사를 읽은 적이 있거든요. A의 경우는 다를까요?"

"저는 그랬을 개연성은 매우 낮다고 봅니다. 언급하신 통계는 사실이지만, A의 케이스는 좀 다르다고 생각합니다. 일단 유서도 없을뿐더러 가족과 주변 사람들의 진술을 취합해 보면, 그녀가 스스로 목숨을 끊을만한 하등의 이유가 없어 보입니다."

"그렇다면 결국은 흉악범죄 사건으로 귀결되네요."

"수사의 초점은 아무래도 그쪽에 맞춰져야 할 것 같습니다. 혹시 스티브 첸이란 이름 들어보셨나요?"

"아니요, 처음 듣는데요. 누구죠?"

"A의 남자친구 한스가 지목한 사람인데, 저도 아직 만나보진 못했습니다."

"제가 기사에도 썼지만, A가 워낙 섹시하고 매력적이라 주변 남자들한테 인기가 많았다고 하더라고요. 결국은 치정 문제에 얽혀 그녀가 변을 당한 걸까요?"

리즈는 A의 주변 남자들을 집중적으로 조사해 볼 필요가 있다는 점을 재차 강조했다. 우리는 다음 날 점심을 함께하기로 약속하고 헤어졌다.

나는 오클랜드 시내의 한 건물 5층에 있는 '키위 영어 학원 Kiwi English Institute'을 찾아갔다. 안내 데스크에서 스티브 첸을 문의하자, 친절한 여직원이 컴퓨터에서 그의 수업 일정을 찾아 알려줬다.

"약 30분 뒤면 수업이 끝나겠네요. 503호 강의실에서 나올 거예요. 스티브가 오늘 결석하지 않았다면요."

수업이 끝나고 강의실을 빠져나오는 학생들을 향해 스티브 첸을 외치자, 왜소한 체형의 동양인 남자 한 명이 다가왔다.

"제가 스티브 첸인데, 무슨 일이죠?"

우리는 건물 뒤편 주차장 귀퉁이에 있는 흡연구역 벤치에 앉았다. 헤어스타일과 입은 옷만 봐도 그가 외모와 패션에 신경을 많이 쓴다는 걸 알 수 있었다. 영어가 유창하진 않았지만, 스티브는 강한 중국 억양이 섞인 말투로 자신이 하고 싶은 말을 거침없이 내뱉었다. 으스대는 몸짓, 거만함이 엿보이는 태도였다. 내가 그를 찾아온 목적이 A 관련 수사라고 하자 그는 대뜸 미간을 찌푸리면서 바닥에 거칠게 침을 뱉었다.

"한스인지 뭔지 하는 A 남자친구가 나를 거들먹거렸나 보네. 그렇죠? 나쁜 자식."

자신의 언짢은 기분을 강조하듯 또 한 번 침을 퉤 내뱉었다.

"둘이 길에서 다툰 적이 있다면서요?"

그가 어이없다는 표정을 지었다.

"그건 별일도 아니었어요. 그 이후에 그놈이 나한테 몇 번이나 전화해서 A를 건드리면 가만두지 않겠다는 둥, 밤길을 조심하라는 둥 별의별 소리를 다 하더라고요. 사내자식이 소심하게 질투심은. 사실 우리 둘은 손도 잡지 않았어요. 그냥 친구 사이라고요. A가 나한테 대신 사과도 하더군요. 자기 남자친구가 집착이 강하고 지나치게 지배적인 성격이니 이해해달라고. 심지어 그와 헤어지고 싶다는 말까지 했어요! 진작 그놈하고 헤어졌으면 그런 일 안 당했을 텐데……"

"그런 일이라니요?"

"뻔하잖아요. 경찰이 그놈을 살인 용의자로 조사한다는 뉴스도 나왔다면서요? A 죽이고 겁나니까 독일 갔다가, 도망가면 더 의심받을까 봐 다시 뉴질랜드로 돌아온 거 아니에요. 우리 학생들끼리 그런 얘기 많이 했어요."

빈정대는 말투였다.

"당신이 중국 갱단과 관련 있다고 하던데, 맞나요?"

"갱단이요? 하하하. 20대 초반의 갱 멤버가 포르쉐 타고 다니는 거 봤어요? 대만에서 우리 집안이 어떤 집안인데 갱은 무슨."

리즈는 주변에 밝은 에너지를 발산하는 유쾌한 사람이었다. 진지한 주제가 나오면 파란 눈을 크게 뜨고 집중하다가도, 이내 해맑은 미소를 띠고 대화를 이어갔다. 나는 그녀와 점심을 먹으면서 한스와 스티브 첸 얘기를 꺼냈다. A를 사이에 두고 두 남자가 감정싸움으로 인해 서로를 비방하는 양상인데, 그렇다고 그중 한 명이 A를 해칠만한 동기가 있다고 추정하기에는 구체적 단서가 부족하다는 나의 소견을 밝혔다. 우발적 범행 가능성도 물론 배제할 순 없다는 말도 곁들였다. 리즈는 내 설명을 진지하게 경청하면서 가끔, 손바닥만 한 기자 수첩에 메모하는 모습도 보였다.

"A와 함께 여행 갔던 친구 세 명을 만나본 적이 있다고 했죠? 성별과 국적이 어떻게 됩니까?"

나의 일방적인 얘기가 너무 길어지는 것 같아 리즈에게 질문을 던졌다.

"남자 둘, 여자 한 명이요. 여자는 스페인, 남자 한 명은 브라질 그리고 다른 한 명은 남아프리카 공화국. 브라질 남자와 스페인 여자는 커플이래요. 그들 이름이 뭐더라, 잠시만요, 메모해 뒀는데…… 아, 여기 있네요, 카르멘Carmen, 파비오Fabio 그리고 트레버Trevor. 트레버와 파비오는 서로 절친이라고 했어요. 농장에서 나와 지금도 세 명이 로토루아 아파트에서 함께 살고 있고요."

"그 세 사람, 만나보니 어떻던가요? 그러니까 내 말은, 특이점이랄까, 인터뷰 중에 느끼신 이상한 점, 뭐 그런 건 없었나요?"

"글쎄요, 세 사람 모두 한 자리에서 만났는데, 주로 트레버가 말을 했고 파비오와 카르멘은 원래 말수가 적은지 조용하더라고요. 가끔 고개를 끄덕이며 수긍하는 정도? 어쨌든 인터뷰에는 협조적이었어요. 나쁜 사람들 같아 보이진 않던데. 제 눈에는 그저 평범한 20대 초반의 젊은이들이었어요. 그들 외 A와 농장에서 함께 일했던 사람 몇 명을 더 만나봤는데, 특별히 주목할 만한 내용은 없었고요."

리즈는 내게 더 얘기해 줄 게 없는지 찾아보는 듯 찬찬히 수

첩의 페이지를 넘겼다.

"그 세 친구를 만나보기 전에 그들이 여행 갔던 장소를 한번 둘러보고 싶네요. 이미 경찰이 다녀왔다고 하던데, 내가 직접 눈으로 확인해 보는 게 도움이 될 것 같습니다. 경찰은 아무래도 가까운 곳에서 그리고 최대한 쉽게 문제를 해결하려는 경향이 강하기 때문에, 시선을 좀 더 넓은 범위로 확대해 사건에 접근하는 것이 의외로 도움이 될 때도 있습니다. 용의선상에 오른 인물들과도 가끔은 거리 두기가 필요하죠."

자살 가능성을 제외하고 타살 또는 납치, 이 두 가지 시나리오에 초점을 맞춘다면 '누가'만큼 '어디서'도 중요하다는 게 나의 견해였다. 범행 장소는 오클랜드 혹은 여행지였던 케이프 레잉가 혹은 제3의 장소, 그 어딘가에 있을 것이다.

"케이프 레잉가에 가보시겠다고?"

리즈가 눈을 치켜뜨며 뜻밖이라는 반응을 보였다.

"여기서 케이프 레잉가까지 차로 얼마나 걸리죠?"

"400킬로미터가 좀 넘는데, 도로 상태가 좋지 못해 최소 7시간은 걸릴 거예요. 가신다면 저도 같이 갈게요!"

나는 그녀가 아무 생각 없이 툭 내뱉은 말인가 했는데, 그녀의 결의에 찬 표정을 확인하는 순간, 함께 떠날 계획을 세워야 하는 새로운 과제가 생겼다.

리즈는 케이프 레잉가 근처에 캠핑장 빼고는 숙박시설이 전무하다며 캠핑카를 렌트하자고 제안했다. 나는 흔쾌히 동의했고, 우리는 곧바로 공항 근처로 이동해 4인용 캠핑카를 빌렸다. 그리 넓지 않은 공간을 효율적으로 활용한 차량 내부는 간이침대 2개, 작은 식탁, 미니 냉장고, 전자레인지, 2구 가스레인지 등 기본적인 생활 설비가 갖춰져 있었다. 오클랜드에서 출발하기 전, 리즈의 아파트와 내가 묵던 호텔에 차례로 들러 필요한 개인 소지품을 챙겼다. 북쪽으로 가면 장을 보기도 쉽지 않을 것 같다는 판단에, 대형마트 '뉴월드New World'와 '한국마트Korea Mart'에 들러 우리 두 사람이 필요한 일주일 치 식료품을 샀다. 혹시 몰라 저렴한 릴낚싯대 한 세트도 구입했다.

리즈의 경고는 틀리지 않았다. 오클랜드를 벗어날 때는 고속도로였는데, 북쪽으로 갈수록 도로는 좁아지고 심지어 왕복 차선이 하나로 합쳐진 구간도 나왔다. 다행히 도로를 달리는 차량은 드물어, 평생 처음 한국에서는 조수석인 오른쪽 앞자리에 앉아 운전해야 하는 나에게는 그나마 도움이 되었다.

"한국은 우리와 차선 방향이 정반대죠? 운전대도 반대편에 있고. 영국식 도로 시스템이라 그래요. 호주도 우리와 같고. 그래도 금방 적응하시네요. 피곤하시면 얘기하세요, 제가 운전할 테니까."

장보기를 마치고 마트를 나와 캠핑카로 돌아왔을 때 내가 습관적으로 차량 왼쪽 앞문을 여는 걸 보고 까르르 웃던 리즈는 나의 운전이 내심 불안했겠지만, 내색은 하지 않았다.

"경치가 참 목가적이네요."

"뉴질랜드 총인구가 500만이 조금 넘어요. 남섬, 북섬 합쳐서. 북섬은 약 400만인데 오클랜드에 거의 절반이 사니까, 북쪽으로 갈수록 사람 보기 힘들어질 거예요. 탐정님 옆에 제가 있다는 사실에 감사하게 될걸요! 호호호."

"이미 감사하고 있습니다."

인사치레로 던진 말이 아니었다. 리즈같이 친절하고 신뢰할 수 있는 협력자를 낯선 뉴질랜드에서 만나게 된 건 큰 행운이었다. 그리고 나와의 동행이 그녀의 기사 작성에 도움이 되기를 진심으로 바랐다.

"빈말이 아니라면, 케이프 레잉가에 머무는 동안 참돔 잡아 맛있는 한국 요리해 주세요. 뉴질랜드 바다에서 제일 흔한 물고기가 참돔이니까, 한두 마리는 쉽게 낚으실 수 있겠죠? 탐정님의 낚시 실력을 믿어보겠습니다! 참, 한국에선 날생선을 먹는다면서요? 초밥은 먹어 봤어도 회는 한 번도 먹어본 적이 없네요."

"걱정하지 마세요. 아까 한국 마트에서 회 소스인 초고추장 사 왔으니까."

"정말요? 와 신난다!"

리즈가 가볍게 손뼉을 치며 어린아이처럼 좋아했다.

케이프 레잉가는 섬나라 뉴질랜드에서 더 이상 북쪽으로 나아갈 수 없는 땅의 끝에 자리 잡고 있었다. 그런 상징성이 더해져 북섬의 대표적 관광명소지만, 우리가 도착했을 땐 하얀 등대가 외롭게 우뚝 서서 거친 파도를 내려다볼 뿐 아무도 없었다.

"어릴 적 학교에서 배웠는데, 케이프 레잉가는 마오리족에게 뉴질랜드 땅에서 영적으로 가장 중요한 장소라고 해요. 그들은 자신들이 죽으면, 모든 영혼은 이곳을 통과해 지하 세계인 바다로 들어간 뒤, 그들의 영원한 고향 하와이키로 향한다고 믿는데요."

캠핑카에서 내려 해안 절벽을 향해 나와 나란히 걸으면서 리즈가 들려준 이야기였다.

다시 운전대를 잡고 케이프 레잉가 초입에서 도로를 벗어나 가파른 경사의 비포장도로를 따라 내려가자, 목적지인 캠핑장이 나왔다. 〈카파와이루아 캠프 사이트 Kapawairua Campsite (Spirits Bay)〉. 꽤 넓은 장소인데, 관리인은 단 한 명도 없었다. 캠핑장 이용자는 머문 날짜만큼 사용료를 계산한 다음, 현금을 봉투에 담아 관리실 앞 수금함에 넣는 시스템이었다. 날은 이미 저물었고, 긴 하루를 보낸 우리 둘은 지칠 대로 지쳐있었다. 캠핑카를 해변 쪽에 주차하고 간단히 저녁 식사를 마친 뒤, 각자의 좁고 낯선 캠핑카 침대에서 깊이 곯아떨어졌다.

"이곳 캠핑장에서 A와 친구 셋이 하룻밤을 묵었다는 거죠?"
캠핑카 옆에 서서 모닝커피를 마시며 리즈에게 물었다.
"네, 맞아요. 파비오와 여자친구 카르멘이 텐트를 같이 썼고, 트레버와 A는 각각 따로 텐트를 치고 잤다나 봐요."
"일단 드론을 띄워 주변 지형을 살펴보고, 오후에 걸어서 주변을 둘러보는 걸로 하죠."
"이 넓은 바닷가에서 단서가 될 만한 게 나올까요? 시간도 많이 흘렀는데."
"그거야 모르죠. 일단 부닥쳐 봐야죠. 특별한 소득이 없더라도 나중에 그 세 친구를 직접 만나 면담할 때, 이곳에 대한 지식이 도움이 될 거예요."

꼬박 나흘간 단서가 될 만한 작은 흔적이라도 찾기 위해 주변을 샅샅이 수색했지만 헛수고였다. 시간이 많이 흘렀다는 점도 조사에 불리한 측면이었지만, 목격자는 둘째치고 뭐라도 증언을 해줄 만한 사람이 주변에 아예 없었다. 가장 가까운 마을이 차로 1시간 거리로, 주변에 지나가는 개 한 마리 찾아볼 수 없는 환경이었다. 오클랜드에서 출발할 당시만 해도 설마설마

했는데, 광활한 대자연 속에서 행방이 오리무중인 A와 관련된 작은 실마리라도 찾는다는 건 애초에 무모한 시도였다는 생각이 들기 시작했다. 비록 리즈는 묵묵히 곁에서 그런 나를 지켜봐 주었지만, 사건이 점점 미궁에 빠져드는 느낌은 지울 수가 없었다.

우리가 캠핑장에 도착한 이후 대형 캠핑카에서 생활하는 노부부를 제외하면 주변에서 사람 구경을 할 수 없었는데, 정오쯤 마오리인 가족이 밴을 타고 나타났다. 초등학교 또래의 아이 셋과 그들의 젊은 부모가 바비큐를 하려는지 차에서 꺼낸 온갖 음식 재료와 장비를 근처 피크닉 테이블로 옮기고 있었다.

"키아 오라!"

리즈가 먼저 그들을 향해 뉴질랜드식 인사를 외쳤다.

"키아 오라! 오클랜드에서 여행 오셨어요? 우린 여기서 1시간 떨어진 동네 주민이에요. 오늘 아이들 학교가 쉬는 날이라 가족 피크닉 왔고요. 고기를 많이 준비해 왔는데, 함께 식사해요!"

아이들 엄마가 환한 미소를 지으며 처음 보는 우리를 망설임 없이 초대했다. 내가 머뭇거리자, 리즈가 대화를 이어갔다.

"그래도 될까요? 초대 감사합니다. 대신 우리도 식사 준비

도울게요."

나를 향해 테이블에 앉으라는 눈빛 신호를 보낸 뒤 리즈는, 우리 캠핑카에서 김치와 고추장, 한국 과자 한 봉지를 가져와 테이블 위에 올려놓았다.

"이건 조금 맵지만 한국 전통음식 김치와 핫소스, 그리고 이 과자는 아이들이 좋아할 거예요."

"와, 우리 마오리족 사람들은 매운 거 잘 먹어요. 오늘 별미를 맛보네요! 감사합니다."

숯불로 구운 맛난 소고기와 양고기를 배부르게 얻어먹고, 어른들을 위해 끓인 물로 원두커피를 내리고 있을 때였다. 차에 장난감을 가지러 갔던 아이들 엄마가 테이블로 다가오는데 순간 그녀가 신고 있던 노란색 크록스가 눈에 들어왔다. 신발에 붙은 분홍색 지비츠. 처음엔 내 눈을 의심했지만, 어디서 분명본 듯한 느낌이 들었다. 유레카! A의 인스타그램에서 본 사진! 노란색 크록스와 분홍색 폼폼 지비츠가 찍힌 여러 장의 사진이미지와 내 눈앞의 실물이 매칭되었다.

"실례지만 신고 있으신 이 크록스, 직접 구입하신 건가요?"

영문을 모르고 있던 리즈가, 뭐 그런 무뢰한 질문을 하냐는 듯 눈이 휘둥그레졌다. 아이들 아빠는 아무렇지도 않은지 주저없이 내 질문을 받았다.

"하하 아니요, 이 샌들은 저쪽에 보이는 산 너머에 널찍한 갯바위가 있는데, 거기서 주운 거예요. 지난번에 왔을 때 거기서 낚시했는데, 파도에 밀려왔는지 한 짝씩 바위틈에 끼어 있더라고요. 근데 그건 왜?"

"혹시 언제 이 샌들을 발견하셨나요?"

"한 2주 전이었나?"

부인에게 양해를 구한 뒤, 여러 각도에서 찍은 사진들을 아이폰으로 한스에게 즉시 전송했다.

'100퍼센트 A의 크록스가 맞아요!'

잠시 후 도착한 그의 문자메시지 내용이었다. 사건의 첫 단추가 풀리는 순간이었다.

"A가 이곳에서 살해당했다는 건가요?"

마오리인 남자가 알려준 평평한 갯바위를 둘러보는 중에 리즈가 약간은 겁에 질린 듯한 낮은 목소리로 물었다.

"그럴 가능성이 있습니다."

"누가? 왜? 도무지 믿기지 않네요."

싸늘하게 굳어진 얼굴의 그녀가 놀라서 입을 다물지 못했다.

"만약 살인이 일어났다면 세 명, 아니 두 명 중 한 사람일 가능성이 높죠."

나 또한 불길한 느낌을 떨쳐버리려고 애를 써도 쉽지 않았다. 머릿속은 최악의 시나리오, 바로 그 장소에서 일어났을 법한 장면들로 소용돌이쳤다. 사람은 사라지고 신발만 남아 있다면, 좋은 전조는 분명 아니었기 때문이다. A가 단순히 근방에서 자기 샌들을 분실했을 수도 있지만, 갯바위 아래 깊은 수심의 바다와 거칠게 몰아치는 파도 높이를 감안하면 희망적인 시나리오는 힘을 잃어갔다.

"트레버? 파비오? 제가 만나봤을 땐 두 명 모두 20대 초반의 평범한 남자들로 보이던데, 어떻게 그럴 수가……"

"확실한 증거가 더 나올 때까진 어떤 것도 단정할 수 없습니다. 그들 말고 제3의 인물일 수도 있고요."

그렇다면 이곳에서 과연 어떤 일이 벌어진 걸까? A는 여기서 뭘 하고 있었을까? 옆에는 누가 있었을까? 밀물 때가 시작됐는지, 높은 파도가 갯바위 위로 밀려들었다. 우리는 서둘러 캠핑장으로 돌아왔다.

잠깐 낚시를 했는데 운 좋게 꽤 큰 크기의 참돔이 한 마리 잡혔다. 서투른 솜씨로 생선포를 떠 캠핑카 식탁에 올려놓았다.

"와, 이게 아까 낚으신 그 참돔이에요?"

리스가 신기한 듯 종이 접시에 담긴 참돔 회를 가까이서 관찰하면서 즐거운 미소를 지었다.

"여기 이 코리안 매운 소스, 초.고.추.장.에 찍어 드세요. 와인 한잔할래요? 아니면 소주?"

"소.주. 마셔보고 싶어요. 이게 한국의 국민 술이죠?"

"누가 BTS 열성 팬이 아니랄까 봐, 잘 아시네요! 우리 오늘 밤엔 이번 사건 잠시 잊고, 술이나 마십시다. 그리고 내일 아침 오클랜드로 돌아가요."

말은 그렇게 했지만, 술잔을 기울이는 동안에도 이번 사건이 머리를 떠나지 않았다. 비록 범행 장소의 범위가 좁혀졌다고 해도, 범행 동기는 쉽게 추측되지 않았다. 네 명은 친구이고, 함께 여행을 왔고, 거기다 여자가 A 말고 한 명 더 있었다. 즐겁게 떠들며 술 마시던 친구 사이에서 갑자기 끔찍한 살인이 일어날 이유가 없지 않은가? 얼굴에서 내 생각을 읽었는지, 리즈가 술잔을 내려놓으며 굳은 표정을 지었다.

"발견된 A의 크록스는 무엇을 말해주는 걸까요?"

그녀는 여전히 불안한 눈빛이었다.

"글쎄요. 여기 바닷가에서 단순히 크록스를 잃어버렸을 수도 있지만 남자친구 한스 말로는, 그녀의 다른 신발들은 원룸에 그대로 남아있다고 합니다. 구입한 지 얼마 되지도 않았고 A가 즐겨 신던 샌들이라고 하더군요. 한스가 모르는 새 신발을 신고 있었을 수도 있지만, 그렇지 않다면 오클랜드 시내에서 A가 맨발로 차에서 내리진 않았겠죠."

"크록스를 분실하고 친구에게 다른 신발을 빌려 신었을 수도 있지 않을까요?"

"그 점은 함께 여행했던 친구들에게 확인해 보면 답이 나오겠죠. 그들의 진술에 의하면, A는 어쨌든 오클랜드까지 살아서 돌아갔다고 했으니까요."

"혹시 그 대만 학생, 스티브 첸이라고 했던가요? 그 남자가 여기 왔던 건 아닐까요? A가 이곳으로 여행 왔다는 걸 알고, 자신의 포르쉐를 몰고 여기 와서 그녀를 태우고 어딘가로 갔을 수도 있잖아요."

"그럼, 친구 세 명의 진술은요? 그들이 그 사실을 굳이 숨길 이유가 없지 않나요?"

"스티브 첸에게 협박당해서 거짓 증언을 했다?"

"현재로서는 모든 가능성이 열려있어요. 지금 말씀하신 가설 또한 그 세 친구를 만나보면 윤곽이 어느 정도 잡히겠죠."

산 넘어 산인 추리를 잠시 접고 우리는, 회를 안주 삼아 남은 소주를 마셨다. 그날따라 소주에서 쓴맛이 났지만, 리즈에게는 말하지 않았다.

"주무세요?"

"아니요. 리즈는 왜 아직 안 자요?"

"오늘 밤은 파도 소리가 유난히 무섭게 들리네요. A가 살해됐을 수도 있다는 충격 때문인지, 오늘 갔었던 갯바위가 자꾸 생각나요. 어릴 적 기억도……"

"따뜻한 차나 코코아 한잔할래요?"

"아니요. 지금 침대에서 일어나면 오늘 밤엔 정말 한숨도 못 잘 것 같아요."

어색한 침묵과 바람에 실려 온 바다 향기가 캠핑카 내부를 지배했다. 동시에 파도 소리는 일정한 간격을 두고 끊임없이 들려왔다. 밀려드는 상념을 떨쳐 버리려고 침낭 안에서 몸을 뒤척이고 있을 때, 리즈의 목소리가 다시 들려왔다.

"제 얘기 잠시 들어주실래요?"

"그럼요."

"누군가와 대화를 나누지 않으면…… 괴로워서 미칠 것 같아요."

"무슨 얘기든 해보세요. 밤은 기니까."

"제 고향은 남섬 퀸스타운Queenstown에서 멀지 않은 작은 어촌이에요. 누구 집에 숟가락이 몇 개인지 서로 알 정도로 공동체 의식이 강한 마을이죠. 그런 곳에서 11살 때 성폭행을 당했어요. 친구 아빠였죠. 스스럼없이 따라갔다가 마을에서 조금 떨어진 폐가에서 그 악몽 같은 일을……"

그녀는 목이 메어 잠시 말을 멈췄다.

"그가 내 몸 위에 올라와 있을 때 밖에서 들려오는 파도 소리가 얼마나 크고 무섭든지, 지금도 오클랜드 아파트 침대에 누워있으면 가끔 그 모든 소리가 생생하게 재생되는 것 같이 들려요."

눈으로 볼 순 없었지만, 리즈가 손으로 입을 막고 흐느끼는 소리는 들을 수 있었다. 나는 조용히 침낭을 빠져나와, 그녀 침대에 걸터앉은 채 돌아누워 있는 그녀의 어깨에 내 손을 살포시 올려놓았다. 그녀의 몸은 파르르 떨고 있었다. 그녀는 몸을 일으켜 이미 눈물범벅이 된 얼굴을 내 가슴에 파묻고는 마침내 큰소리로 울음을 터뜨렸다. 나는 리즈를 양팔로 꼭 껴안아 주었다. 그녀의 마음속 고통을 어루만져 줄 수 있는 어떤 단어도 떠오르지 않았다. 어쩌면 그 순간엔 말이 무의미했을 수도 있다. 때로는 침묵이 가장 좋은 진통제이기도 하니까. 빠른 속도로 뛰던 그녀의 심장 박동이 다시 정상을 되찾고 경직됐던 몸의 근육이 서서히 풀리는 걸 내 감각이 느끼고 있을 즈음에, 어둠 속에서 그녀의 입술이 내 입술을 더듬었다. 나도 참고 있던 침묵의 단어들을 그녀 입안으로 쏟아냈다. 그녀의 입술 사이에서 조금 전까지 흘러나오던 무거운 흐느낌 소리가 여자의 신음으로 바뀌면서 내 마음은 안도했다. 그녀의 영혼을 무자비하게 할퀴던 기억이 잠시나마 자취를 감추었다는 안도감이었다. 점점 더 커지는 신음, 애절함과 환희와 고독이 뒤섞인 그 소리는, 상처로 범벅된 기억의 잔재를 떨쳐버리려고 발버둥 치는 무의식의 외침으로 들렸다. 그리고 나도 모르는 사이 찰리 채플린의 말을 떠올렸다. "인생은 가까이서 보면 비극, 멀리서 보면 희극Life is a tragedy when seen in close-up, a comedy in long-shot." 살인, 폭력, 기아, 전쟁 같은 수많은 비극, 야만적인 세상 한가운데서 우리 인간은, 어쩔 수 없이 희극배우로 살아가야 하는 운명. 많이 웃고 서로 정열적으로 사랑하며, 그렇게 계속 살아갈 수밖에 없는 우리 모두의 운명.

리즈와 함께 다음날 오클랜드로 돌아온 나는, 호텔 방에서 오랜만에 뜨거운 물로 샤워하고 나니 정신이 좀 맑아지는 것 같았다. 트레버, 파비오, 카르멘, 이 세 명을 만나러 가기 전에 그들에 대한 배경 조사를 해볼 필요가 있다는 생각이 들었다. 특히 전과 기록 여부가 나의 주된 관심사였다. 전과는 한 사람이 과거에 저지른 범죄 기록에 불과할 수도 있지만, 때로는 현재 그 사람의 잠재력을 암시해 줄 수도 있다. 혈기 왕성한 20대 초반의 남자 둘이 들뜬 분위기의 여행지에서 A와 함께 있었다는 점을 감안할 때, 성범죄 발생 개연성을 배제할 수 없었다. 나는 먼저 트레버라는 인물에게 주목했다. 조사에 드는 비용도 무시할 수 없었기 때문에, 여자친구인 카르멘과 함께 있었던 파비오는 일단 우선순위에서 밀렸다. 지체 없이 장문의 이메일 한 통을 작성해 발송 키를 눌렀다. 수신자는 남아프리카공화국 요하네스버그에 거주하는 국제 사설탐정 협회 회원 N. 그에게 트레버에 대한 배경 조사와 요하네스버그에 사는 트레버의 조모 면담 및 동영상 촬영을 협조 요청했다. A와 트레버가 함께 일했던 키위 과일 농장 주인이 제공해 준 트레버의 이력서에는, 비상 연락처 난에 부모가 아닌 그의 할머니 주소와 전화번호가 기재돼 있었다.

리즈의 저녁 식사 초대는 뜻밖의 선물 같은 것이었다. 시내 페리 터미널에서 만난 그녀는, 가슴골이 살짝 드러난 짧은 붉은색 원피스에 검은색 모직 코트를 입고 의상과 어울리는 흰색 구두를 신고 있었다. 그녀의 화장한 얼굴이 처음엔 조금 낯설게 보였지만, 자연스러운 기본 메이크업과 마스카라를 바른 긴 속눈썹, 체리 색 립스틱은 그녀의 미모를 더욱 돋보이게 해줬다. 부두 1번Pier 1에서 오클랜드 위성도시 중 하나인 데븐포트Devonport로 가는 페리를 탔다. 승선객 대부분은 퇴근하고 집으로 향하는 직장인들이었다. 출발한 지 12분 만에 도착한 바다 건너편 선착장에서 5분 정도 걸었더니, 19세기 빅토리아 양식의 건물 1층에 리즈가 예약했다는 식당 마누카Manuka가 나왔다.

"제가 개인적으로 좋아하는 레스토랑이에요. 케이프 레잉가에서 신세를 많이 져서 오늘은 제가 쏠 테니까 그렇게 아세요. 참고로, 어린 양고기 어깨살 스테이크를 추천해 드려요. 여기소.주.는 없을 테니까, 우리 와인 한잔해야죠?"

요리도 와인도, 마주 보는 리즈의 행복에 찬 미소도, 모든 게 더할 나위 없이 만족스러웠다. 식사를 마치고 우리를 오클랜드로 데려다줄 페리를 기다리며, 건너편 오클랜드 시내 스카이라인을 감상하는 시간도 가졌다. 뉴욕이나 홍콩만큼 화려하진 않았지만, 섬나라 뉴질랜드와 잘 어울리는 아름다운 야경이었다. 백허그를 하고 있던 나를 돌아보며 리즈가 내 볼에 입을 맞췄다.

예상보다 빨리, 단 3일 만에 탐정 N으로부터 조사 보고서가 도착했다. 트레버의 조모 인터뷰 동영상 파일이 첨부된 그의 이메일 내용은 대략 이러했다.

'네덜란드 태생 백인 어머니와 호사족^{Xhosa} 아버지 사이에서 태어난 트레버, 그가 어릴 때 부모가 호주로 떠난 후 줄곧 친할머니 밑에서 자랐음. 중학교 때부터 크고 작은 범죄로 여러 전과가 있고, 2년 전 자기 고등학교 선생님 집에 무단 침입해 부인을 강간 살해하고 금품을 훔쳐 달아남. 재판 과정에서 백인 경찰의 강압수사와 증거불충분을 근거로 약 1년 전 석방된 후 자취를 감추었음. 면담 동영상 중에 할머니가 영어로 말하다 말고 여러 차례 호사족 언어로 반복하는 대목, "우야쿨릴라 느가소니에 우흐엘레 인카우$^{Uyakulila\ ngasonye\ uxele\ inkawu}$"는 호사족 속담으로 '한쪽 눈으로 눈물 흘리는 원숭이'라는 뜻임. (아마도 손자한테, 어리석은 원숭이는 덫에 걸려 한쪽 눈으로 눈물을 흘리지만, 너만은 제발 그러지 말라는 얘기를 하는 것 같음) 끝으로, 많은 행운을 빕니다! P.S. 수임료 명세와 청구서는 본 이 메일에 첨부합니다.'

남아공에서 날아온 동영상을 리즈와 함께 호텔 방에서 시청했다. 노파는, 요하네스버그 빈민가에서 갖은 고생 하며 손자를 키운 과정과 자신이 폐암 말기라 살날이 얼마 안 남았다는 얘기를 들려주었다. 실제로 노파는 대화 도중 심한 기침을 반복하며 고통스러운지 간간이 눈을 감고 얼굴을 찡그렸다. 끝으로 탐정 N이, 손자에게 마지막으로 해주고 싶은 말이 있는지 노파에게 묻자, 그녀의 서글픈 독백이 이어졌다.

"트레버, 네 할미다. 내일이 내 80번째 생일이다. 너와 식사한 끼라도 함께 하면 좋겠지만, 어느 외국에 있다고 하니 힘들겠지? 내가 이렇게 오래 산 것도 축복이다. 네 부모가 너를 버리고 떠났을 때, 나는 너와 함께 죽으려 했지. 그런데 그때, 우리 호사족의 영웅 넬슨 만델라의 외침이 들려왔어. '살아남는다는 것은 곧, 어려움과 환경을 극복하는 능력이다.' 만델라가 우리 둘을 살린 거지. 비록 너의 엄마는 백인이지만, 너는 우리 호사족의 핏줄이니 호사족의 자부심을 잊지 말거라. 내가 너 어렸을 때부터 자주 들려주던 호사족 속담 기억하지? '우야쿨 릴라 느가소니에 우흐엘레 인카우'. 너는 절대 죄짓고 한쪽 눈으로 눈물 흘리는 원숭이로 살면 안 된다. 그건 원숭이만큼 어리석은 짓이야. 보내준 선물은 고맙지만, 이 할미는 이제 곧 죽을 텐데, 마지막으로 너의 손이라도 한번 잡아보고 싶구나."

동영상을 재생하는 아이패드 화면에서 순간, 노파의 목에 걸려 있는 금목걸이가 눈에 들어왔다. 필시 어디서 본 듯한 더블링크 두 줄 목걸이였다. 유레카! A의 부모가 제작한 전단 명함 사진 속 바로 그 목걸이!

"이제 드디어 트레버를 만나러 갈 차례가 됐네요."

"휴가 내고 저도 같이 갈래요."

오클랜드에서 남쪽으로 약 230킬로미터 떨어진 로토루아로 출발하기 전, A의 부모를 방문하러 갔다. 물론 딸의 실종 관련 조사 내용을 언급할 의도는 없었다. 주변에 기자들도 있었고, 사건이 종결된 뒤에도 늦지 않으리라 판단했다. 벌써 3주가 지났는데도 여전히 숙소 부근에서 지나가는 시민들, 심지어 외국 관광객들에게도 전단을 한 장씩 건네는 A의 부모가 먼발치서 목격됐다. 며칠 전보다 더 수척해 보였다. 나는 차마 그들에게 다가갈 수가 없었다. 가장 큰 희망이자 삶의 낙이었을 외동딸 없이, 이제 남은 인생을 어떻게든 살아남아야 하는 사람들. 나의 긴 한숨 소리를 들었는지 옆에 있던 리즈가 내 손을 꽉 쥐었다.

한적한 동네 3층 건물 건너편에 차를 주차하고 이틀째 잠복 중이었다. 리즈가 이미 2주 전 방문한 적이 있는 세 사람의 거처 앞. 바로 만나러 가는 것보다는, 먼저 그들의 동태를 살피는 편이 좋을 것 같았다. 그 사이 트레버와 파비오가 두 차례 함께 외출했다 건물로 들어가는 모습이 목격됐다. 카르멘의 모습은 여전히 보이지 않았다. 리즈는, 카르멘이 혼자 외출할 경우 그녀를 따로 만나보는 게 좋겠다는 의견을 냈다. 오후 3시경, 트레버와 파비오가 건물 밖으로 나와 시내 방향으로 걸어갔다. 그리고 약 30분 뒤, 짙은 선글라스를 낀 젊은 여성이 여행 캐리어를 끌고 건물을 나오는 모습이 눈에 들어왔다. 리즈는 그녀가 카르멘이라는 사실을 즉시 알아채고는 차 문을 열고 뛰어갔다. 두 사람이 몇 마디 짧은 대화를 나눈 뒤 인근 카페로 들어가는 모습이 차 사이드미러에 비쳤다. 그리고 한 시간 뒤 리즈가 들뜬 표정을 하고 돌아왔다.

"카르멘이 자백했어요! 세 명이 케이프 레잉가 캠핑장을 떠날 때 A는 없었대요!"

역시나 하는 생각이 들었지만, 말을 끊지 않고 리즈의 설명에 집중했다.

"넷이 새벽까지 술 마시다가 자신과 파비오는 두 사람을 남겨두고 텐트로 들어갔는데, 오전에 일어나 보니 A가 안 보이

더래요. 트래버가 처음에는 A가 급한 일로 새벽에 오클랜드로 히치하이킹을 해서 떠났다고 했다가, 로토루아에 도착할 때쯤엔 말을 바꾸더랍니다. 이미 파비오와는 말을 맞춰놓고, A를 오클랜드 시내에 내려준 걸로 알고 있으라고 자신을 협박했다고 하네요. A에게 무슨 일이 벌어졌다는 걸 직감했지만, 파비오는 남자친구이고 트레버는 두려워서 그녀는 아무것도 할 수 없었다는군요. 충분히 납득이 가죠. 수시로 마약 하는 두 남자와 함께 살고 있는 그녀에게 다른 선택이 뭐가 있었겠어요. 어쩐지 그녀를 처음 인터뷰할 때도 뭔가 부자연스럽다고 느꼈는데……"

드디어 퍼즐 조각들이 맞춰진다는 듯이 리즈가 고개를 과장되게 끄덕였다.

"그런데 왜 갑자기 리즈한테 그런 사실을 다 털어놓은 거죠?"

"남자친구가 최근 갑자기 폭력적으로 변했대요. 마약 때문인지 아니면 A 관련 뉴스를 접하고 불안해져서 그런지, 카르멘에게 수시로 격하게 화를 내고 때리고. 아까 그녀가 착용한 선글라스 보셨죠? 벗어 보여주는데, 눈가에 멍 자국이 선명하더라고요. 외출 중인 두 남자 몰래 집을 도망쳐 나오는 길이었대요."

"대화 내용은 녹취하셨죠?"

"그럼요! 제 직업이 기자라는 거 잊으셨어요?"

리즈와 하이파이브를 나눈 뒤, 흥분된 마음을 가라앉히기 위해 눈을 감고 크게 심호흡을 했다. 우물쭈물한 여유가 없었다.

"트레버가 약 15분 전에 혼자 건물로 들어갔어요. 지금이 절호의 기회입니다. 들어갑시다!"

실내는 트레버가 피고 있던 대마초 연기로 자욱했다. 우리의 신분을 밝히자 그는 몸을 던지듯 소파에 털썩 주저앉았다. 예상했던 대로 그는, 적극적으로 자신을 방어했다.

"우리는 그저 좋은 친구 사이였어요. 그런데 내가 왜 친구를 해치겠어요? A가 실종된 건 유감스럽지만, 번지수를 잘못 찾아오신 것 같네요."

예상했던 반응이었다.

오클랜드 시내에서 A를 내려줄 때의 상황을 묻자, 그는 태연하게 시치미를 뗐다.

"A는 여행이 즐거웠다면서 고맙다고 하고는 차에서 내렸어요. 그게 다예요. 그녀가 죽은 거 하고 나와는 아무 상관이 없다고요!"

트레버가 드디어 A의 죽음을 시사했다. A를 언급할 때마다 '~이다'가 아니라 '~였다' 식의 과거형 표현을 썼다. A가 더 이상 생존해 있지 않다는 걸 알고 있었기 때문이었다. 그는 증거도 없으면서 자신을 의심하지 말라고 신경질적으로 언성을 높였다. 그의 불편한 심기가 점차 드러나고 있었다. 반성의 기미는 털끝만큼도 안 보였다. 드디어 내가, 카르멘이 모든 사실을 털어놨다고 추궁하자, 그는 처음에는 믿지 못하겠다는 표정을 짓더니 곧 분노를 참지 못하고 욕설을 쏟아냈다. 카르멘과의 대화 녹취록을 틀어주자, 통제력을 잃은 그는 격렬한 반응을 보였다. 자리에서 벌떡 일어나 불같이 화를 내며 듣기 싫다고 소리쳤다. 나는 그의 멱살을 잡고 싶은 충동을 억제하면서, 최대한 차분한 목소리로 그를 안정시켰다. 다시 소파에 앉아 양손에 얼굴을 파묻고 있는 트레버에게, 가져간 아이패드로 그의 할머니 동영상을 틀어줬다. 노파의 가냘픈 목소리가 아이패드의 스피커를 통해 거실에 울려 퍼지는 동안 그는, 믿을 수 없다는 표정으로 온몸이 빳빳하게 굳었다. 화면에서 눈을 떼지 못하고 있던 그는, "이 할미는 이제 곧 죽을 텐데, 마지막으로 너의 손이라도 한번 잡아보고 싶구나"로 동영상이 끝나자 왈칵 울음을 터뜨렸다. 그때까지 자신의 범죄 관련 혐의를 끝까지 부정하던 스물두 살의 청년은 결국, 모든 방어망이 무너져 내리며 부르르 몸을 떨었다. 이미 벌겋게 충혈되고 초점 없는 두 눈이 멍하니 허공을 바라보면서, 자신은 어리석은 원숭이만도 못하다고 울부짖었다. 할머니가 보고 싶다고도 했다.

"나는 결코 A를 죽일 생각이 없었어요. 화장실을 찾아 갯바위 쪽으로 걸어가는 그녀를 무심코 따라갔다가…… 경찰에 신고하겠다는 말에 겁이 나서…… 정신을 차리고 보니 그녀가 더이상 숨을 쉬지 않았어요. 나도 시신과 함께 바닷속으로 뛰어내리고 싶었다고요."

나는 할 말을 잃었다. 온몸의 피가 머리로 솟구치는 느낌이었다. 그의 자백이 마무리되었다고 판단됐을 때, 밖으로 나갔던 리즈가 대기하고 있던 사복 경찰들을 대동하고 돌아왔다. 트레버는 순순히 수갑을 찼다. 경찰의 호위를 받아 거실을 떠나면서 그는, 고개를 돌려 내게 이 마지막 말을 남겼다.

"할머니한테 꼭 전해주세요. 나 트레버, 호사족의 아들 트레버는, 앞으로 다시는 어리석은 원숭이같이 한쪽 눈으로 눈물을 흘리지 않겠다고."

하늘이 투명하고 푸르렀던 그날은, 바닷바람이 거셌다. 태평양과 태즈먼해 양쪽에서 동시에 몰아치는 바람마저도 그날의 침울한 분위기를 날려주지는 못했다. 케이프 레잉가의 하얀 등대 앞에서, 여러 사람이 정장 차림으로 앞에 펼쳐진 망망대해를 바라봤다. A의 부모, 큰아버지 부부, 사촌들, 한스, 리즈 그리고 나. 우리에게 바비큐 점심을 대접했던 마오리인 부부와 아이들도, 뒤쪽 언덕 위에 서 있었다. 하얀 등대는, 거친 파도 아래 어딘가에서 보이지 않는 빛으로, A의 영혼이 마오리족 영혼들과 어울려 떠나는 저승길을 밝혀 주리라.

　오클랜드를 떠나기 전날 밤, 리즈가 호텔 방으로 나를 찾아왔다. 양손엔 한국 마트에서 샀다는 소주와 맥주 그리고 테이크아웃했다는 사슴고기 요리를 들고 있었다.

　"특종 기사 썼다고 편집장한테 칭찬받아 제가 한턱 쏘는 거예요."

　그녀가 익살스레 말했다.

　"소맥 타임!"

　침대에 누워 리즈가 BTS의 노래 '버터'를 흥얼거렸다.

　"버터처럼 부드럽게[Smooth like butter], 비밀스러운 악당처럼[like a criminal undercover]…… 난 너의 심장을 두 개로 녹이지[I'll melt your heart into two]. 멋진 가사 아닌가요?"

　"난 악당도 아니고, 여자의 심장을 두 개로 녹일 수 있는 능력도 없어요."

　"누가 뭐라 그랬어요? 난 캠핑카 침대가 더 아늑하던데…… 그거 아세요?"

　"뭘?"

　"탐정님의 장점은 다른 사람들의 얘기를 잘 들어준다는 거. 어릴 적 읽었던 미하엘 엔데[Michael Ende]의 소설 『모모[Momo]』가 떠올라요. 탐정님은 모모 같아. 뭐라고 할까, 속마음과 사적인 생각을 털어놓고 싶은, 말로 표현하기 힘든 따뜻함? 진정한 관심을 두고 상대방에게 편안함을 느끼게 해주는 사람? 탐정님은 위압감이나 가식이 없어서 그래요. 아무튼 고마워요. 제 얘기도 잘 들어주시고, 소중한 경험을 함께해 주셔서."

"특종 기사 때문에 기분 좋아서 하는 말 아니에요?"

내가 머쓱하게 웃었다.

"호호호. 업무하고는 전혀 상관없어요. 아무튼 고맙습니다."

"내가 더 고맙지요, 리즈."

그로부터 일 년 뒤, 리즈에게서 이메일이 한 통 도착했다. 배심원 전원 합의가 실패해, 트레버가 1심에서 무죄로 풀려났다는 소식이었다.

사 건 6

러시아 시베리아 연해주

아무르 호랑이

6.   러시아 시베리아 연해주 - 아무르 호랑이

동해시 국제터미널을 출발한 카페리가 평균 속도 20노트^{(시속}
^{37킬로미터)}를 유지하며 블라디보스톡을 향해 동해 뱃길을 가로지
르고 있었다. 카페테리아에서 간단히 아침 식사를 마친 나는,
배 갑판으로 나와 온몸으로 바닷바람을 맞았다. 전날 밤, 선실
침대에 누워 잠을 설쳤더니 머리가 개운하지 않았다. 그나마
찬 바람이 정신을 조금 맑게 해주었다. 승객과 차량의 승선이
끝나고 카페리가 동해시를 출발한 지가 20시간 전이었으니,
남은 시간은 약 2시간. 시베리아 횡단 열차를 타고 모스크바에
서 출발해 바이칼호를 거쳐 블라디보스톡에 도착했던 15년 전

여행 기억이 새록새록 떠올랐다. 여행 중이었던 그때와 비교하면, 같은 배의 갑판에 서서 출장을 떠나고 있는 내 마음의 무게는 전혀 달랐다. 러시아 입국 후 일을 끝마치고 언제 다시 같은 카페리에 승선해 동해시로 돌아가게 될지 모든 상황이 불확실했다. 확실한 건 단 하나, 세 명의 한국인이 연해주 어딘가에서 실종됐다는 사실.

동해시를 출발하기 3일 전, 모 방송국으로부터 전화가 걸려 왔다. 그 방송국 사장의 비서라고 자신의 신분을 밝힌 여성은, 나와 사장 간의 미팅 일정을 조율하고자 전화했다고 용건을 밝혔다. 미팅 목적을 물었더니, 그건 자신도 잘 모른다면서 머뭇거렸다. 혹시 인터뷰? 프로그램 제작 자문? 방송 출연 섭외? 만약 이런 일 때문이라면 거절할 의사가 분명했던 나는 전화를 끊으려 했는데, 그녀가 잠시만요 하며 막았다. 내 생각을 읽었는지, 그런 건이었다면 담당 피디^{PD}나 작가가 직접 연락했을 거라면서 다른 중요한 안건이라는 말을 꺼냈다. 최대한 빠른 일정이면 좋겠다고 서두르는 비서에게, 2시간 이내로 방송국에 도착하겠다고 통보했다.

"이렇게 빨리 와주셔서 감사합니다."
악수와 거의 동시에 사장이 명함을 내밀었다. 옆에 서 있던 남자, 다큐 제작국 국장도 자신의 명함을 내게 건넸다.

"시간에 쫓기는 상황이라 급하게 연락을 드렸습니다. 오늘 미팅의 목적에 대해서는 우리 박 국장이 브리핑할 겁니다. 커피라도 한잔하시겠습니까?"

"아니 괜찮습니다. 바로 설명 시작하시지요."

국장이 자신의 다이어리를 들여다보며 브리핑을 시작했다.

"2주 전, 그러니까 정확히 13일 전 우리 촬영 팀 스텝 세 명이 연해주에서 행방불명됐습니다. 그날부터 연락이 두절됐다는 얘깁니다. 연해주에 서식하는 호랑이, 그러니까 야생 시베리아 호랑이 관련 자연다큐를 제작하러 갔는데, 취재 시작 사흘 만에 외부와 연락이 끊기고 나서 현재까지 위치 파악이 안 됩니다. 물론 생사도 모르고요."

전혀 예상하지 못했던 '연해주' '러시아' '시베리아 호랑이' 이런 단어들이 튀어나오자, 기분이 묘해졌다. 순간 내 자신이 조금 당황했던 것도 사실이다.

"현지 가이드는요? 가이드가 있었을 텐데요."

마치 기다렸다는 듯이 국장이 설명을 이어갔다.

"있었습니다. 이반^{Ivan}이라는 30대 러시아인 베테랑 가이드인데, 그 친구는 연락이 두절된 날로부터 4일 뒤 깊은 산속에서 시신으로 발견됐습니다. 현지 경찰이 시신이 발견된 지점 주변을 수색했는데, 일단 한국인의 흔적은 찾지 못했다고 합니다. 한국에서 수색대를 보낼 수도 없고 참…… 가족들은 시신이라도 찾아달라고 아우성치고, 정말 답답할 노릇입니다. 지역이 워낙 광활하고 현지 경찰 인력도 몇 안 된다고 하는데, 거기다 현지인도 아니고 외국인이 실종된 상황이라……"

"제가 연해주로 직접 가서 방송국 직원 세 명의 행방을 찾아봐달라는 말씀이군요."

그때까지 국장의 브리핑과 내 질문을 옆에서 듣고만 있던 사장이 입을 열었다.

"그렇습니다. 제가 사장으로서 지푸라기라도 잡고 싶은 심정으로 연락을 드린 겁니다. 연해주 어딘가에 살아있기만 하다면 더 바랄 게 없지만, 단순히 길을 잃고 조난한 건지 호랑이한테 물려간 건지 강도를 당한 건지 여기 앉아서는 도무지 답이 안 나오니까요. 힘드시겠지만, 시도라도 한번 해 주시면 고맙겠습니다. 러시아어가 유창하시다니 현지에서 의사소통도 문제가 없으실 테니까요."

사장의 표정만으로도 사건의 심각성과 절박함이 충분히 전달됐다.

"일단 현재 알고 계신 모든 정보를 저와 공유해 주십시오. 검토 후에 제가 현지로 떠날지 말지, 늦어도 내일 오전 11시까지는 답변을 드리겠습니다."

다음 날 새벽 5시가 조금 넘은 시각에 눈을 떴다. 전날 오후부터 밤 11시까지 단골 카페 팜플로나^{Pamplona}에서 방송국이 공유해 준 자료를 바탕으로 현지에서 진행할 조사 활동의 밑그림을 그려보려고 노력했지만, 큰 진척은 없었다. 낯선 지역임을 감안하더라도, 지역이 너무 광범위하다는 점이 더 큰 문제였다. 한국인 세 명이 사라진 곳은 어느 낯선 도시가 아니라 시베리아였다. 그런 사실에 더해, 방송국이 현지 한국 총영사관을 통해 입수한 사건 관련 정보는 극히 제한적으로, 이렇다 할 단서도 유익한 실마리도 없이 실종 그리고 가이드의 죽음이 전부였다 해도 과장된 표현은 아니었다. 최소한의 사전 준비 없이 무작정 현지로 날아갔다가는 손발이 묶여 시간만 허비할 공산이 컸다. 아이폰을 켜고 연해주 즉, 러시아 극동시베리아의 프리모리예^{Primoriye} 지방 지도를 다시 유심히 들여다봤다. 행방불명 전까지 촬영 팀이 이동했던 동선을 재확인하고, 낯선 지명 간의 정확한 거리도 계산 해봤다. 시베리아의 일부에 지나지 않지만, 한국 영토의 두 배에 가까운 프리모리예 지방 공식 명칭은 프리모르스키 크라이^{Primorsky Krai}. 남북으로 시호테알린^{Sikhote-Alin} 산맥이 뻗어 있어 대체로 산악지형이다. 산맥 동쪽으로 동해가 있고 그 해안선이 강릉, 속초, 동해시로 이어진다. 산맥 서쪽 우수리^{Ussuri} 강 유역과 한카^{Khanka} 평원은 대부분이 산림지대다. 남서쪽으로 두만강을 사이에 두고 북한과 접해있고,

북서쪽으로는 중국과 맞닿아 있다. 이 넓은 지역에 인구는 대전시와 비슷한 200만. 그나마 블라디보스톡, 나홋카 같은 도시에 대부분의 사람이 살기 때문에 나머지 지역은 자연 그대로의 황야와 밀림이다. 멸종된 조선 호랑이와 같은 혈통인 시베리아 호랑이 500여 마리가 이 지역에서 야생으로 서식한다는 사실이 놀랍지 않았다. 전문가가 아니더라도 이 거대한 고양잇과의 포유류 동물에게, 지구상에 이보다 더 좋은 환경은 없을 것 같다는 상상은 쉽게 할 수 있었다. 구글맵을 뒤져봤지만, 도시를 벗어나면 차가 다닐 수 있는 포장도로는 드물고, 도시 몇 개를 제외하면 작은 마을들만 지도에 나타났다. 한국에서 사륜구동[4W] SUV를 가져가야 했고, 차에 싣고 갈 장비도 한둘이 아니었다. 출발 전 준비 단계부터 작업이 만만치 않을 거라는 예감이 나의 심리적 부담을 가중했다.

오전 10시 30분, 방송국 사장과 통화를 나눴다. 필요한 장비를 챙겨 이틀 뒤 블라디보스톡으로 떠날 것이며, 프리모리예 지방에 체류하게 될 기간은 예측할 수 없다는 점을 사전 인지시켰다. 이번 사건을 담당하는 블라디보스톡 주재 한국 총영사관 소속 외교관 이름과 연락처를 받았고, 도시를 떠나면 인터넷 연결이 원활하지 않아 정기적인 소통은 어려울 것이라고도 미리 말해두었다. 끝으로, 신형 사륜구동 SUV 한 대를 준비해

달라고 부탁했다. 필요한 짐과 장비를 실을 수 있도록 루프 캐리어 설치와 여분의 타이어 2짝, 비상용 연료탱크 4개, 그리고 예비 부품도 함께 챙겨달라는 요구사항도 덧붙였다. 사장은, 방송국 차원에서 그리고 필요하다면 사비를 털어서라도 내가 요청하는 건 뭐든 기꺼이 지원해 주겠다고 약속했다.

　카페리가 22시간 18분의 항해를 마치고 드디어 블라디보스톡 항에 모습을 드러냈다. 러시아인과 한국인이 대부분인 승객들이 정박한 배를 떠나 육지로 발길을 재촉했다. 터미널 입국 심사장에서 내 차례를 기다리고 있을 때, 아이폰으로 전화가 걸려 왔다. 서울에서 이미 한 차례 통화를 나눴던 총영사관 소속 한국 외교관이었는데, 뜻밖에도 나를 마중 나와 있었다. 입국 수속을 마치고 터미널 홀로 나가자 말쑥한 정장 차림의 30대 후반 한국인 남자가 다가왔다.

　"먼 길 오시느라 고생하셨습니다."

　"2시간 비행 거리를 많이 돌아왔습니다. 가끔 배를 타고 바다에 떠 있는 것도 나쁘진 않네요. 침대가 편했으면 더 좋았을 텐데, 크루즈 배도 아니고 너무 많은 걸 바랄 수는 없죠."

　"카페리에 실려있는 선생님 차는, 제가 통관대행사에 맡겨 이르면 내일 오전 반출 후 숙소로 가져다드리겠습니다. 아마 지금쯤 총영사관에서 이곳 세관 책임자에게 전화가 갔을 겁니다. 러시아의 시스템이 한국 같지 않습니다. 아주 느리고 비효율적이죠."

낯선 나라에 막 도착한 나에게 외교관은 일종의 사전경고를 해주려는 듯 보였다.

"신경 써주셔서 감사합니다. 혹시 그사이 실종 한국인 관련 새로운 뉴스가 있습니까? 어제 통화할 때 여기 경찰과 오늘 아침 미팅이 있다고 말씀하셔서요."

"오늘 아침에 블라디보스톡 경찰청을 방문해 담당자들과 만났습니다. 한데 저희가 이미 알고 있는 사실 외에는 새롭게 진척된 건 없었습니다. 이번 사건 관련, 이미 손을 놓고 있는 것 같은 느낌을 받았습니다. 경찰 인원도 몇 명 안 되고, 그나마 도시에 있는 인력을 멀리 산악지역으로 파견 보내는 것도 한계가 있나 봅니다. 그쪽 지역 공무원 관리인들과 연락을 취하고 있기는 한가 본데, 그 사람들은 이름 그대로 관리인들이라 실종자들의 행방을 찾아다니기는 어렵겠죠."

외교관은, 더 이상 기대할 만한 긍정적인 가능성이 없어 보인다는 말을 에둘러 표현하고 있었다.

"그렇군요. 제가 부탁드렸던 러시아인 가이드는 혹시 섭외가 됐는지요?"

"적임자 한 명을 찾았습니다. 명문 모스크바 국립대 박사과정 학생인데, 극동시베리아 지역 생태학이 전공이라 프리모리예 지방 구석구석을 잘 안다고 합니다. 지금은 관련 연구소에서 파트타임으로 근무 중인데, 혹시 가이드 일을 맡게 되면 곧바로 휴가를 내고 선생님과 함께 떠날 수 있다고 합니다. 내일 아침에 선생님의 호텔로 오라고 했습니다. 직접 만나보고 결정하시지요. 참고로 가이드 인건비와 출장비는, 총영사님의 지시로 저희 총영사관에서 부담하겠습니다. 사실 저희가 해야 할 일을 선생님이 대신해 주시는 거라……"

"배려해 주셔서 감사합니다. 가이드 면접과 자동차 통관절차가 끝나면 지체 없이 블라디보스톡을 떠날 계획입니다. 한시가 급하니까요."

"저도 지난주에 방송국 사람들이 실종된 지역에 가봤는데, 그냥 원시 자연 상태 그대로입니다. 문명이라곤 진짜 아무것도 없습니다. 언제든 호랑이가 옆에서 튀어나올 것 같은 그런 곳이에요. 준비를 단단히 하고 가셔야 할 것 같습니다."

마치 전쟁터로 떠나는 군인을 배웅하는 사람처럼, 어쩌면 조만간 자신이 수습하게 될 또 하나의 사고가 추가 발생하지 않을까 염려되는지, 외교관의 얼굴은 온통 근심과 불안으로 가득했다.

다음 날 아침, 호텔 조식에 초대했던 러시아인 가이드가 나타났다. 나는 막연하게 남성일 거라 가정하고 있었는데, 30대 초반의 러시아 여성이었다. 장기간, 길게는 2, 3주 오지에서 함께 지내야 하는 파트너로서, 아무래도 여성은 서로가 불편할 것 같았다. 육체적으로 힘든 상황도 얼마든지 예견됐기 때문에 더더욱 그랬다. 그녀는 키 약 160센티미터에 왜소한 체격 그리고 긴 금발 머리를 하고 있었다.

"안녕하세요, 사샤Sasha라고 합니다."

그녀가 영어로 말했다.

"앉으세요, 반갑습니다."

사샤에게 식탁 맞은편 자리를 권하며, 러시아어로 말했다.

"아, 러시아 말을 하시는군요! 그럼, 제가 통역할 필요는 없겠네요. 어차피 저의 영어도 그렇게 유창한 게 아니라서 잘됐네요."

고민이 하나 사라졌다는 듯이 그녀의 얼굴이 더 환해졌다.

"통역 가이드를 찾았던 건 아닙니다. 프리모리예 지리를 잘 알고, 저의 일을 도와줄 파트너가 필요합니다."

"그럼, 제가 적임자네요! 학부 때부터 지난 11년간 연구차 프로모리예 지방 전역을 수없이 돌아다녔거든요. 제 고향인 모스크바보다 이 지역을 더 잘 안다고 할 수 있죠. 어쩔 땐 한 달씩 시호테알린 산속이나 해안가에서 야영하며 혼자 지내기도 하죠. 학문적 연구가 목적이지만, 그곳의 원시적 자연이 너무 아름다워 혼자 그냥 쉬다 오기도 해요."

사전에 면접 준비를 철저하게 하고 온 건지 원래 성격이 밝고 꾸밈이 없는 건지 알 수는 없었지만, 사샤는 막힘없이 자신의 강점을 어필했다.

　"차라리 혼자면 그럴 수도 있겠지만, 정보를 찾아보니 도시를 벗어나면 숙소가 마땅치 않아 야영을 주로 해야 할 것 같은데요."

　"제가 여자라서 불편하세요? 저는 전혀 상관없는데. 그리고 러시아 여자를 너무 무시하시는 거 아닌가요? 호호호. 제가 날씬하다고 힘이 없는 걸로 보이죠? 장작도 잘 패고, 남자들 힘쓰는 거 저도 다 해요. 나중에 보시면 알아요! 참, 저 요리도 잘합니다."

　그녀의 당당함과 남다른 의욕은, 단지 일을 얻기 위해 내 비위를 맞추려는 의도에서 포장된 것 같지는 않았다. 첫 5분은 부정적이었던 면접이, 결국은 합격으로 끝났다.

　점심시간 전에 러시아인 통관 대리인이 내 SUV를 호텔 주차장까지 운전해 왔다. 확인해 보니, 차에 실려있던 짐과 장비는 모두 그대로였다. 오후에 사샤와 다시 만나 메모해 놓은 구입목록에 따라 대형 마트와 관련 상점들을 돌아다녔다. 식료품을 비롯해 한국에서 미처 챙겨오지 못한 물품들을 추가로 구입해 차에 실었다. 장보는 일이 끝나고 사샤가 나를 위해 블라디보스톡 시내 관광을 제안했지만, 그럴 여유는 없었다. 내 기억에 남아있던 15년 전 도시 모습이 그간 어떻게 변했을지 궁금했지만, 일에는 언제나 우선순위가 있었다. 사샤와 다음 날 아침 7시 호텔 식당에서 만나기로 약속하고 방으로 돌아온 뒤, 프리모리예 지도를 다시 펼쳤다. 그리고 잠이 들 때까지, 머릿속에 새롭게 떠오르는 세부 계획과 시나리오들을 세세하게 아이폰에 메모해 두었다.

블라디보스톡 시내를 벗어나 북쪽으로 차를 몰았다. 목적지는 약 700킬로미터 떨어진, 산맥 중간쯤에 자리 잡고 있는 '시호테알린 자연생물권 지역'. 촬영 팀이 흔적도 없이 사라지고 러시아인 가이드의 시신이 발견된 장소가 그 지역 내에 있었다. 운전 중에 사샤에게 내가 그때까지 알고 있던 사실과 합리적 추론들을 공유해 주었고, 박사과정 학생답게 그녀는 그런 내용들을 작은 수첩에 메모하는 꼼꼼함을 보였다. 이해력이 빨랐고, 중간중간 적절한 질문도 빠뜨리지 않았다. 차가 달리는 도로 상태는 북쪽으로 갈수록 나쁨에서 더 나쁨으로 변해갔다. 비포장도로 같은 아스팔트 길이었지만, 그마저도 벗어나면 거친 임로가 대부분이라는 현실을 사샤가 상기시켜 주었다. 수백 킬로미터를 달려도 눈에 띄게 달라지지 않는 창밖의 풍경이 새삼 신기하게 와닿았다. 얼마나 땅이 넓으면 그리고 얼마나 개

발 중심의 문명과 동떨어져 있으면 이럴 수 있을까 하는 놀라움에 감탄이 절로 나왔다. 수피가 하얀 자작나무 숲길이 끊임없이 이어지다 상록수인 전나무 숲길이 나오고, 간혹 평원이 보이고, 드물게 농가 몇 채 있는 마을이 내다보일 뿐이었다. 사람의 그림자는 어디에도 없었고, 그나마 가끔 반대편 도로를 스쳐 지나가는 차량의 운전자 얼굴만 볼 수 있었다. 서울에서 출발해 부산을 지나치고도 남을 거리를 달리는 동안 내가 목격한 풍경이었다. 도로변 작은 공터를 찾아 주차한 뒤, 사샤가 요리한 첫 점심 식사 토마토스파게티를 먹었다. 러시아인이 만든 이탈리아 음식이라 그런지 맛은 표현하기가 애매했다.

아침부터 열심히 차를 몰았지만, 좋지 못한 도로 상태와 중간중간의 휴식으로 인해 결국 그날 목적지에는 도착하지 못했다. 해는 이미 저문 지 오래였고, 장시간의 운전으로 온몸이 너덜너덜 지쳐 있었다. 도로를 조금 벗어난 숲속에서 차를 하룻밤 주차할 수 있는 장소를 겨우 찾았다. 밤은 어둡고 공간은 협소해서 텐트 치는 건 포기하고 첫날밤은 어쩔 수 없이 차에서 자야 할 것 같았다. SUV의 뒷좌석을 접고 트렁크의 물건들을 정리한 다음, 2인용 에어 매트리스를 깔았다. 접이식 의자에 앉아 빵과 주스로 저녁 식사를 마친 뒤, 우리 둘은 차 안으로 들어가 각자의 침낭에 누웠다.

"상상했던 것보다 편한데요! 혹시 낯선 여자 옆에 누워 주무시기가 불편하세요? 나는 정말 괜찮은데……"

사샤의 해맑은 목소리가 등 뒤에서 들려왔다. 서로의 침낭 안에서 돌아누웠지만, 서로의 신체 일부가 맞닿아 있는 느낌은 쉽게 무시할 수 없었다. 마흔한 살 남자 입장에서는 최소한 그랬다. 이내 잠에 빠져든 그녀의 숨소리가 들렸지만, 한동안 나는 피곤한 몸의 긴장을 풀기가 어려웠다.

시호테알린 자연생물권지역은 약 4,000제곱킬로미터, 서울 면적의 6.6배에 달하는 유네스코^{UNESCO}가 지정한 세계자연유산 보호구역이었다. 시호테알린산맥의 산봉우리들과 동쪽의 동해가 어우러져 대조적이면서 다양한 자연경관이 광활하게 펼쳐졌다. 태초의 자연이 이랬을까 싶을 정도로 인간의 간섭이 거의 완벽하게 배제된 대지에는 수십 종의 멸종 위기 야생동물들이 서식한다고 사샤가 자랑스럽게 말해줬다. 아무르 호랑이 ^{Amur Tiger}로도 불리는 시베리아 호랑이가 대표적이고, 그 외에도 큰곰^{Brown Bear}, 흑담비, 일본 밍크, 사향노루 등의 희귀동물들이 300종이 넘는 새들, 다양한 파충류 동물들과 더불어 이상적인 생태계를 구성하고 있다는 설명도 덧붙였다. 우리는 도착 즉시, 지역 관리소장을 만났다. 그는 옛 러시아 대통령 보리스 옐친을 연상시키는 인상의 60대 러시아인 남자였다. 비록 아랫

배는 나왔지만, 오랜 세월 시베리아 자연에서 단련된 근육질의 몸매를 가진 그는 무뚝뚝한 표정으로 우리를 맞았다.

"이 지역에서 사람이 사라지는 건 그리 드문 일이 아닙니다. 길을 잃어 조난하기도 하고, 야생동물의 공격을 받아 사라지기도 하고, 발을 헛디뎌 절벽에서 떨어지기도 하고, 그간 시호테알린산맥에서 죽거나 행방불명된 사람들 케이스를 일일이 나열하기도 힘듭니다. 관리 인력도 극소수라서 사라진 사람 찾는 건 거의 불가능에 가깝습니다. 블라디보스톡에서 경찰관도 몇 명 왔다 가고, 일주일 전인가는 한국 외교관 한 명도 통역사를 대동하고 왔었는데, 저희가 도와드릴 수 있는 게 거의 없어요. 심지어는 중국인 밀렵꾼들이 종종 여기 나타나서 호랑이 사냥을 해도, 우리는 손 놓고 있을 수밖에 없습니다. 호랑이 한 마리 잡아가면 중국에서는 집 한 채 값이라고 하더군요. 한국인 촬영 팀을 안내했던 러시아인도 부검 결과, 엽총에 맞아 사망했습니다. 아마도 중국인 밀렵꾼이 쐈겠죠. 정확히 어떤 상황이었는지는 모르겠지만."

소장은 표정에 변화 없이 무덤덤하게 현지 상황을 요약해 설명했다.

"중국인 밀렵꾼의 엽총인지는 어떻게 압니까?"

러시아인 가이드 사망과 중국인 밀렵꾼의 연관성이 내 흥미를 끌었다.

"우리가 그들이 어떤 엽총을 사용하는지 알거든요. 동물 사체에서 탄두가 발견되기도 하고, 버려진 엽탄 탄피도 많이 봤으니까요. 가이드 시신에서 나온 탄두도 같은 게이지 12 이탈리아제 라파엘로 루쏘[Raffaello Lusso] 엽총에서 발사된 거였습니다."

그는 2년 전 중국인 밀렵꾼들로부터 압수한 엽총 한 자루를 사무실 캐비닛에서 꺼내 우리에게 보여주었다.

사샤와 나는 소장과의 미팅이 끝난 뒤, 차를 몰고 울퉁불퉁한 임로를 따라 약 50분을 이동해 그녀가 자신의 비밀 아지트라 부르는 장소에 다다랐다. 시야가 탁 트인 바닷가 절벽 아래, 옆으로는 맑은 시내가 흐르는 이상적인 야영지였다. 곧이어 작은 텐트 두 동, 접이식 테이블 하나, 접이식 의자 두 개가 전부인 우리의 '임시 베이스캠프'가 완성됐다. 사샤가 저녁을 준비하는 동안 나는, 주변에 널려있는 땔감을 주어 모았다. 날이 완전히 저물자, 모닥불이 더 환해졌다. 자작나무 숯에 구운 꼬치구이 샤슐릭을 먹으면서 사샤가, 오후에 소장에게 들었던 얘기를 꺼냈다.

"만약 소장 말대로 러시아인 가이드가 중국인 밀렵꾼들에 의해 살해당했다면, 한국인 세 명도 그들에게 살해됐을까요? 만약 그렇다면, 가이드의 시신 주변에서 나머지 시신들도 발견됐어야 하는 것 아닌가요? 그런데 러시아 경찰과 관리 직원들이 수색했을 때는 추가 시신이 발견되지 않았다고 하잖아요."

그녀는 뭔가 앞뒤가 안 맞는다는 듯이 고개를 갸우뚱했다.

"만약 같은 장소에서 살해됐다면, 당연히 나머지 시신들도 주변에서 발견됐겠죠. 러시아인은 그냥 두고, 한국인 시신만 굳이 다른 장소로 옮기거나 땅에 묻지는 않았을 테니까요. 그렇다면 한국인 세 명은 가이드와 함께 그 장소에 있지 않았거나, 근방에 있다가 총소리를 듣고 도주했거나 아니면, 밀렵꾼들에게 생포돼 인질로 끌려갔을 수도 있지요. 근데 마지막 경우라면 굳이 성인 남자 세 명을 인질로 삼을 필요가 있었을까 하는 의구심이 들기는 합니다."

"만약 한국인들이 밀렵꾼들을 피해 황급히 도주했다면 산속에서 길을 잃었을 확률이 높아요. 아까 소장도 그런 얘기 했지만, 이곳에 오는 외지인들이 쉽게 조난하거든요. 안내 팻말 하나 안 붙어있고 숲속 길들이 다 똑같아 보여서, 한번 길을 잃으면 끝장이죠. 저 같은 사람이나 이 지역 전문 가이드가 아니면 아무리 상세 지도를 손에 들고 있어도 동서남북 방향도 제대로 못 찾을 정도예요. 휴대전화 신호도 안 잡히는 지역이라 인터넷, GPS는 고사하고 외부와 전화 통화도 불가능하죠."

"지금까지 그들의 생존 반응이 감지되지 않았다는 말은 즉, 그들이 모두 죽었다는 의미일까요?"

나는 최악의 상황을 감안하지 않을 수 없었다.

"제가 보기엔, 그럴 가능성이 매우 높아요. 방송국 사람들이 이런 삭막한 자연 속에서 생존할 만한 기술이나 장비는 없을 테고, 그렇다면 굶어 죽거나 저체온증으로 사망하거나 야생동물의 습격을 받았을 수도 있죠. 아시다시피 이곳에는 4, 500마리의 아무르 호랑이가 서식하잖아요."

"아무르 호랑이, 시베리아 호랑이가 사람도 공격하나요?"

"그럼요! 아무르 호랑이 수컷 몸길이가 보통 3미터가 넘어요! 몸무게는 평균 300킬로그램이 넘죠. 암컷은 체격이 그보단 작지만, 새끼들하고 있으면 훨씬 더 공격적으로 되지요. 호랑이 눈에 인간은, 그들의 흔한 먹잇감인 멧돼지 정도 크기로 보일걸요?"

"일단 내일 아침 일찍, 가이드 시신이 발견된 곳을 가봅시다. 주변을 샅샅이 조사해 보고 혹시라도 단서가 될 만한 작은 물건이라도 찾게 되면, 당시의 상황을 재구성하는 데 도움이 될 겁니다. 여기서 걸어서 30분 정도 걸린다고 했죠?"

가이드 시신이 발견됐던 지점은 누군가 주변 나무에 노란 띠를 둘러 표식을 해놓았다. 바닥에는 가이드가 흘린 많은 양의 피가 여전히 선명하게 남아있었다. 사샤와 나는, 각자의 구역을 정해 주변 수색에 나섰다. 오전에만 4시간 넘게 사람이 다닐만한 숲길을 중심으로 돌아다녀 봤지만, 소득은 없었다. 가

겨온 샌드위치로 점심을 때우고, 오후에 다시 흔적을 찾아 걸었다. 말이 숲길이었지 사람들이 지나다니며 생긴 길이 아니라 대부분은 동물들이 이동하는 통로였다. 그마저도 잡초가 우거져 사실상 길을 만들면서 앞으로 나아가야 했다. 동시에 돌아갈 길을 잃지 않으려고 마른 나뭇가지로 표시를 해두거나 아이폰으로 사진을 찍어 남겼다. 빽빽한 자작나무 숲을 막 벗어났을 때, 발 앞 젖은 흙에 선명하게 찍힌 축구공만 한 크기의 무늬가 눈에 들어왔다. 나는 가던 길을 멈춰 서서 허리를 굽힌 채 그 낯선 무늬를 자세히 들여다보았다. 그것은 분명 동물의 발자국. 그만한 크기의 발자국을 남길 수 있는 동물은 오직 아무르 호랑이밖에 없다는 생각이 들자, 심장이 요동치기 시작했다. 얼굴이 후끈거리고 머릿속이 새하얘지는 것 같았다. 입안은 바싹바싹 타들어 갔다. 흙에 남겨진 발자국이 아직 마르지 않았다는 건, 호랑이가 그 길을 얼마 전에 지났다는 의미였다. 잠시 아득해졌던 정신을 가다듬고 그 자리에 선 채로 고개를 돌려 주변을 조심스럽게 훑어봤다. 이름 모를 새 몇 마리가 근처 나무에서 짹짹거리는 소리 외에는 고요했다. 그렇더라도 안도하기에는 아직 일렀다. 다리는 여전히 후들거렸고, 흘러내린 식은땀으로 온몸이 끈적끈적한 걸 느낄 수 있었다. 허리에 차고 있던 무전기를 손에 쥐고 볼륨을 낮춘 뒤 사샤를 호출했다. 무전기 너머로 사샤의 목소리가 들려왔다. 내가 손으로 입가를 막고 속삭이듯이 상황 설명을 하자 그녀는, "오케이, 오케이, 진정하시고 내 얘기 잘 들으세요." 하더니 곧 말을 이었다. "일단 당황하지 마시고, 오던 길로 즉시 되돌아가세요. 절대 뛰거나, 불필요한 소리를 내서는 안 돼요. 아직 호랑이가 주변에 있을지도 모르니, 자극이 될만 한 행동은 하지 마시고요." 살얼음 위를 걷듯 슬금슬금 발을 떼는 동안, 나 자신도 순식간에 시호테알린산맥에서 사라질 수 있다는 섬뜩한 생각이 들었다. 300킬로그램의 아무르 호랑이가 한국인 남성 세 명을 덮치는 상상이 뇌리를 스쳐 갔다. 일시적으로 방향 감각도 잃었지만, 평정심을 되찾으려고 안간힘을 썼다. 마침내 왔던 길을 무사히 되돌아와 나를 향해 다가오는 사샤를 발견한 후에야 안도의 한숨을 내쉴 수 있었다.

베이스캠프로 복귀한 뒤, 저녁 맞을 준비를 하느라 물건을 정리하고 있을 때 사샤가 바지 주머니에서 빈 담뱃갑 두 개를 꺼내 쓰레기 봉지에 버리는 모습을 우연히 보게 되었다.

"사샤, 담배 안 피우는 걸로 아는데, 어디서 난 담뱃갑이에요?"

"아 그거요, 아까 수색하다가 주운 건데, 중국 밀렵꾼들이 버린 것 같아 쓰레기 수거 차원에서 가져온 거예요."

그 말은 들은 나는, 쓰레기 봉지에서 빈 담뱃갑 두 개를 꺼내 유심히 살펴봤다. 하나는 중국 담배고, 다른 하나는 '건설'이란 한글 상표가 선명하게 인쇄된 북한 담배였다. 북한 담배? 뜻밖이었지만, 중국으로 수입된 값싼 북한 담배를 밀렵꾼들이 피웠을 수도 있다는 생각이 들었다.

그날 저녁 식사 당번이었던 나는 오랜만에 요리 솜씨를 발휘해, 감자와 양파를 썰어 넣고 한국에서 가져온 통조림 꽁치를 섞어 매콤 새콤달콤한 꽁치찌개를 끓였다.

"처음 먹어보는 생선 수프인데, 맛이 끝내주네요! 제가 매운 거 잘 먹거든요."

보드카 한 병을 따서 사샤의 잔에 따라주었다.

"제가 원래 술을 잘 안 마시는데, 오늘은 왠지 마시고 싶네요. 오해는 마세요, 제가 술은 세요."

몇 잔의 보드카가 오갔을까, 활활 타오르는 모닥불에 비친 사샤의 눈빛이 어딘지 모르게 울적해 보였다.

"괜찮으세요? 술기운 때문에 그래요?"

"아니요, 제가 술이 세다니까요, 호호. 그냥 옛날 생각이 나서요. 제가 말씀 안 드렸죠? 사실은 제가 서울에서 한 달간 체류한 적이 있어요, 약 3년 전에. 옛 남자친구가 서울에 있는 한 병원에서 뇌종양 수술을 받았거든요. 저도 간병 차 같이 갔었죠."

"남자친구가 한국인이었나요?"

"아니요, 러시아인이요. 제 모스크바 대학 동창생. 한국의 의학 기술이 러시아보다 많이 앞서있다고 해서, 일부러 서울로 가서 수술받은 거죠. 남자친구는 병원에 있고 저는 한 달간 유스호스텔 다인실에 묵었는데, 모든 게 다 좋았어요. 도시 거리, 사람들, 음식, 모두 다요. 전생에 한국인이었을까 싶을 정도로, 마음이 너무 편했죠. 모스크바에 있는 부모님께 한국 자랑을 늘어놓았더니, 우리 러시아는 톨스토이, 도스토옙스키, 푸시킨, 차이콥스키가 있지만, 한국은 SAMSUNG, LG, HYUNDAI 빼고 자랑할 게 뭐 있냐며 반문하시더라고요. 호호호. 우리 엄마, 아빠가 러시아에 대한 자부심이 좀 강한 편이에요. 보수적이기도 하고."

"누가 알아요, 200년 뒤엔 BTS 노래가 고전음악으로 남아 있을 수도 있죠. 문명과 문화는 기존의 것이 새로운 것으로 대체돼 끊임없이 진화하니까."

"맞아요."

"지금도 그 남자친구와 사귀는 중인가요?"

사샤는 잠시 뜸을 들이더니, 모닥불을 응시하며 과거를 회상했다.

"아니요, 2년 전에 헤어졌어요. 그 친구가 바람을 피웠죠. 서울까지 따라가서 간병도 해줬는데, 결국 나를 배신했어요."

그녀의 목소리에는 쓰라린 고통이 담겨있었다. 그사이 일그러진 얼굴은 상기된 듯 보였다.

"참 많은 실망과 좌절을 안겨준 남자친구와 헤어지고 저는, 박사논문 연구차 여기 프리모리예로 다시 왔고, 장기간 지내다 보니 어쩌다 이 지역 출신의 한 남자를 만나게 됐죠. 그리고 만난 지 3개월 만에 결혼했어요. 고졸에 깡시골 출신이라고 부모님이 강하게 반대했었죠. 그래도 우리는 모스크바 중산층인데 어떻게 그런 남자와 결혼하냐고 특히 아빠가 노발대발하셨어요. 물론 두 분 다 신랑의 마을에서 올린 결혼식에는 안 오셨지요. 그런데 결국 9개월 만에 이혼하게 됐어요. 여기 자연을 닮아 순수한 남자라고 생각했는데, 살다 보니 그건 순전히 환상이었더라고요. 제가 알코올 중독이었던 전 남편에 대한 트라우마가 아직 남아있어, 술은 잘 안 마셔요. 물론 오늘은 예외지만."

다음 날 아침 사샤의 제안으로 우리는, 시호테알린 자연생물권 지역에서 제일 큰 마을인 테르네이^Terney를 방문했다. 동해에 인접한 인구 약 4,000명의 조용한 어촌마을이었다. 오래된 단층 건물들과 허름한 집들이 넓게 퍼져있고, 길을 걷는 어린아이들 몇 명 빼고는 사람도 보이지 않았다. 마을에서 혹시 한국인이나 중국 밀렵꾼을 목격한 사람이 있는지 찾아볼 목적이었지만, 기대는 깨끗이 빗나갔다. 마을의 유일한 모텔로 들어가 최근 한 달 사이 동양인 남자들이 묵은 적이 있는지를 문의했지만, 지난 몇 년간 그곳에 숙박한 동양인은 없다고 주인 노파가 잘라 말했다. 근처 경찰서를 찾아갔을 때는, 일상이 지루해보이는 두 경찰관이 한가롭게 잡담을 나누고 있었다. 외지인의 방문이 달갑지 않은지 시종일관 우리가 문의하는 내용에 대해 시큰둥했다. 무슨 그런 엉뚱한 걸 여기 와서 알아내려고 하냐는 식의 반응이었다. 심지어 머리끝에서 발끝까지 우리를 천천히 훑어보더니 미심쩍다는 듯한 눈빛으로 쳐다봤다. 그들의 태도가 불쾌하고 언짢았지만, 내색은 하지 않았다. 마을에서 더이상 시간을 낭비할 이유가 없다고 판단한 나는, 시동을 걸고 우리 베이스캠프를 향해 차를 몰았다.

"저기 이 차랑 똑같은 차가 있네."

마을 구역을 막 벗어나고 있을 때, 조수석에서 창밖을 내다보던 사샤가 혼잣말처럼 중얼거렸다. 이 러시아 시골 마을에 신형 한국 SUV가? 나는 순간적으로 차를 멈춰 세웠다. 차를 후진해 가자, 사샤 말대로 우리가 타고 있던 차하고 색상도 똑같은 모델의 현대차가 어느 시골집 마당에 주차돼 있었다. 차에서 내려 마당을 향해 몇 발짝 갔을 때, 차 외부에 붙은 커다란 방송국 로고 스티커가 내 시야에 포착되었다. 차에는 한국

번호판이 붙어있었다. 방송팀이 장비를 싣고 한국에서 가져온 차라는 건 의심의 여지가 없었다. 인기척을 느꼈는지 잠시 후, 50대로 보이는 러시아인 남자가 집 건물에서 나왔다. 이 현대차 SUV가 어떤 경로로 이 집 마당에 오게 됐는지 단도직입적으로 묻자, 남자는 머뭇거리며 입을 굳게 다물었다.

"이 차량이 도난신고 된 건 알고 계시죠? 우리에게 협조해 줄 의향이 없으시다면 어쩔 수 없이 블라디보스톡 경찰청에 신고해야겠군요. 만약 생각이 바뀌셔서 우리 질문에 성실히 답변만 해주신다면, 이번만은 눈감아 드리겠습니다. 어떠세요?"

사샤와 나를 번갈아 가며 응시하던 남자는, 우리가 평범한 관광객이 아니라는 사실을 눈치챘는지 얼굴빛이 겁먹은 표정으로 변했다. 이럴까 저럴까, 갈피를 못 잡고 있던 그가 드디어 입을 열었다.

"한 달 전쯤인가, 밤 11시가 넘었을 겁니다. 중국인 같아 보이는 어떤 동양 남자 한 명이 우리 집을 찾아와 혹시 모터보트가 있냐고 묻는 거예요. 있다고 했더니 대뜸, 자기 차와 맞바꾸지 않겠냐고 묻더라고요. 그래서 내가 먼저 차를 보여달라고 했죠. 그 남자 따라 50미터쯤 가니까, 이 차가 시동을 켠 채서 있더군요. 얼핏 봐도 새 차 같았죠. 내 모터보트값의 최소 3배는 돼 보였어요. 진심이냐고 되물었더니, 지금 당장 교환하자는 거예요. 급한 사정이 있다면서. 마침 나도 차가 필요했고,

보트도 팔려고 하던 참이어서……"

"좋습니다. 우리는 그 거래 자체에는 관심이 없습니다. 단지 그날 밤 당신이 본 것만 전부 말해주세요. 차에 몇 명이 타고 있었는지, 모터보트에는 몇 명이 탔는지, 그날 밤 바로 출항했는지 등이요. 뭐든지 기억나는 걸 다 얘기해 주세요."

"남자만 5명이었어요. 차에서 내려 모두 배에 탔죠. 짐도 많았어요. 대형 삼각대도 있었고, 무슨 방송 장비 같은 게 많았던 게 기억납니다. 두 남자는 각자 엽총을 한 자루씩 들고 있었고요. 모든 짐을 차에서 내려 보트에 옮겨 실은 다음 바로 출발했습니다. 그게 다예요."

남자는 평정심을 되찾았는지 목소리에 힘이 실리고 말이 빨라졌다.

"틀림없이 남자 5명이었나요?"

"아니 내가 사람 머릿수도 못 세는 바보로 보여요?"

자신이 아는 사실을 다 털어놓고 있는데 믿지 못하겠냐는 듯이 남자가 인상을 쓰며 역정을 냈다.

"혹시 그 사람들이 어디로 간다는 얘기 안 했습니까?"

"아니요, 그런 건 전혀 못 들었습니다. 자기네끼리는 중국어인지 뭔지 자국 언어로 말해 내가 알아들을 수도 없었어요. 남자 중 한 명이 러시아어를 잘해 그 사람하고만 대화했죠. 나는 그 남자와 거래했을 뿐, 그들이 뭐 하는 사람들인지, 어디로 갔는지, 전혀 몰라요. 정말입니다."

"알겠습니다. 마지막으로, 교환하신 배 외관에 관해 설명해 주시겠습니까?"

"낡은 19피트 알루미늄 보트입니다. 뒤에 115마력 선외기 야마하 엔진이 장착돼 있고, 선체 하부는 하늘색 도색입니다. 배 이름은 〈로디나 02$^{Rodina\ 02}$〉."

사샤와 함께 베이스캠프로 돌아온 나는, 해변 모래사장에 앉아 한동안 동해를 바라보며 상념에 잠겼다. 사샤는 수영하고 싶다며 50미터쯤 걸어가더니, 속옷까지 다 벗고 얼음물처럼 차가워 보이는 바다로 뛰어들었다. 내 머릿속에는 세 가지 질문이 다시 반복됐다. 밀렵꾼들은 한국인 세 명을 납치한 걸까? 인질로 데려갔다면 무슨 목적으로? 그들은 배를 타고 어디로 간 걸까? 풀리지 않는 의문들. 바다에서 나온 사샤, 옷을 벗은 채 시냇물로 몸을 씻었다. 잠시 후, 긴 타월을 몸에 두른 그녀가 옆에 와 앉았다.

"제가 곰곰이 생각해 봤는데요, 만약 밀렵꾼 두 명이 강도로 돌변했다면 촬영 팀 전원을 죽였거나 아니면 다 살려주고 차와 물건만 빼앗아서 달아나면 될 텐데, 왜 굳이 러시아인 가이드를 죽이고 나머지 한국인 세 명을 인질로 데려갔을까요?"

사샤가 제기한 의문은 합당했다.

"그 점이 나도 궁금합니다. 만약 납치범들이 몸값을 원했다면 진작에 그들로부터 연락이 왔겠지요."

"혹시 그 두 밀렵꾼이 북한 사람들 아닐까요? 제가 주운 빈 담뱃갑 하나도 북한 담배였다면서요? 제가 전에 얼핏 들은 얘긴데, 여기 시호테알린산맥에 중국인뿐만 아니라 북한인도 국경을 몰래 넘어와 호랑이, 밍크 등을 사냥한대요."

"북한 사람들이 밀렵하러 여기까지 온다고요?"

"국경을 넘지 않더라도 이미 시베리아에 와있는 북한인들도 많아요! 노동력이 부족해 북한에서 계약직으로 데려온 노동자들이죠. 건설 현장이나 벌목장에 가면 북한인 노동자들을 흔히 볼 수 있거든요. 그들 중 작업장을 이탈해 밀렵꾼 활동을 하는 사람이 있을 수도 있잖아요."

사샤는 자신의 가설이 충분히 신빙성이 있다고 믿는 모양이었다.

"북한에 가족을 두고 온 사람들이라 그리 쉽게 집단생활을 이탈해 자유롭게 행동하기는 힘들 텐데……"

"간혹 북한 사람들이 남한 사람이나 일본인을 북한으로 납치한다면서요?"

그녀가 고개를 내 쪽으로 돌려 답을 기다렸다.

"그렇긴 한데, 왜 굳이 힘들게 남자 세 명을 러시아에서 북한으로 데리고 갔을까요? 그게 생각보다 쉽지도 않을 텐데."

"그렇긴 하네요."

여전히 긴 타월만을 두른 채 모래사장 위에 앉아 곰곰이 생각에 빠져있던 사샤가 갑자기 기대에 찬 목소리로 외쳤다.

"내일 우리 테르네이에 한 번 더 가요!"

"거긴 또 왜요?"

"거기 가야 휴대전화 신호가 잡히니까요. 연락해 볼 사람이 있어요."

그녀의 눈빛이 반짝 빛났다.

다음 날 아침 일찍 우리는 1시간 넘게 운전해 테르네이 어촌에 다시 갔다. 사샤는 블라디보스톡 극동러시아 해군기지에서 정보장교로 근무하는 대학 동창에게 전화를 걸었다. 통화가 끝나고 약 두 시간 뒤, 이번엔 그녀의 동창에게서 전화가 걸려 왔다. 스마트폰을 귀에 대고 나를 바라보던 그녀가 엄지손가락을 들어 올렸다.

"와 그 친구가 나한테 이런 도움을 줄 줄이야! 찾았어요!"

전화 통화가 끝나고 사샤가 난데없이 펄쩍펄쩍 뛰며 호들갑을 떨었다.

"뭘 찾았다는 거예요?"

"그 모터보트요! '로디나 02' 말이에요! 러시아 해군이 프리모리예 해안에서 이동 중인 모든 배를 레이더로 모니터링하고 필요에 따라 직접 교신도 하는데, 약 한 달 전 '로디나 02'가 테르네이를 떠나 크라스키노Kraskino로 항해한 기록이 있대요. 그 이후로는 계속 크라스키노 연안을 크게 벗어나지 않았고요. 그 친구 말로는, 거기 가면 아마도 그 보트를 찾을 수 있을 거래요. 한번 가보실래요?"

"그런 군사기밀을 친구가 사샤한테 알려줬어요?"

그녀가 전해주는 정보에 놀라지 않을 수 없었다.

"러시아 땅에서 벌어진 범죄 사건을 해결하는 데 꼭 필요하다고 제가 애원했죠. 대학 다닐 때 나 좋다고 따라다니던 친구인데, 블라디보스톡 가면 밥 한 끼 산다고 했어요. 호호호."

사샤가 수줍은 듯이 한 손으로 입을 가렸다.

다음날 날이 밝으면 베이스캠프를 철수하고 크라스키노로 떠날 계획을 세웠다. 한국인 세 명이 두 명의 괴한에게 인질로 잡혀 시호테알린 지역을 떠난 것만은 틀림없기 때문에, 더 이상 그곳에 머무를 이유가 없었다. 블라디보스톡으로 돌아가는 데 약 700킬로미터, 거기서 또다시 남쪽으로 약 220킬로미터 더 가야 크라스키노. 총 900킬로미터가 넘는 또 한 번의 먼 여정이었다. 막다른 골목에 다다른 듯한 느낌을 지울 수가 없었다. 만약 그쪽 지역에서도 한국인의 행방을 찾지 못한다면 나는, 아무 성과 없이 한국으로 돌아가게 되리라. 일말의 희망을 품고 마지막 운을 실험해 볼 수밖에 없었다.

"여기 저의 아지트 참 아름답죠? 산도 있고 바다도 있고 깨끗한 민물도 있고. 이 자리에 작은 오두막이라도 지을 수 있다면 평생 여기서 살고 싶어요."

모닥불을 사이에 두고 나와 마주 앉아 있던 사샤가 주변을 둘러보며 말했다.

"굶어 죽기 딱 좋겠네요. 마트도, 식당도, 편의점도 하나 없고, 사냥할 수 없는 시베리아 호랑이와 무서운 곰 들만 득실대는 태고의 원시림 한가운데."

"호호호. 몇 년 전, 여기서 멀지 않은 숲길을 걷다가 새끼 큰 곰하고 함께 있는 어미 큰곰과 마주친 거예요. 어미 큰곰이 나를 향해 공격할 자세를 취하는 걸 보고, 나는 이제 죽었다고 생각했죠. 그런데 그 순간, 나도 모르게 프리모리예 지방 민요를 목이 터지라 부르기 시작했어요. 그랬더니, 정말 거짓말같이, 큰곰 어미가 새끼를 데리고 돌아서서 점차 멀어지더라고요. 기적 같은 순간이었지요."

"어떤 민요인지 궁금하네요."

사샤가 눈을 감고 잠시 집중하는 듯 보였다. 그러고는 자리에서 일어나 높지도 낮지도 않은 맑은 톤으로 노래를 부르기 시작했다. 그녀는 시선을 하늘을 향해 고정한 채 두 팔을 넓게 벌리고 멜로디 한 음절 한 음절에 몰입하여, 민요와 혼연일체가 되는 모습이었다. 가사는 이해할 수 없었지만, 인간이 자연에 뭔가를 호소하는 듯한 애절함이 느껴졌다. 청각보다 가슴을 자극하는 음률. 사샤와 마주쳤던 어미 큰곰도 가슴으로 뭔가 특별한 걸 느껴서 돌아선 걸까. 그녀가 노래를 마치고, 메아리가 완전히 사라지기까지 꽤 오랜 시간이 지나가는 듯했다.

"아름다운 노래네요. 불러주셔서 감사해요, 사샤."

그녀는 아무 말 없이 모닥불을 바라보다 책 얘기를 꺼냈다.

"혹시 러시아군 장교이자 탐험가였던 블라디미르 클라우디에비치 아르세니예프가 쓴 회고록 『데르수 우잘라Dersu Uzala』에 대해 들어보셨나요?"

"읽어보기도 했습니다. 일본 영화계의 거장 구로사와 아키라 감독이 만든 영화도 봤고요. 약 100년 전 이 지역에 살던 실존 인물이죠?"

"데르수 우잘라는 원래 이 지역 원주민이었던 나나이족Nanai 사람이었죠. 그는 평생 집이란 걸 가져본 적이 없었대요. 열린 하늘 아래가 다 그의 집이었지요. 그는 물활론자animist였다고 해요. 모든 물질이 저마다의 혼을 가지고 있다고 믿고, 동물과 식물 모두를 인간과 대등한 생명체로 여겼죠. 그가 나이가 들어 점차 시력을 잃어가자, 안쓰러웠던 그의 친구 아르세니예프는 그를 자기 집이 있는 하바롭스크로 데려가게 되죠. 처음 경험하는 도시 생활에 데르수는 적응하지 못하고 결국 자연으로 돌아가게 되는데, 친구가 선물로 준 최신형 엽총 때문에 가는 길에 강도들에게 살해당하죠. 결말이 너무 슬프지 않나요?"

꼬박 1박 2일을 운전해 드디어 크라스키노에 도착했다. 오후 7시가 넘은 시각이었다. 지난 7일 동안 야영을 했던 우리는, 그날 밤은 호텔에서 묵기로 했다. 호텔 간판이 붙어있긴 했지만, 세월의 흔적이 고스란히 남아 허름하기 짝이 없는 건물 외관은, 과연 그 안에 매트리스가 깔린 침대가 하나라도 있을까 하는 의문이 들기에는 충분했다. 건물로 들어갔던 사샤가 뜻밖에도 기쁨 가득한 얼굴로 돌아왔다.

"빈방 두 개 있대요. 거기다 바냐^{banya}까지 있대요! 바냐 아세요? 러시아식 사우나."

서둘러 저녁 식사를 마치고 각자의 방에 갔다가 약속된 시간에 나는, 건물 1층 구석에 있는 바냐로 갔다. 2평 남짓한 공간은 이미 뜨겁게 달궈져 있었다. 수건을 허리에 두르고 앉아 내부를 두리번거리고 있을 때, 사샤가 들어왔다. 그녀는 몸을 가리던 긴 타월을 벗고 알몸으로 내 옆에 앉았다. 수건으로 신체의 특정 부위를 가리고 있는 내가 뻘쭘해지는 순간이었다.

"아, 얼마 만의 바냐인지! 우리 러시아 사람들이 사랑하는 바냐! 이런, 깜빡했네. 잠시만요."

그녀가 자리에서 일어나 밖으로 나가더니, 꼭대기에 작은 손잡이가 달린 이상한 모양의 모자 두 개를 갖고 들어왔다.

"이 울 모자를 쓰셔야 해요. 뜨거운 열로부터 머리를 보호해 주거든요. 써보세요. 머리가 한결 편해질 거예요. 머리카락도 물론 보호해 주고."

얼굴과 몸에서 슬슬 땀이 흘러내릴 때쯤, 사샤가 나무통에 담겨있던 '베니크'를 꺼내 들었다. 자작나무의 어린 가지와 잎을 묶은 빗자루 모양의 베니크를 손에 쥐고 그녀가, 내 등과 어깨를 가볍게 반복적으로 때렸다.

"어때요? 시원하죠? 뭉친 근육도 풀어주고 혈액순환에도 좋아요."

다음날은 오전 내내, 모터보트 '로디다 02'를 찾아다녔다. 항구에 정박해 있는 배들은 물론, 지나가는 주민들을 붙잡고 물어보기도 수십 번. 그러나 '로디나 02'의 흔적은 어디에도 없었다. 희망이 점차 절망으로 바뀌고 있을 때였다.

"혹시 차에 쌍안경 있나요? 저기 멀리 지나가고 있는 보트를 확인해 보려고요. 선체가 하늘색으로 보이는데……"

사샤의 요청에 나는 벤치에서 일어나 차에서 쌍안경을 가져왔다. 잠시 후 그녀가 큰 소리로 외쳤다.

"저 배 맞아요! 로.디.나.0.2. 러시아인으로 보이는 남자가 보트를 몰고 있어요."

쌍안경을 건네받아 직접 확인해 보니 그녀의 말이 맞았다. 우리가 그렇게 절실하게 찾고 있던 바로 그 배였다.

보트는 육지로 다가오더니 속도를 줄여 마을 끝자락에 설치된 잔교에 정박했다. 우리는 그 방향으로 급히 차를 몰았다. 도로 끝에는 낡은 집이 한 채 있었고, 그 앞 잔교에 고정된 보트가 보였다. 물고기가 담긴 듯한 쿨러를 양손에 들고 한 남자가 배에서 내렸다. 60대 러시아인은 우리의 갑작스러운 출연에 잠시 놀라더니, 아무 말 없이 집을 향해 걸어갔다.

"실례하겠습니다. 뭐 좀 여쭤봐도 되겠습니까?"

"무슨 일이오?"

여전히 쿨러를 양손에 든 채 남자가 못마땅해하는 표정을 지으며 우리를 위아래로 훑어보았다.

"혹시 저 보트의 주인 되십니까?"

"그렇소 만은, 왜 그러시죠?"

그 배를 소유하게 된 경위를 묻자, 그는 쿨러를 바닥에 내려놓고 주저 없이 우리에게 자초지종을 말해주었다. 약 한 달 전이었다면서, 다섯 명의 동양인이 탄 그 보트가 자기 집 앞 잔교에 정박하길래 그런가 보다 했는데 며칠 뒤, 러시아어가 유창한 그중 한 사람이 자신을 찾아와 보트를 저렴하게 팔겠다고 제안했고, 그렇게 해서 거래를 하게 됐다고 남자가 설명을 마쳤다.

"혹시 그 사람들이 어디로 갔는지 아십니까?"

"그거야 나도 모르죠. 아, 그 러시아어 할 줄 아는 남자는 아직 마을에 있나 보던데…… 어제도 지나가다 길에서 봤어요. 머리가 아주 짧고 키도 작아요."

해질 때까지 마을을 돌아다녔지만, 동양인은 단 한 명도 볼 수 없었다. 호텔에서 주인 노파가 요리한 보르쉬와 빵으로 저녁 식사를 한 뒤, 우리는 다시 마을을 한 바퀴 돌았다. 호텔 근처로 돌아왔을 때였다. 도로 건너편에서 우리와는 반대 방향으로 걷고 있는 사람 한 명이 내 눈에 포착됐는데, 군복 무늬 잠바와 바지를 입고 머리가 짧은 동양인이었다. 사샤와 나는 일순 침묵하면서, 드디어 찾았다는 눈신호를 교환했다. 우리는 그를 조심스럽게 미행하기 시작했다. 가로등 없는 어두운 길은 우리 편에 유리하게 작용했다. 경계심 없이 길을 걷던 동양인은, 어느 허름한 집 앞에 멈춰서더니 주머니에서 열쇠를 꺼내 문을 열었다. 그의 은신처가 확보되는 순간이었다. 그가 집 안으로 들어가는 것을 확인한 뒤 우리는 자리를 떴다. 호텔로 돌아온 사샤와 나는, 바냐에 들어가 두 시간 넘게 다음날 실행할 작전 계획을 짰다. 그날 밤은 나도 수건을 벗은 채 앉아있었다. 나의 그 특정 부위가 더 이상 거추장스럽게 느껴지지 않았다.

안개가 자욱이 깔린 다음 날 아침 7시, 전날 머리 짧은 동양인 남자가 들어갔던 집 문을 사샤가 노크했다. 문 옆벽에 등을 바짝 붙이고 숨어 있던 나는, 가슴을 조여오는 긴장감을 억제하려고 애썼다. 잠시 후 잠에서 막 깬 듯한 남자가 문을 열었고, 사샤는 집주인의 부탁으로 물건을 챙겨갈 게 있다는 핑계를 대고 안으로 들어갔다. 남자가 사샤를 향해 고개를 돌리는 순간, 나는 있을 힘을 다해 발로 문을 걷어차고 안으로 돌진해 그의 머리에 스프레이건^{spray gun}을 조준했다. 그는 반사적으로 두 손을 위로 쳐들고 러시아어로, "하라쇼, 하라쇼, 좋아요, 좋아요"를 반복하며 겁에 질려 고개를 숙였다. 사샤가 뒤에서 그의 양쪽 팔을 꺾어 수갑을 채우는 동안 그는 저항하지 않았다. 배를 깔고 바닥에 납작 엎드린 그에게, 한국인들이 어디 있는지 물었다. 그가 턱으로 방문을 가리켰다. 방문을 열자, 방 한쪽 구석에 동양인 한 명이 양팔과 양 발목이 묶인 채 쭈그리고 앉아있었다. 그는 나를 보자 처음에는 공포에 질려 머리를 양팔 사이에 파묻고 온몸을 부들부들 떨었다. 그를 구하러 왔다고 한국어로 말하자, 그는 마침내 큰소리로 엉엉 울기 시작했다.

두 남자의 진술을 종합해 보니, 지난 4주간 어떤 일들이 벌어졌는지 속속들이 밝혀졌다.

조선족인 C는 탈북자 A와 함께 중국에서 러시아 국경을 몰래 넘어 시호테알린산맥으로 호랑이 밀렵을 왔다가 방송국 촬영 팀을 숲속에서 우연히 마주쳤고, 밀렵꾼들을 신고하겠다는 러시아인 가이드를 얼떨결에 살해하게 됐다. 당황한 A와 C는, 한국인 세 명을 인질로 잡고 그들의 차로 테르네이로 이동해, 러시아인의 모터보트와 차를 맞교환했다. 상대적으로 추적 당하기 쉬운 육지 도로보다는 바닷길이 더 안전하다는 판단이 섰기 때문이었다. 목적지인 크라스키노로 항해 중, 카메라 감독이 A의 엽총을 뺏으려다 반격당해 바다에 빠졌고, 허우적대는 그를 A는 엽총으로 잔인무도하게 사살해 버렸다. 크라스키노에 도착한 뒤, 자금을 마련하기 위해 타고 온 모터보트를 헐값에 팔았다. 그 직후 탈북자 A는, 차를 임대해 피디와 방송 장비를 싣고 북한과 러시아가 연결된 두만강 철교 한쪽 편에 위치한 러시아 도시 하산^{Khasan}으로 떠났다. 그곳에서 그는, 북한 보위부 요원들과 북한에 남아있는 자기 가족 탈북 문제를 협상 중일 거라고 C가 추측했다. 그의 진술에 따르면, 한국 방송국 피디와 방송 장비를 북측에 넘겨주는 대가로 자기 가족을 북한에서 무사히 탈출시키는 것이 A가 구상했던 애초의 계획이었다. 자신은 단지 A의 통역 가이드 역할만 했을 뿐, 이 모든 살인, 납치 사건과는 무관하다고 C는 시종일관 우리를 설득하려

들었다. 자신은 A의 지시에 따라 남은 방송국 작가를 보호하고 있었고, 하산에서의 협상이 마무리되면 풀어줄 계획이었다고 울먹였다. 모든 정황이 맞아떨어졌다. C에게서 들은 내용을 작가와 확인해 본 결과, 대부분이 일치하는 것으로 판명 났다.

심신이 지칠 대로 지친 30대 방송작가를, 연락받고 블라디보스톡에서 급히 내려온 한국 외교관에게 인계해 주었다. 그와 함께 온 러시아 경찰은 조선족 C를 연행해 갔다. 탈북자 A를 검거하고 한국인 피디를 구출하는 작업은 더 이상 내 소관이 아니었다. 대한민국 국정원이 러시아 경찰과 공조해서 해결해야 할 과제로 남았다.

크라스키노를 떠나기 전 나는, 국화 한 다발을 들고 근교 '안중근 의사 단지동맹 기념비'를 찾았다. 비에 새겨진 내용을 같이 갔던 사샤에게 러시아어로 번역해 주었다.

'단지동맹유지, 1909년 2월 7일 안중근 의사를 비롯한 결사동지 김기용, 백규삼, 황병길, 조응순, 강순기, 강창두, 정원주, 박봉석, 유치홍, 김백춘, 김천화 등 12인은 이곳 크라스키노(연추하리) 마을에서 조국의 독립과 동양의 평화를 위하여 단지동맹 하다. 이들은 태극기를 펼쳐놓고 각기 왼손 무명지를 잘라 생동하는 선혈로 대한독립이라 쓰고 대한민국 만세를 삼

창하다.'

연해주에서 돌아온 지 6개월쯤 지났을 무렵, 북한은 자진 월북한 남조선 방송국 피디라며 평양에서 열린 그의 기자회견 장면을 방송에 내보냈다.

약 1년 뒤 사샤로부터 온 이메일에는, 그녀의 박사논문 통과와 동시에 모스크바 국립대 부교수로 임명되었다는 내용과 2주 뒤 신혼여행을 서울로 온다는, 반가운 소식이 담겨있었다.

사 건 7

탄자니아 잔지바르

인도양의 흑지주와 진주

7.   탄자니아 잔지바르 – 인도양의 흑진주와 진주

　그녀의 이름은 아얀나^Ayanna, 스와힐리어로 '아름다운 꽃'이
란 뜻이다. 내가 아얀나를 처음 만난 장소는, 인도양의 흑진주
로 불리는 잔지바르^Zanzibar였다. 잔지바르는 동아프리카 탄자니
아 영토의 섬이다. 당시 그녀의 나이는 스물둘, 태어난 지 90
일 된 여자아기의 엄마였다. 그녀는 탄자니아 사람이 아니었
다. 1개월 전 잔지바르에 도착하기 전까지, 그녀의 모국인 케
냐의 수도 나이로비에 살고 있었다. 아얀나가 어떤 경위로 이
웃 국가인 탄자니아의 섬에 오게 됐는지, 그리고 내가 그녀를
왜, 어떻게 만나게 된 건지는 차차 설명하기로 하고, 내 기억

속에 남아있는 그녀의 인생 스토리를 먼저 소개하겠다. 참고로 다음 내용은, 아얀나 본인이 내게 직접 들려준 그녀의 주관적 이야기다.

아얀나는 케냐에 속한 인도양의 섬 라무^{Lamu}에서 태어났다. 그곳은 그녀의 어머니 그리고 외할머니의 고향이기도 했다. 성인이 된 그녀의 어머니는 당시 케냐의 최대 항구도시 몸바사^{Mombasa}에서 살고 있었는데, 아얀나를 임신하고 출산 날짜가 다가오자 고향인 라무로 돌아왔다. 아얀나는 평생 그녀의 생부를 만나본 적이 없었다. 단지 그가 외양 어선 선원이었고, '킴 Kim'이란 성을 가진 한국인이었다는 사실만 알고 있었다. 그녀의 진한 쌍꺼풀, 시원스러운 눈매, 뾰족하진 않지만 균형 잡힌 코, 하체가 유난히 긴 체형은 어머니와 외할아버지를 많이 닮았지만, 얇은 입술과 하얀 피부, 부드러운 머릿결은 한국인 아버지로부터 물려받은 거라고 그녀는 추측만 할 뿐이었다. 어떻게 그녀의 어머니가 한국인 남자를 만나 자신을 낳게 됐는지 아얀나는 어릴 적부터 항상 궁금했지만, 어머니는 그에 관해서는 입을 굳게 다물었다. 후에 고등학생이 되어 어느 날 몸바사로 수학여행을 갔을 때, 그녀는 비로소 자신의 출생 비밀을 짐작할 수 있게 되었다. 시내를 배회하는 수많은 외국인 선원과 그들을 유혹하는 젊은 케냐 여성들을 목격하면서, 그녀의 아버지도 그런 선원 중 한 명이었을 것이고, 어머니도 그런 젊은 여성 중 한 명이었을 거라는 결론을 내렸다. 자랑스럽지 않은 자신의 출생 배경을 알게 되었지만, 그녀의 삶은 조금도 변하지 않았다. 어머니에 대한 그녀의 애정은 물론이고, 모범적인 학교생활에도 변화는 없었다. 아얀나는 중학교, 고등학교 시절 단순히 공부 잘하는 학생이 아니라 학교의 스타였다. 졸업할 때까지 전교 1등을 한 번도 놓치지 않았고, 그녀의 하얀 피부와 눈부신 외모는 동료 학생들에게 항상 부러움과 질투의 대상이었다. 심지어 그녀를 사모하는 남자 교사도 여러 명 있었을 정도였다. 아얀나가 졸업과 동시에 장학금을 받고 수도 나이로비에 있는 대학으로 진학하게 되자 가족, 친척뿐만 아니라 그녀를 아는 모든 라무섬 사람은, 그녀가 미래에 어떤 식으로든 크게 성공할 거라는 확신에 차 있었다.

시골인 고향 라무와는 대조적인 대도시 나이로비의 생활에 아얀나는 쉽게 적응해 나갔다. 미래 케냐의 외교관을 꿈꾸며 국제관계학을 전공했고, 친구도 많았다. 그녀에게 구애하는 남학생들이 줄을 섰지만, 그들 대부분을 친구로 만들 정도로 그녀 특유의 여유와 붙임성은 남달랐다. 대학교 2학년이 돼서야 첫 남자친구가 생겼는데, 그는 그녀보다 8살 연상의 직장인으로 5성급 파라다이스호텔에서 근무하고 있었다. 외모는 그리

잘생긴 편은 아니었지만, 자상하고 유머가 많은 그가 아얀나는 마음에 들었다. 남자친구의 도움으로 아얀나는 호텔 카지노에서 아르바이트를 시작하게 되었다. 낮에는 대학 캠퍼스에서 강의를 듣고, 저녁에는 카지노에서 음료와 술 서빙 일을 하면서 알찬 대학 생활을 이어갔다. 남자친구의 퇴근 시간과 그녀의 출근 시간이 겹쳐 매일 서로의 얼굴을 볼 수 있었고, 두 사람이 모두 쉬는 일요일에는 온종일 데이트를 즐겼다. 더할 나위 없이 만족스러운 삶을 살아가던 아얀나는 어느 날, 한 명의 한국인 남자가 그녀 앞에 등장하면서 인생에 치명적인 변화를 맞게 되었다.

카지노 테이블에 앉아있던 한 남자에게 주문받은 칵테일을 아얀나가 서빙하면서 두 사람의 인연은 시작되었다. 아얀나는 그가 한국인이라는 사실을 어렵지 않게 눈치챘다. 한국 기업 소유의 파라다이스호텔에는 총지배인을 비롯해 호텔과 카지노에 많은 한국인이 근무했고, 다국적 호텔 투숙객과 카지노 손님 중에서도 한국인이 유독 많았기 때문에, 그녀는 한국인을 일본인, 중국인과 쉽게 구분할 수 있었다. 짧은 원피스를 입은 자신에게 치근덕대는 손님들, 특히 동양인 남자들의 음탕한 시선이 아무렇지도 않게 느껴질 만큼 카지노 일에 익숙해진 그녀였지만, 그날 그 한국인 남자는 특별하게 다가왔다. 그의 피부는 유난히 하얗고 검은 머리숱도 많았으며 특히, 그의 잘 생긴 얼굴의 부드러운 미소는 그녀에게 묘한 매력을 발산했다. 한 번도 만난 적이 없는, 상상 속의 그녀 아버지와 닮았다는 생각이 들었다. 블랙잭 테이블에 칵테일을 내려놓을 때마다 뚫어지게 그녀의 눈을 응시하는 그의 시선을 아얀나는 피하지 않았다. 오히려 거액의 팁을 주는 그의 볼에 키스하고 싶은 충동까지 느꼈다. 아얀나가 그날 일을 끝마치고 평상복으로 갈아입은 뒤 카지노 건물을 나왔을 때, 남자는 밖에서 담배를 피우고 있었다. 그는 그녀를 30분 이상 기다렸다면서, 점잖은 태도로 다음 날 점심 식사에 초대하고 싶다는 말을 꺼냈다. 곧이어 그녀의 휴대전화 번호를 물어봤고, 차비라며 그녀 한 달 치 급여에 해당하는 금액의 카지노 칩을 손에 쥐어 주었다.

  두 사람은 다음날, 나이로비 시내 힐튼호텔 레스토랑에서 다시 만났다. 아얀나는 평생 처음 먹어보는 고급 서양 코스요리를 들뜬 마음으로 즐겼고, 외국인으로 가득 찬 식당 분위기에도 매료됐다. 한국인 남자가 밝힌 본인 이름은 D, 나이는 서른다섯 살이고, 미혼이며, 직업은 한국 대기업 부장. 경영학 석사학위MBA 과정을 밟으며 미국에서 생활한 탓에 그는 콧소리 섞인 억양으로 미국식 영어를 유창하게 구사했다. D는 자신이 나이로비에 2주간 출장을 왔으며, 6일 뒤면 서울로 돌아간다는 얘기도 들려주었다. 그는 아얀나에게 개인적인 질문을 많이 했는데, 그녀의 생부가 한국인이라는 얘기를 듣고 깜짝 놀랐다. 그는 그녀가 백인 혼혈인 줄 알았다면서, 신기하다는 듯이 새삼 그녀의 얼굴을 유심히 바라봤다. 두 사람 사이의 화기애애한 분위기는 2시간 가까이 계속됐다. 그는 중요한 비즈니스 미팅 때문에 가야 한다면서, 그녀의 손에 한 달 치 급여에 해당하는 달러 현금을 손에 쥐어 주고 택시를 타고 떠났다. 그날 저녁 그녀는 D를 카지노에서 다시 만났고, 특별한 대화 없이 눈인사만 나눴다. 밤 11시에 근무를 마치고 퇴근하는 그녀를 D가 카지노 입구에서 기다리고 있었다. 그는 그날 밤 블랙잭 테이블에서 돈을 많이 따서 기분이 좋다면서, 그녀와 함께 술을 한잔하고 싶다고 했다. 늦은 시각이었지만, 그의 제안을 거절하기가 어려웠다. 카지노 바는 그녀가 편안하지 않았고 호텔 바는 사람이 많아 그가 불편하다는 말에 결국 둘은, 18층에 있는 그의 방으로 올라가 객실 미니 바에 있는 양주를 마셨다. 대화는 즐거웠지만 시간이 너무 늦었다고 생각한 아얀나가 집에 가려고 자리에서 일어났을 때, 그는 그녀를 강제로 침대에 눕혔다. 그녀가 저항하려고 몸부림을 쳤지만, 남자는 상대를 쉽게 포기하지 않았다.

다음 날 아침 아얀나는 호텔 침대에서 깨어났다. 옆에 누워

한 손으로 그녀의 머리를 쓰다듬으며 얼굴에 피어오르는 미소를 띤 그를 마주하면서, 마치 악몽을 꾼 것 같은 불안감이 서서히 가시고 그녀의 마음이 평온해졌다. 그녀는 자신과 다시 한 몸이 되려는 그를 더 이상 거부하지 않았다. 아얀나의 삶에 운명과도 같이 새로운 남자가 자리 잡는 순간이었다. 호텔 식당에서 함께 조식한 뒤 그녀는 강의가 있는 대학 캠퍼스로, 그는 미팅이 있는 장소로 각자 떠났다. 그날 밤도, 그다음 날 밤도 아얀나는, 카지노 퇴근 시간에 맞춰 D로부터 전화를 받고 그의 방으로 올라가 아침까지 그와 함께 머물렀다. 함께 보내는 시간이 길어질수록 그녀는 그에게 더 빠져들었고, 남자친구에게 느꼈던 죄책감도 점차 사라졌다. D가 한국으로 출국하기 전날 밤에도 두 사람은, 호텔 방에서 룸서비스로 식사하고 그 어느 때보다도 더 정열적으로 섹스를 나눴다. 한국으로 돌아간 D는 이틀에 한 번씩 아얀나와 통화를 하며, 최신 삼성 갤럭시폰을 포함해 유명 브랜드 옷과 구두, 핸드백 등을 선물로 보냈다. 선물 속에 100달러 지폐 여러 장을 숨겨 보내는 경우도 있었다. 그렇게 6개월이 흘러갔을 즈음 어느 날, D가 전화로 뜻밖의 소식을 전해왔다. 그는 자신의 회사 케냐 지사장으로 발령이 났다면서 4주 뒤면 나이로비에 도착할 거라 말했다. 아얀나와는 달리 들뜬 목소리는 아니었지만, 그녀가 많이 보고 싶다는 말을 빼먹지 않았다.

D는 나이로비 시내 고급 빌라에 살면서 최신 모델 볼보 세단을 몰았다. 부임 후 첫 두 달은 그가 바빠 자주 만나지는 못했지만, 그 이후로 둘이 만나는 횟수가 잦아졌다. 그 사이 그녀는 남자친구와 헤어졌고, D는 회사 직원과 이웃 들의 시선이 불편하다며 그녀에게 시내 고급 원룸을 한 채 얻어줬다. 중고였지만 그녀에게 도요타 차도 한 대 선물했다. 그가 매주 주는 생활비는 그녀가 실제로 필요한 돈보다 훨씬 많은 액수여서, 그녀는 카지노 아르바이트를 그만두고 공부에만 매진할 수 있게 되었다. 그녀에게 슈거 대디^{sugar daddy}가 생겼다고 탐탁지 않게 생각하는 대학 동창도 더러 있었지만, 대부분은 그녀를 시기하기보다 부러워하는 눈치였다. 두 사람은 이틀에 한 번꼴로 그녀의 원룸에서 만났고, 가끔 고급 레스토랑에서 외식을 하거나 주말에 여행을 떠났다. 어릴 적에 TV 야생동물 프로그램에서 자주 봤다면서 D가 나이로비 국립공원^{Nairobi National Park}을 유난히 좋아해, 둘은 그곳으로 사파리 여행을 자주 갔다. 주중에 그는 퇴근 후, 거의 매일 호텔 카지노를 다녔다. 심지어 그녀와 저녁 약속을 하고도, 카지노에 있다가 10시가 지나서 오는 경우도 드물지 않았다. 그가 나이로비로 부임하고 3개월이 지났을 무렵, 아얀나는 자신이 임신했다는 사실을 알게 되었다. 그녀의 기대와는 달리 D는 질색하며 어쩔 줄 모르는 기색이 역력했다. 그가 낙태 얘기를 꺼냈을 때, 그녀는 처음으로 크게 화

를 냈고 밤새 눈물을 멈출 수가 없었다. 그 이후로 D는 낙태 얘기는 다시 꺼내지 않았지만, 그녀를 방문하는 횟수는 점차 줄었다. 어쩔 땐 2주에 한 번 찾아와 한 시간 정도 그녀와 머물다 생활비만 놓고 갔다. 그녀는 강의를 들으러 대학에 계속 나갔고, 다행스럽게도 분만 날짜가 3개월의 여름방학과 겹쳤다.

그녀의 어머니와 외할머니가 있는 고향 라무에서 아기가 태어났다. 흑인의 곱슬머리가 아닌 숱이 많고 윤기가 흐르는 동양인의 생머리를 가진, 백옥같이 하얀 피부의 여자아이였다. 아야나는 D의 동의를 얻어 딸의 이름을, 스와힐리어로 '윤기가 흐르는' 또는 '광채가 나는' 뜻의 '니아Nia' 그리고 아버지의 성을 따라 '한Hahn'이라고 지었다. 니아 한이 태어난 지 60일이 지났을 무렵, D는 그녀에게 전화를 걸어 아기를 할머니에게 맡기고 최대한 빨리 나이로비로 돌아오라고 다그쳤다. 영문도 모른 채 서둘러 나이로비로 돌아온 그녀에게 그는, 몇 달간 여행을 함께 떠나야 하니 여권과 함께 필요한 짐을 꾸리라고 지시했다. 모든 상황이 혼란스러웠지만, 그에게 뭔가 급한 사정이 생긴 것 같다는 생각에 그녀는 아무 말 없이 짐을 챙겨 그를 따라나섰다. 그들이 나이로비 국제공항을 떠나 도착한 곳은 탄자니아에 있는 킬리만자로 국제공항. 그들은 그곳에서 다시 경비행기로 갈아타고 세렝게티 국립공원에 도착했다. 5일간의 사파리 투어 내내 그의 표정은 어두웠다. 말수도 부쩍 줄어, 두 사람은 거의 대화를 나누지 않았다. 그녀가 아기 사진을 보여줘도 그는 고개만 끄덕일 뿐, 모든 신경이 다른 곳에 쏠려있는 게 분명해 보였다. 투어가 끝나고 두 사람은 다시 비행기를 이용해 잔지바르로 이동했다. 도착 다음 날, D는 잔지바르의 스톤타운Stone Town 외각 한적한 곳에 집을 한 채 임대했고, 영문도 모른 채 그렇게 그녀의 잔지바르 생활이 시작됐다. 그녀는 딸 니아가 무척 보고 싶었지만, 곧 케냐로 돌아간다는 기대감에 참고 기다렸다. 두 사람의 섬 체류가 한 달이 지나가고 두 달째로 접어들던 어느 날, D가 시내 외출을 나간 동안 아얀나는 우연히 그의 여권을 펼쳐보게 되었다. 여권에 인쇄된 그의 출생연도는, 그가 그녀에게 말했던 나이보다 무려 10살이 더 많다는 걸 말해줬다. 그의 거짓말에 분노한 그녀는, 그의 서류 가방과 여행 가방을 뒤졌다. 그의 사무용 다이어리에서 한 장의 사진이 나왔는데, D와 어떤 한국인 여성 그리고 초등학생 나이로 보이는 여자아이의 모습이 담겨있었다. 사진관에서 찍은 듯한 가족사진으로 보였다. 또한 그의 여행용 보스턴백에는 수만 또는 수십만 달러 현금 뭉치가 여러 개 은박지로 포장돼 있었다. 아얀나는 처음으로 D의 정체가 의심스러워졌고, 뭔가 크게 잘못됐다는 예감이 들었다.

내가 한국의 한 대기업 감사실장으로부터 전화를 받았던 날은, 서울에 100년 만의 폭설이 내려 도시 전체가 거의 마비됐던 어느 12월 오후였다. 곳곳에 전기가 끊기고 인터넷이 먹통이 된 그런 겨울날이었다. 시간은 좀 걸리겠지만 회사 차를 보내겠다는 그의 호의를 거절한 나는, 지하철을 이용해 약 1시간 뒤에 본사 건물 안에 있는 감사실장실에 앉았다.

"예상치 못한 폭설로 서울이 아수라장인데, 이렇게 빨리 와주셔서 감사합니다."

"저희 업종도 일종의 서비스업인데, 고객이 부르면 빨리 달려가야죠."

"글쎄요, 이 의뢰를 맡아주실지는 모르겠지만, 일단 내막의 핵심을 요약해서 설명하겠습니다. 아프리카 케냐의 수도 나이로비에 우리 회사 지사가 있는데, 그곳 지점장이 회사 공금을 횡령한 후 잠적했습니다. 참고로 약 한 달 전에 벌어진 일입니다. 본사 우리 감사실 직원 세 명이 현지로 급파돼서 일차적으로 조사를 마쳤는데, 현재까지 파악된 횡령금은 100억 대입니다. 정확한 액수는 대외비라 말씀드리기가 좀 곤란합니다. 1년이 넘는 기간 동안, 현지 지사 계좌로 입금된 수출 대금 일부를 인출해 개인적인 용도로 사용한 사실이 확인됐습니다."

"혹시 그 지사장이라는 사람이 도박이나 파생상품 투자에 손을 댄 단서는 있습니까?"

통상적으로 회사 자금 횡령 사고는, 직원의 생활비 명목이나 단순 돈 욕심으로 발생하기보다는 도박 빚, 주식투자 실패 등으로 개인 자금 사정이 궁지에 몰렸을 때 벌어지는 경우가 많기 때문에 던진 질문이었다.

"파생상품 투자는 잘 모르겠고, 현지에게 카지노를 거의 매일 드나들었다는 제보는 있습니다. 그 정도면 거의 중독됐다고 봐야죠. 명문대 출신에 미국 MBA 그리고 회사에서도 인정받는 직원이었는데, 어쩌다 그 지경이 됐는지 모르겠습니다."

안쓰럽다기보다는 경멸스러운 표정을 지으며 감사실장은 고개를 설레설레 저었다.

"가족 관계는 어떻게 되나요?"

"지방대 교수인 부인과 이제 갓 초등학교에 입학한 딸이 하나 있습니다. 가족은 서울에 남겨두고 나이로비에서는 혼자 생활했습니다. 자취를 감춘 이후 부인하고도 일체 연락을 안 한 것 같은데, 어디에 숨어 지내는지 통 감을 잡을 수가 있어야 말이지요. 아시다시피 케냐만 해도 땅덩어리가 넓은데, 주변 아프리카 국가들까지 합치면 어마어마하지 않습니까?"

"잠적한 지사장 이름과 나이는요?"

"이름은 D, 나이는 45세입니다."

"지사장 이름이 D라고 하셨습니까?"

내게는 친숙한 이름이었다. 그리고 곧 한 남자의 이름과 얼굴이 매칭되었다.

"혹시 D의 부인 이름도 알고 계시나요?"

"잠시만요. 아, 여기 인사파일에 부인 이름이 Z로 나와 있네요."

부인의 얼굴도 떠올랐다. 놀랍게도 6년 전 카자흐스탄 알마티 대리모 실종사건을 내게 의뢰했던 바로 그 부부! 회사에서 계속 해외업무를 담당하던 D가 결국은 나이로비 지사장으로 발령이 났던 것이었다.

"직접 나이로비로 가셔서, 거기 지사에 근무하는 다른 직원들과 지사장 주변 인물들을 조사해 보면 단서가 좀 나오지 않을까 해서요. 우리 감사실 직원들은 그런 스킬이 전혀 없습니다. 현지 경찰은 저희가 일찍이 포기했고, 한국 대사관이나 현지에 진출해 있는 다른 기업 지사들에게는 이 일을 현재까지 비밀로 하고 있습니다. 본 사건이 외부로 새어 나가게 되면 아무래도 우리 회사 입장에서는 창피한 해프닝이다 보니……"

"이해합니다. 현재까지 정보가 너무 제한적이긴 하지만, 일단 조사에 착수는 하겠습니다. 가능한 한 이삼일 내로 출국할 계획이니, 최대한 협조 부탁드립니다."

인천에서 출발해 동아프리카에 위치한 나이로비까지 가는 길은 멀었다. 아랍에미리트의 두바이 경유 3시간을 포함해 꼬박 20시간을 날아갔으니 멀다는 표현은 과장이 아니다. 본사 감사실에서 연락받았는지, 나이로비 지사에 근무하는 한국인 직원 두 명이 내 이름이 적힌 피켓을 들고 공항 출구에서 기다리고 있었다. 한 명은 30대 중반의 여성 과장, 다른 한 명은 30대 초반의 남성 주임이었다. 운전석에 앉은 주임이, 지리가 익숙한지 쉽게 공항을 빠져나와 예약된 시내 호텔로 차를 몰았다.

"며칠이나 나이로비에 묵으실 계획인가요?"

과장의 첫 질문이었다.

"그야 모르죠. 진행 상황에 따라 일정이 유동적이니까요. 케냐의 다른 도시로 갈 수도 있고, 아예 다른 나라로 가야 할지도 모릅니다."

"동아프리카는 처음이신가요?"

"네, 그렇습니다."

생각해 보니 나는 케냐에 대해 아는 게 거의 없었다. 나흘 전 감사실장을 만나기 전까지만 해도 이렇게 가까운 미래에 아프리카 땅에 발을 디딜 줄은 상상도 못 했었다. 차창 밖으로 보이는 사람 거의 모두가 검은 피부를 가진 흑인이라는 점이, 내가 있는 곳이 아프리카 대륙이라는 사실을 조금이나마 상기시켜 주었다.

"지사장이 도박중독이 심했나요?"

사건 관련 가장 궁금했던 점 중 하나였다.

"아 그게, 저희는 잘 모릅니다. 퇴근 후 사생활은 서로가 터치를 안 해서요. 카지노에서 몇 번 지사장님을 마주치기는 했어도, 오 주임이나 제가 카지노를 잘 안 가서요."

"지사장이 여기서 혼자 생활했다고 들었는데, 혹시 여자관계에 대해서도 잘 모르시나요?"

"네, 저희는 잘 모릅니다. 여자친구가 있다는 소문은 얼핏 들었는데, 본 적은 없습니다."

"지사장 주변에 특별히 친한 한국인이나 케냐인이 있습니까?"

"글쎄요…… 여기 다른 회사에서 파견 나온 주재원 중에 대학 후배가 있다는 얘기는 들었는데, 서로 얼마나 친한지는 모릅니다."

"혹시 지사장이 자취를 감추기 전에 미심쩍은 언행은 없었나요?"

"없었습니다. 저희는 전혀 눈치채지 못했습니다. 지사장님이 어느 날부터 출근을 안 하셔서, 며칠 쉬시나 생각했죠. 오히려 본사에서 지사장님과 연락이 안 된다고 저희한테 전화가 와서, 그때부터 댁에도 가보고 지사장실도 들어가 보고 했습니다. 본사 감사실 직원들이 여기로 급히 출장 온 다음에야, 지사장님이 잠적했다는 사실을 저희도 알게 됐습니다."

D와 같은 사무실에서 근무했던 과장과 주임의 '모른다' '잘

모른다' '없다' '글쎄요' 식의 답답한 답변이 이어졌다. 잠적은 했어도 여전히 직장 상사인 D에 대해 말을 아끼려는 의도로 보였다.

"호텔 대신 지금 바로 지사 사무실로 가죠."

나이로비 지사에는 지사장을 제외하고 총 7명이 근무 중이었다. 한국에서 파견 나온 2명과 나머지 직원 5명은 현지에서 채용된 케냐인이었다. 주임의 안내로 들어간 지사장실을 유심히 살펴보았다. 감사실 직원들이 그의 비리 관련 자료를 뒤졌다면, 나는 그의 행방에 단서가 될 만한 자료를 찾고 있었다. 책상 위에 놓여있는 서류들과 영수증들을 눈으로 스캔하고, 서랍을 열어 내용물들을 들여다봤다. 한 뭉치의 명함을 꺼내 하나하나 유심히 훑어보는 중에 다른 한국 회사의 나이로비 지사에 근무하는 직원 명함 이름 옆에 볼펜으로 메모가 된 숫자 98이 눈에 띄었다. 98학번? 공항에서 오는 길에, 과장이 언급했던 지사장의 후배가 뇌리를 스쳤다. 책상 위에 있는 유선전화로 명함에 나와 있던 지사 사무실로 전화를 걸었다. 후배 이름을 대자 여직원이 전화를 돌려주었다.

"지사장 D의 대학 후배 되시죠?"

"네, 그런데요. 무슨 일로……"

"한국에서 오늘 도착한 사설탐정인데, D에 대해 몇 가지 여쫘보고 싶어서요. 후배님에게는 피해가 가지 않도록 할 테니, 협조해 주시면 감사하겠습니다."

"호텔과 방 번호를 알려주시면 제가 오늘 저녁 8시에 찾아가겠습니다."

저녁 8시가 조금 넘은 시각에 방문 노크 소리가 들렸다. 노타이 정장 차림의 40대 초반 남성이 방 안으로 들어왔다.

"그 형이 결국 사고를 쳤어요. 카지노 그만 가라고 내가 그렇게 말렸는데 결국……"

남자는 작심한 듯 D에 대한 얘기를 먼저 꺼냈다.

"선배가 도박중독인 건 알고 있었군요?"

"그럼요, 저도 한때 재미로 형과 카지노를 다녔는데. 형이 해외 영업을 오래 해서 그런지 카지노를 좋아해요. 그런데 베팅액이 크더라고요. 그 정도면 재미가 아니라 심각한 수준이죠. 회사에서 퇴근하면 거의 매일 카지노로 출근했어요. 스스로 자기 무덤을 팠다고 봐야죠. 어떨 때는 저한테 하룻밤에 몇천 불씩 빌리고 그랬죠. 내가 그 형한테 받아야 할 돈이 천만 원이 넘어요. 그래도 회사 공금에 손댈 줄은……"

"그 사실을 어떻게 아셨죠?"

이번 일을 철저히 대외비로 하고 있다는 감사실장의 언급이 기억났다.

"나이로비에 알만한 사람은 다 알아요. 이미 주재원 사이에 소문이 쫙 퍼졌거든요. D가 회사 자금 횡령해 잠적했다고."

"혹시 여자친구는 없었습니까?"

"그게…… 그 얘기는 안 하는 게 좋겠네요. 사생활이라……"

거침없이 이야기를 풀어놓던 남자가 잠시 머뭇거리더니, 그 부분만은 참아야 한다는 듯 말을 끊었다.

"D가 지금 어디 있을지, 떠오르는 장소는 전혀 없으시고요?"

"제가 알았으면 당장 달려갔겠죠. 탐정님이 D를 찾으려고 한국에서 여기까지 오셨다고 해서 제가 도움을 드리는 거예요. 빨리 찾아달라고. 나이로비에 저 말고도 D에게 돈 빌려준 피해자가 더 있을 거예요."

후배는 모든 상황이 짜증 나고 불쾌한 듯 보였다.

다음날 지사 사무실을 다시 방문한 나는, 직원에게 지사에서 주로 이용하는 여행사가 있는지 물었다. 그 여행사는 마침 같은 건물 1층에 있었다. D가 마지막으로 항공권이나 숙박 예약한 기록을 요청하자, 카운터에 앉아있던 케냐인 여직원은 알려줄 수 없다고 단호한 태도를 보였다. 성가시다는 듯 나에게 눈길 한 번 주지 않았다. 슬쩍 20달러 지폐 한 장을 그녀에게 건네자, 그녀는 잠시 기다리라고 하고는 바로 뭔가를 프린트해 내게 주었다. D와 동반인 한 명의 마지막 항공권 예약 정보와 숙소, 사파리 투어 예약 기록이 그 안에 고스란히 나와 있었다. 여행사 직원에게 고맙다는 말과 윙크를 남기고 호텔 방으로 돌아왔다.

　항공권 예약 기록에 나타나는 날짜와 D가 자취를 감춘 시기가 정확하게 겹쳤다. 그와 아얀나^Ayanna라는 이름의 동행자는, 나이로비에서 탄자니아에 있는 킬리만자로 국제공항을 거쳐 세렝게티 국립공원까지 항공을 이용했다. 직후에는 5일 일정의 풀 패키지 사파리 투어가 예약되어 있었다. 하지만 여행사 직원이 건네준 예약 기록은 그게 끝이었다. 그 이후의 일정과 관련된 정보는 더 이상 없었다. 한 달 넘게 세렝게티 국립공원에 머물고 있을까? 아니면 사파리 투어를 마치고 다른 도시, 국가로 이동했을까? 아얀나는 그의 여자친구? 일단 직접 탄자니아로 가서 그의 다음 행적을 조사할 수밖에 없었다. 지사의 한국인 직원들에게 탄자니아 출장 계획을 밝히자, 과장과 주임은 이구동성으로 사무실에 근무하는 케냐인 직원 한 명을 안내자 겸 스와힐리어 통역사로 추천했다. 그의 이름은 스와힐리어로 '축복'을 뜻하는 바락^Barack, 미국식 발음으론 버락, 그러니까 미국 대통령 버락 오바마와 같은 이름이었다. 그리고 보니 오바마 대통령의 아버지도 케냐인이었다. 나는 바락과 함께 다음

날 탄자니아로 떠날 최종 계획을 세웠다.

유럽이 한창 겨울이고 동아프리카는 여름이라 그런지 비행기는 유럽인들로 만석이었다. 좌석이 한자리밖에 예약이 안 돼 걱정했는데, 여행사 직원에게 100달러 지폐 한 장을 쥐여줬더니 5분 만에 추가 좌석이 확보되는 기적이 일어났다. 공항에서 그리고 비행기 안에서도 바락은, 내가 먼저 말을 걸지 않으면 입을 굳게 다물고 시종일관 시무룩한 표정이었다. 원래 과묵한 건지, 아니면 내가 불편한 건지는 알 수 없었다.

"나이로비가 바락 고향이에요?"

"아니요, 제가 31년 전에 태어나고 자란 곳은 케냐산 아래 작은 마을입니다. 나이로비에 와서 대학을 졸업했고요. 고향에서는 주로 맨발로 다녔는데, 하루 종일 신발 신고 다닌 건 도시에 와서 처음이었습니다."

평상시 맨발로 걸어 다니는 케냐의 어느 시골 마을 사람들을 머릿속으로 상상해 봤다. 문득 바락이 신고 있는 신발이 궁금해졌지만, 고개를 숙여 그의 발을 쳐다보는 건 예의가 아니었다.

"고향 얘기 좀 해주세요."

"제 고향이요? 나로모루^{Naro Moru}라는 작은 마을인데, 주민이 2,500명 정도 될 거예요. 대부분 키쿠유족^{Kikuyu}이죠. 저도 그렇고요. 주로 농사짓고 가축 키우며 살죠. 케냐산 주변이 비옥한 화산토라 농사가 잘됩니다. 우리 부모님같이, 케냐산 등반을 목적으로 마을을 찾는 외국인들을 상대로 장사하는 사람들도 있고요. 케냐산이 우리나라에서 제일 높은 산인 건 아시죠? 5,199미터. 아프리카 대륙에서 킬리만자로 다음으로 가장 높은 산입니다. 케냐 국가명도 산 이름에서 따온 거죠."

케냐산이 그렇게 높다는 사실을 그때 처음 알았다.

"나이로비에 오기 전에 중고등학교는 마을에서 다닌 건가요?"

"네, 가톨릭 중고등학교가 있어요. 그 학교를 졸업하고, 나이로비에 있는 전문대에 입학했습니다. 관광학을 전공했죠."

"그럼, 대학 졸업 후 곧바로 지금 회사에 입사한 건가요?"

"아니요, 첫 직장은 호텔이었습니다. 파라다이스라는 5성급 호텔이죠. 한국인이 건설하고 지금도 한국인이 운영하고 있습니다. 그래서 한국인 매니저가 여럿 있죠. 물론 대부분의 직원은 케냐인이지만. 저는 호텔 객실 청소하는 일부터 시작해 나중엔 객실 관리 부매니저 자리까지 승진했습니다. 그곳에서 총 8년 근무했어요. 그 직후에 지금의 한국 지사에 재취업한 거고요. 제가 한국과 인연이 있는지, 계속 한국 사람들과 일을 하네요."

"지사장 D 밑에서 일했는데, 그는 어떤 사람이었나요?"

"지사장님이요? 음…… 케냐 사람들 몸에서 이상한 냄새가 난다고 엘리베이터를 타면 숨을 안 쉬는 그런 사람이죠. 제가 옆에 서서 여러 번 봤거든요. 케냐 여자는 좋아하고 임신까지 시켜놓고선……"

의도하지 않았던 말이 튀어나왔는지, 바락은 후회하는 듯 양손바닥으로 얼굴을 벅벅 문질렀다. D에 대한 부정적인 감정이 그의 마음속 깊이 뿌리내리고 있다는 인상을 받았다.

"임신이요? D가 사귀는 여자친구가 케냐 사람인가요?"

"별로 말하고 싶지 않습니다."

바락은 일순간 이맛살을 찌푸렸다. 내가 어떤 식으로든 그의 심기를 불편하게 만든 게 틀림없었다.

여객기로 1시간, 프로펠러 경비행기로 2시간 20분, 그리고 자동차로 30분 더 이동한 뒤에야 드디어 목적지인 세렝게티 세레나 사파리 로지Serengeti Serena Safari Lodge에 도착할 수 있었다. D와 그의 동행자가 예약했던 사파리 투어의 지정 숙소가 그곳이었다. 그들이 투어를 마치고 계속 같은 로지에 머물고 있는지, 아니면 다른 장소로 거처를 옮겼는지, 옮겼다면 다음은 어디로 갔는지를 알아보는 것이 먼 여정의 목적이었다. 체크인하면서 직원에게 D의 이름을 불러주고 투숙객 중에 그런 사람이 있는지를 문의했다. 없다는 답이 돌아왔다. 예약 기록에서 봤던 날짜를 지정해서 D가 그 기간 그곳에 실제로 숙박했는지 재차 물었다. 직원은 과거 투숙객 전산 기록을 살펴보더니, 그가 4박 5일 숙박했던 사실을 확인해 줬다. 마지막 날 아침 10시 35분에 체크아웃한 기록도 알려주는 친절함을 보였다. 사자와 표범, 아프리카코끼리 같은 위험한 대형 포유류 동물들이 자유롭게 활보하는 세렝게티 국립공원 한복판에서, D가 발로 걸어 나갔다는 건 상상할 수 없었다. 그렇다면 그는 차를 렌트했거나, 항공편을 이용했을 것이다. 같은 리셉션 직원에게 마지막으로, 가까운 여행사를 추천해달라고 부탁하자 그는 '홀리데이 바자 Holiday Bazaar'라는 이름의 여행사를 전화번호와 함께 쪽지에 적어 줬다. 나는 고마운 직원에게 팁을 주고, 바락과 함께 배정받은 호텔 방으로 갔다.

"제가 그 여행사에 전화해 보겠습니다. 외국인이 문의하는 것보다는, 제가 스와힐리어로 적당한 명분을 지어내 물어보면 D의 예약기록을 알아내는 데 성공할 가능성이 더 높을 것 같습니다."

여행사 직원에게 할 말을 미리 예습한 바락은, 호텔 방 유선전화로 여행사에 전화를 걸었다. 그러고는 곧 스와힐리어로 말을 하기 시작했다. 나는 옆에서 D의 이름만 알아들을 수 있었다. 바락이 호텔 메모지에 뭔가를 받아 적더니, 잠시 후 수화기를 내려놓았다.

"D와 다른 한 명이 잔지바르로 갔다는데요! 여행사를 통해 편도 직항 항공권을 예매했답니다."

세렝게티에서 직선거리로 685킬로미터 떨어져 있는 인도양의 섬 잔지바르. 모든 정황에 비춰 볼 때, D가 충분히 도피처로 삼을 만한 지역이었다. 한국인의 왕래도 비교적 드물고, 외국인 관광객들로 붐비는 곳이라 외지인이라도 눈에 잘 띄지 않는 장점이 있었다. 여러 개의 섬으로 형성된 잔지바르의 총면적은 서울시의 약 4배에 달하지만, 만약 D와 그의 동행인이 그곳에 장기 체류 중이라면 외진 지역보다는 도시나 그 근교에 머물고 있을 확률이 높았다. 당장 잔지바르로 떠날 계획을 세우고, 가장 빠른 비행기 편 예약을 바람에게 맡겼다. 그가 잠시 밖에 나갔다 오더니, 자신의 의견이라면서 말을 꺼냈다.

"지리도 모르는 낯선 곳에서 우리 두 사람이 무작정 돌아다니면 D나 그 동행인이 우리를 먼저 알아보고 피신 할 가능성이 있지 않겠습니까? 제가 선발대로 먼저 가는 방법은 어떻습니까? 저는 어차피 현지인 같아 보여 눈에 잘 띄지도 않고, 도착한 뒤 적당한 숙소도 잡고 현지 지리도 파악해 놓겠습니다. 저도 잔지바르는 사실 처음이거든요. D가 묵을만한 거처들도 조용히 미리 알아보겠습니다. 이삼일 정도면 충분할 것 같습니다."

설득력 있는 제안이었다. 바락의 말대로, 낯선 섬에 도착해 어영부영 돌아다니다 자칫하면 D가 먼저 우리를 발견할 수도 있었다. 그가 우리를 알아차리고 꼭꼭 숨거나 섬을 즉시 떠나버린다면, 모든 노력이 수포로 돌아갈 공산이 컸다. 최대한 신중하게 행동하는 게 옳았다. 바락의 전략이 타당하다고 판단한 나는 그에게, 그렇게 계획을 짜라고 지시했다.

"오케이 그럼, 바락이 내일 먼저 떠나고, 내 항공편은 3일 뒤로 예약해 주세요."

다음 날 아침 일찍 바락이 잔지바르로 떠난 뒤 나는, 호텔에서 밀린 잡무를 처리하며 바쁜 시간을 보냈다. 수십 통의 이메일과 문자메시지에 답을 하고, 서울에서 날아온 각종 전자고지서를 텔레뱅킹으로 해결했다. 4성급 관광호텔이라 그런지 아프리카 대륙 한복판에서도 와이파이 속도가 놀라울 정도로 빨랐다. 호텔은, 식당과 리셉션이 있는 중앙건물과 작은 수영장을 중심으로 주변에 초가지붕으로 덮은 방갈로 형태의 독채가여러 개 흩어져 있는 구조였다. 호텔 구역 주변에 담장이나 펜스가 쳐져있지 않아, 세렝게티 국립공원에 서식하는 70여 종의 야생동물이 자유롭게 출입할 수 있었다. 대낮에도 야생 영양과 얼룩말 몇 마리가 호텔 구역까지 들어와 기웃거렸고, 밤에는 표범 같은 맹수도 나타날 수 있으니 조심하라고 매니저가 주의를 주었다. 사고 방지 차원에서, 저녁 식사를 마치고 숙소로 돌아가는 투숙객들을 호텔 직원이 방까지 에스코트해 줬다. 어떤 맹수보다 더 위험한 존재가 인간인데, 그곳에서만은 그 반대였다.

다음 날은 아침 일찍, 네 명의 독일인과 함께 당일 일정의 사파리 투어를 떠났다. "세계적인 세렝게티 국립공원까지 와서 호텔에만 머물다 가시면 나중에 후회하실 거예요." 장담한다는 투로 바락이 내게 이 말을 할 때는, 나중에 알고 보니 이미 그가 나를 위해 여행사에 투어를 예약해 두었던 시점이었다. TV와 유튜브에서만 봤던 세렝게티의 광활한 평원을, 직접 두 눈으로 마주하니 형언할 수 없을 만큼 평화롭고 아름다웠다. 수백만 마리의 누, 얼룩말, 영양, 가젤, 버펄로 등의 초식동물들과 개체 수 3,000마리가 넘는 사자를 비롯해 표범, 치타, 자칼, 하이에나, 코끼리, 코뿔소, 하마, 기린 등의 대형 포유류들이, 인간의 간섭 없이 자유롭게 대평원을 누빌 수 있는 세계 최대 규모의 서식지. 천정이 뚫린 대형 지프차가 사파리 코스를 누비는 동안, 내가 좋아하는 영화 중 하나인 〈아웃 오브 아프리카Out of Africa〉의 주인공 메릴 스트립과 로버트 레드포드가 대초원 어딘가에서 애틋하게 서로를 마주 보고 있을 것 같은 착각에 빠져들고 싶어졌다. 투어가 끝나갈 때쯤, 한 무리의 검은 코뿔소가 우리의 지프차가 지나가야 하는 길을 점령한 채 꿈쩍도 하지 않았다. 몸무게가 1,000킬로그램이 훌쩍 넘는 어미 한 마리가, 옆에 있는 새끼와 함께 우리 쪽을 째려보며 여차하면 우리를 향해 돌진할 태세였다. 녀석들을 자극하면 타이어만이 아니라 차 엔진도 뚫을 수 있다는 가이드의 설명에, 직전까지 카메라 셔터를 연신 누르며 시끄럽게 대화하던 독일 관광객들이 일순간에 잠잠해졌다. 검은코뿔소 파이팅!

3일간 의도치 않게 사치를 누렸던 나는 드디어, 잔지바르를 향해 이륙하는 비행기에 앉아있었다. 정신을 다시 집중하고 마인드 시뮬레이션mind simulation을 해봤다. 모든 가능한 상황을 머릿속으로 상상하며, 실제 상황을 가정해 적절한 행동 계획을 세워봤다. 만약 잔지바르에서 D를 찾게 되면? 내가 맡은 프로젝트의 목표는 크게 세 가지였다. 첫째는, D의 생사를 확인하는 것. 둘째는, 그의 소재지를 파악하는 것. 셋째는, 그를 설득해 자진 입국을 종용하는 것이었다. 그를 달래는 데 도움이 될지 모른다며, 감사실장이 한국에서 내게 건네준 동영상도 있었다. D의 부인과 어린 딸이 남편, 아빠에게 보내는 일종의 영상 편지였다. 이 세 가지 목표를 달성하면, 내 역할도 거기서 끝난다. 그의 생존 사실과 소재지를 감사실장에게 통보하고 나면 본사 차원에서 내가 단정할 수 없는 그다음 어떤 액션을 취하게 될 것이다. 내겐 D를 체포할 수 있는 권한도 없고, 인터폴을 통한 한국 경찰과 탄자니아 경찰 사이의 국제공조는 기대하기 어려웠다. 한마디로, 탄자니아에 있는 그를 서울로 강제 소환할 방법은 없었다.

바락이 잔지바르 공항에 마중 나와 있었다. 스톤 타운에 그가 예약해 둔 호텔로 가는 택시 안에서, 그의 경과보고를 들었다. 여러 호텔과 식당, 여행사, 부동산 중개소 등을 돌아다니며 D의 소재를 찾아봤는데, 아직은 어떠한 단서도 확보하지 못했다고 다소 실망스러운 소식을 그가 전했다. 앞으로 며칠 더 잔지바르 시내를 구역으로 나눠 순차적으로 수색을 계속하는 게 좋겠다는 자신의 의견을 내놓는 바락의 표정에서 어딘지 모르게 어둡고 지친 기색이 엿보였다. 나는 그가 낯선 나라, 낯선 섬에 와서 상사인 D의 뒤를 쫓는 일로 인해 스트레스가 쌓인 거라 간주하고 대수롭지 않게 넘겼다.

잔지바르는 천 년이 넘는 세월 동안 인도인, 아랍인, 아프리카 원주민, 유럽인이 활발하게 교류하던 인도양의 무역 중심지였다. 원래는 아프리카 반투족Bantu이 섬의 주인이었지만, 7세기에 페르시아인들이 섬을 점령하면서 이슬람 문화권이 되었다. 소위 '탐험의 시대Age of Exploration'로 불리는 1400년대부터 1600년대까지 약 200년간은 포르투갈이 잔지바르를 장악하던 시기였다. 18세 초부터는 오만 제국이 섬을 지배하면서 향신료, 상아, 흑인 노예무역을 번성시켰는데, 1890년 전쟁에서 패하면서 영국이 그다음 통치자가 되었다. 1963년에 비로소 잔지바르는 독립을 쟁취할 수 있었다. 이처럼 잔지바르가 겪은 수많은 역사의 곡절을 반영하듯, 시내 골목골목은 세계 어디에서도 보기 드문 독특한 분위기를 자아냈다. 검은 아프리카임에도 불구하고 아라비아와 이슬람 문화가 오래된 건물 곳곳에 섬세한 문양과 고유의 색상으로 남아있었고, 유럽인들이 남긴 잔재 또한 어디서든 쉽게 찾아볼 수 있었다. 이러한 잔지바르만의 독특한 매력에 빠져 감탄이 절로 나오고 있을 때, 맞은편에서 걸어오는 두 명의 동양인이 내 시야에 포착되었다. 그런데 그중 한 남자의 얼굴이 낯이 익었다. D는 아니었다. 순간 발걸음을 멈추고 과거 기억을 더듬어 보던 중, 그 얼굴이 어슴푸레 기억났다. 유레카! 한 장면이 떠올랐다. 8년 전 러시아 블라디보스톡 카페리 터미널 홀에서 나와 악수하던 정장 차림의 30대 후반 한국인 남자, 총영사관에서 나왔던 바로 그 외교관! 그에게 달려가 인사를 건넸다.

"안녕하세요? 저 혹시 기억 못 하시겠습니까?"

"글쎄요……"

낯선 한국 남자의 갑작스러운 등장과 뜬금없는 질문에 외교관은 방어적인 태도를 취했다.

"8년 전 블라디보스톡 한국 총영사관에 근무하셨죠?"

"네 맞습니다만……"

그는 여전히 긴장을 늦추지 않으면서, 이 사람이 나의 과거를 어떻게 알지, 하는 의심에 찬 표정을 지었다.

"그때 방송팀 실종사건으로 연해주에 갔었던 사설탐정입니다."

잠시 주저하던 외교관은, 드디어 기억이 떠올랐는지 얼굴에 웃음이 가득해지며 내 손을 덥석 잡고 흔들었다.

"아! 기억납니다. 크라스키노에서 살아남은 방송작가를 저한테 인계하셨던…… 여기서 다시 만나게 되다니 참 대단한 인연입니다!"

외교관은 블라디보스톡에서 임기를 마치고 서울로 돌아갔었고, 그 이후 캐나다 밴쿠버 총영사관을 거쳐 주탄자니아 한국 대사관으로 발령받고 일 년 전부터 수도 다레살람Dar es Salaam에서 근무 중이라고 했다.

"근데 다레살람에서 여기 잔지바르는 어쩐 일로?"

"일이 좀 있어서요. 사실은 3일 전 이곳에서 한국인 한 명이 살해당했습니다. 그 사건과 관련해 한국 대사관에서 뒤처리할 게 좀 있어서 직원과 함께 1시간 전에 여기 도착했습니다."

"살인사건이요? 관광객이었나요?"

"자세한 내막은 저희도 아직 잘 모릅니다. 신원 파악 전이고요. 지금 여기 경찰서와 부검 병원으로 가는 중이었습니다."

"혹시 저희도 같이 가봐도 되겠습니까?"

"물론이죠! 이런 일은 탐정님 전문 분야인데, 괜찮으시다면 저희가 도움을 좀 부탁드려도 될까요?"

단정한 제복을 입고 있던 현지 경찰서장은, 이번 사건 조사차 수도 다레살람 한국 대사관 관계자가 네 명씩이나 잔지바르에 온 것으로 착각했는지 약간 흥분된 모습이었다. 조용하고 평화로운 섬에서 살인사건이, 그것도 피해자가 외국인인 경우는 극히 드문 일이라 그럴 수도 있었다. 사건이 국제적으로 알려지면 섬 관광산업에도 적잖게 부정적인 영향을 미칠 것이라는 우려를 표방하면서, 우리 네 사람에게 사건 내막을 브리핑하기 시작했다.

'피해자는 한 달 넘게 잔지바르에 체류하던 마흔여섯 살 한국 국적의 남성. 그의 방문 목적은 관광으로 추정. 3일 전 밤 11시경, 남자가 장기 임대해 생활하던 스톤 타운 외곽 단독주택에서 괴한에 의해 열아홉 차례 칼에 찔려 과다출혈로 거실에서 사망. 같은 주택에서 동거 중이던 여성의 신고로 경찰 출동. 사건 당시 여성은 침실에서 자고 있었는데, 거실에서 몸싸움하는 소리와 비명을 듣고 잠에서 깨어났으나 겁에 질려 한동안 방에 숨어 있었음. 약 30분 뒤 거실로 나와 남자가 쓰러져있는 모습을 발견하고 경찰에 신고했다고 진술. 범행도구, 범인의 지문 등 직접적 증거는 아직 확보한 게 없음. 집 주변 목격자도 전무. 현재는 외국인 관광객의 금품을 노린 단순 강도 사건으로 판단.'

"혹시 강제 침입 흔적이 발견됐습니까? 현관문이 파손됐거나, 집안 창문이 깨졌거나……"

서장의 브리핑이 끝나고 나온 나의 첫 질문이었다.

"아직 그런 흔적은 발견된 게 없습니다. 거주자가 문을 깜빡하고 잠그지 않은 것으로 우리는 추정하고 있습니다."

나는 살해당한 한국인 남성이 D일지도 모른다는 예감이 들었다.

경찰서장의 안내로 우리 네 명은 시신 부검을 진행했던 병원 영안실로 갔다. 입구에 도착하자, 외교관과 다른 대사관 직원은 영안실에 들어가는 걸 꺼리는 눈치였다.

"경찰이 여권 사진과 대조해서 시신 얼굴과 일치한다고 했으니, 굳이 우리가 들어갈 필요가 있을지……"

바락도 잠시 머뭇거리더니 시신을 보고 싶지 않다면서, 함께 들어가기를 완강하게 거부했다. 결국 나 혼자 영안실로 들어갔다. 시신을 덮고 있던 흰색 천을 부검의가 벗기자, 내가 감사실장실에서 본 사진 속 그 얼굴, 그보다 훨씬 더 오래전 부인과 함께 한 여성과 아기의 실종사건을 의뢰하며 내 사무실에 앉아 있던 D의 얼굴이 싸늘하게 굳어있었다. 시신에는 다발성 자창이 선명하게 드러나 있었다. 목, 어깨, 가슴, 복부 등에 칼에 찔린 자국이 총 열아홉 군데. 왼쪽 눈 바로 아래 칼자국은 아마도 눈을 찌르려다 어긋난 듯 보였다. 금품을 노리고 집안에 침입한 강도가, 집주인과 갑자기 맞닥트린 예기치 못한 상황에서 당황하며 휘두른 칼의 흔적이 아니었다. 시신에 남겨진 상처는, 원한과 분노를 표출하고 있었다. 영안실을 걸어 나오는 짧은 순간 동안, D라는 한 남자의 인생이 그리고 부인 Z의 모습들이 순차적으로 눈앞에 펼쳐지면서 만감이 교차했다. 사무실로 나를 처음 찾아왔던 두 사람, 내연녀를 만나러 가던 남편, 유모차를 끌고 경복궁 흥례문 앞을 다정하게 걸어가던 부부.

"칼에 찔려 죽은 게 맞요? 아참, 여권 사진을 보여드린다는 걸 깜빡했습니다. 이 사진 속 남자와 얼굴이 일치하던가요?"

문밖에서 대기하고 있던 외교관이 작은 사진을 내 얼굴에 들이댔다.

"네, 동일인입니다. 100퍼센트."

사진을 보지도 않고 내가 말했다. 외교관 옆에 고개를 숙인 채 서 있던 바락은 평상시와는 달리 잔뜩 긴장되고 초조해하는 기색이 역력했다.

몇 가지 일을 더 처리하고 당일 다레살람으로 돌아갈 거라는 외교관과 헤어진 나는 바락과 함께, 경찰에게서 받은 주소로 D가 살해된 집을 찾아갔다. 피부가 하얗고 10대처럼 앳돼 보이는 한 여성이 초인종 소리를 듣고 문을 열었다. 내가 아얀나를 처음 만나는 순간이었다. 그녀는 거실 소파에 우리 두 사람과 마주 앉아, 그날 밤 일어났던 사건을 차근차근 얘기했다. 그녀가 경찰에게 진술한 것과 똑같은 내용이었다. 그리고 D에 대한 아얀나의 독백이 이어졌다. 어떻게 그를 처음 만난 게 됐으며, 그가 나이로비 지사장으로 부임한 후 일어난 일들, 자신이 고향에 내려가 아기를 낳게 된 경위, 딸 니아가 미치도록 보고 싶다고 말할 때는 눈물을 글썽거렸다. D가 자신을 속이고 어떤 알 수 없는 범죄에 연유돼 잔지바르까지 오게 된 이야기를 장황하게 늘어놓았다. 그녀의 고향 라무를 언급하다 말고 잠시 하던 말을 멈춘 아얀나는, 자신의 아버지가 한국인이라는 말을 꺼냈다. 그녀가 어릴 적 아버지에 대해 집요하게 묻자, 어머니는 얼굴을 붉히며 이런 말을 내뱉었다고 했다. "너의 아버지는 네가 태어나고 일 년 정도 생활비를 보내주다 멈췄다. 그러니까 그때 네 아버지는 죽은 거다. 앞으로 너의 아버지에 대해 더 이상 묻지 마라."

나는 아얀나의 얘기를 듣는 동안 내내, 거실 테이블 위에 놓인 사진 한 장을 바라보고 있었다. D와 부인 Z 그리고 카자흐스탄인 친모 Q가 낳은 딸이 함께 찍은 가족사진이었다. 내가 자리에서 일어나 작별 인사를 건네자, 아얀나는 불안과 두려움이 섞인 눈빛으로 나를 응시하며 자신의 인생 스토리를 마무리했다.

"이제 우리 아기도 죽은 한국인 아버지를 상상하며 니아 한 ^{Nia Hahn}으로 평생을 살게 되겠지요. 제가 지금까지 아얀나 킴 ^{Ayanna Kim}으로 살아온 것처럼……"

집 건물을 나오기 직전 화장실에 갔을 때, 창밖으로 바락이 보였다. 아얀나의 얘기 도중 밖으로 나갔던 바락이, 집 뒤 나무 아래서 얼굴을 두 손으로 감싼 채 흐느껴 울고 있었다. 나는 순간 머리카락이 곤두서는 것 같은 섬뜩한 기분이 들었다.

나는 감사실장에게 전화를 걸어, D의 사망 소식과 몇 가지 디테일 정보를 전달했다. 그리고 곧바로 귀국길에 올랐다. 당시 인천행 비행기 안에서 나는, 아이폰 메모장에 이런 내용을 남겼다.

'죽음은 예약할 수 없다.^{You cannot make an appointment with death}

– 키쿠유족 전설 –

누구는 진실을 말하지만 죄인이 되고, 누구는 거짓을 말하면서 의인으로 살아간다. 동물과는 달리 인간은 거짓을 꾸며낼 수 있는 능력으로 문명을 발전시켜 왔다. 늘어나는 정보와 지식으로 거짓을 진실로 포장하는 능력 또한 발달했다. 인간 또한 동물과 마찬가지로 생존이 본능이다. 거짓이 생존에 필요하다면, 인간이 완벽하게 진실한 건 불가능할지도 모른다. 마음은 따뜻해도 차가운 뇌가 인간을 그렇게 조정할 수도 있다. 살기 위해 목숨을 걸고 한여름 모기가 사람 피부에 붙어 피를 빨듯, 호모사피엔스는 본능에 충실하고 그 본능이 가끔은, 아니 종종 진실보다는 거짓을 선택하게 된다.'

내가 아프리카에서 돌아온 지 8년쯤 지났을 무렵, 공주로 내려가는 KTX 안에서 Z를 우연히 다시 만났다. 그녀 옆에는 주위의 시선을 끌만큼 예쁜 얼굴을 가진 중학생 딸이 있었다. 그날 Z는 내게 짧은 대화에서 많은 얘기를 들려주었다. 그중 하나는, 딸의 친모인 Q가 카자흐스탄 알마티 대학 한국어과를 졸업한 뒤 한국 기업에 취직해 서울에 살고 있다는 소식이었다. Z, Q, 그리고 딸아이, 이렇게 셋이 가끔 만난다면서 빙긋 웃었다. 뜻밖의 소식이 하나 더 있었다. 잔지바르에서 죽은 남편 D의 딸이 케냐 나이로비에 살고 있다는 사실을 전해 들은 Z는, 수소문 끝에 아이의 친모인 아얀나의 연락처를 알아냈고,

그 뒤로 두 사람은 서로 연락하면서 지냈다. 그러던 중 한국 대기업의 나이로비 지사에서 근무하는 아얀나의 남편 바락이 본사 초청으로 한국을 방문했을 때, Z는 아얀나 부부와 딸아이를 서울에서 처음 만났다고 했다. 그녀가 내게 스마트폰으로 보여준 그때의 기념사진 속 여자아이는, Z의 딸과 많이 닮아있었다.

사 건 8

미국 알래스카 싯카

남자의 독립선언

8.   미국 알래스카 싯카 – 남자의 독립선언

내가 그녀에게 전화를 받은 건 유난히 무덥고 습했던 여름이
막 지나고, 아침 공기가 적당한 수분을 머금고 있어 들이마시
면 기분이 상쾌해질 무렵이었다. 통상 의뢰인으로부터 처음 연
락을 받는 경우 밝고 활기찬 목소리를 듣는 경우는 드물지만,
젊은 나이로 추정되는 그녀는 유난히 맥이 풀린 듯이 느껴졌
다. 내가 미처 대답도 하기 전에 여러 질문을 무질서하게 쏟아
냈고, 결국 그날 오후 시내 카페에서 만나기로 약속하고 전화
를 끊었다.

카페에 모습을 드러낸 건 30대 초반의 여성 혼자가 아니었다. 옆에는 그녀의 어머니가 있었다. 모녀 사이였지만, 입술과 턱 모양이 비슷한 걸 제외하면 전체적으로 서로 닮은 얼굴은 아니었다. 딸은 외모 면에서 아버지 쪽 유전자를 더 많이 물려받은 듯 보였다. 어머니 되는 여성은 50대 후반의 나이에도 불구하고, 원래의 균형 잡힌 이목구비 외에 피부관리를 꾸준히 한 탓인지 다섯 살 이상 젊어 보이는 보기 드문 미인이었다. 모녀의 고급스러운 옷차림이나 예의 바른 자태를 보아 교양 있는 중산층 여성들로 보였다.

"아빠가 사라졌어요."

수심 가득 찬 얼굴로 딸이 자초지종을 설명하기 시작했다. 아버지이자 남편인 한 60대 초반 남자가 여행 가방 하나만을 챙겨 집을 나선 이후 5주가 지난 그날까지도 연락이 닿지 않으니, 그를 찾아달라는 것이 의뢰 내용의 골자였다. 찾는 게 가능할지, 생사 확인 방법이 있는지, 자발적 잠적과 실종의 차이가 무엇인지, 이런 경우 가족에게는 어떤 옵션들이 있는지, 남자 앞으로 되어있는 자산 처리는 어떻게 되는지 등 추가 질문이 쏟아졌다. 나는 모녀의 질문에 하나하나 답하는 대신, 궁금한 점들을 메모한 뒤 취합한 내용에 대해 종합적으로 내 의견을 답변 형식으로 설명해 주었다. 물론 나도 그들에게 궁금한 점들, 필요하다고 판단되는 정보에 대해 여러 질문을 하면서 대화를 이어갔다.

나이 61세. 질병 없음. 3년 전 은행에서 퇴사. 부부 공동명의의 고급 아파트와 퇴직금으로 받은 상당 금액의 현금, 그리고 본인 명의의 오피스텔 한 채 소유. 채무 및 재산 관련 분쟁 없음. 개인적 원한 관계 존재 가능성 희박. 퇴직 후 유일한 취미는 등산(처음에는 친한 친구들과 함께 다니다가 최근엔 혼자 다님). 자녀로는 다국적 기업에서 근무하는 서른두 살의 딸과 대학원에 재학 중인 스물여덟 살의 아들이 있음(둘 다 독립해서 부모와 따로 거주). 남자의 부모는 5년, 2년 전 각각 사망. 형제로는 형, 누나가 한 명씩 있음(특별히 가깝게 지내지는 않지만, 관계는 원만함). 가까운 친척, 친한 친구들에게 연락을 해봤지만, 모두 가족만큼 남자의 갑작스러운 잠적에 놀라는 반응. 실종 신고를 접수한 경찰은, 정황상 자발적 잠적 케이스로 간주하고 진행 중인 수사는 없음. 본인의 스마트폰과 승용차는 떠날 때 집에 두고 감. 자취를 감춘 이후 가족이 알고 있는 신용카드로는 사용내역이 없음.

"혹시 최근 정신과를 다니거나, 미세하게라도 우울증 증세를 보인 적이 있나요? 말수가 줄었다든지……"

"아니요. 아빠는 원래 말수가 적은 분인데, 표정이나 행동을 봐서는 특별히 우울하시다는 건 못 느꼈어요. 엄마도 그렇지?"

딸이 고개를 가볍게 가로저으며 엄마의 얼굴을 힐끗 봤다.

"네, 비록 각방을 쓰지만, 함께 사는 제가 그런 걸 눈치채지 못했겠어요. 그 양반은 정신과는 고사하고 지난 10년간 독감으로 내과 한 번 안 갔어요. 건강은 좋아요. 자신도 그렇게 믿고⋯⋯."

갑자기 부인의 눈시울이 붉어졌다. 옆에 앉아있던 딸도, 엄마의 떨리는 목소리를 감지하고 엄마 손을 감싸 쥐며 훌쩍였다.

"혹시 남편께서 여자관계는 없으셨나요?"

"그 양반은 바람피우고 그럴 성격이 못 돼요. 평생 교과서같이 반듯하게 살아왔어요. 총각 때도 연애 한 번 안 하고 나를 만나 결혼했거든요. 여자 때문에 잠적한 건 확실히 아닐 거예요."

부인은 의심의 여지가 없다는 듯 자신에 찬 눈빛으로 나를 응시했다.

"남편께서 지방 혹은 해외에 연고가 있으신가요? 함께 지낼 만한 친척이나 친구, 아니면 지인이라도?"

"특별히 떠오르는 사람은 없습니다. 서울 토박이라 지방에 사는 친척도 없고. 혹시 해외로 나갔나 여권을 확인해 봤더니 책상 서랍에 그대로 있더라고요. 그 양반은 누구한테 신세 지는 거 죽도록 싫어하고, 평생 며칠씩 혼자 여행을 떠나본 적도 없어요. 혹시 어디 가서 극단적⋯⋯"

부인은 울음을 참지 못하고 자리에서 벌떡 일어나 화장실로 달려갔다.

다음 날 점심 식사 중에 딸에게서 전화가 걸려 왔다. 그날 저녁에 다시 만났으면 좋겠다고 해서 약속을 잡았다. 이번엔 혼자 카페에 나타났다.

"아빠의 행방을 최대한 빨리 찾아 주실 수 있을까요? 아니면 연락처라도 알 수 없을까요? 아빠가 스마트폰을 집에 두고 가셨거든요. 전화 통화라도 하고 싶은데, 방법이 없을까요?"

딸의 간절함에는 이유 모를 조급함이 느껴졌다.

"사실은 제가 남자친구와 결혼을 앞두고 있거든요. 결혼식 날짜도 잡고 양가 부모님 상견례도 해야 하는데, 아빠가 이렇게 갑자기 사라져서⋯⋯ "

"자발적으로 행방불명된 사람을 찾는 게 쉬운 일이 아닙니다. 더군다나 서두른다고 빨리 찾아지는 것도 아니고요. 최악의 시나리오지만 자살도 배제할 수 없고, 범죄와 연루됐을 수도 있습니다. 지금으로서는 모든 가능성을 열어놓고 조사를 해봐야 합니다. 혹시 저에게 아버지 관련해서 더 얘기해 주실 게 있나요? 정보가 많을수록 아버지를 찾는 데 도움이 됩니다."

딸은 고개를 숙이고 테이블 위에 놓인 머그잔을 응시하며,

뭔가 얘기할까 말까 고민하는 듯한 표정을 지었다. 중요한 정보일지 모른다는 기대감에 나는 인내를 갖고 기다렸다. 그녀가 힐끗 주변을 훑어보더니, 낮은 목소리로 참았던 말을 꺼냈다.

"음, 엄마 관련해서 드릴 말씀이 있어요. 영화나 드라마 보면 치정 관련 범죄도 잦잖아요? 사실은 엄마가 만나는 남자가 있어요. 엄마가 저한테 첫사랑 얘기를 해준 적이 있는데, 나중에 보니까 제가 만났던 엄마 대학 동창이 그 남자더라고요. 집 근처에서 두 사람이 함께 있는 걸 몇 번 봤는데, 여자의 직감이라는 게 있잖아요. 제 친구가, 어떤 남자와 우리 엄마가 호텔에서 나오는 걸 봤다는 얘기를 듣고 확실히 알게 됐죠."

"단순 불륜을 심각한 범죄와 연관 짓는 건 무리가 있습니다. 아버지가 그 사실을 알고 있나요?"

"아마 모르실 거예요. 남동생도 모르고 있고. 나도 엄마하고 그 얘기는 나눈 적이 없어요."

"그럼, 부모님 사이에는 특별히 갈등이랄까 문제는 없었나요?"

"엄마 아빠 나이 차이가 8살이에요. 아빠는 좀 엄격한 편이고 엄마는 고분고분한 스타일이라, 평소에도 부부 싸움은 거의 없었어요. 아무튼, 아빠를 최대한 빨리 찾아주세요. 수임료라고 하나요? 돈은 충분히 드릴게요. 남자친구 보기도 좀 민망하고, 아빠가 결혼자금도 다 갖고 계시거든요. 단순 실종이면 사망신고도 못 하죠?"

딸이 나를 다시 만나고 싶어 했던 이유가, 수사에 도움을 주려는 의도보다는 자신의 입장에서 궁금한 점이 여러 가지 있었던 모양이었다.

"아버지가 행방불명된 시점이 5주 전이고 아무것도 밝혀진 게 없는데, 사망신고라니요."

다음날은 내가 요청해서 대학원생인 아들을 그의 대학 근처에서 만났다. 나이는 스물여덟 살인데 얼굴은 앳돼 보였다. 약간 마른 체형이었지만 자신의 어머니를 꼭 빼닮은 잘생긴 얼굴에 하얗고 매끈한 피부가 돋보였다. 그의 누나가 성격이 급하고 적극적이라면, 동생은 그 반대의 성향을 가진 남자였다. 그의 어머니, 누나와는 대조적으로, 아버지의 실종 관련해서 대화를 나누는 내내 그는 감정적이지 않고 오히려 지나치게 태연할 정도였다. 낯선 사람과 마주 앉아, 자신에게는 관심도 안 가는 주제를 놓고 억지로 이야기를 나눠야 하는 상황이라도 되는 듯 무관심한 태도였다. 한마디로 이 모든 상황이 귀찮기도 하고, 이런 상황을 자초한 아버지를 원망하는 듯 보였다.

"아버지가 왜 갑자기 사라졌는지 혹시 짐작 가는 게 있나요?"

"없습니다."

"아버지를 마지막으로 만난 게 언제였나요?"

"석 달 전인가? 그쯤 됐어요. 제가 집에서 나와 따로 살고, 아빠하고는 자주 안 만나요."

"혹시 마지막에 만났을 때나 그 이후 전화 통화에서 아버지가 특별한 얘기 없으시던가요? 평소와는 다른 주제를 꺼내거나, 고민하는 기색, 뭐 그런 거요."

"없었습니다."

"혹시 아버지가 여자관계가 있었나요?"

"잘 모르겠습니다. 설령 있어도, 저는 그런 거에 별로 관심 없어요."

아들은 질문에 어이없어하는 표정을 지으며 허공을 바라봤다. 내가 오히려 무안해지는 입장이 되었다.

"그렇군요. 이번이 석사 마지막 학기인가요?"

"네."

"혹시 앞으로의 계획을 물어봐도 될까요?"

"지금 취업하려고 준비 중입니다. 사실 지원한 회사에서 다음 주에 면접이 있는데, 아빠 친구가 그 회사 임원이어서 아빠가 전화해 줘야 하는데…… 다음 주 수요일까지 아빠와 연락이 닿기는 힘들겠죠?"

질문을 하면서도 아들은 이미 낙심한 듯, 힘 빠진 시선으로 잠시 나를 쳐다보더니 고개를 떨구고 짧은 한숨을 내쉬었다.

"아버지의 생사도 확인되지 않는 상황에서, 연락될 수 있는 특정 날짜를 언급하는 건 무리겠죠."

"네, 그렇겠죠."

나와의 만남을 최대한 빨리 끝내고 카페를 빠져나갈 궁리를 하는 것처럼 보이는 그를 더 이상 붙잡아 두기 싫어, 만남을 일찍 마무리하고 헤어졌다.

같은 날 늦은 오후, 나는 남자(지금부터 H라고 칭하겠다)의 서재에 앉아 있었다. 서울의 대표적인 부촌 19층에 위치한 고급 아파트는, 거실이 유난히 넓고 방 4개 중 가장 큰 방이 서재였다. 치즈케이크 한 조각과 커피잔을 책상 위에 올려놓고, 방해를 안 할 테니 충분한 시간을 두고 조사해 달라는 말을 남기고 부인은 방을 나갔다. 고층인 덕분에 창밖으로 빌딩 숲의 도시 풍경이 내려다보였다. 창가에 배치된 책상에는 맥북 한 대와 20여 권의 책이 가지런히 놓여 있었다. 나는 맥북 안에 결정적인 단서들이 들어 있을 거라 기대했지만, 먼저 방을 찬찬히 둘러보았다. 벽 한 면 전체를 가린 책장에는, 다양한 장르의 책들이 질서정연하게 꽂혀 있었다. 책장 군데군데 작은 액자 속 사진들도 보였다. 초등학생 때의 자녀들과 부부가 바다에서 찍은 가족사진, 등산복 차림의 부부 사진, 부모와 함께 찍은 H의 대학 졸업사진. 사진 액자 외에도 '우수사원 표창장' '감사

패' '은행장 명패' 등이 책장의 빈 곳을 채우고 있었다. 책장 맞은편 벽면에는, H의 취미생활을 말해주듯 다양한 크기의 배낭, 등산 스틱, 각종 모자가 가지런히 정리돼 있었다. 작은 금고도 보였다. 나중에 부인에게 물어봤더니, 그 금고 비밀번호는 남편만 알고 자신은 모른다는 답을 주었다. 성격이 꼼꼼하고 차분하면서 남부러운 것 없는 재산을 남겨두고, H는 왜 갑자기 사라진 걸까? 아내의 불륜 사실을 알게 된 걸까? 그에게 이 모든 걸 포기하고 함께 잠적할 만큼 사랑하는 연인이라도 있는 걸까? 아니면, 가족들조차도 눈치채지 못한 그만의 또 다른 깊은 비밀이 있는 걸까? 가장 조심스러우면서도 무시할 수 없는 질문은 역시, 그의 생사 여부였다. 내가 작은 단서 하나 없이도 극단적인 시나리오를 무시할 수 없었던 이유가 있었다. 한국의 60대 이상 장년층 자살률이 OECD 국가 중에서도 압도적 1위를 차지하고 있었고, 그 연령대에서는 남성이 여성보다 그런 극단적인 선택을 할 확률이 거의 네 배 가까이 됐다. H도 예외일 수는 없었다.

맥북을 열고 스위치를 켰다. 인터넷 검색 기록을 훑어보고, 유튜브와 넷플릭스에서 마지막으로 시청했던 동영상 목록도 체크했다. 특별히 눈에 띄는 건 없었다. 고전 영화 몇 편, 자연 다큐, 노후 재택 관련 강연, 등산 콘텐츠 등. 굳이 검색 단어 횟수로 따지면 '곰' 관련 키워드가 제일 많았는데, 한글과 영어로 그리즐리 베어, 불곰, 블랙 베어, 베어 스프레이^{곰 퇴치용 분무액} 등이었다. 자연다큐를 보다가 문득 곰에 대해 더 알고 싶어진 걸까? H가 두고 간 아이폰의 비밀번호는, 가족들조차 모른다고 해서 포기할 수밖에 없었다. 머그잔에 남은 커피를 마시면서 책상 위 책 제목들과 저자 이름들을 대충 훑어봤는데, 이십여 권의 책 중 세 권이 같은 저자였다. 호시노 미치오. 틀림없이 들어본 이름이었다. 기억을 더듬어 보니, 누군지 곧 떠올랐다. 러시아 캄차카반도에서 텐트를 공격한 불곰에 의해 생을 마감하게 된 일본인 사진작가. 어떤 이유에서든 H가 비교적 최근에 호시노 미치오에 흥미를 갖게 된 것으로 보였다. 책상 서랍을 차례로 열어봤다. 가지런히 정돈된 내용물 사이에서 여권이 하나 보였다. 유효기간이 5년이나 지난 H의 여권에는, 일본 나리타 공항 입출국 도장 외 중국 상하이와 미국령 괌 입출국 기록이 남아 있었다. 여권 유효기간이 10년임을 감안할 때, H는 해외여행을 특별히 즐기지 않는다는 인상을 받았다. 서재를 나오기 직전, 책상 밑 텅 빈 휴지통에서 막 떼어낸 듯한 신상품 태그 두 개를 발견했다. 하나는 '헬스포트 노르웨이^{HELSPORT NORWAY} 텐트', 다른 하나는 같은 브랜드의 '침낭'이란 단어가 인쇄된 태그였다. H가 마지막으로 서재를 떠나기 직전 버린 것으로 추정됐다.

점심 식사를 마치고 천고마비의 계절을 만끽하고자 근처 고궁을 한 시간가량 산책했다. 가을 햇살의 유혹을 뿌리치고 카페 팜플로나로 들어가 언제나처럼 에스프레소 도피오를 주문해 마셨다. H의 가족은 책상 서랍에 남겨진 그의 여권을 근거로 그가 국내 어딘가에 있을 것으로 가정하고 있었지만, 나의 권고로 출입국 기록을 확인한 결과, 그가 집을 나선 바로 그날 오전 인천국제공항을 통해 해외로 출국한 사실이 밝혀졌다. H가 가족 모르게 새 여권을 발급받았던 것이다. 그 이후 국내로 귀국한 적은 없었다. 출입국 기록으로는 행선지, 여행 목적, 체류지 등이 증명되지 않기 때문에 그가 어느 나라로 떠났는지, 어느 나라에 머물고 있는지는 알 수 없었다. 내부 규정에 의해 탑승자 정보를 제공하지 않는 항공사에 문의하는 것 또한 무의미한 시도였다. 결국 오리무중인 H가 있을 만한 위치의 범위가 한국에서 '전 세계 어디든지'로 바뀌었다. 전 세계 어디든지!

　H를 찾는 데 실마리를 제공해 줄 만한 새로운 단서가 절실한 상황이었다. 그의 부인에게 남편의 친한 친구들과 옛 직장 동료들의 이름, 연락처를 받아 되도록 전화로보다는 직접 만나 이야기를 들어봤다. H가 아무 말 없이 갑자기 사라졌다는 소식에 대부분 믿기 어렵다는 반응을 보였다.

　"그 친구가 그럴 사람이 아닌데, 무슨 숨은 사연이 있나요?"

"지점장님 별명이 독일군 장교였어요. 엄격하고 빈틈없는 분이었는데, 갑자기 잠적하시다니요? 도무지 믿기지 않네요."

"아무리 마음에 들지 않아도 절대 내색하지 않아요. 남한테 쓴소리 한마디 못 하는 친구가 원한을 사다니요."

"자기관리가 철저한 분이었어요. 매사에 공정하고 원리원칙이 명백하다고 해야 하나? 아무튼 책임감이 강한 분으로 기억합니다."

"평생 은행원답게 돈에 관해서는 냉철했죠. 개인적으로 단돈 천 원을 빌리거나 빌려주지 않을 그런 친구예요. H에게 채무 관계로 문제가 생겼다? 상상하기 힘드네요."

"여자요? 하하하. 그럴 위인은 못 되죠. 첫사랑하고 결혼해서 평생 부인 외에 다른 여자랑 손도 못 잡아봤을걸요?"

"나하고는 죽마고우인데, 그 친구가 자발적으로 사라질 만한 이유를 전혀 모르겠습니다. 몇 달 전에도 만나 함께 식사도 했는데, 평소와 다른 점은 전혀 못 느꼈습니다. 그 친구 집 근처에 작은 술집이 하나 있는데, 거기 마담을 한번 만나보시는 건 어떨까요? H가 10년 넘게 자주 들리는 단골 술집인데, 퇴직한 뒤로도 가는 것 같더라고요. 그 친구한테는 일종의 맨스 케이브^{Man's Cave} 같은 곳이죠. 혹시 주인 마담이 무슨 얘기를 들었을 수도 있잖아요."

상가건물 지하에 있는 술집으로 들어갔다. 밖에 걸린 낡은 간판이 눈에 잘 띄지도 않는, 그래서 아는 손님만 찾아올 것 같은 아주 작은 규모의 바였다. 어두운 실내에 비치된 세 개의 작은 테이블은 모두 비어있었고, 여주인은 카운터 뒤에 앉아 있다가 내가 들어오는 모습을 보고 스피커에서 흘러나오는 음악 소리의 볼륨을 낮췄다. 친숙한 '부에나 비스타 소셜 클럽Buena Vista Social Club'의 쿠바 음악이었다. 젊었을 적에는 얼굴만으로도 수많은 남성의 마음을 설레게 했을 법한 40대 후반의 마담이 나를 테이블로 안내했다. H를 언급하자, 그녀도 무척 궁금했었다는 듯이 적극적인 관심을 보였다.

"지점장님이 일주일에 한 번 정도 우리 가게에 들르는데, 한동안 안 오셔서 저도 이상하다고 생각하던 참이었어요. 무슨 사고라도 당하신 건가요?"

"사고라기보다는, 약 6주 전부터 행방불명입니다. 해외로 나가셨는데, 가족조차 떠나신 동기도 모르고 지금 어디에 체류 중인지도 파악이 안 됩니다. 혹시 H가 이곳에 마지막으로 오셨을 때, 평소와는 다른 얘기가 없던가요? 여행 계획이라던가 속상한 일, 고민거리, 뭐든지요."

"글쎄요. 워낙 말수가 적은 분이라서…… 10년 넘게 알고 지내는데, 원래 본인 얘기는 잘 안 하세요. 은행에서 나오신 후로는 아무래도 기분이 좀 가라앉았다고 해야 하나, 아무튼 좀 우울해 보였죠. 가끔 가족, 친구들에 대한 서운함도 표현하시고. 그런데 뭐 그 정도는 5, 60대 남자들이 흔히 갖는 감정이라……"

"H가 언제 마지막으로 이곳에 왔었는지 혹시 기억하십니까?"

"약 두 달 전으로 기억해요. 그때 우리 가게에서 제일 비싼 술이 뭐냐고 물으시더니 그걸 주문하셨거든요. 처음 있는 일이었죠. 평소에는 제일 싼 국산 양주나 맥주만 드시니까. 무슨 좋은 일 있으시냐고 물으니까 미소만 지으시더라고요."

"그날도 혼자 오셨나요?"

"지점장님은 항상 혼자 오세요. 이른 저녁에 댁에 계시기가 불편하시면 여기 오셔서 술 한잔하시면서 음악도 들으시고, 제가 가끔 말동무 해드리기도 하고."

"H가 여기 마지막으로 오셨을 때, 비싼 양주 주문한 것 외에 평상시와 뭐 좀 다르다고 느끼신 건 없나요?"

"음, 글쎄요. 아 맞다, 그날 저한테 핸드폰으로 사진을 여러 장 보여주셨어요. 어느 외국 자연 풍경 사진들이었는데……"

"혹시 어디라고 지명을 얘기하시지는 않던가요?"

"글쎄요, 기억이 안 나네요. 외국 어디라고 들었어도 제가 잘 몰라서. 만년설 덮인 산, 호수, 바다, 숲, 뭐 그런 풍경이었던 것 같은데, 지구 북쪽 어디 추운 지역이라는 인상을 받았죠. 아

맞다, 머리가 하얀 독수리 사진도 있었고, 엄청나게 큰 곰이 강에서 물고기 잡아먹는 사진도 기억나네요."

며칠 뒤, 머리를 잠시 식힐 겸 부인에게 허락받고 서재에서 챙겨온 호시노 미치오의 책을 한 권씩 읽어나갔다. 20여 년간, 그 어느 미국인 사진가보다도 더 아름답게, 마치 시를 써 내려가듯 알래스카의 자연을 사진에 담았던 일본인 야생사진작가. 광활한 알래스카 땅을, 마치 시골 마을 구석구석을 탐방하듯 샅샅이 여행하며 수많은 작품과 글을 남긴 예술가이자 자연을 진정으로 사랑했던 탐험가. 두 권을 다 읽고 세 번째 책에 한참 몰입해 있을 때, 아이폰 진동 소리가 들렸다. 딸이었다.

"그동안 아빠 행방에 대해 좀 알아내신 게 있나 해서요. 지난번에도 말씀드렸듯이, 제 결혼 문제도 있고 해서 아빠를 빨리 찾아야 해요. 최소한 통화라도 되면 좋겠는데……"

"따님 사정은 충분히 이해합니다만, 잠적하신 아버지 입장도 생각해 보셔야 하지 않을까요?"

충동적인 감정을 억누르고 나는, 그 순간 생각해 낼 수 있는 가장 완곡한 표현을 썼다.

"물론이죠! 아빠가 사라진 이후로 우리 가족은 하루하루가 악몽이에요. 우리가 아빠한테 뭘 잘못했는지, 무슨 이유로 아빠가 한마디 말도 없이 우리를 떠났는지, 생각해 볼수록 아빠에 대해 아는 게 하나도 없더라고요."

그녀가 울컥하면서 말을 멈췄다.

"네, 다 이해합니다. 저도 최선을 다해 아버님을 찾아보겠습니다. 근거 없는 불안과 걱정은 누구에게도 도움이 안 됩니다. 그러니, 희망을 잃지 말고 기다려 보세요. 힘드시겠지만."

"아빠를 찾아주시면 사례는 충분히 하겠습니다. 작업에 드는 비용도 걱정하지 마시고요. 부탁드립니다."

지금 단계에서 돈은 이슈가 아니라는 말을 해주고 싶었지만, 입 밖에 꺼내지는 않았다.

호시노 미치오의 책 세 권을 모두 읽고, 카페 팜플로나를 나왔다. 해가 많이 짧아져서, 오후 6시가 조금 넘은 시각인데 벌써 가로등에 불이 들어와 있었다. 퇴근하는 사람들로 북적거리는 시내 인도를 걸으며, 같은 질문을 머릿속으로 반복했다. 과연 H는 어디로 간 걸까? 횡단보도 신호가 빨간불에서 파란불로 바뀌는 순간 한 단어가 떠올랐다. 호시노 미치오의 책 몇 군데에서 언급된 지명 '싯카Sitka.' H는 책을 읽으면서 마음에 드는 단어나 문장 아래 밑줄을 긋는 습관이 있어 보였는데, 유독 그 특정 도시 이름 밑에는 두 번씩 밑줄을 그어놓았던 게 떠올랐다. 알래스카에 있는 도시로 앵커리지Anchorage, 페어뱅크스Fairbanks 그리고 주도인 주노Juneau는 익히 알고 있었지만, 세계 지리에 밝다고 자부하는 나조차도 '싯카'는 그 책에서 처음 접한 지명이었다. 나는 가던 길을 멈춰 서서 곧바로 아이폰을 켜고 구글Google에 들어갔다.

'싯카는 미국 알래스카주 바라노프 섬에 있는 인구 약 8,500명의 도시. 1799년부터 러시아가 미국에 알래스카 전체를 헐 값에 양도한 해인 1867년까지 러시아 식민지의 행정 중심지 였음. 현재는 주민 대부분이 어업 및 수산업 그리고 여름철 크루즈 관광업에 종사.'

축구 경기 관람하러 한 경기장에 50,000명도 모이는데, 도시의 전체 인구가 8,500명이라니! 설마 H가 그런 곳에 갔을까? 단 며칠 여행을 목적으로 방문했을 수는 있어도, 한 달 넘게 알래스카의 작은 도시에? 그때 내 머릿속에 그가 인터넷에서 유독 그리즐리 베어, 불곰, 블랙 베어, 베어 스프레이를 많이 검색했다는 사실이 떠올랐다. 또한 그가 단골 술집 여주인에게 보여줬다는 흰머리수리, 곰, 연어 사진 이미지도 떠올랐다. 알래스카! 그런데 그가 싯카를 방문한 적이 있는지, 지금도 그곳에 있는지 어떻게 확인할 수 있을까?

"헬로, 익스큐즈미."

새벽 3시가 조금 넘은 시각, 잠에서 깨자마자 어둠 속에서 아이폰을 더듬어 구글에서 '싯카 택시'를 검색했다. 동명의 택시회사와 대표번호가 나왔다. 망설임 없이 번호를 눌렀더니, 강한 미국 억양으로 전화를 받는 한 남성의 목소리가 들려왔다.

"어디서 어디 가는 택시가 필요하신가요?"

"아니요, 여긴 한국 서울입니다. 뭘 좀 여쭤보고 싶어서요."

"뭐든 물어보세요. 오늘 내 와이프 기분이 어떤지만 빼고."

"제가 와이프한테 마지막으로 칭찬받은 게 언제인지 묻지 않으신다면, 저도 그 질문은 안 하겠습니다."

"하하하, 이제 서로 신사협정을 맺었으니, 어떻게 도와드릴까요?"

"약 6주 전에 60대 한국인 남성 한 명이, 공항에서 혼자 택시를 탄 적이 있는지 알고 싶습니다. 좀 황당한 질문이긴 한데, 싯카가 작은 도시이다 보니 혹시나 해서 문의드립니다."

"우리 도시를 너무 무시하시는 거 아닌가요? 하하. 서울은 인구가 얼마나 되나요?"

"약 1,000만입니다."

"알래스카 전체 인구가 대략 60만 정도니까, 1,000만이면 약 열일곱 배네요. 유 윈$^{You win}$! 하하하. 그쪽이 이겼으니 내가 어쩔 수 없이 도와드려야겠네."

알렉스^{Alex}란 이름의 남자는 알고 보니 택시회사 사장이었다. 현재는 비수기라 근무하는 택시 기사가 10명 정도인데 전화를 모두에서 돌려 물어봐 주겠다는 뜻밖의 친절을 베풀었다. 1시간 뒤 다시 전화를 걸었을 때 알렉스는, 좋은 소식이 있다면서 마치 로토에 당첨이라도 된 듯 들떠있었다.

"빙고! 찾았어요! 60대 한국인으로 추정되는 남자가 약 한 달 반 전에 싯카 공항에서 캠핑장까지 우리 회사 택시를 이용했답니다. 댁이 내 갤럭시 폰으로 전송해 준 사진과 동일한 사람 같아 보인다는군요. 그 이후에도 가끔 캠핑장 주변 바닷가나 시내 카페 등지에서 목격된다고 하네요. 아직 싯카에 있나 봐요. 우리 베테랑 기사 볼프강Wolfgang이 더 잘 아는데, 그 친구 번호 드릴까? 나보다 농담을 더 좋아하는 친구니까, 전화 걸기 전에 재미있는 조크 몇 개 미리 생각해 두세요."

나는 알렉스에게 여러 차례 고맙다는 말과 함께 전화를 끊으면서, H의 서재 휴지통에 버려져 있던 텐트와 침낭 제품 태그를 떠올렸다.

같은 날, 내가 탄 비행기는 오후 3시 35분 인천국제공항 활주로를 이륙해 경유지인 미국 시애틀로 날았다. 한국을 떠나기 직전 H의 딸에게는, 아버지의 행방을 찾아보기 위해 미국으로 간다고만 얘기해 뒀다. 구체적인 지명과 그때까지 수집한 정보를 의도적으로 밝히지 않은 이유는, 가족들에게 괜한 기대감을 주거나 앞으로 진행하게 될 작업에 방해가 될지도 모르기 때문이었다. 3일 전 싯카 공공도서관 앞에서 H가 마지막으로 목격되었다는 것과 혼자라는 것 그리고 아직 캠핑장에 머물고 있다는 것. 이 세 가지 정보가 전부였지만, 이번 프로젝트를 본격적으로 시작하기에는 감지덕지했다.

알래스카 하면 눈, 얼음, 개 썰매, 에스키모 이런 이미지들이 떠오르지만, 막상 싯카 공항 터미널을 빠져나왔을 때 나를 맞은 건 한국의 가을 같은 푸르고 높은 하늘과 선선한 공기, 절정의 단풍이었다. 같은 항공편으로 시애틀에서 도착한 승객들이 하나둘 사라지고 있을 때, 누군가가 뒤에서 내 어깨를 툭툭 쳤다.

"하이, 미스터 코리안 CIA 에이전트!"

"볼프강?"

"암구호가 맞으니, 갑시다. 하하하."

약 20분 뒤, 나는 볼프강과 시내에 있는 한 카페 테이블에 마주 앉았다.

"미터기 켜놓고 이렇게 택시 승객과 카페에 앉아서 커피 마시는 건 생전 처음인데!"

60대 후반 어쩌면 70대일 수도 있는 볼프강은, 긴 카이저수염을 기른 백발의 백인이었다. 미국 텍사스 오스틴이 원래 고향이지만, 20대 초반에 알래스카로 배낭여행을 왔다 눌러앉았다는 얘기를 들려줬다. 알래스카의 최대 도시 앵커리지에서도 살아봤지만, 32년째 살고 있는 싯카가 가장 마음 편안하고 진정한 고향이라는 말도 덧붙였다.

"이름이 볼프강인데, 혹시 조상이 독일계인가요? 모차르트의 후손?"

"하나는 맞고, 다른 하나는 틀렸습니다. 볼프강 아마데우스 모차르트는 오스트리아 사람이죠."

"아참 그렇죠! 제가 좀 무식합니다. 죄송합니다."

"코리안 CIA 에이전트라고 다 알 수는 없죠. 자기 임무만 수행하면 되니까."

볼프강이 상체를 내 쪽으로 기울이며 과장되게 속삭였다.

"암살하러 다니는 에이전트라면 멋지겠지만, 사실 저는 사설 탐정[PI] 입니다. 케이스를 의뢰받아 여기 온 거고요. 제가 한국을 떠나기 전부터 여러 도움도 주시고, 앞으로도 도움이 필요할지 모르니 솔직히 말씀드릴게요. 저는 한 남자와 그의 가족을 지켜드리기 위해 여기 왔습니다."

볼프강은 상세한 내막을 묻는 대신 굵은 엄지손가락을 내밀었다.

볼프강의 택시가 캠핑장 입구를 통과한 뒤 속도를 늦췄다.

"사트카에는 중심 도로가 하나밖에 없어요. 아까 우리가 만났던 공항부터 여기까지, 여기가 도로 끝인 셈이죠. 짐이 좀 있으니 내가 텐트 칠 장소까지 모셔다드릴게. 예약은 하고 오셨지?"

일반적인 캠핑장이라기보다, 빽빽한 고목古木 사이로 군데군데 텐트를 칠 수 있게 공간을 만들어 놓은 거대한 숲이었다.

"왠지 으스스하지 않나요? 밤에 인디언 귀신들이 나온다는 소문도 있는데, 괜찮겠어요?"

"여자 귀신들이겠죠? 제가 귀신이든 인간이든 여자를 꽤 좋아하거든요."

"그거 잘 됐군. 밤에 귀신들 잘 꼬셔서 나도 좀 소개해 주시지. 내가 요즘 좀 외로워. 아 그리고 저기가 약수터요. 여기 주민들도 저 약수 받으러 일부러 여기까지 온답니다. 저 물 마시면 20년은 더 오래 산다나. 아마 저 물 때문이 아니라 부지런해서 오래 살겠지."

비수기라 그런지 캠핑장은 텅 비어 있었다. 택시가 숲 사이로 난 좁은 비포장 순환도로를 반쯤 돌았을 때, 살구색 1인용 텐트가 내 시야에 포착되었다.

"저게 그 한국인 남자 텐트요. 내가 6주 전에 그 사람과 짐을 저기 내려줬거든. 산책하러 갔나, 낚시를 갔나, 지금은 안 보이네."

볼프강이 추천한 지점에 택시가 멈춰 섰고, 함께 짐을 내렸다. 오는 길에 마트에서 산 식료품과 버너용 이소부탄가스, 곰 스프레이, 맥주, 보드카를 마지막으로 옮기고 나서, 지갑에서 현금을 꺼내 미터기 요금의 두 배를 볼프강에게 건넸다.

"공항에서 여기까지 보통 35달러 나오니까, 그것만 받겠소. 아까 카페에서 함께 보낸 시간은 커피값을 내주셨으니 그걸로 퉁, 그리고 마트 들른 건 나도 내가 필요한 식료품을 샀으니 신경 쓰지 마시고. 대신 인디언 처녀 귀신이든 아줌마 귀신이든 소개팅 잊지 마시고!"

내가 몇 번이고 돈을 내밀었지만, 볼프강은 손사래를 치며 고집스럽게 35달러 외 나머지 현금은 받지 않았다.

"아까도 설명해 드렸지만, 식료품은 저기 무쇠로 된 곰 방지 캐비닛에 꼭 보관하시오. 안 그랬다가는 동네 곰들이 죄다 몰려와 단숨에 먹어 치울 테니까. 사람도 옆에 있다가는 식료품과 함께 사라질 수 있으니 각별히 신경 쓰시고. 캠핑장 관리 공무원이 하루에 한 번씩 순찰을 도니까, 그 친구한테 비용을 지불하면 밤에 땔 장작을 갖다 줄 거요. 그리고 곰 스프레이는 항상 허리에 차고 다니는 거 잊지 마시고. 아무쪼록 좋은 일 하러 멀리 한국에서 여기까지 오셨으니, 행운을 빕니다!"

내가 H를 먼발치서 처음 목격하게 된 건 도착 다음 날 오전이었다. 6주 넘게 캠핑장에서 생활했다고 보기엔 복장이나 외모가 지극히 단정했다. 그의 성격을 엿볼 수 있는 대목이었다. 그는 익숙한 동작으로 약수를 물통에 채워, 건강한 발걸음으로 자신의 텐트로 돌아갔다. 혼자 생활하는 숲에 낯선 사람이 나타났다는 사실을 그가 인지했는지, 아니면 무시하고 있는지는 알 수 없었다. 의도적으로 접근하기보다는 자연스럽게 서로 마주칠 기회가 올 때까지 기다리는 편이 나을 것 같았다. 드디어 H는 찾았지만, 또 하나의 어려운 과제가 남아 있었기 때문에 조심스럽게 대처하기로 마음먹었다. 내가 그곳에 온 목적을 그가 알게 됐을 때, H는 과연 어떤 반응을 보일까? 당황한 나머지 황급히 싯카를 떠날까? 얼굴을 붉히고 나에게 조속히 이곳을 떠나라고 야단법석을 떨까? 아니면 나의 출현을 매우 불쾌하게 받아들이고 예상치 못한 돌발 행동을 보일까? 그 어떤 것도 예측하기 힘든 상황이었다. 특히 그의 심리상태를 전혀 모르고 있던 터라 더욱 그랬다. 내가 이곳까지 오게 된 연유를 인정하고, 그의 입으로 직접 자신의 이야기를 들려준다면 가장 좋겠지만, 그의 최종 선택이 무엇이 될지 어떠한 예측도 단정도 할 수 없었다. 내가 긴장을 놓을 수 없는 가장 큰 이유였다.

텐트 주변 근거리에서 들려오는 시냇물 소리에 익숙해질 무렵 어느 늦은 밤, 첨벙첨벙 요란한 소리에 잠에서 깨어 텐트를 나왔다. 마치 사람이 물장구치며 장난치는 듯한 소리. 혹시 진짜 귀신이라도? 손전등을 들고 소리의 근원지인 시냇가에 다가가자, 성인 덩치의 네 배는 거뜬히 되어 보이는 불곰 한 마리가 신나게 연어를 사냥하는 모습이 포착됐다. 화들짝 놀란 나는, 혹시라도 손전등 빛이 불곰을 자극할까 봐 스위치를 끄고 나무 뒤에 몸을 숨겼다. 희미한 달빛 아래서 마치 춤을 추듯 불곰은 자기 몸을 좌로 우로, 위아래로 유연하게 움직이며 바다에서 민물로 거슬러 온 연어를 한 마리씩 낚아챘다. 운이 없어 잡힌 연어는, 불곰의 양 앞발바닥 사이에서 벗어나려고 안간힘을 다해 팔딱거렸지만 헛수고였다. 내 몸이 그 사이에 끼었어도 두 발로 서있는 이 무시무시한 동물은 놓아줄 생각이 없었을 것이다. 우적우적 삽시간에 연어 한 마리를 게걸스레 먹어치우고, 유연한 사냥 동작을 반복하는 자연의 주인. 그 녀석은 야식 시간이 즐거웠을지 모르지만, 나는 온몸에 식은땀이 흘러내렸다. 친구, 제발 내 텐트에 와서 노크는 하지 마.

일 때문에 출장을 온 상황이었지만, 이왕 알래스카까지 왔으니 하루 이틀만이라도 일반 여행자 모드로 지내고 싶어졌다. H의 생사가 확인되어 약간의 안도감이 생겼고, 그가 금방이라도 텐트를 걷어 싯카를 떠날 것으로 보이진 않았기 때문이다. 운동 삼아 하이킹을 해볼 작정으로 캠핑장 주변을 둘러보았다. 등산로가 여러 갈래 있었지만, 곰과 마주칠까 두려워 혼자 걸을 엄두가 나지 않았다. 서부 총잡이가 권총집에서 권총을 잽싸게 꺼내듯, 허리춤에 찬 휴대용 부탄가스 모양의 곰 스프레이를 최대한 빠른 속도로 낚아채 팔을 앞으로 쭉 뻗는 동작을 여러 번 연습해 보았지만, 영 서툴렀다. 정작 외길에서 불곰과 마주친다면, 나보다 곰이 먼저 내 스프레이를 빼앗아 나에게 뿌릴 것 같았다. 내 텐트로 놀러 왔던 볼프강도, 그럴 가능성이 훨씬 더 크다면서 불곰의 손을 들어주었다.

하루는 날을 잡아 싯카 시내 구경을 하러 나갔다. 자연다큐에서만 보던 흰머리수리 여러 마리가 비둘기처럼 건물 위를 날아다니는 모습이 인상적이었다. 아직 알래스카가 러시아 땅이었던 시절에 지어진 정교회 대성당, 작은 규모의 역사박물관, 아담한 공공도서관, 수제 맥줏집, 도착 첫날 볼프강과 함께 갔던 카페 등, 도시가 아담한 만큼 둘러보는 데 그리 긴 시간이 걸리지는 않았다. 길가 몇 안 되는 식당 대부분은 비수기라 그런지 영업을 멈춘 듯 보였다. 낚시 가게가 있길래 들어가 제일 저렴한 낚싯대와 릴 그리고 루어$^{lure\ 인조미끼}$를 포함해 기본적인 낚시용품을 골랐다. 알래스카에서는 바다낚시도 허가증^{fishing} ^{license}이 필요하다는 점원의 말에, 일단 한 주일짜리 라이선스도 함께 계산했다. 갈 때와 마찬가지로 시내에서 캠핑장으로 돌아올 때도 도로변에서 히치하이킹을 했는데, 이번엔 50대 백인 아주머니가 태워주었다. 그녀는 25년 전 독일에서 싯카로 여행 왔다가, 미국인 남성을 만나 결혼한 뒤 지금까지 그곳에 살고 있다는 개인사를 낯선 이방인에게 서슴없이 들려주었다. 때 묻지 않은 자연과 피부를 맞대고 살아서일까, 싯카에서 만났던 사람들은 한결같이 타인에 대한 경계심이 없었다. 신기할 정도로. 마침 그녀가 캠핑장 내 약수터로 가는 길이라, 나는 텐트 바로 앞까지 편하게 올 수 있었다.

H와 처음으로 대화를 나누게 된 시점은, 내가 싯카에 도착 후 5일째 되던 날이었다. 볼프강이 귀띔해 준 낚시 포인트에 도착해 연어낚시를 하고 있을 때, H가 먼발치서 모습을 드러내더니 곧 낚시를 시작했다. 얼마 안 있어 그의 낚싯대가 크게 휘었고, 안간힘을 쓰는 그와 물고기 사이에 밀고 당기기가 이어졌다. 한두 번 해본 솜씨가 아닌 듯 그는 힘이 빠진 바닷속 물고기를 조심스럽게 감아올렸다. 멀리서 보기에도 꽤 큰 은연어였다. 내가 큰 소리로 나이스! 하며 엄지손가락을 치켜세우자, 그가 고맙다는 듯이 고개를 끄덕이며 손을 들어 보였다. 마침 내게도 그때 강한 입질이 왔다. 한차례 힘찬 챔질을 한 뒤 릴을 감았다. 루어 바늘을 입에 문 물고기가 강렬하게 저항하면서, 낚싯줄 끝에 실린 무게가 예상보다 더 묵직하게 손으로 전달됐다. 잘못했다가는 낚싯줄이 끊어질 것 같아, 릴의 드래그

^{drag}를 살짝 풀면서 낚싯줄에 가중되는 장력을 분산시켰다. 얼마간 낚싯줄을 끌고 가던 바닷속 생물체는 결국, 기권한 듯 내가 감는 릴에 딸려 왔다. 드디어 발 앞에 나타난 물고기의 정체는 붉은 연어. 혼자 세 끼는 충분히 먹을 수 있는 큰 크기였다. 이번엔 H가 나를 향해 나이스! 하며 손을 들었다. 그 후 그와 나는 서로 번갈아 가며 연어를 낚고 바다에 풀어주기를 반복하며 알래스카 연어 낚시의 진수를 맛봤다.

"굿 피싱!"

내가 먼저 H에게 다가가 첫마디를 건넸다.

"예스, 베리 굿. 아 유 재패니즈?"

"노, 아이 엠 코리안."

뜻밖이라는 듯 그가 두 눈을 치켜뜨며 놀라는 표정을 지었다. 그가 한국 사람인 걸 알고 있는 이상 그에게 되묻는 건 옳지 않다고 생각해, 그가 먼저 말을 이어주기를 기다렸다.

"아 그러시군요. 저는 아시아계 미국인이나 일본 사람인 줄 알았습니다. 의외네요. 캠핑장에 텐트 치신 건 봤습니다. 여행 오셨나요?"

대답하기가 어색해진 나는, 가급적 자연스럽게 주제를 바꿨다.

"낚시를 좋아하시나 봅니다? 지금이 연어 낚시하기 제일 좋은 시즌이라 들었습니다."

"그냥 운동 삼아 합니다. 낚시는 사실 여기 와서 처음 해보는
건데, 생각보다 재미있네요. 먹을거리도 얻고. 언제 또 이런 싱
싱한 연어 고기를 먹어보겠어요."

나는 그를 알지만, 그는 나를 모르는 불공평한 관계였다. 그
에게 문득 미안한 감정이 들었다. 그렇다고 나의 정체를, 내가
왜 싯카에 왔는지 영원히 비밀로 할 수도 없는 입장이었다. 그
가 나로 인해 불쾌해하거나 심지어 혼란스러워질 수도 있는 상
황이라, 시간을 좀 더 두고 기회를 봐야겠다고 판단했다. 그날
은 그렇게 짧은 대화로 첫 만남이 끝났다.

텐트 옆 피크닉 테이블에 앉아 점심 식사로 뭘 먹을까 고민
중일 때, 볼프강이 택시가 아닌 개인 SUV를 몰고 나타났다.

"인디언 여자 귀신들이 우리 코리안 에이전트를 아직 납치해
가지 않은 걸 보니, 인기가 별로 없으시나 보네!"

"말도 마세요. 밤새 어찌나 시달렸는지……"

내가 과장되게 머리를 좌우로 흔들며 피곤해 죽겠다는 표정
을 지어 보였다.

"오호! 이 지루한 싯카에서 혼자만 재미나게 지내시는구먼!
부러워, 부러워. 그나저나 식사 아직 안 하셨지? 우리 집에 가
서 함께 점심 하자고. 내가 맛있는 훈제 연어고기와 새우 크림

파스타를 대접할 테니."

볼프강의 집은 캠핑장에서 차로 10분 거리였다. 집 건물 옆에 붙어있는 차고에는, 트레일러 위에 놓인 모터보트와 해체된 엔진 여러 대가 흩어져 있었다. 내 궁금증을 간파한 듯 그는 자신의 취미가 고장 난 엔진 수리라고 밝혔다. 젊었을 적 어선을 탔던 얘기를 들려주면서, 길이가 2미터가 넘고 무게가 200킬로그램에 가까운 광어를 낚아 올리던 추억을 회상할 땐 당시의 흥분이 되살아나는지 얼굴이 상기됐다. 총까지 사용해서 잡는다는 말로만 듣던 태평양 할리벗$^{Pacific Halibut}$! 20년 전 이혼한 부인은 알래스카의 삶이 너무 지루하다며 홀로 라스베이거스로 떠났고, 볼프강 혼자 힘으로 어린 두 아들을 키웠다고 했다. 한때는 알코올중독으로 고생한 적도 있었지만, 이제는 다 잊힌 과거라고 말하며 너털웃음을 터뜨렸다. 큰아들은 시카고에서 대학 졸업 후 직장 생활을 하고 있고 둘째 아들은 함께 사는데, 일할 생각이 전혀 없는 게으른 백수라고 불평을 늘어놓았다. 그러면서도 둘째 아들과 오래전에 한 하와이 여행 약속을 아직 지키지 못해 미안하다는 말도 덧붙였다. 그가 집에서 직접 훈제했다는 연어 스테이크가 식탁 위에 올라왔다. 김이 모락모락 나는 새우 크림 파스타가 그 옆에 놓였다. 눈으로만 봐도 군침이 도는 요리였는데, 입으로 경험한 그 맛은 오랫동안 잊지 못

할 정도로 일품이었다.

비가 며칠 동안 계속 내리면서 기온이 뚝 떨어졌다. 낚시할 때 손이 시려 울 정도였다. 매일 한 번씩 캠핑장을 순찰하는 관리자가 다가와 축축해진 텐트를 보더니 근심이 가득한 얼굴로, 캠핑장 한쪽 구석에 서 있는 통나무 캐빈을 사용하는 게 어떻겠냐고 제안했다. 지나다니며 몇 번 본적이 있는 캐빈인데, 그때까지 임대하는지는 모르고 지냈었다. 하루 임대료도 생각보다 비싸지 않았다. 나는 흔쾌히 그의 제안을 받아들이고, 그가 불러준 출입문 비밀번호를 외웠다. 텐트를 걷지 않고 그대로 두면 계속 사용료를 지불해야 할 것 같았는데 뜻밖에도 이 더 없이 친절한 공무원은, "사용료를 면제해 드릴 테니 그냥 놔두세요. 어차피 비수기라 이용할 사람도 없으니까요."라는 말을 남기고 자리를 떴다. 오후 들어 주문한 장작을 트럭에 싣고 그가 캐빈 앞에 다시 나타났다.

"여기서 캠핑하고 있는 다른 동양인 관광객 아시죠? 물어봤더니 그 사람도 이 캐빈을 사용하고 싶다고 하던데, 두 분이 함께 쓰시면 안 될까요? 여기 캠핑장에는 다른 캐빈이 없어서요."

알고 보니 그 직원은 친절한 미국인일 뿐만 아니라 나의 고마운 조력자였다!

비가 잠시 소강상태일 때, H가 통나무 캐빈 문을 두드렸다. 내가 문을 열어주자, 어깨에 배낭을 메고 물건이 든 비닐봉지를 양손에 들고 안으로 들어왔다.

"아늑하고 좋네요. 먼저 예약하셨다고 들었는데, 저와 함께 사용하는 걸 허락해 주셔서 감사합니다. 날씨가 다시 좋아질 때까지 며칠만 신세를 지겠습니다. 아, 물론 사용료와 장작 비용은 제가 절반 부담하고요."

그의 말투와 표정, 몸짓 하나하나에서 예의와 겸손, 반듯한 그의 성품이 묻어났다. 어떤 정신적 불안감도 감지되지 않았다. 여행 와서 혼자만의 시간을 즐기고 있는 평범한 60대 남자로 보였고, 그것은 내게 매우 긍정적인 신호였다.

"신세라니요. 별말씀을. 저도 이런 궂은 날씨에 캐빈 안에서 혼자 있기보다 룸메이트가 생기게 되어 반갑습니다."

짧은 대화가 오간 뒤 어색한 침묵이 흘렀고, 나는 젖은 옷가지와 침낭을 주변에 널고 새로운 장작을 난로 안으로 던져 넣었다. 타닥타닥 불꽃 튀는 요란한 소리가 음악처럼 실내에 퍼졌다. 캐빈 안에는 널빤지로 된 침대가 총 4개 있었다. 침대라기보다는 침낭을 깔 수 있는 널찍한 나무 받침이라는 표현이 더 어울렸다. 텐트에서 가져온 에어 매트리스를 침낭 밑에 깔면, 그럭저럭 쿠션 있는 침대 역할을 했다. 캐빈에는 전기가 안 들어와 있어 해가 지고 실내가 어두워지면 켤 수 있는 전등도 당연히 없었다. 다행히 H와 내가 각각 랜턴이 하나씩 있어, 실내가 그리 어둡진 않았다. H가 침낭에 엎드려 책을 읽는 동안 나는, 활활 타오르는 난로의 불꽃을 바라보며 앉아 서울에서 그의 가족과 나눴던 대화를 머릿속으로 떠올렸다. 동시에 앞으로 좁은 캐빈 공간 안에서 그와 어떤 대화를 어떤 방식으로 풀어가야 할지 고민해 봤다. 비록 그의 가족에게 의뢰를 받은 입장이었지만, 내가 그의 삶에 필요 이상으로 끼어드는 건 아닌지 의문이 생겼다. 그의 생사 확인과 위치 추적에 성공한 이상, 그것으로 나의 역할은 사실상 끝난 것이나 마찬가지였다. 가족에게 그 정보를 알려주고 그들의 개인 삶에서 빠져주는 게 옳은 판단일 수도 있었다.

"술 한잔하시겠습니까?"

캐빈 실내를 지배하던 어색한 침묵을 메우려고 내가 대화를 시작했다.

"많이는 못 하지만, 이런 우중충한 날씨에 이런 아늑한 공간에서 한잔해야죠. 오전에 마트에서 사 온 소고기가 있는데, 함께 구워 드시죠."

H가 비닐봉지에서 소고기를 꺼내 캐빈 한가운데를 차지하고 있던 테이블 위에 올려놓았다. 나는 버너에 불을 붙여 프라

이팬에 고기를 구웠다.

"매일 생선만 먹다가 오랜만에 소고기를 먹으니 맛있네요. 한 잔 더 하시죠."

처음으로 테이블을 사이에 두고 우리 두 사람이 마주 앉았다. 나는 H의 빈 잔에 보드카를 채웠다. 그도 내 잔에 술을 부었다. 과묵한 그를 대신해 내가 어쩔 수 없이 대화를 이어갔다.

"원래 알래스카가 러시아 영토여서 그런지, 여기서 마시는 보드카 맛이 특별하네요."

"두 달 만에 마시는 술인데 생각보다 부드럽네요. 제가 여기 싯카에 온 지 벌써 6주가 넘었습니다. 그렇게 오래된지 모르셨죠?"

나는 더 이상 비밀스럽게 H를 마주 볼 수가 없었다.

"선생님, 사실은 제가 진작에 알고 있었습니다. 서울 떠나기 전부터."

"네? 그게 무슨 말씀이세요? 서울 떠나기 전부터라니…… 혹시 제가 여기 있는 걸 알고 오셨다는 말씀이세요? 설마……"

그는 마치 자신 앞에 갑자기 튀어나온 유령을 보듯 화들짝 놀라더니, 내 말을 도저히 믿지 못하겠다는 표정을 지었다.

"맞습니다. 선생님이 여기 계신다는 걸 알고 제가 여기 온 겁니다. 더 일찍 말씀드리지 못해 죄송합니다. 제 직업은 사설탐정이고, 선생님 가족이 저에게 의뢰해 선생님 소재를 파악하게 됐습니다. 그리고 직접 확인하러 여기로 왔고요."

H는 추가 설명을 듣고 충격을 받은 듯 동작을 멈추고 입을 떡 벌린 채 멍하니 허공을 응시했다. 한동안 무거운 정적이 감돌면서 옅은 한숨만이 그의 입에서 간간이 새어 나왔다. 그는 자신의 눈앞에 펼쳐진 상황을 해석하느라 머리가 복잡해진 듯 깊은 생각에 잠겼다. 놀라움, 실망감, 부끄러움, 허탈감 등 감정의 변화가 고스란히 그의 얼굴에 노출됐다. 내 잘못은 없었지만, 불편하기는 마찬가지였다. 그를 혼자 두고 잠시 캐빈 밖에 나갔다 와야 할지 고민했다. 그런 시간이 얼마나 흘렀을까, H의 눈빛이 평온을 되찾은 듯 보였다.

"다시 한번 사과드리겠습니다. 잘 지내고 계시는데, 제가 이렇게 불쑥 나타나서."

"아닙니다. 탐정님은 저한테 미안해할 거 없습니다. 본인의 일에 충실하신 거고. 다 저 때문입니다. 이왕 이렇게 된 거, 오늘 서로 술친구 하면서 기분 좋게 취해봅시다. 그나저나 술병이 거의 다 비었는데 어쩌나."

H 또한 어색한 분위기를 바꿔보려고 노력하고 있었다.

"걱정하지 마십시오. 제 텐트에 보드카 세 병이 더 있습니다."

늦은 밤까지 술자리는 계속됐지만, 어색한 분위기는 쉽게 사라지지 않았다. 간간이 낚시, 싯카, 요리, 날씨, 캠핑 장비 얘기가 오갔지만, 랜턴 불빛을 주시하며 서로 침묵하는 시간이 잦았다. H와 나는 서로에게 궁금한 게 많았지만, 누구도 먼저 직접적인 질문은 하지 않았다.

"혹시 주무시나요?"

칠흑 같은 캐빈 내부 어둠 속에서 H의 목소리가 들렸다. 각자의 침낭에 누운 지 얼마 지나지 않았을 때였다.

"아닙니다."

"저 때문에 고생이 많으시네요."

"제 직업이고, 해야 할 일을 할 뿐입니다."

"제가 아직 살아 있고 어디에 있는지 직접 확인하셨으니 제 가족에게 연락하면 그것으로 임무는 끝날 텐데, 왜 저와 이러고 계신 거예요?"

그가 참고 있던 궁금증을 털어놓았다.

"선생님의 생각이 궁금해서요. 왜 갑자기 가족을 떠나시게 된 건지, 왜 한국을 떠나시게 된 건지, 또 왜 이곳 싯카로 오시게 된 건지, 지난 시간 동안 어떤 생각을 하시며 생활해 오셨는지, 솔직히 개인적으로 무척 궁금했습니다. 혹시 싯카는 호시노 미치오 때문에 오시게 된 건가요?"

"아니 그걸 어떻게 아세요?"

나는 H에게, 그의 딸이 처음 나에게 전화 연락을 했을 때부터 한국에서 출발하기 전까지 나의 활동 내용을 요약해서 들려주었다. 그러고 나니 왠지 마음이 홀가분해졌다.

"그러셨군요. 그간 고생이 많았습니다, 저 때문에. 집사람, 애들 모두 많이 놀랐겠죠. 어느 날 내가 일언반구도 없이 사라져 버렸으니."

그가 다시 침묵했지만, 이번엔 그리 오래가지 않았다.

"제가 집을 그리고 한국을 그렇게 훌쩍 떠난 건, 일종의 반항이었습니다. 나를 끊임없이 속박하는 듯한 가족, 주변 사람들, 한국 사회를 향한 시위, 투정, 뭐 그런 거였죠. 일종의 복수심일 수도 있고. 자살 동기도 대부분의 경우 남아 있는 사람들을 향한 복수심이 크다고 하잖아요. 은행에서 퇴직하고 나오니 갑자기 나에게 주어진 자유가 벅차게 느껴지는 겁니다. 평생 그 자유에 대한 로망을 갖고 살았다고 믿었는데, 막상 매일매일 자유로운 몸이 되고 보니 감당이 안 되더라고요. 그리고 어느 시점부터인가 하루 대부분의 시간을 분노, 불안, 증오, 불신 같은 부정적이고 비관적인 감정에 나 자신이 시달리고 있더군요. 나도 모르는 사이 부담스러워진 자유로부터 도피하려는 행위가 고작, 내 영혼을 파먹는 거라니…… 솔직히, 처량해지고 비참해져만 가는 나 자신이 두려웠습니다."

H가 호흡을 가다듬는 소리가 들렸다.

"5, 60대의 흔한 레퍼토리로 들리죠?"

"그렇지 않습니다. 줄거리는 비슷할지 몰라도, 개개인의 인생은 그 사람만의 의식적 선택과 우연의 조합입니다. 선생님의 인생 또한 특별합니다."

"옛 직장동료 대부분은 퇴직하는 순간부터 멀어졌고, 시간이 가면서 심지어는 가족, 친구들과도 거리 두기를 하는 나 자신을 발견하게 되었지요. 아니, 그때는 그들이 나를 무시하고 멀리한다고 믿었지만. 딸, 아들과는 대화가 더 줄고, 애 엄마는 자꾸 눈치 주는 것 같고, 옛 친구들, 직장동료들에 대해선 좋았던 추억보다 불쾌하고 화나는 기억들만 떠오르고. 아무튼 지금 돌이켜보면, 나 자신이 점차 번아웃$^{burn\ out}$ 그리고 동시에 보어아웃$^{bore\ out}$되고 있었다고나 할까. 갑자기 주어진 자유가 내게 너무 벅차게 느껴져 그랬다니, 아이러니하죠?"

어둠 속에서 들려오는 그의 목소리는 점차 자신감을 회복했다.

"선생님이 지금, 지난 경험을 과거형으로 표현하시고 또 객관화하신다는 건, 그만큼 많이 치유되셨다는 증거입니다. 제 마음이 한결 편해 지내요."

"정말 그렇게 생각하시나요? 부끄럽네요. 나이가 들면 다시 어린아이가 된다더니, 이 나이에 반항, 투정이라니."

그때 캐빈 밖에서 첨벙첨벙 물장구치는 소리가 들려왔다.

"저게 무슨 소리죠?"

H가 겁을 먹은 듯 목소리를 낮췄다.

"불곰이 연어 사냥하는 소리입니다. 나가볼까요?"

우리 두 사람은 거의 동시에 침낭에서 나와 윗옷을 입고 손전등을 챙겼다.

"곰 스프레이를 가져갈까요?"

"캐빈 출입구를 열어놓고 가는 게 더 안전한 선택일 것 같습니다. 혹시라도 곰이 우리에게 다가오면 재빨리 여기로 숨고 문을 잠가야죠. 다른 곰이 캐빈 안에서 우리를 기다리고 있지만 않다면요."

캐빈 내부가 칠흑같이 어두워서 그런지, 은은한 달빛이 비치는 캐빈 주변은 상대적으로 밝았다. 눈이 어둠에 익숙해지는 동안 우리는 물장구 소리가 들리는 시냇가로 숨을 죽이고 다가가, 각자 나무 뒤에 숨었다. 스모선수 덩치의 두 배는 거뜬히 돼 보이는 불곰 두 마리가, 신나게 야식을 즐기고 있었다. 물속의 연어뿐만 아니라 수면 위로 튀어 오르는 연어도 앞발로 멋지게 낚아챘다. 각본도 각색도 없는, 호모사피엔스가 탄생하기 훨씬 전부터 반복돼 온 순수 자연의 섭리를 우리는 그 순간 몰래 훔쳐보고 있었다.

통나무 캐빈으로 돌아온 우리는, 랜턴을 켜고 따뜻한 코코아를 마셨다. 장작 불빛에 비친 H의 표정은, 이전보다 한층 평온해 보였다. 나에 대한 경계심도 완전히 풀린 것 같았다.

"보드카가 아직 남아있는데, 한잔 더 하시겠습니까?"

"하하, 괜찮습니다. 아까 왜 제가 갑자기 가족을 떠나 이곳 싯카로 오게 됐는지 물으셨죠? 마음의 통증이 점점 더 심해질 때쯤, 멀리 아주 멀리 홀로 떠나고 싶더라고요. 그때까지 저는 단 한 번도 혼자인 적이 없었습니다. 태어나서부터 대학 졸업하고 취직했을 때까지도 부모님과 함께 살았고, 결혼 후에는 아내 그리고 아이들이 항상 곁에 있었죠. 재직 시에는 회사가 듬직한 울타리이자 보호자 역할을 해주었고요. 어느 날 문득 혼자 어디론가 훌쩍 떠나고 싶은데, 막상 그런 일생일대의 모험을 감행하려니 용기가 나질 않더군요. 그즈음 유튜브에서 알래스카 다큐를 보게 되었고, 거기 나오는 드날리 국립공원^{Denali National Park}을 인터넷에서 검색하다가 우연히 일본인 사진작가 호시노 미치오를 알게 됐습니다. 곧바로 책을 주문해 읽으면서 저자가 소개하는 알래스카 싯카가 내 마음을 사로잡더군요. 특별한 이유는 없었습니다. 무조건 그곳으로 떠나야겠다는 결심을 하고, 혹시라도 마음이 바뀔 것이 두려워 마음의 각오를 단단히 했지요. 가족은 그런 나를 이해하지 못할 게 뻔해서 입도 뻥긋 안 하고 짐을 챙겨 집을 나왔습니다. 가족은 나의 존재를 잊고 각자의 삶을 살아가고, 나 또한 가족이 없다고 생각하고 살아보자. 어설프게 엮여있는 지연, 학연 관계를 과감하게 끊고 홀로되어 보자. 남들이 어떻게 생각하든 개의치 않고 나 자신이 되어보자. 그때까지 참고 견뎌온 인생을 뒤로하고 나 자신을 위해 멀리, 아주 멀리 떠나고 싶었습니다. 마침 10여 년 전 구입해 서재 한편에 처박아 두고 한 번도 개봉 안 한 텐트가 눈에 들어오더라고요. 텐트에서 자는 나를, 곰이 숲속으로 끌고 가 죽여 주면 행복하겠다, 당시엔 그런 생각까지 들더군요. 어느 화가의 말이 갑자기 떠오르네요. '외로워서 괴로웠고, 괴로워서 외로웠다. 나는 그 덕에 많은 그림을 그려냈다.' 나는 외롭고 괴로워서 그 덕에 멀리 여기까지 오게 됐네요. 하하하."

늦은 아침, 구수한 베이컨 냄새와 진한 원두커피 향을 맡으며 잠에서 깼다. 침낭에서 기어 나오는 나를 돌아보며 H가 환한 미소를 지었다.

"아메리칸 브렉퍼스트가 준비됐습니다. 어서 오세요."

"아침에 멧돼지 사냥이라도 하셨나요?"

잼 바른 토스트, 베이컨, 스크램블드에그, 그리고 원두커피. 싯카에서 먹는 완벽한 아침 식사였다!

"이제 탐정님 임무도 완수하셨으니, 귀국하셔야죠. 괜찮다면 저와 며칠 더 술친구 해 주시던지요, 하하하. 그간 내 머리와 마음속에 무질서하게 쌓아두었던 생각과 감정을 다 쏟아놓으니, 몸이 날아갈 듯 홀가분합니다. 오랫동안 내 얘기를 들어줄 사람이 없었는데, 고맙습니다. 이건 내가 오늘 아침에 가족에게 쓴 편지입니다. 60대의 한 남자가 작성한 독립선언문인 셈이죠."

그가 하얀 편지 봉투를 내게 건넸다.

"여기 계속 머무실 계획입니까?

"그건 말씀드릴 수 없죠. 하하. 한 가지 힌트를 드리자면, 오래전 딸이 고등학교 2학년, 아들이 중학교 1학년 때, 아내에게 2주 휴가를 내고 남미 아르헨티나와 칠레 패키지 투어를 가자고 제안한 적이 있었죠. 불현듯 파타고니아가 너무 가고 싶은 거예요. 그런데 아내가, 그 돈 아꼈다가 딸 대학 가면 해외 영어 연수비로 써야 한다며 단번에 거절하더군요. 여기까지만 하겠습니다."

열흘 뒤 서울로 돌아온 나는, 카페 팜플로나에서 H의 부인, 딸 그리고 아들을 만났다.

"아버님이 가족에게 보내는 편지입니다. 미국에서 건강하게 잘 지내십니다. 걱정 안 하셔도 됩니다. 제 추측으론, 몇 달 뒤에 귀국하실 겁니다. 행복하고 건강한 모습으로. 아 그리고, 수임료는 사양하겠습니다. 그간의 실비용만 정산해 주시면 감사히 받겠습니다. 제가 아버님께 배운 것도 많고, 지난 한 달간 잊지 못할 여행을 다녀온 느낌이라서요."

그날 저녁 집에서 여행 짐을 풀고 있는데, 은행 입금 문자메시지가 떴다. 생각지도 못한 큰 금액이었다. 이어 H의 딸이 보낸 문자메시지가 도착했다.

'그간 너무 감사했습니다. 사양하셨지만, 아빠가 구체적인 금액까지 적어 신신당부를 하셔서, 부족하지만 사례금을 보내드립니다. 아빠를 포함한 우리 가족 모두의 마음과 함께 받아주세요.'

다음날 나는 볼프강에게 문자메시지 한 통을 보냈다.

'언제든 예약 가능한 싯카-하와이 왕복 항공권 두 장과 호놀룰루 4박 5일 호텔 숙박권을 댁으로 보내드립니다. 즐겁게 여행하시길!

– 예쁜 인디언 여자 귀신으로부터From Pretty Indian Lady Ghost'

사 건 9

라오스 루앙프라방

여행, 도피 그리고 귀소^{歸巢}

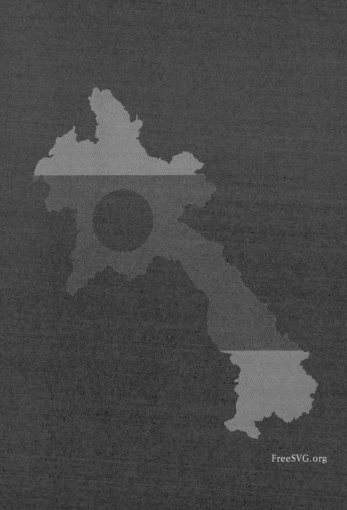

FreeSVG.org

9.　　라오스 루앙프라방 – 여행, 도피 그리고 귀소^{歸巢}

　우리 인간은 평생 도피처를 찾으며 살아간다. 어릴 적 엄마 아빠에게 야단맞는 날엔 옷장 같은 곳에 숨기도 하고, 학생 시절엔 학교와 학원을 빠져나와 만화방으로 PC방으로 개울가로 산으로 도망친다. 성인이 되어서도 도피는 계속된다. 부모 품에서 해방되려고 방을 얻어 독립하거나 결혼해 신혼집으로 이사를 떠나는가 하면, 직장과 집에서 멀어지려고 술집으로 숨어든다. 주말이면 지루하도록 낯익은 공간으로부터 탈출해 도시 거리, 쇼핑몰, 산과 바다를 찾아 떠난다. 동네 카페가 많은 이들에겐 임시 피난처가 되어주기도 한다. 도파민에 목말라 알코올, 마약, 도박, 성에 집착하는 것도 조금만 들여다보면 현실 도피라는 것을 알 수 있다. 그렇게 우리는 도피하고, 떠나고, 사라지고, 돌아오기를 반복하며 인생을 살아간다. 그런 중에 여행은, 너무나도 자연스럽게, 누구도 아니면서 동시에 나 자신일 수 있는 자유를 제공한다. 때가 되면 떠났다 되돌아오는 철새와 같이, 인생에서 반복적으로 찾아오는 춥고 괴로운 날에 잠시만이라도 내 영역과 둥지를 벗어나, 낯선 땅에서 맞이하는 자유가 여행을 떠나는 이유이다. 그 낯선 땅은 임시 도피처이고, 여행은 일종의 도피 행위가 아닐까. 어느 철학자의 말이 기억난다. "자유를 인간의 순수한 의지라고 믿는 사람은, 한 번도 누구를 사랑하거나 미워해 본 적이 없는 자다."

나이 47세, 여성, 미혼, 출생지 강원도 화천군, 거주지 충청북도 청주시, 이름 E. 여행 패키지 일행 열다섯 명과 함께 중국 윈난성 쿤밍으로 떠난 E는, 현지 공항에서 조선족 가이드를 만나면서 여행사가 정해놓은 5박 6일의 관광 일정을 시작했다. 서산공원에서 리프트를 타고 산 정상에 올라 쿤밍 시내 전체를 내려다보고, 곳곳에 있는 사원들도 둘러봤다. 다시 버스를 타고 석림공원에 도착해, 가이드를 따라다니며 희귀한 바위와 전설에 대한 설명을 들었다. 몇몇 유명 포인트는 인터넷에서 사진과 동영상으로 이미 여러 번 봐서 그런지, 큰 감흥은 없었다.

그다음 코스는 중국 3대 종유굴 중 하나인 구향동굴. 내부 조명이 너무 화려해, 동굴의 자연스러운 신비함이 오히려 훼손됐다고 E는 생각했다. 중국 관광객들이 줄지어 뿜어대는 담배 연기는, 동굴 안에서 대기 중인 가마꾼들과 더불어 그녀를 불편하게 만들었다. 쿤밍에서의 투어 일정을 끝마치고 시내에서 숙박한 뒤 다음 날 일행은, 국내선 여객기에 탑승해 리장으로 떠났다. 리장에서의 첫 일정은 옥룡설산 관광. 가이드가 미리 고산병 예방으로 산소통을 나눠줬지만, 해발 3,000미터가 넘어가고 곤돌라가 4,500미터 지점에 도착했을 때 E는 심한 두통에 시달렸다. 주변 관광객들은 설산을 배경으로 기념사진 찍기에 바빴지만, 그녀는 빨리 하산하기만을 바랐다. 다음 방문지인 람월곡에 도착해서 에메랄드빛 호수를 바라보고 있을 때는, 두통도 사라지고 기분이 한결 나아졌다. 장이머우 감독이 연출했다는 나시족 공연 '인상여장쇼' 공연 관람, 나시족 사원인 동파만신원 방문을 마치고 리장 시내 특급호텔인 그랜드 하얏트에 체크인했다. 다음 날 이른 아침 호텔을 출발해 관광버스로 2시간 넘게 달려 도착한 곳은 샹그릴라 호도협. 세계적인 트레킹 코스라고 가이드가 소개했지만, 투어그룹은 몇 군데 전망 포인트만 방문하고 리장 시내로 돌아왔다. 수많은 관광객 인파 사이에서 가이드를 쫓아다니다가, 그나마 한가로운 흑룡담공원을 걸으며 중국에 도착한 이후 처음으로 E는 여유로운 시간을 보냈다. 고성에서 주어진 1시간의 개별 자유일정도, 일행과 떨어져 혼자 시간을 보낼 수 있어 만족스러웠다. 중국에 도착한 지 나흘째 되던 날 새벽 5시, 옆 침대에서 아직 곤히 잠들어 있는 일행 여성이 깨지 않도록 느린 동작으로 옷을 입고 작은 배낭을 어깨에 멘 E는, 쪽지 한 장을 테이블 위에 놓여있는 여성의 핸드백 밑에 밀어 넣었다. 그녀는 호텔을 빠져나와 곧바로 택시에 올라탔다.

'저는 한국으로 안 돌아가고 여기 남겠습니다. 제 짐은 버려주세요. 저를 찾을 생각은 말아주시고, 원래 일정대로 즐겁게 여행+귀국하시기를 바랍니다. 가이드에게 꼭 전해주세요. 죄송합니다.'

E가 애초에 '5박 6일 특급호텔/쿤밍/리장/샹그릴라 풀 패키지 투어'에 참가하게 된 건, 온전히 여동생 때문이었다. 세종시에 사는 두 살 아래 여동생은 어느 날 언니에게 전화를 걸어, 머리도 식힐 겸 해외여행을 다녀오면 어떻겠냐는 얘기를 꺼냈다. 여행경비의 절반은 자신이 부담하겠다는 제안은, 언니를 어떻게든 설득해 보려는 의도에서 나왔다.

"언니 요즘 많이 힘들잖아. 오랜만에 해외여행 갔다 와. 마지막으로 외국 나갔던 게 12년 전이라고 했지? 언니 여행 떠나 있는 동안 아빠는 내가 모실 테니, 걱정하지 말고 다녀와. 언니

중국 좋아하잖아. 내가 찾아봤는데, 윈난성 패키지 상품이 있더라고. 특급호텔에서 숙박하고, 제공하는 식사도 고급인 것 같아. 내가 전화 끊고 여행사 링크 보내줄게. 시청 가서 여권도 새로 발급받고. 알았지?"

그렇게 E는 얼떨결에 여행 패키지를 예약하고 새 여권도 발급받았다. 첫 며칠 동안 그녀는 마음이 들떠있었다. 인터넷에서 여행지에 대한 정보도 검색해 보고, 유튜브에서 관련 영상도 찾아봤다. 그녀는 초등학교 때부터 무협지를 유난히 좋아했다. 그래서 그런지, 그녀가 가끔 해외여행을 상상하면 중국이 제일 먼저 머릿속에 떠올랐다. 한 번도 가보지 못한 나라였지만, 왠지 친숙하게 느껴졌다.

마침내 E는 여행 가방을 꾸려 집을 나오고 한국을 떠났다. 그러나 정작 상상 속의 중국 땅을 밟고 일행들 사이에서 관광을 다니는 동안, 상황은 점차 그녀에게 악몽으로 변해갔다. 사람들의 질문과 대화와 웃음소리가 그녀를 몹시 불편하게 만들었다. 시간이 갈수록 그녀는 더 큰 혼란을 겪었고, 공포와 불안에 포위되는 느낌이 들었다. 평소보다 두 배 더 많은 양의 정신과 약을 삼키면서 자신을 진정시키려고 노력했지만, 증상은 더 심해져 갔다. 결국 그날 새벽, 모든 걸 남겨두고 그녀는 홀연히 떠났다.

E가 호텔 앞에서 택시를 타고 약 2시간 뒤에 도착한 곳은, 전날 그녀와 투어 일행이 왔었던 호도협 입구였다. 중국인 택시 기사가 '후타오샤'로 발음했던 호도협은 '호랑이가 뛰어넘은 협곡'이란 뜻으로, 협곡 사이로 거센 물살의 진사강이 흘렀다. 마치 곧 도착할 관광버스에 쫓기듯 그녀는 빠른 걸음으로 걷기 시작했다. 강 양쪽으로 해발 3,000미터가 넘는 설산들이 줄지어 있었고, 그 사이로 난 좁은 길을 따라 그녀는 걸었다. 목적지는 없었다. 동기나 이유도 없었다. 그냥 발길 닿는 대로 하염없이 걷고 싶었을 뿐이었다. 해가 뜨기 전부터 해가 질 때까지 온종일 걸어도 걸어도 끝이 보이지 않는 길이 어디로 이어지는지, 그 종착지가 어디인지는 중요하지 않았다. 걷다가 쓰러져 의식을 잃고 영원히 깨어나지 않는다면, 행복할 수도 있겠다는 생각이 들었다. 자신이 어릴 적 즐겨 읽었던 무협지 속 풍경과 닮은 그곳 어딘가에서, 책을 덮듯 생을 접을 수만 있다면 해피 엔딩이 될 거라는 목소리가 그녀의 뇌를 파고들었다.

해 질 무렵 그녀는 어느 객잔에 도착해, 이름 모를 음식을 주문해 먹고 잠이 들었다. 다음날도, 그다음 날도 그녀는 걸었다. 출국 이틀 전 새로 산 경량 등산화에 발이 적응하기까지, 물집이 생기고 터지고를 반복했다. 발가락은 상처투성이였다. 상처가 쓰라리고 고통스러웠지만 익숙해져갔다. 아침에 일어나면 온몸이 으스러지는 듯 아팠지만, 이를 악물고 걷기 시작하면 고통은 곧 잊혔다. 한국에서 동네 산책은 고사하고 집안에서만 생활했던 그녀가, 걸으면서 가장 힘들었던 건 정작 육체적인 고통이 아니었다. 끊임없이 머릿속을 파고드는 오만 가지 생각과 환청 속의 목소리였다. 함께 여행하던 일행의 어이없어하는 표정과 비난의 목소리, 자신을 원망하고 있을 여동생의 모습, 아파트 경비 아저씨의 짜증스러운 말투, 자신을 무시하던 대학 동창의 전화 속 목소리, 벌레 보듯 자신을 관찰하던 이웃집 아이들, TV 앞에서 같은 말을 수십, 수백 번 반복하던 아버지의 모습…… 그녀를 긴장시키는 건 발 옆의 아찔한 절벽이 아니라, 밀물처럼 몰려드는 이런 상념과 환청이었다. 그러던 중, 무협지에서나 일어날 법한 신기한 일이 벌어졌다. 걷기 시작한 지 일주일 정도 지나면서 그녀는 작은 변화를 경험하고 있었다. 몸의 근육은 한결 유연해졌고, 잡념과 잡음은 서서히 자취를 감췄다. 짙은 안갯속에 가려져 있던 단단한 바위가 우뚝 모습을 드러내듯, 왠지 모를 자신감이 그녀 안에서 살아났다. 차츰 식욕도 왕성해지고 온몸에 힘이 솟았다. 가던 길이 두 갈래로 나눠지면, 그녀는 일말의 망설임 없이 그중 한쪽을 선택했다. 그녀에게 '틀린 길'은 없었다. 그래서 '맞는 길'을 고민할 필요도 없었다. 자신이 선택해 걷던 길이 끝나면, 왔던 길로 다시 돌아오면 그만이었다. 자신이 어디에 있는지, 어디로 가는지 몰랐지만 그건 중요하지 않았다. 한때는 관광객들과 마주치기라도 하면 그들의 시선을 피해 뒤돌아서던 그녀가 어느덧, 먼저 그들에게 인사를 건네고 있었다. 그녀는 그렇게 호도협에서 꼬박 4주를 보냈다. 마지막 5일은 티나객잔^{Tina's Guest House}에서 한가롭게 시간을 보내는 여유도 즐겼다. 객잔 주인과 가족은 따뜻한 미소로만 그녀를 대하고, 어떤 질문도 하지 않았다. 말이 안 통하니, 말로 상처받을 일도 없었다.

E는 강원도 화천군에서 태어났다. 직업군인이었던 아버지를 따라 고등학교를 졸업할 때까지 모두 여덟 번 전학을 가야 했는데, 그 사이 부모는 그녀가 중학교 2학년 때 이혼하면서 갈라섰다. 충주시에서 대학에 다니며 문헌정보학을 전공했고, 졸업 후에는 청주시 시립도서관에 채용됐다. 박봉이었지만 만족스러운 직장이었다. 도서관은 그녀가 좋아하는 편안한 공간이었고, 일은 굴곡 없는 규칙적인 업무였다. 도서관에 배달되는 신간 소설이나 수필집을 제일 먼저 읽어볼 수 있는 것은 도서관 사서의 특권이었다. 한때는 소설가를 꿈꾸며 퇴근 후 단골 카페에서 습작하면서 시간을 보냈고, 주말에는 아버지와 프로 야구, 프로 축구를 시청하는 경우도 종종 있었다. 극히 평범하고 순탄했던 E의 삶에 큰 변화의 조짐이 나타난 건, 퇴역해서

함께 살던 아버지가 차츰 치매 증세를 보이기 시작하면서부터 였다. 처음엔 단순 건망증으로 여겼지만, 증세가 점점 심해지는 건 부정할 수 없는 현실이었다. 평범한 물건을 찾지 못하거나 방금 했던 말을 잊고 다시 반복하는 횟수가 늘더니, 급기야 여동생 이름을 기억 못 하는 경우도 빈번해졌다. 우려했던 대로, 대학병원 정밀검사 결과는 중기 치매였다. 환자가 낮에 집에 혼자 있는 건 위험할 수 있다는 의사의 경고에 따라, 아버지를 주간보호시설에 보냈다. 아버지는 아침에 딸이 출근하는 시간에 맞춰 주간 돌봄 센터 차량으로 시설에 갔다가, 딸의 퇴근 시간 후에 집으로 돌아왔다. 그런 일상이 일 년이 되어갈 무렵, 장대비가 내리던 어느 밤에 그녀의 아버지가 사라졌다. 혼비백산이 되어 동네를 두 시간 넘게 뛰어다니던 그녀의 눈에 마침내 아버지가 보였다. 이웃 동네 버스 정류장에서 온몸으로 비를 맞으며 멍하니 앉아있는 일흔두 살의 남자. 언제나 늠름하고 자신감 넘치던 군인 아버지가, 꼼꼼한 다림질로 작은 주름하나 없는 옷만 고집하던 그가, 장대비를 맞으며 넋 놓은 표정으로 거기에 앉아있었다. 그 사건은 그녀 인생의 전환점이 되었다. 1주일 뒤 그녀는 도서관에 사표를 제출했고, 아버지와 단둘이 집안에서 하루 대부분의 시간을 보내는 일과가 그녀의 새로운 삶이 되어 있었다.

E의 여동생이 장문의 이메일을 내게 보냈을 당시, 나는 태국 치앙라이^{Chiang Rai}에 머물고 있었다. 그 도시에서 장기 체류 중이던 30대 한국인 남성이 마약 밀매 조직에 의해 납치당한 사건 때문이었다. 태국 국경 너머 미얀마 정글, 소위 '골든 트라이앵글^{Golden Triangle}' 어딘가에 남자를 구금하고 있던 납치범들은, 밀린 마약 대금 지급을 한국에 있는 그의 가족에게 요구했다. 나는 그의 가족 대리인으로, 태국 경찰 그리고 미얀마 경찰과 공조해 납치범들과 협상을 벌였다. 2주간의 협상 끝에 결국, 납치범들이 애초에 요구했던 액수의 70퍼센트 선에서 합의를 보고 남자는 풀려났다. 마약 중독으로 보이던 남자가 한국행 비행기에 오르는 것을 확인한 나는, 치앙라이에 며칠 더 머물기로 마음먹었다. 2주간의 긴박하고 긴장된 협상 과정으로 인해 기진맥진해진 몸과 마음을 추스르는 데 얼마간의 휴식이 필요했기 때문이다. 그리고 그제야 E의 여동생이 보낸 이메일을 찬찬히 읽어볼 수 있었다.

'절박한 심정으로 이메일을 보내봅니다.

저의 친언니와 연락이 끊긴 지가 벌써 일 년이 넘었습니다. 중국 쿤밍으로 단체여행을 떠났던 언니가 갑자기 호텔에서 사라진 이후, 혼자 여행 중이라는 소식을 가끔 전해오다 1년 전부터는 아예 소식이 없습니다. 그림엽서에 찍힌 우체국 직인과 날짜를 보시면 아시겠지만(스캔한 파일을 본 이메일에 첨부합니다), 언니가 자취를 감춘 이후 첫 3개월은 중국 윈난성에 머물렀던 것으로 보입니다. 그 이후 쿤밍에서 기차를 타고 라오스의 루앙프라방에 도착했다는 내용의 엽서가, 제가 언니한테 받은 마지막 소식입니다. 미혼인 언니는 10년 넘게 치매 환자인 저희 아빠를 모시고 살았습니다. 직장을 관두고 집에서 아빠를 간병하며 지내다가 언니도 우울증을 앓게 되었습니다. 정신과에서 편집성 조현병과 우울증이라는 진단도 받았습니다. 그간 연락이 없어 걱정은 됐지만 잘 지내다 집으로 돌아올 거로 생각했는데, 아빠가 지난주 중환자실에 입원하면서 언니가 너무 보고 싶어졌습니다. 아빠도 갑자기 언니를 찾으십니다. 초등학생 두 아이를 둔 직장인 엄마로서, 당장 외국에 나가 언니를 찾아볼 엄두가 나지 않습니다. 인터넷도 뒤져보고 라오스 현지 교민들에게도 연락해 봤지만, 아무런 소득이 없었습니다. 탐정님이 혹시 도움을 주실 수 있을까요? 언니를 찾아만 주신다면 사례는 충분히 하겠습니다. 참고하시라고 언니의 여권 사본 파일도 첨부합니다.'

　　나는 여동생이 이메일에 첨부한 그림엽서 스캔 파일을 다운로드한 뒤 엽서 뒷장에 적힌 글을 읽기 시작했다.

〈엽서 1〉

나는 매일 걷는다. 잠들어 있던 근육이 깨어나고, 몸의 신경도 덩달아 활기를 되찾는다. 다비드 르 브르통의 산문집이 기억난다. "걷는 것은 자신을 세계로 열어놓는 것이다. 발로, 다리로, 몸으로 걸으면서 인간은 자신의 실존에 대해 행복한 감정을 되찾는다." 나는 살기 위해 걷고 있다. 행복은 나에게 사치다.

〈엽서 2〉

만년설이 녹아 에메랄드빛의 물로 변하는 모습이 신비스럽다. 차마고도의 순례자들도 그 물빛을 보면서 신성한 기운을 느끼겠지. 제임스 힐턴의 샹그릴라는 존재하지 않는다. 희망이 담긴 환상일 뿐이다. 그러나 절망적 환상보다는 훨씬 낫다. 불안과 환청과 불쾌한 기억들이 매 순간 나를 공격한다. 세상은 나에게 절망적인 괴물로 다가온다. 하지만 죽음은 더 이상 두렵지 않다.

〈엽서 3〉

말을 하지 않아도 되고 누가 말을 걸어와도 이해하지 못하니, 말로 상처받을 일이 사라졌다. 낯선 외국어는 편안한 음악같이 들린다. 낯선 외국인의 미소는 포근한 햇살로 느껴진다. 허리와 무릎의 통증이 사라졌다. 두통도 많이 나아졌다. 정신과 약을 끊은 지 한 달이 넘었다. 내가 더 미쳐버렸는지 아니면 정신의 병이 나아졌는지는 알 수 없다. 하지만 그건 중요하지 않다. 나는 자유롭고, 버거운 세상은 멀리 있고, 아직 걸을 수 있다는 사실에 감사할 뿐이다.

〈엽서 4〉

갑자기 용기가 생겼다. 미소를 건네는 사람들에게 미소로 답할 수 있는 용기. 나를 악의 없이 바라보는 무고한 야크에게 인사할 수 있는 용기. 주위 설산을 올려다보며 감탄할 수 있는 용기. 음식을 맛있게 즐길 수 있는 용기. 또 다른 낯선 세상을 향해 떠날 수 있는 용기. 손에 잡히지도 눈에 보이지도 않는 불안감에 그 긴 세월 동안 떨고 있던 나 자신이, 괴물 앞에서 울고 있는 어느 동화책 삽화 속 어린 소녀의 모습과 겹치게 보인다. 나는 이제 꿋꿋하게 앞으로 전진할 것이다.

〈엽서 5〉

중국 쿤밍을 떠나 라오스의 루앙프라방에 도착했다. 언어도 바뀌고 사람들 모습도 모두 다르다. 예전에 근무하던 도서관이 생각난다. 도서관의 고요함이 이 도시에서도 느껴진다. 계획 같은 건 없다. 필요도 없다. 아침에 눈 뜨면 그날 하루만을 생각한다. 어제도 내일도 중요하지 않다. 하루를 용기 있게 마주하고 싶다. 죽으면 어제도 내일도 없다. 새로운 하루도 경험할 수 없다. 살고 싶다.

다섯 장의 엽서를 다 읽고 나서 나는 한동안, 형언하기 힘든 묘한 감정 상태로 빠져들었다. 한 번도 만나본 적이 없는 40대 후반 여성의 안타까운 사연 때문만은 아니었다. 측은한 생각이 들고 동정심을 느낀 건 사실이었지만, 그게 전부는 아니었다. 요즘은 보기 힘든 그림엽서, 그 뒷면에 손글씨로 적은 내용들, 우표에 찍힌 우체국 직인, 그녀의 삶으로 얼떨결에 찾아든 자유, 그리고 그 자유 안에서 그녀의 정신세계가 변화하는 과정, 위태로워 보이면서도 꺼지지 않는 용기, 그녀가 정처 없이 걸으면서 체험했던 새로운 세상, 이 모두가 마치 먼 과거로부터 날아온, 한 여성의 신비스러운 메시지 같이 느껴졌다. 문득 E의 안부와 하루의 일상이 궁금해지기까지 했다. 그녀가 1년 전 도착한 루앙프라방이 나의 호기심을 자극하고, 갑자기 호도협과 차마고도를 걷고 싶은 충동이 일었다. 제임스 힐턴이 1933년에 샹그릴라에 관해 쓴 『잃어버린 지평선$^{\text{Lost Horizon}}$』을 전자책으로 다운로드해 읽어보았다. 이틀 뒤 나는, E의 여동생에게 이메일을 보냈다.

'제가 지금 태국 치앙라이라는 도시에 있습니다. 이곳에서 루앙프라방이 그리 멀지 않으니, 제가 한번 직접 가보겠습니다. 언니의 행방을 찾기는 쉽지 않겠지만, 시도는 해보겠습니다. 기대는 너무 하지 마시기를 바랍니다. 그리고 개인적으로 여행을 가는 거니까, 혹시라도 언니를 찾게 되더라도 수임료는 일절 받지 않겠습니다.'

E를 찾아보겠다는 건 빈말이 아니었지만, 그녀를 찾게 될 확률은 현실적으로 극히 낮았다. 그녀가 1년 전 도착했다는 루앙프라방에 여전히 있을 거라고는 기대하지 않았다. 라오스의 다른 도시 혹은 다른 나라에 있을 가능성이 더 컸다. 어쩌면 그녀는 정신질환이 악화돼 자신의 정체도 잊은 채, 동남아 어느 도시에서 노숙자로 생활하고 있을지도 몰랐다. 정식으로 의뢰를 맡기에는 너무 버거운 케이스였다. 또한 나는 새로운 사건의 의무감에 시달리기도 싫었다. 직전에 마무리한 납치범들과의 협상으로 인해 체력이 고갈되어 있었기 때문이다. 부담 없이 홀가분한 마음으로 여행을 떠나고 싶었을 뿐이다. 이메일을 전송한 직후, 다음날 서울로 출발하는 항공편 예약을 취소하고, 귀국 후 떠나려 했던 스페인 산티아고 순례길 계획도 무한 연기했다.

치앙라이에서 루앙프라방까지의 거리는 대략 500킬로미터. 그 거리를 여행하는 데는 여러 가지 교통수단이 있었지만, 나는 그중 가장 느린 방식을 골랐다. 3주간 묵었던 숙소를 이른 아침에 나와, 버스를 타고 2시간 떨어진 태국 국경도시 치앙콩 Chiang Kong 으로 갔다. 이어 태국과 라오스를 잇는 '우정의 다리 Friendship Bridge'를 걸어 라오스 쪽 국경도시인 후에싸이 Huay Xai 로 건너갔다. 양국의 출국, 입국 절차는 다행히 간소했다. 선착장에서 출발하려는 '슬로 보트^{slow boat}'에 간신히 올라타면서, 루앙프라방을 향한 나의 메콩강 뱃놀이가 시작됐다. 단층의 기다란 목선이었던 보트에는, 맨 앞 조타실 뒤로 승객들을 위한 의자와 작은 매점, 화장실이 있었다. 30여 명의 승객 대부분은 개별여행을 온 서양인으로 보였다. '슬로 보트'가 메콩강 하류를 따라 7시간의 느린 운항을 시작하고 있을 때 나는, 배의 뒤쪽에 있는 엔진 소음을 피해 최대한 선미 쪽에 자리를 잡았다. 배의 양쪽은 개방돼 있었고, 덕분에 시원한 강바람을 맞으며 바깥 경치를 구경할 수 있었다. 특별히 시선을 끄는 풍경은 없었지만, 배가 움직이는 속도만큼 느리게 느껴지는 메콩강 주변 시골 풍경이 마음을 편안하게 해줬다. 옆자리에 앉아 나와 같은 경치를 바라보던 여성과 눈이 마주쳤다. 갈색 단발머리에 반다나를 뒤집어쓴 서양인이었다.

"루앙프라방은 처음인가요?"

내가 먼저 말문을 열었다.

"네, 처음 가요. 기대됩니다. 일본인인가요?"

"아니요, 한국인입니다. 그쪽은?"

"저는 프랑스 사람입니다. 이름은 V."

"반갑습니다. 프랑스에서 여행 오신 건가요?"

"아니요, 스위스 제네바에서 살다가 2년 3개월째 세계여행을 하고 있습니다."

그녀의 표정에서 일종의 자부심이 배어났다.

"와, 그동안 많은 나라를 여행하셨겠네요!"

"생각보다 나라 수는 많지 않아요. 스위스를 떠나 북아프리카를 5개월 여행한 뒤, 호주로 넘어가 6개월, 뉴질랜드에서 3개월 살았지요. 인도네시아, 말레이시아, 베트남, 태국을 거쳐 라오스로 온 거예요. 한국에서 동남아로 휴가를 오셨나요?"

"아닙니다. 태국에 출장 건이 있어 왔다가, 일을 마치고 루앙프라방에 잠시 놀러 가는 중입니다."

"무역을 하시나요?"

"무역은 안 하는데, 가끔 협상은 합니다."

총길이 4,020킬로미터의 메콩강은 북쪽 티베트고원이 발원지다. 중국과 인도차이나반도를 거쳐 남중국해로 흘러가기까지 미얀마, 라오스, 태국, 캄보디아, 베트남 이렇게 총 여섯 개 나라를 관통한다. 그래서 동남아의 젖줄로도 불린다. 강가에서 물놀이하던 마을 아이들이 배를 향해 손을 흔들었다. 외국인 관광객들이 탄 배가 매일 마을을 지나갈 텐데, 그들은 마치 처음 보는 광경인 양 신나게 소리 지르며 인사를 건넸다. 나와 V도 손을 흔들어 주었다. '슬로 보트'는 팍뱅Pakbeng 선착장에서 약 7시간의 첫 운항을 마쳤다. 그곳에서 하룻밤을 지내고, 다음날 루앙프라방까지 남은 운항을 이어가는 일정이었다. 선착장에는 투숙객을 유치하기 위해 대기하고 있는 게스트하우스 직원들이 여럿 보였다. 나와 V는 자연스럽게 같은 차량에 여행 가방을 싣고 올라타, 마을에 있는 '팍벵 로지Santuary Pakbeng Lodge' 앞에서 내렸다. 리셉션 뒤에서 손님을 맞던 로지 주인은 뜻밖에도 프랑스인이었다. V는 오랜만에 모국어를 쓰는지, 목소리가 들뜨고 말도 빨라졌다. 방 열쇠를 손에 쥐고 우리는 배정받은 각자의 방으로 들어갔지만, 옆방이었던 관계로 방에 딸린 외부 발코니에서 다시 만났다. 발코니에서 내려다보이는 건물 주변 언덕과 메콩강은, 서서히 저물어 가는 노을빛에 붉게 물들고 있었다. V는 경치를 바라보며 감탄사를 속삭였다. 로지의 식당에서 저녁 식사를 함께하게 된 우리 두 사람은, 이후 V의 방 발코니에 앉아 이미 어두워진 메콩강을 내려다보며 와인을 마셨다. 그녀는 프랑스인 특유의 억양으로 영어를 구사했는데, 내가 불어를 할 줄 안다고 하자 가끔 영어가 막힐 때는 불어로 말했다.

"동남아를 여행하면서 힘들 때도 많았는데, 여기는 너무 조용하고 평화롭네요. 와인 맛도 좋고."

그녀의 표정과 차분한 몸짓이 그녀의 감정을 그대로 드러냈다.

"저도 지난 3주간 치앙라이에서 진이 다 빠지고 스트레스가 많이 쌓였는데, 여기 이렇게 앉아 있으니 머리가 한결 맑아집니다."

"다행이네요!"

반가운 협력자를 만난 사람처럼 그녀의 얼굴에 환한 미소가 퍼졌다.

"그런데 어쩌다 장기간 세계여행을 하시게 된 거예요? 그것도 혼자."

"제 인생 스토리 다 풀어놓으려면 밤을 새워야 해요. 호호호. 짧은 버전을 얘기하자면, 어느 날 문득, 떠나자! 하고 짐을 꾸려 집을 나왔죠. 끝."

익살스러운 말투였다.

"조금 더 긴 버전으로 해주세요."

"원래 고향은 르망 호수ᴸᵃᶜ ᴸᵉᵐᵃⁿ에 접한 생수로도 유명한 에비앙ᴱᵛⁱᵃⁿ이라는 도시인데, 간호대학을 졸업하고 스위스 제네바에 있는 병원에서 근무하게 됐죠. 그곳에서 의사로 근무하던 스위스인 남편을 만나 결혼했고, 얼마 뒤 아들 루카스ᴸᵘᵏᵃˢ를 낳았어요. 아이 키우고 병원 일 하다 보니 어느덧 21년이란 세월이 흘렀더라고요. 그리고 어느 날 문득, 내가 행복하지 않다는 결론을 내리게 되었죠. 아들은 취리히 대학에 입학해 제네바 집을 떠났고, 남편과는 더 이상 대화가 안 된다는 생각이 들었고. 그는 독일어가 모국어고, 나는 프랑스어가 모국어라 신혼 때도 가끔 의사소통에 어려움이 있었지만, 그런 언어 차원의 문제가 아니었어요. 남편은 중년의 위기라면서 가볍게 치부했지만, 내 생각은 달랐죠. 집, 제네바, 스위스, 유럽을 미치도록 떠나고 싶은 거예요. 그래서 나이 마흔아홉에 남편과 이혼하고 병원에 사표를 낸 뒤, 북아프리카로 떠났지요. 그로부터 2년이 넘는 시간이 흘렀고, 오늘 여기 팍벵이란 생소한 마을에 도착한 거예요."

이야기하는 동안 내내 자신의 와인잔을 초점 없이 바라보면서 V는, 긴 과거 속에서 중요한 기억을 되짚는데 몰두했다. 그리고 그 기억을 동반하는 감정은 밖으로 드러내지 않으려고 의식적으로 억누르는 듯 보였다.

"그 용기가 대단하십니다. 모든 걸 내려놓고 떠난다는 게 쉽지 않았을 텐데요."

"막상 결심하고 떠나오니, 그렇게 어려운 것도 아니더라고요. 사람들은 나를 미쳤다고 얘기할지 모르지만, 나는 미치지 않으려고 떠난 거예요."

다음날 나와 V는, 다시 '슬로 보트' 위에서 6시간을 더 보낸 뒤에야 루앙프라방 땅에 발을 내디뎠다. 라오스 국경도시 후에 싸이를 출발한 지 꼬박 32시간 뒤였다. V는 자신이 에어비엔비AirBnB에서 점찍어 둔 단독주택이 있는데 함께 보러 가자고 제안했다. 시설을 먼저 확인한 후 마음에 들면, 공동으로 임대해서 비용을 절반씩 나누면 어떻겠냐고 내 의사를 물었다. 나는 물론 거절한 이유가 없었다. 여행 중에 신뢰할 수 있고 마음 편하게 대화를 나눌 수 있는 동반자를 만난다는 건 언제나 작은 행운으로 여겼기 때문이다. 도착해 둘러본 주택은 우리 두 사람 모두에게 만족할 만한 조건이었다. 실내 공기가 삽상한 신축 건물이었고, 제법 세련된 가구와 부엌 시설 모두 새것이었다. 실내는 이층 구조로 되어있었는데 V는 이층을, 나는 아래층을 쓰게 되었다.

메콩강^Mekong과 칸강^Khan이 합류하는 지점에 위치한 루앙프라방은, 60년간 지속됐던 프랑스 식민지 시대의 서양식 건물들과 서른 개가 넘는 전통 사원이 독특한 조화를 이루는 도시였다. 인구 6만 정도의 소도시 전체가 유네스코 세계문화유산으로 지정될 만큼 루앙프라방의 희귀성과 역사, 문화적 가치는 높았다. V와 나는 이른 아침, 승려들의 탁발 행렬을 보러 걸어서 시내로 나갔다. 한쪽에는 수십 명의 시민들이 줄지어 앉아있고, 비슷한 숫자의 승려들이 그 앞을 일렬로 지나가며 공양 바구니에 음식을 받았다. 공양을 하는 사람도, 받는 승려들도 아무 말이 없었다. 침묵이 곧 탁발 행렬의 언어였고, 그런 침묵이야말로 어쩌면 가장 동양적인 의사소통 방식이 아닐까 하는 생각이 들었다. 행렬이 끝나고 시내 중심가를 한 바퀴 둘러본 우리는, 루앙프라방 경찰서를 찾아갔다. 한국인 남자와 서양인 여자의 갑작스러운 등장이 신기했던지, 경찰들은 일제히 하던 일을 멈추고 우리 쪽으로 고개를 돌렸다. 한 경찰관이 다가와 방문 취지를 물었고, 용건을 설명하자 우리를 서장에게 데리고 갔다. 내가 내민 E의 여권 사본을 들여다보던 서장은, 지난 수년간 도시에서 발생한 한국인 관련 사건이나 사고는 없었다고 말했다. 여권 사진 속 여성을 혹시 길에서라도 본 적이 없는지 묻는 내 질문에 서장은, 많은 한국인 여성이 관광을 오기 때문에 특정 얼굴을 기억하기란 현실적으로 어렵다고 답했다. 도움을 못 줘 미안하다면서 그는, 우리를 출구까지 배웅해 주는 친절을 베풀었다. 네이버에서 검색한 한국인이 즐겨 찾는 루앙프라방 시내 식당과 카페 몇 군데를 돌며 주인과 종업원 들에게 같은 문의를 했지만, 모두 경찰서장과 비슷한 반응이었다. E 찾는 작업은 일찍이 포기해야만 할 것 같았다.

대여한 오토바이 뒷자리에 V를 태우고, 시내에서 약 30분 떨어진 쾅시폭포Tat Kuang Si로 나들이를 갔다. 그녀는 정말 오랜만에 오토바이를 타본다면서 즐거워했다. 우리는 겉옷을 벗고 미리 입고 온 수영복 차림으로 에메랄드빛을 띤 폭포 물에 들어가 잠시나마 더위를 식혔다. V는 정글 속 물놀이가 즐거운지 얼굴에 웃음이 넘쳐났다. 풀밭에 비치타월을 깔고 누워 몸을 말리고 있을 때, V가 처음으로 E에 관해 물었다.

"E라는 한국 여성은 대체 어떻게 된 거예요? 왜 루앙프라방에서 그녀를 찾고 있는 거죠?"

"약 1년 전에 이곳에서 한국에 있는 여동생에게 그림엽서를 보냈어요. 그 이후로는 연락이 끊겼고. 여동생이 내게 언니를 찾아봐달라고 부탁했는데, 어려울 것 같다고 미리 말해뒀어요. 시간도 많이 흐르고, 그녀가 있을 만한 장소가 여기 말고도 너무 많잖아요. 그녀가 정신질환을 앓고 있다는 얘기를 들어서, 혹시나 사고를 당했을 수도 있다고 판단해 경찰서에 들러본 거였어요."

"가족에게 연락을 안 하는 이유는 다양하겠지만, 어떤 죄책감 때문일 수도 있어요. 가족에게 미안해서……"

"그럴지도 모르죠. 원래 정신질환 약을 장기 복용하던 사람이라 그게 더 걱정돼요. 극단적 선택을 했는데 신원 파악이 안 됐을 수도 있고, 살아서 어느 낯선 나라에서 길을 헤매고 있을지도 모르지요."

고요함의 대명사 같은 루앙프라방의 시계는 왠지 느리게 갈 것 같았지만, 시간은 의외로 빨리 지나갔다. 메콩강을 따라 산책하고 숙소에서 잠시 쉬다가, 328개의 계단을 올라 푸시산^{Phou Si} 정상에서 도시 너머 메콩강변의 일몰을 감상한 뒤, 시내 중심가의 야간 노천시장을 한 바퀴 돌고 나면 하루가 지나갔다. 특이한 점은, 매일 같은 장소를 걷고 비슷한 일상을 보내고도 지루하지 않았다. V도 내 의견에 동의하면서, 신기하지 않냐고 반문했다. 어쩌면 그것이 루앙프라방만의 마술적 매력이 아니었을까.

시내 한 식당에서 V와 함께 저녁 식사를 마치고 걸어서 숙소로 돌아오는 길에, 뜻밖의 사람과 마주치게 되었다. 오래전 나와는 연인 사이이기도 했던 하루코 존더만Haruko Sondermann! 그녀도 나를 바로 알아보고 깜짝 놀라는 모습이었다.

"호호, 우리가 어떻게 여기서 만나죠?"

여전히 아름다운 하루코의 얼굴은, 반가움과 놀라움을 동시에 표현하고 있었다.

"그러게요. 여기는 제 친구 V."

하루코를, 그것도 라오스의 작은 도시 루앙프라방에서 다시 만날 거라고는 상상도 못 했던 나는, 당혹감에 어떤 식으로 반가운 감정을 표현해야 할지 몰라 쩔쩔맸다.

"반가워요. 이 사람은 제 남편이에요."

그녀 옆에 서서 우리의 갑작스러운 재회 장면을 지켜보던 일본인 남자가 악수를 청하며 손을 내밀었다. 짧은 콧수염을 기르고 키가 큰 하루코의 남편은, 영어가 서투른지 말을 아끼면서도 분위기에 적극적으로 동참하려는 자세였다. 하루코 부부는 일본의 최대 명절인 오봉 연휴를 이용해 루앙프라방에 여행

왔다면서, 우리를 인근 카페로 안내했다. 환한 불빛 아래 마주 앉은 하루코는 시간을 잊은 듯, 내가 8년 전 마지막으로 봤던 그 모습을 그대로 간직하고 있었다. 달라진 게 있다면 그녀의 헤어스타일과 예전에는 착용하지 않았던 안경 정도였다. 직업이 사진작가라는 그녀의 남편에게 내가 호시노 미치오를 언급하자 그는, 자신이 진심으로 존경하는 선배 작가라고 말하면서 겸손한 모습을 보였다.

하루코 부부와 헤어지고 숙소로 돌아오는 길에 마트에 들러 라오 맥주$^{Beer\ Lao}$와 얼음을 샀다. 숙소에 도착해 각자 샤워를 마치고 V와 나는 앞마당 테라스에 앉아 얼음에 탄 맥주를 들이켰다. 하이네켄, 칭따오 같은 세계 어느 유명 맥주와 견주어도 뒤지지 않는 맛이었다.

"이런 맛있는 맥주를 라오스에서 마시게 될 줄은 몰랐네요."

얼음만 남은 빈 잔을 손에 들고 캬, 바로 이 맛이야 하는 표정을 짓는 V와 눈을 마주치며 내가 감탄했다.

"그러게요. 우리 프랑스 사람들은 맥주 대신 와인을 많이 마시지만, 저는 맥주를 좋아해요. 여기는 음식도 맛있는데 맥주까지 맛있네요. 아, 행복해!"

얼굴에 기쁨이 넘쳐나던 V가 잠시 호흡을 조절한 뒤 말을 이었다.

"도시 전체가 아주 마음에 들어요. 사람들도 온순하고, 친절하기까지. 마치 수도원에서 생활하는 것 같이 마음이 평온해요. 물론 수도원에서 이렇게 맥주를 마시지는 못하겠지만요, 호호호. 참, 아까 만났던 일본인 여성, 혹시 옛 여자친구 아닌가요?"

굳이 숨기고 싶은 비밀은 아니었지만, V의 통찰력에 놀라지 않을 수 없었다.

"그걸 어떻게 눈치채셨어요?"

"여자의 육감이랄까, 호호호. 서로를 바라보는 눈빛이 왠지 옛 감정이 되살아나는 듯 보였어요. 그리고 그 감정을 애써 숨기려는 듯한 표정도."

그녀가 나의 반응이 궁금한지 내 얼굴을 살폈다.

"아름다운 추억으로 간직하고 있죠. 그녀가 행복한 결혼생활을 하는 걸 직접 눈으로 확인할 수 있어 좋았어요."

하루코와 함께였던 시간의 추억과 향수가 아른거렸다.

"진심이에요? 시기심 같은 거 안 느껴져요?"

장난기 어린 말투였다.

"시기심이라니요. 인생을 살면서 종종 어려운 결정을 내려야 할 때가 있고, 그 당시 상황에서 내린 결정은 어쨌든 최선이라 믿고 후회는 하지 않는 편입니다. 언제나 가보지 않은 길이 생기지만, 그게 우리의 짧은 인생이잖아요."

"맞아요. 인생에서 후진은 불가능하니까."

"앞으로 얼마나 더 여행하실 생각이세요?"

내가 주제를 돌렸다.

"글쎄요. 5년, 10년? 이제 돌아갈 집도 가정도 없어요. 친정 부모님도 이미 다 돌아가시고, 저는 형제자매도 없어요. 외동 딸이거든요. 늙어서 요양원에 들어가기 전까지 열심히 세상 구경해야죠. 호호호."

"아들은 보고 싶지 않으세요?"

"보고 싶죠. 1년 전에 호주에서 만났어요. 제가 거기 있을 때, 루카스가 방학 동안 여자친구와 여행 왔었죠. 셋이 함께 여행도 했어요. 그 아이도 이제 성인이 됐으니 자기 인생을 살아야죠."

V는 아들 생각이 났는지 잠시 쓸쓸한 표정을 지었다.

그날 밤 구름 한 점 없던 루앙프라방의 하늘에는 유난히 많은 별이 떠 있었다. 서쪽 지평선 위로 초승달이 수줍은 듯이 살짝 존재감을 드러냈다. 잠시 대화가 멈출 때면, 얼음이 맥주잔에 부딪히는 청량한 소리 외에는 죽은 듯이 고요한 밤이었다. 얼음이 녹아 표면에 물방울이 흘러내리는 잔을 들고 옆에 앉아 있던 V가, 몸을 기울여 내 볼에 살며시 입을 맞췄다. 그녀의 부드러운 입술은 나의 본능을 불러냈고, 내 입술이 그녀의 입술에 화답했다. 우리는 서두르지 않으면서도 열정을 다해, 서로의 입술을 포갠 채, 또 다른 언어로 대화를 나누었다. 촉촉하고 달콤한 짜릿함이 온몸에 퍼져나가는 동안 밤하늘의 별도, 시간과 장소도, 나이와 국적과 모국어, 이 모두가 잊혔다. V는 내손을 잡고 집 안으로 들어가 이층 계단을 올랐다. 우리는 그날 밤 사랑을 두 번 나눴다. 다음 날 아침 눈을 떴을 때 V는, 부드러운 손가락으로 내 가슴을 쓰다듬으며 귀에 대고 불어로 알아들을 수 없는 말을 소곤거렸다. 내 피부에 자신의 풍만한 가슴과 허벅지를 밀착하며 나의 몸을 다시 원했다. 아직 잠에서 덜 깬 나른함 속에서 여자의 따뜻한 체온과 가냘프지만 즐거움에 젖어있는 신음 소리는 다분히 몽상적이었다. 모든 의식은 마비되고 오로지 감각만이 몸을, 유연한 몸동작을 지배하고 있었다. 섹스가 끝나고 그녀는 수줍은 듯 침대에서 돌아누우며, 남자와 잔 게 일 년 반만이라고 혼잣말하듯 나지막이 속삭였다. 동양인 남자와는 처음이었다는 고백도 털어놓았다.

"우리 이렇게 며칠 더 지내다 각자의 원래 삶으로 돌아가요. 더 이상의 마음은 주지도, 기대하지도 말고. 저는 지금이 딱 좋아요."

V는 여전히 돌아누운 채, 가냘픈 한숨을 내쉬었다. 한동안의 침묵을 뒤로하고 그녀의 입에서 한 편의 시가 흘러나왔다. 특별히 감정은 실리지는 않았지만, 자연스럽고 편안한 톤이었다.

'술은 입으로, 사랑은 눈으로. / 나이 들고 죽기 전에, 우리가 알아야 할 유일한 진실. / 잔을 입에 대고, 그대 바라보며 나 한숨짓네.^{Wine comes in at the mouth, And love comes in at the eye. That's all we shall know for truth, Before we grow old and die. I lift the glass to my mouth, I look at you and I sigh.}' 나도 잘 아는 아일랜드 시인 윌리엄 버틀러 예이츠^{William Butler Yeats}의 시 〈술의 노래^{A Drinking Song}〉였다. 우리는 늦은 아침 식사를 숙소에서 해결하고 초저녁까지 침대에 누워, 거침없는 사랑을 나누었다.

다음 날 오전, 나와 V는 시내를 산책 중이었다. 맞은편에서 경찰 제복을 입은 서장이 다가왔다.

"아, 두 분 잘 만났습니다. 지난번 경찰서 방문하시고 떠난 직후에 생각이 났었는데, 이쪽 길로 쭉 내려가시면 오른편에 '이민국^{Immigration Office}'이란 간판이 보일 겁니다. 혹시 찾는 한국인 여성이 라오스 체류비자를 연장했다면, 그곳에 기록이 남아 있을 겁니다. 밑져야 본전이니 한번 들러보세요."

경찰서장이 알려준 이민국에 들어가 E의 여권 사본을 내밀었다. 자초지종을 들은 직원은 여권에 적힌 E의 영문 이름을 컴퓨터에 입력한 뒤 마우스를 능숙하게 움직이며 몇 차례 누르더니 동작을 멈추었다. 한동안 컴퓨터 화면에 뜬 기록을 검토하던 그가 뜻밖의 얘기를 들려주었다. E가 이민국에서 9개월 전 관광비자를 한 차례 연장한 후, 7개월 전에는 라오스인 남성과 결혼해 영주권 비자를 발급받았다는 내용이었다. 나는 속으로 환호성을 질렀다. E는 아직 살아있고, 한 남자의 부인이 되어있었다! 어떤 결혼생활을 영위하고 있는지는 예단할 수 없었지만, 일단은 희소식이었다. V도 나와 같은 생각이 들었는지 내 등을 손으로 비비며 기뻐했다.

내가 E의 현주소를 알고 싶다고 하자, 그는 아무 거리낌 없이 주소 하나를 메모지에 적어주었다. 주소지가 루앙프라방 외곽에 있는 마을이라며, 자동차로 약 40분 걸린다는 친절한 설명도 덧붙였다.

시내에서 오토바이를 대여해 뒷자리에 V를 태우고 주소에 적힌 마을을 찾아갔다. 산기슭에 네다섯 가옥이 전부인 작은 마을이었다. 오토바이를 초입에 세워두고 마을을 둘러보았다. 낮 시간에 모두 농사를 지으러 갔는지 사람의 그림자도 보이지 않았다. 마을 끝 집을 지나고 있을 때, 마당에서 닭 모이를 주는 한 여인이 보였다. 우리를 길 잃은 외국인 관광객이라 생각했는지, 라오스어로 밝게 인사를 했다. 나는 그녀를 즉시 알아봤다. 여권 사본에서 본 E의 얼굴.

"안녕하세요, E 맞으시죠?"

그녀가 화들짝 놀라며, 한동안 말없이 우리를 바라만 봤다.

혼란스러운 표정이었다.

"놀라실 필요 없습니다. 한국에 있는 여동생이 전해달라는 말이 있어 찾아왔습니다. 그게 전부에요."

그녀는 눈앞의 상황을 이해한 것 같았고, 그제야 안심이 된 듯 우리에게 마당 한편에 있는 의자를 내주었다.

"어떻게 알고 여기를 찾아오신 거예요? 동생은 잘 지내죠? 아빠도……"

E는 여전히 놀란 기색이 남아있었지만, 목소리는 차분해졌다.

"일단 건강해 보이시니 다행입니다. 여기서 결혼도 하셨다고 들었습니다만……"

"네, 맞아요. 여기가 시댁이고, 시댁 식구들은 지금 밭에 갔어요. 제 남편도. 잠시 후면 돌아올 거예요. 시원한 차 한 잔 갖다 드릴게요."

E가 잠시 자리를 비운 사이 나는 V에게 불어로 상황 설명을 해줬다.

"불어를 하시네요. 부인이신가요?"

E가 찻잔을 건네며 물었다.

"아닙니다, 프랑스인 친구입니다."

"그러시군요. 동생은 아마 내가 어딘가에서 죽었다고 생각하고 있을 거예요. 그동안 통 연락을 안 했으니…… 연락해야지 생각은 매일 하는데, 아빠하고 동생한테 너무 미안해서 엄두가 안 나요 솔직히. 내가 이렇게 라오스 남자와 결혼해 여기 살고 있을 거라곤 상상도 못 할 거예요. 더군다나 남편이 나보다 스물두 살 연하라는 걸 알면 깜짝 놀라겠죠. 남편은 얼마 전에 대학을 졸업했어요. 지금 열심히 한국어를 배우고 있고요. 6개월 뒤에 함께 한국에 들어가 다시 대학을 보내려고 계획하고 있어요."

E는 오랜만에 자기 입에서 흘러나오는 한국어에 스스로 흥분했는지, 목소리 톤이 점점 높아지고 말하는 속도도 빨라졌다.

"그러시군요. 사실은 지금 아버님께서 중환자실에 입원해 계십니다. 큰따님을 보고 싶어 하시고요."

내가 아버지 얘기를 꺼내자, E는 목이 메어 하려던 말을 멈췄다. 그녀의 눈에는 이미 눈물이 고여있었다. V가 다가가 손으로 그녀의 등을 쓰다듬었다. 잠시 후 감정을 추스른 E는 자세를 가다듬고 말을 이어갔다.

"당장 다음 주라도 남편과 함께 한국으로 들어가야겠어요. 계획을 조금 앞당기는 거지만, 큰 문제는 없어요. 무엇보다 저는 건강을 완전히 되찾았거든요. 정신건강이요. 아시는지 모르겠지만, 한때 제가 정신질환을 심하게 앓았어요. 불안 장애도 있었고. 복용하던 정신과 약들을 끊고 중국 윈난성에서 3개월

생활하면서 매일 걷고 잘 먹고 잘 자고 했더니, 나를 괴롭히던 증상들이 차츰 사라지더라고요. 기적 같은 일이 벌어진 거죠. 기차 타고 쿤밍에서 여기 루앙프라방에 왔는데, 사원을 둘러보다가 우연히 남편을 만나게 됐어요. 그 이후로 제 삶이 완전히 바뀌었지요. 새롭게 태어난 기분이랄까, 잊혔던 마음의 평온을 되찾았어요. 진심으로요. 남편과 시댁 식구들이 마음의 안식처를 제공해 주고 저를 살린 거죠."

자신의 과거 얘기를 들려주는 E의 얼굴에 행복감이 감돌았다.

"정말 기쁜 소식입니다."

"제가 휴대전화가 없어서 문자를 못 보내는데, 죄송하지만 동생한테 저와 제 남편이 2주 안에 귀국할 거라고 전해주세요."

"네, 그렇게 하겠습니다."

나와 V는, 그녀의 시댁 식구들이 집으로 돌아오기 전에 마을을 떠났다.

숙소로 돌아온 직후, E의 여동생에게 E의 집 주소와 함께 짧은 이메일을 보냈다. 나와 V는 이틀 밤을 더 보낸 뒤, 그녀는 루앙프라방에 남고 나는 기차를 타고 윈난성 쿤밍으로 떠났다.

원난성 트레킹 여행을 끝마칠 때쯤, E의 여동생으로부터 이메일이 왔다. 언니와 형부가 귀국해, 퇴원한 아버지와 한집에서 잘 지내고 있다는 소식이었다. 같은 날 한국에서 다급한 전화가 한 통 걸려 왔다. '골든 트라이앵글'에서 납치됐다 풀려난 한국인 남성의 아버지였다. 그의 아들이 귀국 직후 또다시 태국으로 떠난 뒤 연락이 두절됐다는 내용이었다. 아들을 찾아봐 달라는 정부 고위직 관료의 부탁을 나는 단호하게 거절할 수밖에 없었다. 그의 아들은 이미 깊은 마약중독에 빠져있었고, 직감적으로 납치 사건도 자작극일 가능성이 높아 보였다. 확인차 몸값 협상 당시 납치범들을 대표해 나와 연락을 주고받았던 미얀마인 남자에게 전화를 걸었다.

　"지난번 너희들이 풀어줬던 한국인 남자 지금 거기 같이 있지?"

　"하하하, 그걸 어떻게 알았지? 또 협상해 줄래? 이번엔 네 몫도 좀 챙겨줄 테니 동업하는 건 어때?"

　V는 11개월 뒤 한국으로 여행을 왔다. 나와 함께 2주를 보낸 뒤, 다음 여행지인 일본으로 떠났다.

　인간의 모든 떠남은 도피 행위이다. 외적인 구속과 속박에서 벗어나려는 몸부림도 도피이고, 자아가 점차 상실돼 가고 있는 사회에서 자기 자신의 생존을 위해 자유를 울부짖는 절박함도 도피이다. "여행의 목적은 '도착'이 아니라 '떠남'에 있다"라는 괴테^{Goethe}의 말은 즉, 여행은 어딘가로부터, 누군가로부터 그리고 무언가에서 벗어나는 행위라 할 수 있다. 자유가 버거워, 또는 안정된 삶이 진부해, 또는 갈 곳을 찾지 못해 사람들은 끊임없이 떠난다. 사라지고, 도망치고, 도피한다. 그러는 과정에서 누구는 죽고, 누구는 살아남고, 또 누구는 똑같은 순환의 공간 속에 머문다.

에필로그

에필로그

　나의 어릴 적 꿈은 탐험가였다. 상상 속에서 크리스토퍼 콜럼버스, 페르디난드 마젤란, 바스쿠 다 가마, 제임스 쿡 선장이 되어 미지의 땅을 향해 바다를 헤쳐 나갔다. 알렉산더 폰 훔볼트와 찰스 다윈이 지구 곳곳을 돌며 새로운 자연과 원주민들을 만나는 모습을 종종 머릿속에 그렸다. 8세기 혜초를 따라 중앙아시아와 인도를 걷는 몽상에 빠져드는가 하면, 연암 박지원이 경험한 청나라 여행을 되짚으며 많은 시간을 보내기도 했다. 가끔은 마크 트웨인의 '허크 핀'이 되어 정의롭고 용감한 모험을 떠나는 상상도 즐겼다. 과거 탐험가들과 여행가들은 자연스레 나를 각 시대의 세계지도로 안내했고, 나의 어릴 적 방은 언제나 온갖 지도로 도배되어 있었다. **탐험**, **모험**, **도전**, **용기**. 이런 단어들은 떠올리기만 해도 언제나 나를 흥분시켰다. 지금도 마찬가지다.

대부분의 사람이 우연히 선택하게 된 자신의 평생직업을 운명으로 받아들이듯, 나 또한 우연히, 어쩌면 운명적으로 탐험가가 아닌 사설탐정^{Private Investigator}이 되었다. 그리고 32년 동안 수백 건의 사건을 의뢰받아 나름으로 열심히 뛰었다. 해피 엔딩도 많았지만, 그렇지 못한 씁쓸한 결말도 받아들였다. 그 과정에서 선하고 친절한 사람을 많이 만났다. 동시에 상상을 초월하는 악인도 충분히 목격했다. 어쩌면, 미국 소설가 마크 트웨인의 말마따나 우리 모두가 "달과 같아서, 타인에게 절대 보여주지 않는 어두운 면을 지니며^{Everyone is a moon, and has a dark side which he never shows to anybody}" 살아가고 있는지도 모르겠다. 내가 이 책에서 서술한 사건들도 결국은, **사람들** 그리고 그들이 일상을 살아가는 **공간**에 관한 이야기다. 한 인간의 삶이 하나의 스토리로 구술된다면, 그 이야기의 대부분은 우여곡절의 사건 사고가 아닌 그의 인생에서 우연히 만났던 다양한 사람들과 장소에 관한 것이 아닐까. 내가 육십 평생 보고 경험한 현실은, 반전이 드물게 펼쳐지는 세상이었다. 없다는 게 아니라, 인생 역전은 야구에서 9회 말 투아웃 이후의 역전 만루홈런만큼이나 드물다는 말이다. 그래서 하루하루 소박한 즐거움과 마주하는 시간이 더 소중하다.

지금은 탐정 생활을 마무리하고 지방에 있는 고향에 내려와, 부모님에게 물려받은 사과 과수원을 돌보며 지낸다. 나도 어느덧 공자가 말한 '이순耳順'의 나이 60대다. 세상 안에서 뭘 들어도 거슬림이 없고, 좋고 나쁨 없이 그 세상을 바라보는 통찰력을 지닌다는 의미인 것 같은데, 내가 이 나이에 그런 능력의 소유자인지는 잘 모르겠다. 한 가지 확실한 건, 한 그루의 사과나무에 하얀 잎과 노란 수술의 꽃이 피면, 꿀벌과 나비가 날아와 수분을 해주고, 일곱 달 뒤면 성숙한 열매가 달린다는 것이다. 그리고 그중에는 익기도 전에 땅에 떨어지는 것도, 한쪽 부위가 썩은 것도, 새가 날아와 파먹은 것도, 크고 탐스럽게 끝까지 남아있는 사과도 있다는 사실이다. 사과나무가 스스로를 보호하기 위해 해거리를 하지 않으면, 매년 반복되는 자연 본래의 모습이다.

인간 세상은 자연을 닮았다. **다양성이 생명을 지탱하고, 세상을 진화시킨다.** 나는 단지 그 단순한 진리를 얘기하고 싶을 뿐이다.

- 사과 과수원에서 탐정 K

지은이 **최범석** 崔凡石

서울 인왕산 자락에서 태어났다.
미국 버클리대학(UC Berkeley)에서 국제정치학, 경제학, 독문학을 공부하고,
서울대학교와 미국 하버드대학(Harvard)에서 각각 석사 학위를 받았다.
미국, 독일, 프랑스, 스위스, 중국 등지에서 15년을 보내고, 현재는 서울에
있는 자신이 태어난 집 '학소도 鶴巢島'에서 글을 쓰며 살고 있다.

국제탐정 K - 달의 두 얼굴

2023년 8월 17일 초판 1쇄 인쇄
2023년 9월 01일 초판 1쇄 발행

지은이 | 최범석
펴낸곳 | 지도없는여행

편집 | 지도없는여행
디자인 | 지도없는여행 디자인

신고 | 2023년 3월 16일 (제2023-000020호)
주소 | 서울특별시 서대문구 세무서10길 31-19 (우 03625)
전화 | 010-7200-1537

이메일 | jwmapspub@gmail.com
카카오채널 | '지도없는여행 도서출판'

ISBN: 979-11-984035-0-6 03810

사용 글꼴 | 예산시 추처사랑체B /서울시 서울한강체EB/ 가비아 납작블럭체